MICHAEL KRÖCHERT

WASSER LÄUFER

ROMAN

TROPEN

Das Motto stammt aus Grace Paley, Manchmal kommen und manchmal gehen. Gedichte. Ausgewählt, übersetzt aus dem Englischen sowie mit Glossar und Nachwort versehen von Mirko Bonné © der deutschen Ausgabe: Schöffling & Co. Verlagsbuchhandlung GmbH, Frankfurt am Main 2018, S. 45.

Das Zitat auf S. 155 f. stammt aus »Die Läusesucherinnen«, aus: Arthur Rimbaud, Gedichte. © Insel Verlag 1907. Alle Rechte bei und vorbehalten durch Insel Verlag Berlin.

Das Zitat auf S. 285 stammt aus Michail Bachtin, Literatur und Karneval. Zur Romantheorie und Lachkultur. Übersetzt von Alexander Kaempfe. © 1969 Carl Hanser Verlag GmbH & Co. KG, München.

MIX
Papier | Fördert gute Waldnutzung
FSC® C014496
FSC www.fsc.org

Tropen
www.tropen.de

Umschlag: Zero-Media.net, München
unter Verwendung eines Kunstwerks von © VG Bild-Kunst,
Bonn 2023/Bernd Zimmer, Weiher. Weide, 2011
Gesetzt von C.H.Beck.Media.Solutions, Nördlingen
Gedruckt und gebunden von GGP Media GmbH, Pößneck
ISBN 978-3-608-50016-5
E-Book ISBN 978-3-608-12188-9

Eines Tages beschloss ich nicht mehr älter zu werden
viel Glück sagte ich mir

GRACE PALEY

ICH NAHM ANLAUF
UND SPRANG

1

Ich nahm Anlauf und sprang. Fühlte das Schwanken der Plattform unter meinen Füßen und wie ich durch die Luft zischte, wie die Wasseroberfläche zerplatzte, wie zuerst meine Arme, dann mein Kopf, die Schultern ins Wasser stürzten, als hätte es nur darauf gewartet.

Ich ließ mich gleiten, tauchte auf, holte tief Luft und machte die ersten Schwimmbewegungen. Arme zum Körper ziehen, Beine anwinkeln, abstoßen. Ich nahm mir vor, langsam zu schwimmen, um meine Kräfte einzuteilen, wollte es bis zur Insel schaffen, aber schon nach zwanzig oder dreißig Zügen merkte ich, dass ich zu lange in der Sonne gelegen, vielleicht zu viel Kaffee getrunken hatte. Vielleicht war mir das Wasser auch einfach zu kalt. Nur am Ufer gab es diese dicke Speckschicht aus warmem Wasser, das von der Sonne in den letzten Wochen aufgeheizt worden war.

Ich entschied, die Insel ein anderes Mal zu besuchen, und schwamm zurück. Im Uferbereich – dort, wo mein Floß lag – war das Wasser nicht tief und ich tat das, was ich nach dem Schwimmen so gerne tat. Ich begutachtete die Planken, testete, ob die Gurte an den Tonnen noch straff waren, ob alle Schrauben festsaßen. Aber eigentlich umrundete ich das Floß nur, weil ich mich nicht daran sattsehen konnte, weil ich es mit eigenen Händen gebaut hatte.

Danach watete ich weiter zum Ufer, um das Schilf aus nächster Nähe zu betrachten. Interessanterweise wuchs es zusammen mit anderen Pflanzen wie auf kleinen Miniaturinseln. Da war Wasserminze, da waren Schwertlilien und Schwanenblumen, und als ich eine Weile reglos stehenblieb, kamen Wasserläufer und kleine Fische aus ihren Verstecken. Zugleich hörte ich dieses wilde Geraschel, so als würde es im Dickicht um Leben und Tod gehen. Im Grunde genommen ging es dort ständig um Leben und Tod.

Als ich mich abgetrocknet und mir meine Hose angezogen hatte, holte ich die Matratze aus ihrer Aufhängung unter dem Dach und warf sie auf die Planken. Ich hatte erst am Tag zuvor festgestellt, dass es das Beste war, wenn ich sie tagsüber nicht flach hinlegte, sondern das Kopfteil gegen den Mast lehnte. »Ja«, sagte ich leise und stopfte mir den Schlafsack hinter den Kopf. Halb auf der Matratze liegend, halb sitzend schloss ich die Augen und fühlte den Wind auf meiner Haut. Er kam an diesem Nachmittag aus Richtung der Sonne, aus Südwest, wie aus einer anderen Welt. Er ließ mich die Hitze vergessen, strich leichthin über den See, zu mir. Und so wie dieser kühle Wind, so war auch das kontinuierliche Schwanken des Floßes und das Glitzern des Lichts auf den Wellen erregend und einschläfernd zugleich.

Der Soliner See, auf dem ich ankerte, war groß. Fast zwei Kilometer lang und ungefähr einen halben Kilometer breit. Am westlichen und östlichen Ende lagen Dörfer, die man vom Wasser aus jedoch nicht sehen konnte. Sie hießen Ranitz und Bridow. Am nordöstlichen Ende gab es eine große Bucht. Es gab eine kleine, bewaldete Insel ungefähr in der Mitte und ausgedehnte Schilfgürtel vor allem am nördlichen Ufer. Der restliche See grenzte an Wald. Es war eines dieser Gewässer, die am Ende der letzten Eiszeit entstanden waren und von denen es rund um Berlin Hunderte gab. Ich kannte den See gut, war schon als Kind zum Baden hier gewesen, dann später als Teenager mit dem Kajak, natürlich auch mit Alissa.

Ich verschränkte die Arme hinter dem Kopf und blickte auf die Wellen, die auf dem Wasser spielten. Wenn ich es mir nach dem Schwimmen bequem machte und über meinen Bauch, meine Beine und Füße hinweg über den See schaute, wurde ich müde und so angenehm schwer. Ich ließ Erinnerungen und Gedanken schweifen, blinzelte eine Weile mit halb geschlossenen Augen in die Ferne, und als ich zu müde wurde, stand ich auf und kochte mir einen Espresso. Vom ersten Tag an war das eins der zentralen Rituale dieses Sommers. Lange bevor ich Magda und Jost kennenlernte. Ich hatte mir am Tag meiner Abreise einen neuen Campingkocher besorgt. Er nannte sich *pocket rocket de luxe*. Diesen Aufsatz auf die Kartusche zu setzen, das fauchende Gas mit dem Feuerzeug zu entzünden, die silberne Kanne aufzuschrauben, mit Espressopulver und Wasser zu befüllen und zuzusehen, wie sich der schwarze Sud durch das Röhrchen ergoss – all diese Handgriffe waren wie eine Meditation, und jeden Schluck behielt ich lange auf der Zunge. Auch weil ich seit meiner Corona-Erkrankung kaum noch etwas schmecken und bis auf Zigarettenrauch überhaupt nichts mehr riechen konnte.

Nach dem Espresso fühlte ich eine Unruhe in mir. Ich konnte nicht mehr einfach nur dasitzen, Bücher lesen, Musik hören, träumen. Das Nichtstun hatte seine Süße verloren. Ich beschloss, das Floß umzusetzen, und stieg zurück ins Wasser, lichtete den Anker, band die Leine los und schob es zum Uferwald. Nein, ich vermisste niemanden. Ich suchte die Stille und das Alleinsein in der Natur. Deshalb war ich auf dem See. Deshalb hatte ich Berlin und meinem Alltag für eine Weile den Rücken gekehrt. Doch als ich eine Libelle beobachtete, die direkt vor mir schwebte, spürte ich, dass sich etwas in mir aufgestaut hatte. Ich musste mal wieder ein paar Worte mit jemandem wechseln. Mir reichten die Selbstgespräche und das Tagebuchschreiben nicht mehr aus.

Als ich das Floß an seinem neuen Platz festgemacht hatte, drehte ich mir die Abendzigarette, füllte das große Glas voll Tempranillo und paddelte mit dem Kajak in die Mitte des Sees. Diese Momente, wenn die Sonne sank und der Himmel seinen Farben freien Lauf ließ – vor allem dann musste ich an Alissa denken. Am nächsten Tag war es so weit. Wir waren für den 1. Juli zum Telefonieren verabredet. Bevor ich auf das Floß ging, hatte ich entschieden, dass ich die ersten zehn Tage ohne Handy sein wollte. Alissa hatte keine Lust gehabt, sich darauf einzulassen. Aber was das betraf, war ich nicht kompromissbereit. Ich nahm einen Schluck Wein und fragte mich, was ich ihr erzählen wollte. Wovon würde ich ihr berichten bei diesem ersten Telefonat nach zehn Tagen? Nicht von den stillen, himmlisch sonnigen und meditativen Momenten. Nicht von der Magie des Windes, der Sterne, der Insel oder der Wellen. Nicht von den Farben der Lilien und Seerosen, nicht von den Rufen der Kormorane, nicht von meiner Lektüre oder meiner allabendlichen Unruhe. Auch nicht, wie es sich anfühlte, keinen Kühlschrank zu haben, keine Milch, keine Schokolade. Nein, erzählen wollte ich ihr von meinem allerersten Erlebnis auf dem Floß.

2

Das Fahren gehörte zu den weniger angenehmen Aspekten, denn der Außenbordmotor, den ich am Heck des Floßes befestigt hatte, war alt und schwach. Er hatte nur zwei PS, erlaubte keine Ad-hoc-Manöver und machte einen höllischen Lärm. Zwar hatte ich ihn auf einer Probefahrt getestet, aber als ich mich dann endgültig auf den Weg machen wollte, war ich angespannt. Zum ersten Mal würde ich eine weite Strecke mit meinem Floß zurücklegen.

Das Grundstück, auf dem ich es gebaut und zu Wasser gelassen hatte, gehörte meiner Tante und hatte einen Zugang zum Dämeritzsee. Der Soliner See, auf dem ich den Sommer verbringen wollte, war von dort aus fünfzehn Kilometer entfernt. Beide Seen waren über einen Fluss miteinander verbunden – die Lahne. Das war nicht weit, doch für mein Floß war diese Strecke ein Marathon. Die vier Tonnen, auf denen ich die Plattform befestigt hatte, lagen tief im Wasser und mit meinem Motor brauchte ich für fünfzehn Kilometer, noch dazu stromaufwärts, mindestens fünf Stunden, weshalb ich die Fahrt in zwei Etappen absolvieren wollte. Von früheren Ausflügen mit dem Kajak kannte ich einen Ankerplatz auf halbem Weg.

Ich legte um acht Uhr abends ab, weil ich möglichst wenig Booten begegnen wollte. Ich hatte alles startklar gemacht und schaute mit meiner Tante gemeinsam von ihrem Steg aus über den See. Niemand war mehr unterwegs, alle hatten ihre Ankerplätze bezogen. Hin und wieder flog ein Graureiher mit eingezogenem Kopf über das Wasser in Richtung Nacht. Auch die Wellen schienen den Betrieb jeden Moment einstellen zu wollen. Nur ein leiser Westwind wehte, der mich sanft vor sich herschieben würde.

Nach einer nüchternen Verabschiedung bestieg ich mein Floß und tuckerte los. Der Außenborder zerriss die Stille, und nach anderthalb Stunden Fahrt im Schritttempo erreichte ich das östliche Ende des Sees und die Mündung der Lahne.

Der Fluss barg am linken Ufer kleine, geschützte Buchten, die sehr idyllisch waren. Doch als ich zu der Bucht kam, in der ich ankern und die Nacht verbringen wollte, sah ich, dass genau dort ein Hausboot lag. Ich fühlte, wie sich mein Bauch verhärtete, der Magen krampfte. Mir wurde heiß. Eins dieser Gefühle, das ich nicht mehr haben wollte, das ich in Berlin hatte lassen wollen, in den überfüllten Straßen von Kreuzberg und Neukölln, in der Redaktion bei Solveigh, meiner Chefin. Aber die Wut verpuffte genauso schnell, wie sie gekommen war, denn im nächsten Moment ging mein Motor ohne jede Vorwarnung aus.

Was war los? Ich drehte mich um und zog am Starter, wieder und wieder. Dann begriff ich endlich. Der Tank war leer. Eine Füllung reichte für etwa zwei Stunden Fahrt. Ich hatte zu knapp aufgefüllt! Doch auch dieser Gedanke verschwand sofort wieder, denn plötzlich sah ich, dass mein Floß mit unverminderter Geschwindigkeit direkt auf das Hausboot zutrieb. Ausgerechnet jetzt hatte der Wind aufgefrischt und drückte mich, obwohl ich alle Seitenplanen sorgfältig unter das Dach gebunden hatte, vor sich her. Dazu kam die Strömung der Lahne, die zwar träge, aber doch unaufhaltsam ihr Wasser gen Berlin und mich zur Seite schob. Panik ergriff mich. Niemals würde ich es schnell genug schaffen, Benzin nachzufüllen, den Motor anzuwerfen und beizudrehen. Ich musste das Floß sofort stoppen. Ohne lange nachzudenken, sprang ich aus meinen Sachen und stürzte mich ins Wasser, versuchte, das Floß mit der linken Hand festzuhalten und mit der rechten gegen die Strömung und den Wind anzuschwimmen. Aber das war unmöglich. Ich griff nach der langen Bootsleine, schlang sie mir um den Oberkörper und schwamm, so kräftig ich konnte, schaffte es aber nicht mal, das Floß zu verlangsamen. Der Wind war erbarmungslos, er schob das Floß einfach weiter, immer weiter. Keine zehn Meter war ich mehr von dem verdammten Hausboot entfernt.

Okay, eine Kollision wäre keine Katastrophe. Es würde krachen und ein paar Beulen oder Kratzer geben, anschließend Diskussionen mit den Hausbootbesitzern. Aber genau das war es. Ich wollte mich an diesem ersten Abend auf keinen Fall mit irgendjemandem auseinandersetzen. Hatte noch weniger Lust, angeglotzt zu werden oder Gelächter zu ernten: Denn was war das für ein nackter Floß-Mensch, der da im Abendwind die Kontrolle über sein selbstgebautes Vehikel verlor!

Wie verrückt zerrte ich an der Ankerkette. Warum war ich nicht früher auf diese Idee gekommen. Aber das Teil klemmte in einer Spalte zwischen den Planken. Ich riss mit aller Kraft daran und endlich, endlich bekam ich es frei. Der Anker fiel ins Wasser und fuhr zum Grund, die Kette rasselte hinterher. »Mann!«, stieß ich hervor und fühlte, wie sich die Kette spannte.

Abrupt blieb das Floß stehen, erleichtert schloss ich die Augen und atmete durch. Doch dann hörte ich Stimmen. Instinktiv duckte ich mich hinter dem Floß weg und spähte über die Planken. Auf dem Hausboot war niemand zu sehen. Das Innere war hell erleuchtet. Auf einmal glaubte ich, Solveighs Stimme zu hören, ihre dunkle, volle, eigentlich schöne Stimme. Und dann tauchten Bilder vor meinem inneren Auge auf, ich sah die Redaktion, die engen weißen Räume, die Tische und Bildschirme, das Erdgeschoss, den tristen Blick in den Hof. Das alles untrennbar verbunden mit den kurzen, hitzigen Diskussionen und schnellen Entscheidungen.

Solveigh und ich hatten uns darauf geeinigt, dass ich mich am 8. Juli meldete und dann drei Tage für sie arbeitete – wenn Naomi und Peter Urlaub machten und sie ganz alleine in der Redaktion war. Nur unter dieser Bedingung hatte sie mir fünf Wochen freigegeben. Doch in diesem Moment, als ich dort im Wasser hing, begriff ich, wie unrealistisch diese Abmachung eigentlich war, und dass ich mich genauso gut auch nie wieder bei ihr melden konnte. Dieser Gedanke erfüllte mich mit einer bösen Freude, plötzlich musste ich lachen.

Tropfnass und splitternackt kletterte ich zurück aufs Floß. Mittlerweile war es dunkel geworden. Ich zog mir eilig etwas über, befüllte den Tank, holte den Anker ein und fuhr laut tuckernd zur nächsten Bucht. In diesem Moment kamen sie aus ihrem Hausboot, die anderen Menschen, doch ich drehte mich nicht mehr um.

Während dieser ganzen Aktion geschah etwas Überraschendes mit mir. Ich bemerkte es, als ich abgetrocknet und angekleidet vorne auf den Planken saß und eine Zigarette auf den Schreck rauchte und Wein trank. Ja, ich war zwar in Panik verfallen und fühlte noch das kalte Wasser in meiner Nase, in den Ohren und in den Haaren, aber ich war nicht erschöpft oder wütend, im Gegenteil, ich wurde euphorisch.

Meine Haut war warm und glatt, meine Muskeln darunter stark und entspannt. Voller Elastizität und Kraft. Ich stand auf, streifte mein T-Shirt ab, breitete die Arme aus und fühlte den nächtlichen Wind auf meiner Haut. Schloss die Augen, öffnete sie wieder. Vorne in der Dunkelheit sah ich das schwarze, silbrige Schimmern der Wasseroberfläche und weiter oben die scharf gezackte, feine Linie zwischen Wald und Himmel. An diesem allerersten Abend meiner Reise in den Floß-Sommer spürte ich die unermessliche Tiefe dieses Raums. Aber noch deutlicher als das fühlte ich mich.

3

Die Brücke am östlichen Ende des Sees war kein guter Ort, um mit Alissa zu telefonieren, auch wenn es weit und breit der einzige war, wo ich vernünftigen Empfang hatte. Immer wieder kamen Fußgänger oder Radfahrer und ziemlich oft verlangsamten sie ihren Schritt oder ihre Fahrt und schauten mich an. Unten am Flussufer war ein schmaler Streifen Wiese. Genau in dem Moment, als ich auf die Brücke gekommen war, kreuzte dort ein Angler auf und begann, seine Ausrüstung auszupacken und seine Mehlwürmer zu sortieren. Ich hatte das Gefühl, dass dieser Ort tausend Augen und Ohren hatte.

Ich drückte mich gegen das Geländer. Alissa war für ein Semester in Frankfurt am Main und arbeitete dort an ihrer Dissertation. Ihre Tage waren vollständig strukturiert, und ich fragte mich, in welcher Stimmung sie sein würde, wenn wir uns zum ersten Mal nach so langer Zeit sprechen würden. Dass ich ihr von meinem Abenteuer mit dem Hausboot erzählen wollte, war in den Hintergrund getreten, denn in der Nacht zuvor hatte es dieses fürchterliche Gewitter gegeben, das mir noch in den Knochen steckte. Im Fluss, der genau hier in den Soliner See mündete, trieben zahllose Blätter, Zweige, sogar große Äste. Das Wasser war trüb. Alles Mögliche hatte der Sturm ins Gewässer geweht.

Als ich mich anlehnte, die raue, verwitterte Oberfläche des Geländers an den Handflächen fühlte, spürte ich ein stetiges Schwanken in mir. Seit zehn Tagen war ich so gut wie ununterbrochen auf dem Wasser. Es war angenehm, sich an etwas Unbewegtem festzuhalten.

Ich schaute über den See. Mein Floß sah ich von diesem Punkt aus nicht, obwohl die Brücke hoch war. Es lag hinter der kleinen Landzunge, dicht am nördlichen Ufer, dort, wo das hohe Schilf stand und der Wald begann.

Überall an den Ufern hob sich die Vegetation ansatzlos aus dem Wasser. Eine ebenso klar definierte Linie schied diese auch vom Himmel. Das Wasser unten, der Himmel oben, dazwischen die Vegetation – klar voneinander getrennte Räume. Dieser Anblick hatte mich schon immer fasziniert. Das hatte etwas

Ozeanisches. Ich meine: etwas Weites und Fremdes, etwas Grenzenloses, Tiefes, Rätselhaftes. Diese Landschaft hatte sich seit meiner Kindheit tief in mich eingeschrieben. Hierher hatte ich zurückgewollt. Mein Großvater hatte die Gegend *Märkisch Polynesien* genannt. Diesen Wechsel von Flüssen und Seen, bewaldeten Ufern, Schilf und kleinen Inseln. Aber der See wirkte an diesem Abend, während ich das Handy in der Hand hielt, klein und banal. Endlich sprangen die Ziffern auf 21:00. Ich tippte auf Alissas Namen, hörte kurz darauf ein verzerrtes Freizeichen, doch sie nahm nicht ab.

Ich war etwas erleichtert, denn der Angler wurde immer unverschämter. Er stand jetzt direkt unter mir am Fluss und tat nicht mal so, als würde er mir nicht zuhören wollen. Er schaute mich nicht unfreundlich, doch auf geradezu monströse Art neugierig an. Er hatte große Augen und schmale Schultern, silbrige Locken quollen unter seinem Basecap hervor. Hin und wieder spitzte er die Lippen. Ich fand, er hatte eine gewisse Ähnlichkeit mit Molière.

Ich drehte ihm den Rücken zu, lehnte mich gegen das Geländer und überprüfte das Datum. Ja, es war der 1. Juli. Auch die Uhrzeit war korrekt, und ich versuchte es noch mal. Hörte das Freizeichen. Schon in diesem Moment beschlich mich eine Ahnung. Alissa und ich hatten vereinbart, dass wir besprechen würden, wie wir ihren Besuch organisieren wollten. Für ein verlängertes Wochenende wollte sie kommen. Stille. Ich schaute erneut auf das Display. Nichts. Verbindung unterbrochen. Und dreißig Sekunden später kam ihre SMS. *Endlosgespräch mit Steph. Entschuldige! Hab dich nicht vergessen! Können wir auf morgen Abend verschieben? Bitte sei nicht sauer. Küsse, A.*

4

Bevor Alissa nach Frankfurt ging, hatten wir uns einen Tag freigenommen, einen Sprinter gemietet und waren kreuz und quer durch Neukölln gefahren. Wir steuerten Baustellen an, redeten mit Bauarbeitern, parkten neben Containern und klaubten einen großen Haufen Bretter, alte Dielen, Holzbohlen, auch ein paar Metallwinkel und alle möglichen anderen Dinge zusammen und warfen sie auf die Ladefläche.

Ich hatte mir Arbeitssachen angezogen. Alissa trug einen roten Overall. Wir setzten uns Sonnenbrillen auf, hörten Sonic Youth und Tocotronic, Eurythmics und Lady Gaga. Wir heizten durch die Gegend, inspizierten und durchwühlten jeden Container, und ich erinnere mich, wie ich sie bat, es nicht *Upcycling* zu nennen. Sie verstand nicht, was ich so ätzend an dem Begriff fand. »Das ganze aufgeblähte Blabla«, sagte ich und plusterte mich auf. Doch sie erwiderte nur: »Ist mir nicht wichtig, dass wir bei dem Thema einer Meinung sind«, und lächelte.

Es war ein großartiger, ein erfolgreicher Tag. Das Wenige, was ich für den Bau des Floßes noch kaufen musste, waren Spanngurte, lange Gewindestangen, regendichte Planen und vier leere, gebrauchte 220-Liter-Wassertonnen. Und als Alissa und ich den Transporter weggebracht hatten und nach diesem langen Tag nach Hause kamen, schauten wir uns wortlos an, liefen direkt weiter zu unserem Späti und tranken eiskalten Sekt.

Als ich dann Mitte Mai anfing, das Floß zu bauen, merkte ich, dass das alles komplizierter war als gedacht. Denn das Gefährt, selbst wenn ich nur ein paar Wochen damit unterwegs sein würde, musste stabil sein. Ursprünglich hatte ich vorgehabt, in zwei oder drei Tagen etwas zusammenzuzimmern. Aber ich begriff schnell, dass man nicht *mal eben so* ein Floß bauen konnte, wenn es auch halten sollte. Es dauerte mehr als zehn Tage, bis es fertig war. Alle Wochenenden und Feiertage gab ich dafür hin.

Zuerst baute ich einen Rahmen, drei Meter breit und vier Meter lang, an dem ich die Tonnen mit Gurten befestigen konnte. Sie würden dem Vehikel den nötigen Auftrieb geben. Als dieser Rahmen fertig war, befestigte ich die Planken. Somit hatte ich die Plattform. Zuletzt baute ich noch ein stabiles Dach aus Holz, um vor Sonne und Regen geschützt zu sein. Dann befestigte ich Planen an den Seiten, für die Privatsphäre.

Meine Tante hatte mir die Wiese hinter ihrem Haus überlassen. Dort baute ich alles zusammen. Sie gehörte zu den Menschen, die mich nicht fragten, warum ich das machte oder was das eigentlich sollte. Hin und wieder brachte sie mir einen Espresso, und ich hatte das Gefühl, dass sie sich freute, dass ich in ihrer Nähe war. Ich musste ihr nur ausreden, ständig Fotos zu machen und sie über iMessages an ihre Freundinnen zu verschicken. Ich selbst machte extrem viele Fotos von jeder Phase des Baus, verschickte oder postete aber nichts. Ich wollte das für mich behalten, ich wollte es mit niemandem teilen. Ganz sicher war das nicht perfekt, was ich da zusammenzimmerte – es war nicht mal fertig, als ich losfuhr –, doch das Entscheidende war, dass es mir Spaß machte. Die Arbeit war rein und klar und einfach. Ich baute das Floß, weil ich ein Floß bauen wollte. Ein Floß für die Seen südöstlich von Berlin. Für Märkisch Polynesien.

Messen, sägen, schneiden, bohren, hämmern, zusammenfügen, Kaffee trinken, das Werk betrachten. Unter den ungewohnt wohlwollenden Blicken der Dorfbewohner, die oft neugierig vorbeischauten. Jürgen, der Nachbar rechts, sagte, dass er nicht gewusst hätte, dass ich handwerklich *versiert* sei. Ein Kompliment, das mich amüsierte, denn ich war das Gegenteil von versiert. Bodo, der Nachbar links, sagte: »Du bist ja ein richtiger *Macher*.« Ich wusste, dass er das ironisch und abwertend meinte, aber es war mir egal.

Schließlich hatte ich das Gefühl, gar nicht fertig werden zu wollen. Als könnte ich die Erfüllung meines Traums noch ein wenig hinauszögern.

Als ich zur ersten Probefahrt aufbrach, hörte ich plötzlich ein TA-TATÁ-TATÁ-TATAAAA. Es war Jürgen, er stand auf einem Stuhl und hielt eine Trompete in der Hand. Die Melodie flog über den Dämeritzsee. Laut und überaus klar. Sie traf auf keinen Widerstand. TA-TATÁ-TATÁ-TATAAAA. Das war das Halali. Das Fanal. Ich fand das sehr passend, auch wenn nun die ganze Seewelt Bescheid wusste über mich und mein Floß und dass mein Sommer begann.

5

Über dem Horizont im Westen war der Himmel noch hell. Zugleich wurden im Osten die ersten Sterne sichtbar. Der See kam zur Ruhe. Die Wellen, die der Wind und die Boote den Tag über aufgeworfen hatten, legten sich. Die kleinen Wellen, die ich mit meinem Kajak auf den See schickte, verloren sich. Ich paddelte in die beginnende Nacht.

Langsam und gleichmäßig stach ich das Paddel ins Wasser und glitt fast lautlos dahin. Nur zwei Boote waren an diesem Abend noch zu sehen. Eins ankerte in der großen Bucht am nordöstlichen Ende. Das andere, ein rosarotes Hausboot, lag vor dem Badestrand beim Campingplatz. Ich war mehr oder weniger allein. Allein mit dieser Stille und meiner Enttäuschung. Dem Gefühl, dass sich zu viel in mir aufgestaut hatte.

Einmal kam ein Reiher, dann drei Gänse, auch ein paar Möwen und Kormorane. Bis auf den Reiher flogen alle in Richtung Insel. Die Gänse mit kräftigen, kompakten Bewegungen. Die Kormorane lautlos und hektisch. Die Möwen leicht und lässig, sie waren die elegantesten Flieger.

Ungefähr in der Mitte des Sees legte ich das Paddel vor mich auf das Kajak und drehte mir eine Zigarette. Nachdem ich den ersten Zug tief inhaliert hatte, nahm ich die Weinflasche und kippte ein wenig in den See. Der erste Schluck war für Neptun. Dann füllte ich mir das Ikea-Glas randvoll und trank einen Schluck, blickte in den Abendhimmel. Doch der Wein war schlecht, er moussierte, vielleicht war er zu warm geworden. Ich spuckte ihn aus und schüttete die ganze Flasche in den See.

Drei Wolken standen über dem westlichen Horizont und verfärbten sich orange. Es dauerte eine Zigarettenlänge, dann hatten sie sich aufgelöst. Hin und wieder sah man die Positionslichter der Flugzeuge, die in Schönefeld landeten. Direkt dahinter war Berlin, dort war unsere Wohnung, mein Schreibtisch, der Laptop, unser Bett, der lange Flur, die Küche. Jetzt wohnte Xavi dort, ein alter Bekannter von mir aus Sevilla. Wir hatten ihm die Wohnung für den Sommer untervermietet. Eduard, seinen neuen Freund, kannte ich nicht.

Alissa und ich hatten deswegen heftig gestritten. Sie hatte gehofft, dass ich, solange sie in Frankfurt war, in der Wohnung blieb. Dass alles so bleiben konnte, wie es war. Aber ich wollte und musste raus. Raus aus der Stadt. Raus aus allem. Ich wollte endlich für einige Zeit in der Natur sein, vor allem aber alleine. Nach den Monaten – Jahren! – in unserer Wohnung, nach Lockdown und Quarantäne, Homeoffice und Lagerkoller. Nach Schimmelbildung, Balkon-Zigaretten, FFP2-Masken, ungelesenen Romanen, Netflix-Orgien, Chipsfrisch Oriental, nach der Invasion, dem Kriegs-Newsticker auf Spiegel Online, dem Atombunker in Mariupol, hochmobilen Raketenwerfern, russischen Folterkellern ... Auch nach unseren Gesprächen über ein gemeinsames Kind. Nach all dem brauchte ich Weite, Stille und Abstand. Vor allem Weite, im Fühlen und im Denken. Und wenn es das alles zusammen gab – keine Stunde mit der S-Bahn, keine sechzig Kilometer Luftlinie von Neukölln entfernt –, dann war das ideal.

Alissa war es nicht recht, dass wir unsere persönlichen Dinge in den Keller brachten. Außerdem sei sie traurig, dass sie an keinem Wochenende zurück in die Wohnung konnte. Doch für mich gab es keine Alternative, ich musste raus. Und das Geld von Xavi konnten wir gut gebrauchen.

Während ich rauchte, während ich in das glutrote Schimmern im Himmel über Berlin starrte, war es, als verfestigte sich der See, als hätte sich die Temperatur und damit der Aggregatzustand verändert. Das Wasser lag da wie eine Art Gel. Tagsüber war die Oberfläche immer zerfurcht und zerwühlt. In manchen

Phasen kamen alle paar Minuten Boote oder Schiffe. Tagsüber war immerzu Werden und Veränderung. Doch jetzt war das Ist zurück. Wenn die Sonne unterging, blieb die Zeit auf dem See für ein paar Stunden stehen.

Als ich die Kippe im See löschte und sie in das kleine, verschließbare Glas fallen ließ, das dafür vorgesehen war, hörte ich Stimmen. Vielleicht war es Molière. Vielleicht auch die Teenager, die in der Bushaltestelle gesessen hatten. Ich wusste es nicht. Ich drehte mich um und wunderte mich, in welch tiefe Dunkelheit die Brücke bereits versunken war. Dann las ich noch mal Alissas SMS. *Endlosgespräch mit Steph ... Hab dich nicht vergessen ...* Steph war ihre Professorin, die sie regelmäßig in Diskussionen über Diskurse verwickelte, aus denen es kein Entkommen gab. Und wie aus dem Nichts, wie ein Schrei, kam das Begreifen: Ich vermisste Alissa. Auch wenn ich die Nähe in Berlin einfach nicht mehr ausgehalten hatte. Ich wollte sie sehen, wollte, dass sie herkam und all das mit eigenen Augen sah. Und plötzlich war da noch ein anderer Gedanke: Was, wenn ich ihr nie wieder begegnen würde? Wenn ich sie schon verloren hatte?

Ich stieß das Paddel ins Wasser. Mitten rein in diese spiegelglatte Fläche. Wellen gingen in alle Richtungen. Wellen, die ich verursacht hatte. Ich fuhr für fünfzig oder sechzig Meter so schnell ich konnte. Rechts, links, rechts, links, immer schneller, und als ich schon neben meinem Floß war, fuhr ich einfach weiter, so als hätte ich nichts damit zu tun.

Als ich kurze Zeit später das Paddel sinken ließ und mich ausruhte, drückte ich meinen Kopf ganz weit in den Nacken und betrachtete die aufkommenden Sterne. Dann fuhr ich weiter zum Schilf. Doch das subtile, elektrisch anmutende Knistern, das aufkam, wenn die harten Blätter im Wind aneinander rieben, kam mir an diesem Abend sinnlos und traurig vor. Hier in diesem Bereich des Sees, in der Nähe des langen, verfallenen Stegs, hatten Alissa und ich im Jahr zuvor unsere Kajaks festgemacht. Wir waren geschwommen, hatten den ganzen Tag Prosecco getrunken und geschmolzenes Schokoladeneis gegessen. Ich starrte auf die lange Reihe der morschen und zerbrochenen Bretter, dann senkte ich den Blick. Hatte Lust, irgendetwas zu rufen oder zu brüllen, so immens war die Stille.

6

Keine hundert Meter von der Stelle entfernt, an der sich die Lahne aus dem Soliner See, durch den sie frei hindurchfloss, zurück in ihr Flussbett wie in ihr Schicksal fügte, stand ein Segelboot. Es war direkt am Flussufer aufgebockt. Als ich mich mit dem Kajak näherte, sah ich einen Schatten. Und als eine Zigarette aufglimmte, sagte ich mir, dass es nicht viele Gelegenheiten geben würde. Ich hatte noch nie jemanden bei diesem Boot gesehen.

»Hallo?«

»Hallo«, kam es aus der Dunkelheit zurück.

Ich sah, wie sich der Schatten bewegte. Jedes Mal, wenn ich hier vorbeigekommen war, hatte mich dieses Boot neugierig gemacht, das ganze Grundstück mit seinen alten Gebäuden und Gewächshäusern war mir aufgefallen. Besser gesagt: Zu dieser Form des Chaos fühlte ich mich hingezogen.

»Ist schon spät, entschuldige«, sagte ich, »aber kann ich vielleicht eins von den Brettern haben?«

»Nur eins?«

»Ja.«

»Wie lang soll es sein?«

»Ungefähr eins fünfzig lang und ungefähr so breit.« Ich legte das Paddel vor mich und zeigte es.

»Nimm dir eins weg. Ist okay.«

Ich ging davon aus, dass das jemand war, der gleich wieder verschwinden würde, sich mit seinem Joint auf sein Segelboot zurückzog, aber er kam ans Ufer, reichte mir die Hand und half mir, aus dem Kajak zu steigen. Ich spürte seinen sehr festen, trockenen Händedruck.

Wir liefen zu den Brettern, die sich neben seinem Segelboot befanden. An der einen Seite war das Holz sorgfältig aufgeschichtet und abgedeckt, aber auf der anderen war der Stapel umgefallen. Dort wuchsen hohes Gras und Brennnesseln. Als ich ein Brett in die Hand nahm, spürte ich, dass es schwer war.

»Das ist Mahagoni«, sagte er. »Ist ziemlich wertvoll. Aber wir bauen damit nichts mehr. Nimm dir einfach, was du brauchst.«

»Ist das hier eine Werft?« Ich deutete auf die Halle, die direkt neben einem Wohnhaus stand.

»Nein. War es mal. Wir lagern nur noch Boote ein, hin und wieder machen wir kleinere Reparaturen. Wir sind ein Ökolandbau-Betrieb.«

Ich nahm ein anderes Brett.

»Die sind alle zu lang. Hast du auch kürzere?«

In diesem Moment lief eine junge Frau mit einem Mann, der einen auffällig langen, grauen Zopf trug, über das Grundstück auf die ehemalige Werfthalle zu, deren Tor offen stand. Kurz darauf sprang eine Reihe Neonlichter an, die das halbe Grundstück mitbeleuchteten. »Bin gleich wieder da, ich hole mal einen Zollstock«, sagte er und lief ihnen hinterher. Ich blinzelte in das Licht, konnte aber niemanden mehr sehen.

Es war ein stiller Abend. Absolut ruhig lag die Lahne da. Auch hier trieben Blätter und Zweige auf dem Wasser, die Zeichen der vergangenen Nacht, die Zeichen des Gewitters. Wie absichtlich hingeworfen und ganz gleichmäßig verteilt schwammen sie an der Oberfläche. »Komm mal!«, hörte ich ihn rufen.

Die Halle war riesig. Ich ging um einen alten Lastwagen herum, bei dem die Vorderräder fehlten. Dann sah ich vier Segelboote in Holzgestellen, wobei mir nicht klar war, ob sie repariert werden sollten oder nur eingelagert waren. Der Mann mit dem Zopf stand neben einem dieser Boote und wickelte eine Leine auf. Überall standen oder lagen Kisten, Seile, Stoffballen, Werkzeuge, Segel und Motoren. An der Stirnseite hingen drei Anker an der Wand, darunter Steuerräder und präparierte Fische, eine lange Reihe unterschiedlich geformter Ruder. Ein vergilbtes Poster von Hans Albers.

Im hinteren Teil der Halle entdeckte ich ihn an einer großen Maschine, wobei ich nicht erkennen konnte, was sie darstellte. Ich beobachtete nur, wie er – den Joint noch im Mundwinkel, das lange Brett in der Hand – eine Schutzbrille nahm, den Gehörschutz aufsetzte und einen altertümlichen Hebel umlegte.

Das Kreischen, das anhob, war furchterregend. Ich trat ein paar Schritte zurück. Es klang wie ein Todesschrei. Das ganze

Dorf musste von diesem irren Lärm verrückt werden, dachte ich. Aber das schien ihm egal zu sein. Und ich fand, dass das zu diesem Abend passte.

Es war eine Säge. An der Seite stand *MASCHINENWERKE ERNST JÄGER* und darunter *Nürnberg Leipzig 1918*. Ein langer Riemen war zu sehen, und unter einer Art Turm befand sich ein auffallend schmales Sägeblatt.

Ich hielt mir die Ohren zu. Er schob das Brett vor und kürzte es, führte alle Handgriffe konzentriert aus. Mir fiel auf, wie ich diesen Anfang Zwanzigjährigen anders, mit mehr Distanz, zugleich mit mehr Zuneigung und Neugier beobachtete. So hatte ich in Berlin seit Ewigkeiten niemanden mehr angesehen.

»Ratte«, sagte er grinsend, als er die Maschine abgestellt hatte und mir das Brett gab. »Das ist der Spitzname der Säge hier im Dorf.«

Er schaute mich einen Moment lang an. »Und ich bin übrigens Birk. Hallo!«

Ich musste lachen. »Rio.«

Dann schüttelten wir uns die Hand. »Tach.«

Das mörderische Kreischen vibrierte noch in meinen Ohren. Und als wir draußen neben seinem Boot angekommen waren, sagte ich: »Danke. Was willst du dafür haben?«

»Nichts. Kannst noch mehr haben, wenn du was brauchst.«

Es war Zeit, sich zu verabschieden, aber wir waren beide unschlüssig. Einen Moment lang betrachtete ich sein Boot. Es war ein altes Segelboot, das eine elegante Kielform hatte und auffällig schlank und edel wirkte, aber heruntergekommen war.

»Du bist der Typ auf dem Floß, oder?«

Ich hatte mich weitgehend unbeobachtet gefühlt, verborgen

vom Schilf, bei den Seerosen, am Ufer. Der Satz amüsierte mich. Ich nickte.

»Wohnst du dadrauf?«

»Ja.«

»Cool. Wie lange willst du bleiben?«

»Für ein paar Wochen.«

»Selbstgebaut, oder?«

»Ja.«

»Ist illegal, weißt du.«

Ich schaute Birk an und grinste, obwohl ich das nicht wollte. »Ich habe beim Schifffahrtsamt einen Antrag auf ein Kennzeichen gestellt, aber nie eine Antwort bekommen. Bis jetzt ist die Polizei einmal vorbeigefahren. Haben mich entweder nicht gesehen oder es war ihnen egal.«

»Legal, illegal, scheißegal. Für so eine schwimmende Anlage kriegst du niemals eine Erlaubnis. Hast du einen Angelschein?«

»Nein.«

»Angelst du?«

»Nein.«

»Dann ist alles gut. Beim Angeln verstehen die Locals hier keinen Spaß. Wenn du zehntausend Liter Nitrat oder Glyphosat in die Böden bringst, kommst du durch. Wenn du ohne Angelschein eine Sprotte rausziehst, hast du ein Problem.«

»Wir haben eine Abmachung!«, hörten wir plötzlich jemanden rufen und drehten uns in die Richtung, aus der das kam. Es war die junge Frau, die sich vor der Halle aufgebaut hatte. Der Mann mit dem grauen Zopf war nicht mehr zu sehen.

»Ich weiß«, rief Birk.

»Warum hältst du dich dann nicht daran?«, erwiderte sie.

Birk setzte sich auf einen Stuhl neben seinem Boot.

»War eine Ausnahme.«

Sie stand ganz ruhig da, wie in einem Western, beim Duell, kurz vor dem Schuss. Sie war älter als er, vielleicht Ende zwanzig.

»Dann erzähl mir aber auch nichts von Konsequenz. Es darf keine Ausnahmen geben«, und sie drehte sich weg und ging davon.

Birk musste laut lachen und rief ihr hinterher: »Gut Nacht. Träum was Süßes, Schwesterchen.« Doch einen Augenblick später tauchte sie wieder auf, breitbeinig stand sie da. »Und wer ist das?« Es klang nicht unfreundlich.

Birk schaute mich an. Ich war gespannt, was jetzt kam.

»Keine Ahnung. Die Ursache. Er brauchte Holz.«

Als sie endgültig verschwunden war, sagte er: »Johanna ist harmlos. Hat nur ein Problem damit, wenn ich die Ratte für einen einzigen Schnitt anwerfe. Und hat alle zwei Tage das Bedürfnis jemanden anzumachen.«

Dann drehte er sich zu mir. »Gestern war doch dieses krasse Gewitter. Warst du da auf dem Floß? Ist es kaputtgegangen? Ist das Brett dafür?«

»Ja, ich war draußen, aber kaputtgegangen ist nichts. Das Brett ist für was anderes. Ich kriege demnächst Besuch. Möchte noch ein paar Sachen optimieren, damit man auf dem Floß auch gut zu zweit sein kann.«

»War nicht so lustig auf dem See, oder? Hier im Dorf sind die Keller vollgelaufen. Bei uns hinter den Gewächshäusern ist eine Mauer eingestürzt.«

»Nein, absolut nicht. Ich hatte echt Angst.«

»Hmm.« Er schaute mich an. »Klar. Das war megaheftig.«

Er nahm den halb aufgerauchten Joint, der auf einem Pflasterstein neben der Leiter lag, zündete das lange, schlanke Ding an und sagte: »Erzähl mal.«

»Stell dir einfach vor, du wachst mitten in der Nacht auf und merkst, dass da ein Sturm zugange ist, der dich und dein Floß quer über den See schiebt. Mein Anker ist wirklich schwer, aber der hat gar nichts gebracht.«

»Wahnsinn«, sagte er und grinste, »ein richtiges Abenteuer.«

»Ich habe Seitenplanen, die binde ich jeden Abend nach unten, damit ich ganz gemütlich wie in einem Zelt schlafen kann. Bei diesem Sturm waren sie allerdings wie Segel, perfekte Angriffsflächen. Ich musste sofort alle Planen hochbinden, um diese Fahrt zu stoppen. Aber so hatte ich keinen Schutz mehr vor dem Regen. Es hat geschüttet wie aus Eimern. Ich habe es grad noch geschafft, meine Matratze zu verstauen und den Schlafsack in eine Kiste zu stopfen.« Ich machte eine Pause. »Da habe ich gemerkt, dass mein Handy weg war, hat der Sturm einfach weggeweht! Das war nicht so gut. Irgendwann will man ja vielleicht mal wieder telefonieren.«

Birk lächelte. »Wohl wahr, telefonieren muss man hin und wieder.« Er zog an seinem Joint.

»Auf jeden Fall war die Fahrt erst mal gestoppt, ich habe sogar das Handy wiedergefunden. Aber genau in dem Moment habe ich gesehen, wie ein Blitz auf der Insel eingeschlagen ist. Ein Baum hat Feuer gefangen und ist umgekippt. Dieses unglaublich laute Krachen. Nur fünfzig Meter neben mir. Ab diesem Moment hatte ich einfach nur noch wahnsinnige Angst. Ich war mitten auf dem See, mein Mast ist vier Meter hoch. Drei Minuten vorher hatte ich noch seelenruhig geschlafen! Und dann zuckte direkt über mir der nächste Blitz.«

Während ich erzählte, hockte sich Birk neben eine Metallkiste und öffnete sie. Als er die Abdeckung anhob, ging ein Licht an. Er nahm zwei Flaschen Bier heraus.

»Oh Mann, cool, ich liebe Seefahrergeschichten«, sagte er, öffnete eine Flasche und gab sie mir. »Prost.«

Wir stießen die eiskalten Flaschen gegeneinander.

»Los, erzähl weiter!«

7

Bei kleineren Ortswechseln lohnte es sich nicht, den Motor anzuwerfen. Nach dem Tiefgang der Fässer zu urteilen, wog das Floß ungefähr dreihundert Kilo, doch es war ein Leichtes und es machte Spaß, es mithilfe der langen roten Bootsleine über das Wasser zu ziehen. Wie ein Treidler, nur dass ich nicht am Ufer entlangging, sondern im hüfthohen Wasser waten und es bequem ziehen konnte. Das war ein bisschen wie Spazierengehen mit Floß-Begleitung.

Ich ankerte immer am nördlichen Ufer. Mal mehr westlich, wo der breite Schilfgürtel war, mal mehr östlich, wo der Wald direkt ans Ufer grenzte und ich mich mit dem Floß im Schatten der ausladenden Äste verstecken konnte. Wenn ich Kopfsprünge machen wollte, musste ich mich etwas vom Ufer entfernen, denn dort war es zu flach.

Am nächsten Morgen wollte ich zu dem Feld Seerosen, wo es so malerisch war, dass man es kaum aushalten konnte. Ich watete also durch das hüfthohe Wasser und zog das Floß hinter mir her. Ich hatte vor, es unmittelbar neben die schwimmenden Blüten zu setzen, aber auch so zu platzieren, dass ich im Schatten liegen und zugleich weit über den See blicken konnte. Als ich neben den Seerosen angekommen war, warf ich den Anker und konnte mit der Leine die exakte Position bestimmen, in der das Floß liegen sollte. Als ich es an einer der Miniaturinseln, auf denen das Schilf stand, festgemacht hatte, hörte ich das Dröhnen. Ich kannte dieses tiefe, laute Motorengeräusch und schaute in Richtung Ranitz. Ich wusste, gleich würde das Boot dort aus dem Fluss herausschießen, kurz hinter der Insel verschwinden und dann mit voller Geschwindigkeit über den See rasen. Bis zur Brücke und zurück. Das Dröhnen wurde lauter. Und da war es, mit den beiden gezackten Streifen auf der Seite. Es protzte quer über den See und warf eine dicke Welle auf. Keine Minute, dann erreichte sie mich. Ursache und Wirkung konnten durch kein Bild besser erzählt werden.

Die Welle hob mein Floß hoch und brachte es zum Schwanken, eine Tasse fiel um, rollte über das Holz, schlug gegen eine Kiste. Und schon wurde die Welle vom Ufer zurückgeworfen und drückte das Floß erneut und noch stärker auf die Seite.

Plötzlich hörte ich ein Räuspern direkt hinter mir. Ich drehte mich um.

»Wollte dich nicht aus deinen Tagträumen reißen!«

Es war Birk. Er saß in einem langen gelben Kajak, das über und über mit Aufklebern bedeckt war. *There is no party on a dead planet*, stand da sicher hundertmal. Im nächsten Moment hievte er, ohne sich am Floß festzuhalten, zwei prall gefüllte Stoffbeutel auf die Planken.

»Ist das für mich?«

»Ja, klar.«

»Das ist ja großzügig.«

Gurken und überdimensionale Zucchini schauten aus den Beuteln, ich sah auch Tomaten, Bohnen und sogar Erdbeeren. Und eine Flasche Bier. Ein Traum, bedenkt man, dass ich seit meinem Aufbruch vor allem Reis und Pasta mit Sambal Oelek oder Pesto gegessen hatte.

»Darf ich?«

»Ja«, sagte ich, und als er sich aufrichtete, stieg er mühelos aus seinem Kajak auf das Floß, während ich noch im Wasser stand.

Er lächelte und schaute mich an.

»Du brauchst was Frisches, meintest du.«

»So viel?« Ich stieg aufs Floß, griff mein Handtuch und trocknete mich ab.

»Ich könnte dir noch viel mehr bringen. Wir haben einen Hofladen, den dürfen wir aber grad nicht betreiben.«

»Wieso nicht?«

Birk blickte auf die Kisten, in denen ich alles verstaute. Auf die Matratze, meine Bücher, die Kamera, den Gaskocher, die Espressokanne. Da lag auch das Brett, das er mir gegeben hatte.

»Was? Ja. Weil das mit der Konzession nicht geklappt hat. Lange Geschichte. Zu kompliziert zu erklären. Nenn meinen Vater einfach Murphy. Alles, was er anpackt, geht schief«, sagte er und berührte einen der Holzbalken, die das Dach trugen, wie um zu testen, ob er stabil war.

»Gut, dass er nicht mit Flugzeugen herumfliegt oder Atomkraftwerke betreibt.«

»Er wollte mal eine Windkraftanlage aufstellen.« Birk schaute mich nachdenklich an.

»Und dabei hat er den Wind kaputtgemacht?«

»So ungefähr.« Birk lachte und setzte sich auf die Bank, die ich am Mast befestigt hatte. Er trug ein Tuch um den Hals, hatte ein Batik-Shirt an und weite Stoffhosen. Das sah alles ziemlich schwarz und grau und dunkel aus. Ein komischer Kontrast zu diesem Tag, an dem alles hellblau und grün zu leuchten schien und die Sonnenstrahlen auf dem Wasser glitzerten.

Er streckte die Beine aus. »Schön hast du es hier! Und damit bist du quer über den See gepustet worden? Verrückt. Ist viel robuster und größer, als man denkt. Aus der Entfernung sieht es wirklich lustig aus, dein Floß. Dein Kajak übrigens auch.«

»Darf ich vorstellen, der Schlumpf.« Ich nickte in Richtung meines Kajaks.

»Ja! So sieht das auch aus!« Er lachte.

Ich deutete auf die Beutel. »Ich würde dir gerne was dafür geben.«

»Wofür? Für Obst und Gemüse?« Er schaute mich einen Moment lang an. »Wir beliefern Wochenmärkte. Da bleibt immer ’ne Menge übrig. Das kriegen manchmal die Ziegen. Heute kriegst du es.«

Er stand auf und machte zwei Schritte auf sein Kajak zu. Das Floß schwankte.

»Die Leute reden schon über dich. Das weißt du, oder?«

»Wirklich? Na dann!«

»Der Typ auf dem Floß«, sagte er und schüttelte den Kopf. »Meine Cousine hat mir getextet, dass du gesehen wurdest, wie du an der Brücke in Bridow telefonieren wolltest und deinen Müll an der Bushalte weggeschmissen hast.«

»Echt? Einmal hab ich das gemacht.«

»Einmal! Das ist mehr als genug.« Er lachte. »Aber warum fällt so viel Müll an?«

Ich dachte an die leeren Konservendosen, Nudel- und Basmatireis-Verpackungen, Tetrapacks, Zigarettenkippen, Weinflaschen, Zwiebelschalen. Das alles hatte ich in den Mülleimer neben der Bushaltestelle gestopft. Ich fand nicht, dass ich besonders viel Müll produzierte.

»Willst du einen Kaffee? Ich kann uns einen Espresso machen.«

»Ich trinke keinen Kaffee.«

»Tee?«

»Nein, keine Zeit, danke. Und wie machst du es eigentlich mit dem Wasser?«

»Als es neulich aufgebraucht war, hab ich bei euch im Dorf an einer Pension nachgefragt.«

»Und? Hast du die geballte Ladung Brandenburger Charme abbekommen?«

»Die waren eigentlich voll okay.« Ich griff nach einem der Beutel. »Danke jedenfalls. Und sag, wenn du mal irgendwie Hilfe brauchst.«

»Auge um Auge, Zahn um Zahn?« Birk warf mir diesen prüfenden Blick zu, der etwas Hintergründiges und Ernstes hatte, wie ich fand, so als hätte ich gegen seinen Moralkodex verstoßen.

»Wenn du willst, kannst du mir direkt jetzt bei was helfen.«

»Jetzt?«

8

Wir ließen Ranitz, das Dorf, an dessen Rand Birk wohnte, hinter uns und paddelten die Lahne hinunter flussabwärts. Er war so schnell, dass ich kaum hinterherkam. Ich sah immer nur seinen schmalen, aber muskulösen Rücken vor mir. Kräftig und dynamisch setzte er das Paddel ins Wasser.

Nach einer halben Stunde Fahrt, weit vom Dorf entfernt, als keine Häuser mehr am Ufer standen, nur noch Bäume und Büsche, und der Fluss nach links mäanderte, legte Birk das Paddel endlich vor sich aufs Kajak und ließ sich treiben. Er blickte sich zu mir um, aber drehte sich nur so weit, dass er mich aus dem Augenwinkel sehen konnte. Kurz dachte ich, er hätte gehofft, dass ich nicht mehr da wäre. Aber ich war noch da und schaute ihn an. Dann tauchte er das Paddel links von sich ins Wasser und drehte sich um neunzig Grad, hielt auf das westliche Flussufer zu, wo eins der riesenhaften Schilder mit der Kilometerangabe stand. Eine 12 markierte die Entfernung zur Schleuse in Zernzig.

Dort, wo Birk anlegte, gab es keine Uferbefestigung, keinen Steg, nur dichtes Gebüsch und Äste, die weit über das Wasser ragten. Er hielt sich an einem Ast fest und stieg aus dem Kajak. Dann zeigte er auf eine Stelle, wo ich festmachen sollte. Nachdem wir ein Stück auf einem Trampelpfad gelaufen waren, kamen wir an ein Tor in einem Zaun und liefen quer über eine Weide. Da standen ungefähr dreißig Ziegen, einige mit grauem zotteligen Fell, die anderen mit kurzem braunen. Die Zicklein waren tiefschwarz. Sie schauten alle auf, als wir die Weide betraten. Aber die vielen Augenpaare fixierten uns nur für einen Augenblick. Einige Tiere wichen zurück oder trabten davon. Die meisten fraßen einfach weiter. Nur eins mit langen gebogenen Hörnern starrte uns ununterbrochen an.

»Der da«, Birk zeigte auf die Ziege, die uns nicht aus den Augen ließ, »das ist Vau. Der mit den schönen Hörnern.«

»Vau?«

»Eigentlich VdHA. Frag nicht. Das ist die Abkürzung für *Die Versuchung des Heiligen Antonius*. Den haben wir so bekommen. Der Name stand in seinem Herkunftsnachweis. Manche Züchter sind völlig plemplem. Mein Vater findet es super. Ich nenne ihn einfach Vau.«

Ich musste lachen. »Haben die alle Namen?«

»Ja.«

»Aber die kennst du nicht alle.«

»Doch.«

Wir liefen auf einen niedrigen, offenen Stall zu, und als er seine Gürteltasche abgenommen und dort auf das Dach gelegt hatte, fragte er: »Bist du bereit?«

»Wozu?«

»Ihn einfangen und 'ne Spritze verpassen.«

»Was für eine Spritze?«

»Vau hat Tollwut«, Birk schaute mich an.

»Nein. War ein Witz. Sie werden nur geimpft, reine Routine.« Er holte eine Plastikbox aus seiner Gürteltasche, hockte sich hin und klappte sie auf.

»Wogegen?«

»Nichts Wildes. Gegen Pasteurellose.«

In der Box lagen mehrere Spritzen mit auffällig kurzen Kanülen.

»Los. Komm. Auf ihn mit Gebrüll.«

Birk ging los. Sehr langsam allerdings. Ich neben ihm. Auf Vau, den Ziegenbock zu, der längst witterte, was hier im Gange war. Kampfbereit richtete er sich auf, wölbte seine Brust, dann senkte er den Kopf und hob ein Vorderbein. Wir waren kaum auf zwanzig Schritte herangekommen, da galoppierte er mit weit nach vorne gestreckten Hörnern zwischen uns hindurch. Ich sprang zur Seite und starrte Birk an.

Wir folgten ihm zum anderen Ende der Weide, stellten ihn am Zaun, und als er den nächsten Ausbruch wagte, brüllte Birk plötzlich: »UUAAAH!«, was das Tier irritierte und einen Haken schlagen ließ. Jetzt warf Birk sich auf ihn, hielt ihn an den Hörnern fest und brachte ihn zu Fall. Ich tat genau das, was wir in der Zwischenzeit verabredet hatten. Ich warf mich ebenfalls auf den Bock, griff seine Hörner und versuchte, ihn am Boden zu fixieren. Während Birk sich aufraffte und die Abdeckung von der Spritze entfernte, die er zwischen den Zähnen gehalten hatte, warf der Bock wie wild den Kopf hin und her und drehte den Körper um die eigene Achse. Mit aller Kraft schloss ich meine Fäuste um seine Hörner, und weil es fast unmöglich war, ihn festzuhalten, ich ihn aber nicht loslassen wollte, versuchte ich, seinen Rumpf mit meinen Beinen zu umklammern. Der Bock war nicht groß, aber schwer und unglaublich wendig und muskulös, und er war kurz davor, mir zu entwischen. Birk schrie: »Mach ihn müde! Mach ihn müde!«, und legte die Spritze in die Wiese, um mir zu helfen.

Wir umklammerten den Ziegenbock nun gemeinsam, aber Vau wurde nicht müde und Birk schrie, während er losließ und sich ein paar Schritte entfernte: »Oh Gott. Ich halt es nicht aus. Ich glaub, ich muss kotzen. Wie der stinkt! Lass es sein. Lass ihn. Heute haben wir keine Chance.«

Aber ich wollte ihn nicht lassen. Ich drückte meinen Kopf gegen seinen Hals, weil ich die Hörner auf keinen Fall abbekommen durfte. Ich habe keine Ahnung, warum ich absolut überzeugt war, dass ich dieses Tier nicht wieder loslassen durfte. Immer wieder wand er sich, um sich aus meiner Umklammerung zu befreien, drehte sich, schlug wie verrückt mit den Hörnern um sich. Und als ich unter dem Tier lag, begriff ich, dass ich überhaupt keine Kraft mehr hatte, spürte, wie sich meine Fäuste, die ich um die Hörner geschlossen hatte, einfach gegen meinen Willen öffneten. Und schon befreite sich Vau und schlug mit beiden Hinterhufen knapp an meiner Stirn vorbei. Ich legte so schnell ich konnte meine Arme schützend um meinen Kopf. Duckte mich weg, rollte mich zur Seite. Dann preschte der Bock mit hoch erhobenem Haupt davon. Es war dasselbe Gefühl wie während des Gewitters, als ich auf meinem Floß gekauert hatte, während sich ein Blitz nach dem anderen über mir mit irrem Krachen entlud. Wie ein Lamm auf der Schlachtbank hatte ich alles über mich ergehen lassen.

9

»Wow. Du hast Ausdauer«, sagte Birk. »Hast du mal Kampfsport gemacht?«

»Ja, Judo, das ist aber ewig her.«

Alle Knochen taten mir weh. Ich rang nach Luft.

»Bist ja ein richtiger Ziegen-Wrestler. Der Ziegen-Wrestler vom Soliner See.« Er lachte.

»Vielleicht bräuchte es eher einen Ziegen-Flüsterer. Weiß nicht, ob ich diese Kompetenz auch mitbringe.«

»Der Versuch zählt«, sagte er, »aber Vau hat den Dreh raus. Scheiße. Echt. Ihm geht's um alles. Er muss zeigen, wer hier der Chef auf der Wiese ist. Und du hast das echt nicht gerochen?«

»Nein. Was?«

»Den bestialischen Gestank. Aus seinem Maul.«

»Ich rieche nur noch Rauch und Verbranntes. Seit einem halben Jahr. Seitdem ich Corona hatte.«

»Bist du nicht geimpft gewesen?«

»Doch, klar.«

Wir schauten zum Bock hinüber. Da stand er, am anderen Ende der Weide, mit fest geschlossenem Maul, vorgewölbter Brust, und wühlte mit den Vorderhufen Staub und Dreck auf, dass es nur so spritzte. *Die Versuchung des Heiligen Antonius* mit seinen kurzen Beinen. Der König der Ziegen.

Gegen dieses Biest hatte ich gekämpft? Ich fühlte noch seine enorme Kraft. Mit einem Tritt gegen meinen Kopf hätte er mich töten können. In dem Augenblick hatte ich das Gefühl, dass ich mich selbst nicht verstand, dass ich nicht wusste, was ich hier überhaupt tat und was das sollte mit dem Floß auf dem See, dass ich einfach nur ein Leben, *mein* Leben führen wollte, ein richtiges Leben, ein Leben mit Alissa, vielleicht mit Kindern, und dass ich tief in mir, mit meinen vierzig Jahren, längst wissen müsste, wie dieses Leben aussehen sollte.

Ich ließ mich nach hinten in die Wiese fallen und blinzelte in den strahlend blauen Himmel, hoch zu den Schäfchenwolken. Stellte mir vor, dass man die genauso schlecht festhalten konnte wie diesen Bock. Egal, wie viel Kraft man hatte.

Birk streichelte ein Lamm, das in seinem Schoß lag. Die Mutter graste neben uns und versetzte mir hin und wieder einen sanften Stoß mit der Stirn, weil sie an das Gras wollte, auf dem ich saß. Vau lag im Schatten und kaute zufrieden auf Grashalmen herum.

»Warum der Soliner See? Warum kein anderer?«, fragte Birk unvermittelt.

»Das ist der schönste weit und breit. Meine Mutter stammt aus Zernzig. Meine Tante wohnt da immer noch. Ich kenne diesen See seit meiner Kindheit.«

»Und was machst du eigentlich, beruflich, meine ich?«

»Ich bin Fotograf. Arbeite in einer Fotoredaktion.«

»Klingt interessant.«

»Ist okayes Geld für okaye Arbeit.«

Er zog die Brauen zusammen. Es war derselbe Blick wie auf dem Floß, als ich für das Gemüse bezahlen wollte.

»Und was machst du?«

»Zurzeit beschäftige ich mich mit meinem Segelboot. Ich möchte mit anderen Aktivisten Segelreisen anbieten, also nicht Reisen, sondern Touren, eine Alternative zu Flügen. Es gibt genug Leute, die ein Bewusstsein dafür haben und die nötige Zeit, um aufs Flugzeug zu verzichten. Auf die Kanaren oder nach Sardinien oder so. Genau das möchte ich zu einem fairen Preis anbieten, in ein oder in zwei Jahren.«

Unter der Woche herrschte in dieser Seenlandschaft eine zeitlose Stille. So als wäre man in ein früheres Jahrhundert versetzt. In ein Gemälde von Blechen oder Cézanne. In eine vormoderne Welt. Bis auf unsere Kleidung und die Kajaks war da kein einziger Gegenstand weit und breit, der an die Gegenwart erinnerte. Da war nur die Lahne, die ihrem Lauf folgte. Auch die Wolken zogen über den Himmel wie eh und je. Die Blätter der Erlen baumelten an den Zweigen, als würden sogar sie sich über diesen sonnigen Tag freuen. Mehrmals setzte sich eine Libelle auf Birks Schulter. Plötzlich flog ein Eisvogel direkt vor uns am Ufer entlang. Es war, als hinterließe er eine metallisch blauglänzende Spur hinter sich in der Luft, wie einen Pinselstrich.

»Ich finde es hier schöner als auf den Kanaren oder auf Sardinien«, sagte ich. »Diese Seen, das Wasser. Vor allem diese Stimmung abends.«

»Du meinst die Ruhe vor dem Sturm? No way«, erwiderte Birk. »Ist 'ne trostlose Gegend hier. Die meisten Leute sind eigentlich okay. Lassen sich aber runterziehen von den Vollpfosten. Brandenburg ist das Letzte«, sagte er und schaute mich an. »Hier ist neulich ein Sprengsatz explodiert. Es gab sogar einen Toten. Die ganze Gegend ist in Aufruhr. Ich habe einen Drohanruf bekommen. Und jetzt haben wir noch einen geheimnisvollen Floßbewohner und Ziegen-Wrestler dazugewonnen.« Er lachte düster und legte mir eine Hand auf die Schulter. »Cool, ist richtig was los in diesem Sommer.«

»Ein Sprengsatz? Ich hab die Explosion gehört. Das war vor fünf Tagen, oder nicht? Ich bin mitten in der Nacht hochgeschreckt. Ich dachte, da ist Gas explodiert oder so. Weißt du was darüber?«

Er schaute mich an. »Wie meinst du das?«

»Na, was da los war.«

»Nichts weiß ich darüber. Außer dass es den Falschen getroffen hat. Der Anschlag hat garantiert dem Besitzer des Bootes gegolten, nicht dem, der ihm zum Opfer gefallen ist. Dieser

Mann, der vermutlich sterben sollte, ist so'n Millionär und Rechtsradikaler. – Willst du auch mal?« Er gab mir das Lamm, das die ganze Zeit in seinem Schoß gelegen hatte, und stand auf.

10

»Ich höre sogar die Vögel im Hintergrund. Der Empfang ist super. Wo bist du?«

»Auf einem Baum.«

»Einem Baum?«

»Ja, für meinen Geschmack ist es etwas hoch.« Ich beugte mich nach vorne und warf einen Blick nach unten. »Wenn da nicht überall Blätter wären und ich den Boden sehen könnte, hätte ich sicher Höhenangst. Ich bin in einer großen Eiche direkt am Seeufer. In der Nähe vom Campingplatz. Hier gibt es einen Stuhl, in vier oder fünf Metern Höhe. Hat mir der Typ gezeigt, den ich kennengelernt habe. Birk heißt der. Hier oben kann ich sitzen und telefonieren. Der Empfang ist top.«

»So eine Art Hochstand?«

»Ja, nur eben nicht für die Jagd.«

»Das klingt toll. Aber jetzt erzähl! Wie geht's dir, wie war es bis jetzt? Und was ist das für ein Mensch, der Stühle in Bäume packt?«

Ich erzählte von den ersten Tagen auf dem Floß, von dem Alltag, der sich einstellte, von Birk und wie ich ihn kennengelernt hatte. Alissa kannte den See, wir waren gemeinsam hier gewesen, dennoch hatte ich erwartet, dass sie viel neugieriger sein würde. Vom Ziegenbock erzählte ich nichts.

»Es ist wirklich traumhaft. Hier oben ist man völlig aus der Welt. Er hat keine Nägel oder Schrauben benutzt, nur Seile, um den Baum nicht zu beschädigen. Birk hat Erfahrung mit solchen Sachen. Das musst du dir unbedingt ansehen.«

»Na, da hast du ja einen richtigen Freund gefunden. So wie du schwärmst«, sagte sie schließlich, aber ihr Tonfall ärgerte mich. Das klang so, als würde eine Mutter halb wohlwollend, halb desinteressiert auf ihr Kind schauen, das sich im knietiefen Wasser mit einem Spielgefährten Bälle zuwarf.

»Bist du eigentlich in dieses Gewitter gekommen?«

»Ja.«

»Ich habe dauernd an dich gedacht«, sagte sie zärtlich, doch nach einer Pause veränderte sich ihr Tonfall wieder. »Bei mir in Frankfurt kam auch ganz schön was runter. Hat wie verrückt geblitzt und gedonnert. Die Straßen standen unter Wasser. Sahen toll aus, die Wolken, die in irrem Tempo zwischen den Bankentürmen durchgezogen sind. Hast du es gut überstanden?«

»Ja, war okay. Naja. Geht so. Ich bin entspannt eingeschlafen und dann, um ein Uhr, ging es schlagartig los. Da waren irre viele Blitze ganz in meiner Nähe. Ich war mit dem Floß mitten auf dem See, fast bei der Insel. Du weißt ja, wie hoch der Mast ist.«

Ich stockte. Ich spürte, dass sich etwas an der Temperatur unseres Telefonats verändert hatte, und dass sie mir nicht mehr richtig zuhörte.

»Sorry. Es kam schon wieder eine Mail von Steph.«

»Aber erzähl du jetzt auch mal. Wie geht es dir? Wann kommst du?«

»Ich wollte es dir gestern schon sagen. Es hat sich was ergeben, was ich nicht absagen kann. Tut mir leid.« Plötzlich sprach sie lauter. »Ich bin hier im Megastress. Das heißt nicht, dass ich gar nicht komme. Aber dieses oder nächstes Wochenende wird es leider nichts.«

»Was hat sich ergeben?«

»Da ist ein großes Abendessen in der Galerie von Stephs Freundin in Köln. Dort werde ich endlich auch Hedda treffen.«

»Okay, das ist wichtig. Kann ich verstehen. Da musst du hin.«

»Und am nächsten Wochenende muss ich noch mal nach Benrath, einen Sammler treffen, der eine von Heddas Arbeiten besitzt, über die ich auch noch schreiben will. Es gibt davon keine Dokumentation und ich muss mir das von dem beschreiben lassen. Ich zieh das jetzt durch, weißt du? Du machst doch auch dein Ding.«

Wieder fühlte ich diese Anspannung und den Ärger. Ich versuchte, mir nichts anmerken zu lassen. »Du verpasst wirklich was«, sagte ich.

»Ich weiß. Das glaube ich dir. Andererseits würde ich mich auch freuen, wenn du mich besuchst. Mein Zimmer ist mittlerweile auch so etwas wie eine einsame Insel. Ein Floß. Alles schwankt. Ich hab so unglaublich viel zu tun. Manchmal habe ich echt das Gefühl, dass dir das egal ist, dass du das ignorierst.«

»Nein, das ist nicht wahr.«

»Ich hab eine Deadline! Du hast frei! Das ist der Unterschied zwischen dir und mir.«

Das Thema ihrer Dissertation war: *Artistic intervention in the context of political activism*. Die Schnittstelle zwischen Kunst und Politik beziehungsweise Aktivismus. Bis tief in die Nacht schrieb und las sie, und jeden Morgen um sechs Uhr stand sie auf, egal, wie spät sie ins Bett gegangen war, um die erste Fassung ihrer Arbeit bis August fertigzustellen.

»Übrigens ging es neulich in einem Gespräch mit Steph auch um ein Floß. Eine der Künstlerinnen, mit der sie befreundet ist, hat vor ein paar Jahren eins gebaut, das sie in der Mitte eines Baggersees irgendwo bei Kassel festgemacht hat. Die Menschen aus der Umgebung waren eingeladen, einen Tag und eine Nacht darauf zu verbringen, aber nur unter der Bedingung, dass sie wirklich vierundzwanzig Stunden blieben – allein und ohne Handy. Diese Idee finde ich richtig gut.«

»Was findest du gut?«, fragte ich.

»Naja, das Konzept, und überhaupt, dass diese Künstlerin ein so starkes Konzept hatte.«

»Willst du mir damit etwas sagen?«

»Wie meinst du das?«

Ich hasste diese Gegenfragen.

»Du weißt, wie ich das meine. Genau das will ich eben nicht machen. Mein Floß ist ein Floß. Ein echtes, primitives Floß. Es geht nicht um ein Projekt, auch nicht um Dokumentation oder Partizipation oder Kollaboration. Es geht nicht mal um Klimaschutz. Ich will einfach den Sommer über auf dem Floß sein.«

»Du musst nicht alles, was ich sage, auf dich beziehen. Warum regst du dich gleich so auf?«

»Naja. Alles, was dir begegnet, nimmst du nur noch vor dem Hintergrund deiner Dissertation wahr. Und das, was dort nicht reinpasst, fällt durchs Raster. Mein Floß ist einfach nur ein kleines, banales, bedeutungsloses Ding.«

»Du glaubst doch wohl nicht, dass ich dich deshalb nicht besuche. Ich würde total gerne kommen. Aber es stimmt. Klar. Ich glaube, dass es in deinem Leben zurzeit Wichtigeres gäbe, als wochenlang auf einem Floß abzuhängen. Ich mache mir auch Sorgen um dich.« Es entstand eine Pause. »Los, jetzt erzähl schon weiter von dem Gewitter. Lass uns bitte nicht streiten. Was ist denn überhaupt passiert?«

Ich lehnte mich zurück, schloss die Augen. »Ich kann jetzt nicht von diesem Gewitter erzählen. Ein andermal, ja? Alles halb so wild.«

Erneut schwiegen wir für einen Augenblick und ich betrachtete die dichten Zweige. Der Blick auf den Boden war so wie der über den See von Blättern verdeckt. Plötzlich entdeckte ich einen Vogel, kaum einen halben Meter von mir entfernt. Er war winzig klein, sah fast so aus wie ein Tischtennisball mit Federn. Viel zu verletzlich und schwach, um in dieser Umgebung zu bestehen. Ich sah ihn als unbeweglichen, ganz stillen Körper, als dunkle Silhouette vor dem Laub, das sich im Abendlicht grau verfärbte. Und da stürzten alle Fragen, die Alissa mir gestellt hatte, auf mich ein.

Wie lange willst du bleiben? Wird das ein Urlaub? Eine kurze Auszeit? Oder eine Flucht? Was kommt danach? Wie machst du es mit Solveigh und deinem Job? Wie machst du es mit dem Geld? Ändert das etwas an unserem Plan?

Sie hatte geahnt, dass mehr dahinterstecken könnte. Und ich fühlte, dass sich tief in mir etwas verbarg. Ich blickte die vier, fünf Meter zum Boden hinunter, und mich überkam der Wunsch, mich einfach fallen zu lassen.

DIEB IN DER NACHT

11

Am Morgen nach dem Telefonat fuhr ich einfach los. Ich wollte mit dem Kajak unterwegs sein und irgendwo an einem anderen See am Ufer übernachten. Das war eins der Vorhaben, die ich in diesem Sommer verwirklichen wollte und die auf meiner Liste standen; einer Liste, die ich allerdings gleich zu Anfang verlegt hatte.

Während dieser Tour sah ich etliche Graureiher, Möwen, Libellen, Kormorane. Sah tote Fische, trübes und klares Wasser. Erlen und Birken. Weiden und Eichen. Wolken und Sonnenstrahlen, die schräg und zugleich gedämpft durch das Laub auf die Wellen schlugen. Manchmal glaubte ich, den feuchten, nassen Dunst des Uferwaldes wahrzunehmen, auch wenn ich ihn wegen meiner Anosmie nicht roch. Es kamen auch Erinnerungen an meinen Großvater. Mit ihm hatte ich die ersten Ausflüge in diese Flusslandschaft unternommen. Ich hatte damals immer den Eindruck gehabt, dass dieser weißhaarige, wortkarge Mann mich nicht mochte, dass er keine emotionale Beziehung zu mir aufbauen wollte oder konnte, doch die Ausflüge mit ihm in den Faltbooten hatten dennoch Spaß gemacht und mich geprägt. Der Wechsel von Flüssen und Seen, die bewaldeten Ufer, das Glitzern und Gleißen auf der Oberfläche.

Ich hatte auf diesem Kajaktrip jedoch keine Augen für die

Natur. Auch keine Lust auf Erinnerungen. Noch weniger Lust, sentimental zu werden. Es ging mir nur darum, unterwegs zu sein. Ich fuhr einfach ganz gleichmäßig, rhythmisch und stoisch stundenlang immer weiter und weiter. Wie eine Maschine aus Fleisch und Blut, so wollte ich sein, so stach ich das Paddel ins Wasser. Immer wieder links, rechts, links, rechts, links, rechts. Das tat gut. Der Körper mit seinen Muskeln groß, die Gedanken mit ihren Emotionen klein.

Und weil ich so fuhr, wie ich fuhr, schaffte ich weite Strecken. Am ersten Tag fuhr ich die Lahne flussaufwärts zum Hellzigsee und dann zum Langen See, von dort weiter bis zum Fernower See. Alissa wollte also erst in drei Wochen oder noch später kommen. Ich versuchte, nicht an unser Telefonat zu denken. Doch ich fühlte die Enttäuschung wie ein Gewicht auf meiner Brust.

Am Fernower See, den ich noch nie besucht hatte, entdeckte ich eine kleine, versteckte Bucht, die in diesem Sommer noch eine wichtige Rolle spielen würde. Vor einer schmalen Sandbank direkt am bewaldeten Ufer waren zwei Bäume in den See gestürzt, und zwar so, dass sie rechts und links eine natürliche Barriere bildeten. Der Abstand zwischen ihnen war groß genug, sodass ich mit dem Floß hindurchpassen würde. Wie von der Welt abgekapselt lag diese Bucht hinter Ästen und Zweigen versteckt, denn die umgestürzten Bäume lebten noch und waren grün. Dort legte ich meine Isomatte ans Ufer und verkroch mich im Schlafsack. Mehr als zwölf Stunden war ich unterwegs gewesen. Auch das Gewitter und der Kampf mit dem Ziegenbock waren nicht spurlos an mir vorbeigegangen, alles tat mir weh.

Die Nacht wurde nicht gut. Das hatte ich eigentlich schon befürchtet, es war die erste Nacht, in der ich nicht auf dem Floß schlief. Aber dass es so schlimm werden würde, überraschte mich. Ich hatte kein Zelt mitgenommen und lag auf dem Waldboden. Das Problem war meine Fantasie. Im Plätschern der Wellen hörte ich die Stimmen von Menschen. Im Knacken der Äste sich anschleichende Tiere. Im Wind, der durch die Bäume strich, den Atem eines Psychopathen. Ich war ein ängstlicher Mensch, aber meine Angst geriet in dieser Nacht außer Kontrolle.

Alissa wusste das und hatte mich einmal gefragt: Wieso gehst du, wenn du so viele Ängste hast, auf ein Floß? Wieso willst du ohne Zelt im Wald übernachten? Warum tust du dir das an? Ich erklärte ihr, dass ich mich überwinden wolle, dass ich in Selbstüberwindung einen Sinn sah. Doch Alissa schüttelte nur den Kopf. Sie hatte im Gegensatz zu mir nur wenig Ängste und würde sich nie selbst Gewalt antun, schon gar nicht würde sie freiwillig gegen ihr Gefühl und gegen ihren Instinkt handeln.

Tief in der Nacht gab ich es auf, einschlafen zu wollen, setzte mich auf und lehnte mich mit dem Rücken gegen einen Baum. Drehte mir eine Zigarette nach der anderen und rauchte. Nahm auch immer wieder die Stirnlampe und leuchte damit in den Wald. Aber der grelle Lichtschein ließ die Dunkelheit dahinter nur noch finsterer erscheinen. Ununterbrochen knackte und raschelte es. Ich muss – am Stamm lehnend – aber doch weggedämmert sein, denn ich saß wieder in meinem Kajak, paddelte, links, rechts, links, rechts, auf einem breiten Fluss in einer schier endlos flachen Ebene. Als ich das Ufer erreichte und ausstieg, den Fuß auf die Erde setzte, spürte ich, dass dort kein Land war, sondern ein wässriger Sumpf. Meine Beine sackten bis zur Hüfte ein und mein Kajak, an dem ich mich festhalten wollte und das ich an einem Ast festgebunden hatte, trieb davon. Der Ast war kein Ast gewesen, er war nur ein großer Grashalm, der unter der Last des Kajaks sofort weggeknickt war. Als ich versuchte, mich aus dem Sumpf zu befreien, näherte sich ein Tier, ein Schakal oder ein Kojote. Es setzte sich vor mir auf den Boden. Seine Pfoten waren groß und hatten Schwimmhäute, wie bei einem Frosch, sodass es nicht versank. Auf seinem Rücken war ein breiter, grellroter Streifen. Auf seinem Kopf ein langer weißer Stachel. Panisch drehte ich mich um. Mein Kajak, das nur zehn Meter entfernt war und sich trotz der Strömung nicht entfernte, war unerreichbar.

Währenddessen umkreiste mich dieses Tier und betrachtete mich. Dann wurde es noch fürchterlicher. Riesenhafte Klauen wuchsen dort, wo die Froschpfoten gewesen waren. Meine Beine waren wie einbetoniert. Verzweifelt riss ich einige Büschel Gras aus, als könnte ich mich daran aus dem Sumpf ziehen oder auch nur irgendwie verteidigen, und die ganze Zeit über schaute mich diese Bestie an, bis ich begriff, dass sie darauf wartete, dass ich eingeschlafen war.

12

Zu Beginn der Morgendämmerung über der Bucht am Fernower See, als ich einen Kuckuck rufen hörte, wurde ich endlich ruhiger und zuversichtlicher. Ich legte mich zurück auf die Isomatte und schlief ein. Drei Stunden später wurde ich wach, ging schwimmen und kochte mir einen Tee. Die Tasse auszuspülen, dem Plätschern der Wellen zuzuhören, dem Glitzern der Sonnenstrahlen auf den Wellen zuzusehen – all das war jetzt wie ein Kinderspiel. Alles um mich herum wirkte harmlos und völlig banal.

An diesem Morgen schrieb ich auch meinen ersten Haiku. Grundlage und Inspirationsquelle war der Schnipsel, der an dem Teebeutel hing, den ich ins kochende Wasser getaucht hatte. *Women's Balance* hieß die Sorte. Den hatte mir meine Tante gegeben, weil sie ihn nicht mochte. Auf jedem dieser Schnipsel stand ein Yogi-Aphorismus. Auf der Teepackung war sogar eine Anleitung zum Meditieren: *Öffne dein Herz.* Wobei man beide Arme *parallel zum Boden gerade nach vorne* strecken, die Handflächen einander zuwenden und die Finger abspreizen sollte. Darauf folgten das Atmen und das Ballen der Fäuste. Diese waren dann zuletzt *unter Anspannung aller Kräfte langsam zur Brust* zu ziehen. *Spüre die pranische Energie*, stand auf der Packung. Auf dem Schnipsel wurde verkündet: *Erfahre Höheres.* Ich versuchte meinen ersten Haiku.

Ankunft auf dem See.
Reiher wenden sich ab, nur
Mücken duzen mich.

Als ich später am selben Tag, nachdem ich mehrere Stunden lang zurück in Richtung Soliner See gepaddelt war, eine Pause machte, bekam ich von Alissa eine Textnachricht, in der nur ein paar Herzchen waren. Daraus entspann sich ein Dialog, der ausschließlich aus Emojis bestand. Ich antwortete ihr mit dem Bild eines Fuchses und sie mit dem eines Hochhauses.

Dann schickte ich ihr eine Ziege und sie einen bärtigen alten Mann mit Krückstock. So ging es weiter, bis zu einem Fisch und einer Sonne, einem Zelt und einem Regenbogen. Zuletzt schrieb ich ihr den Haiku, den sie mit einer albern lachenden Katze kommentierte.

Als ich das Handy weggepackt hatte, war ich optimistischer. Ich kam zu dem Schluss, dass ich Alissa ihre Arbeit in Frankfurt machen lassen musste, dass ich nicht erwarten konnte, dass sie mich besuchte. Ein Floß auf einem See war nicht jedermanns Sache. Nach vier Jahren Beziehung wusste ich nicht mal, ob Alissa seekrank werden würde.

Ich empfand dieselbe Liebe zu ihr, wie ich sie immer empfunden hatte. Ich empfand auch Sicherheit darüber, dass ich mit ihr zusammen sein wollte und mir nach wie vor ein Kind mit ihr wünschte. Aber die Realität erzählte eine andere Geschichte. Vieles war mir selbst nicht klar.

13

Als ich zurück auf den Soliner See kam, war es bereits dunkel. Ich sah insgesamt fünf Positionslichter. Zwei Boote ankerten in der nordöstlichen Bucht, drei am südlichen und westlichen Ufer, und sofort war da wieder dieses Gefühl in meinem Bauch. Wolken schoben sich in mir gegen- und ineinander. Natürlich hatte ich den See nicht für mich allein, natürlich würde ich ihn niemals nur für mich haben. Welch Anmaßung, würde Alissa mir entgegnen. Ich gönnte den anderen Menschen den See, es war ein öffentlicher Raum, dafür konnte man dankbar sein. Jeder durfte hier baden, schwimmen, segeln, paddeln. Aber tief in mir, ich gebe es zu, wollte ich ihn für mich haben. Manchmal käme mich Alissa besuchen oder Birk oder Marcus und Chris. Oder meine Tante, meinetwegen. Jeder sollte ein Anrecht haben auf seine eigene Welt. Auf die ganze Welt.

Ich stieg auf das Floß und hängte den Schlumpf in seine Aufhängung. Mein Handy schaltete ich nicht mehr ein. Alissa und ich waren in drei Tagen, am siebten Juli, abends um 19:15 Uhr zum erneuten Telefonieren verabredet. Das war kein Scherz. Vorher hatte sie keine Zeit.

Mein Anker lag unverändert an derselben Stelle. Ich kontrollierte auch die Bootsleine, die ich an einem Baum festgebunden hatte. Beide Befestigungen waren genauso stabil wie bei meiner Abfahrt. Auch alles andere lag so da, wie ich es am vorherigen Morgen zurückgelassen hatte. Nicht mal Laub war auf das Deck geweht worden. Das Floß wurde normalerweise bei meiner Abwesenheit sofort von der Natur okkupiert und bedrängt. Kein weiteres Mal habe ich es für mehr als vierundzwanzig Stunden verlassen, ohne dass etwas beschädigt oder zumindest irgendwie verändert wurde, sei es ein ausgeweideter Fisch, den ein Tier auf den Planken abgelegt, oder eine Feder, die ein Vogel verloren hatte.

Ich setzte mich hin und lehnte mich gegen den Mast. War ausgelaugt, war erschöpft, war nicht unzufrieden. Wenn da nur nicht so viele andere Boote gewesen wären. Ich starrte über den See, zählte noch mal die Lichter, wobei ich die in der nordöstlichen Bucht nicht sehen konnte. An den anderen Ufern waren es insgesamt vier, nicht drei. Eins hatte ich übersehen.

»Habt ihr kein Zuhause?«, sagte ich leise und drückte meinen Kopf gegen den Mast. »Das ist mein See.«

Ich schaute den Tropfen hinterher, die vom Rumpf des Kajaks auf die Planken und aufs Wasser fielen. Eine Weile betrachtete ich auch die dunkelgrauen Bäume und schwarzgrauen Sträucher am Ufer. Hörte das Plätschern und Schmatzen der kleinen Wellen an den Wassertonnen. Dunkelheit legte sich auf alles. Im Gegensatz zur Übernachtung im Wald fühlte ich mich beim Schlafen auf meinem Floß völlig sicher. Es lag am Wasser, das mich auf allen Seiten schützend umgab, und am Dach und den Seitenplanen, zwischen denen ich wie in einem großen Zelt schlief. Auffällig war, wie gut es sich vom ersten Tag an anfühlte, dreißig Zentimeter über dem Wasser zu liegen. Daran hatte auch das Gewitter nichts geändert.

Ich ignorierte die anderen Boote, so gut es ging, und schaute in Richtung Horizont, wo die Sonne vor einer Stunde untergegangen war. Ein Rest grelles, sattes Gold-Orange wurde von einem leuchtenden Blau zugleich sanft und unerbittlich hinter den Horizont gedrückt, bevor das Schwarz kam, um alles zu dominieren. Mit diesem Verlust der Farben kam eine geradezu unbegreifliche Stille.

Ich tauchte meine Füße ins Wasser, hob sie heraus und ließ die Tropfen von den Fersen hinabrinnen. Sie verursachten Dutzende winzige, kreisrunde Wellen, in denen sich immer mehr kleine Kreise bildeten. Auf jeder dieser winzigen Wellen reflektierte ein schmaler Streifen Abendhimmel. Wie rätselhaft und fantastisch dieses Phänomen war, und zugleich real. Ich blickte wieder zu den Booten hinüber. Dann stand ich auf und pisste in den See. Alissa würde das hassen, schoss es mir durch den Kopf. Es gab hundert Sachen, die ich an ihr liebte. Sie war der

Anker. Und dieser Anker lag fest auf dem Grund und rührte sich nicht. Sie hatte mir Fotos von ihrem spärlich möblierten Elf-Quadratmeter-Zimmer in Frankfurt geschickt, auch Aufnahmen von Steph an einem Schreibtisch in der Uni und von irgendwelchen Fußgängerbrücken über dem Main. Doch nur eins der Fotos, die sie angehängt hatte, löste etwas Positives in mir aus und berührte mich: Es war ein Foto von unserer Reise nach Sizilien. Damals hatten wir eine Stadt auf einem Berg besucht, hatten auf einer Mauer gesessen, Bier getrunken und uns eine Pizza geteilt. Sehr weit hatte man über das Land bis zum Meer schauen können, sogar der Ätna war zu sehen gewesen, über dem sich eine rosarote Wolke befand, die aussah, als wäre der Vulkan gerade ausgebrochen. Diese Wolke hatte sie fotografiert.

Ich nahm eine Flasche Wein aus dem Netz unter dem Dach und versuchte, die anderen Boote zu ignorieren. Aber es gelang mir nicht. Bald begannen die Sommerferien, dann würde es auf dem See noch voller sein. Bässe würden über den See wummern, unzählige Urlauber würden mit ihren schwimmenden Vehikeln aufkreuzen. In diesem Moment dachte ich zum ersten Mal, dass die kleine Bucht hinter den umgestürzten Bäumen am Fernower See, wo ich übernachtet hatte, vielleicht eine Alternative sein könnte. Zumindest mit dem Floß. An Land würde ich dort nie wieder übernachten.

Ich stand auf, weil meine Beine eingeschlafen waren, lief etwas auf dem Floß hin und her und lehnte mich wieder gegen den Mast. Die Gestirne schickten kaum Licht hinab auf den See. Es war dunkel. Aber dafür war da dieses andere unscharfe rotorangene Glimmen. Über Berlin kochte und dampfte das Licht unvermindert weiter in den Himmel. Eine Glutwolke aus rötlichem künstlichen Licht, die genau markierte, wo die Stadt lag. Im Nordwesten. Fünfzig, sechzig Kilometer entfernt. Eine Lichtwolke, die – wie ich fand – angemessen war für die Straßen, die Läden, die Dramen, die Launen, das Hupen, Dröhnen, Kreischen, Streben, Rempeln, Irren, Ficken – für das Chaos, das in einer Stadt wie Berlin herrschte. Dort würde die Nacht keine Ruhe bringen. Die Wärme würde alle nur noch unruhiger machen, sehnsüchtiger, aggressiver, melancholischer, paranoider.

Ich dachte an Marcus und Chris, meine Freunde, die dort lebten. Marcus zog sich schon seit Jahren immer weiter in seine Kleinfamilie zurück. Und Chris konnte wegen der Vielzahl ihrer Bekannten und ihres beruflichen Ehrgeizes nur noch alle zehn Wochen Termine vergeben. Ich dachte auch an Solveigh und die Redaktion, an meine Kollegen Peter und Naomi, hatte den Bildschirm vor Augen, auf den ich normalerweise stundenlang starrte. Wir wählten Fotos für eine überregionale Wochenzeitung aus, und es war merkwürdig, dass ich so viele Bilder ansah und darüber mit Solveigh diskutierte, mir aber in diesem Augenblick kein einziges ins Gedächtnis rufen konnte. Kurz musste ich auch an Xavi denken, der den Briefkasten für uns leerte und die Post zu Alissa nach Frankfurt schickte. Doch alles, was mich permanent bedrängt und ausgehöhlt hatte, bildete nur noch einen schwachen Nachklang. Als würden die Wellen, die von der Stadt und jedem Menschen, von jedem Gedanken und Ereignis ausgingen, mich hier auf dem See nicht mehr erreichen. Alles, was in meinem Kopf in Aufruhr geraten war, lag endlich still da.

14

Der Wein brannte auf meiner Zunge und in meinem Gaumen. Das tat gut. Ich nahm noch mehr große Schlucke und es wurde noch angenehmer in meinem Kopf. Als ich das leere Glas auf den Planken neben mir abstellte, sah ich ein Licht auf den See kommen und hörte einen Motor. Es war ein sehr leises Surren. Ein Elektromotor? Noch ein Boot? Ich ging davon aus, dass es sich um Angler handelte, die vorbeifuhren. Dann sah ich, wie sie direkt auf mich zuhielten. Es war ungewöhnlich, dass um diese Zeit jemand auftauchte. Es deutete darauf hin, dass der- oder diejenige den See kannte. Touristen würden vorsichtiger sein und im Hellen kommen. Es war so dunkel, dass die umgestürzten Bäume, die am Ufer im Wasser lagen, unsichtbar blieben.

Schon spürte ich, wie die Wellen des ankommenden Boots mein Floß zum Schwanken brachten. Siebzig oder achtzig Meter von mir entfernt hielt es an. »Fuck«, sagte ich leise.

Eine Weile hörte ich nichts, dann das Rasseln einer schweren Kette und ein lautes Platschen. Normalerweise liebte ich diese Geräusche. Ich nahm die Weinflasche, die ich im Netz unter dem Dach verstaut hatte, und trank mehrere Schlucke. Dann hörte ich, wie eine Sektflasche geöffnet wurde; ich hörte das Ploppen laut und deutlich. Auch dieses Geräusch liebte ich. Normalerweise.

Als ich kurz darauf ins Kajak stieg und auf den See fuhr, konnte ich das Boot schemenhaft erkennen. Dann hörte ich Stimmen, aber sie verstummten gleich wieder. Es konnte sein, dass ich mich täuschte. Die Geräusche, die nachts über den See kamen, wuchsen sich oft zu menschlichen Stimmen aus, auch wenn weit und breit niemand zugegen war.

Ich nahm den Joint, den Birk mir geschenkt hatte, aus der Brusttasche meines Hemdes und schaute eine Weile in den Himmel über mir, in dem die Wolken reglos dalagen. Dazwischen sahen die Sterne noch irrealer und unwahrscheinlicher aus als sonst. Der Sternenhimmel – nichts anderes als eine von Menschen geschaffene Tapete, um die Hoffnung zu schüren, dass es irgendwo ein besseres, un-irdisches, sinnvolles Leben geben könnte.

Auf einmal hörte ich Musik. Hatte jemand auf dem Boot ein Fenster geöffnet? Licht aus dem Inneren war keins zu sehen. Oder doch? Eine Reflexion von anderswo? Mit dem Licht war es wie mit den Stimmen. Auf dem See lauerten Täuschungen.

Es war eine sanfte, sphärische Musik. Zugleich kam mir der Sound kühl und distanziert vor. Ich wartete. Dann zündete ich den Joint an. Ich versuchte, jeden Zug zu genießen, ließ den Rauch lange in meinen Lungen, löschte ihn aber nach zwei Zügen wieder. Dann drehte ich das Kajak so, dass die Spitze auf das Positionslicht des fremden Boots zeigte, und paddelte langsam darauf zu. Ich versuchte, keinerlei Geräusche zu machen. Tauchte das Paddel so behutsam wie ich konnte in das Wasser, und als ich es herauszog, hörte ich die Tropfen, die von ihm rannen und auf die Oberfläche trafen. Jeden Abend war ich in die Mitte des Sees gefahren, um eine Zigarette zu rauchen und Wein zu trinken, das war mein liebstes Ritual, aber zu einem anderen Boot war ich noch nie gefahren. Plötzlich stieß ich mit dem Fuß gegen das Pesto-Glas, in dem ich die Kippen sammelte, und das Scheppern, das es verursachte, als es durch das Kajak rollte, flog einmal quer über den See.

Ich wollte diesen Leuten keinen Schreck einjagen, ich wollte nur sehen, was das für ein Boot war und wie es hieß. Wenn es *Kevin II* oder *Effi Briest* hieß, würde ich Schlüsse draus ziehen können, oder auch nicht.

Langsam paddelte ich weiter. Nicht direkt auf das Boot zu, sondern ich vollzog einen Bogen um es herum. Dann hielt ich inne. Ringsum war es völlig still. Ich musste an den Anschlag denken. Das Geräusch der Explosion hatte ich in einer der ersten Nächte gehört. Ich war aus dem Schlaf hochgeschreckt. Birk hatte erzählt, dass ein Motorboot in die Luft geflogen und jemand umgekommen war. Der Attentäter musste den Sprengsatz dort hingeschafft haben, in dieses Motorboot auf dem Neudorfer See. Lautlos. Vielleicht mit einem Kajak. Ich musste auch an die Sprengsätze in Berlin denken, die die Stadt in den letzten Monaten in Atem gehalten hatten. Niemand war bei diesen Detonationen verletzt worden, doch es war erheblicher Sachschaden entstanden. Mehrmals waren Autos in die Luft geflogen. Zweimal wurden die Lobbys von Bürohäusern zerstört. Einmal die Tiefgarage unter der Zentrale eines Energieversorgers.

Das Boot war noch zwanzig, vielleicht dreißig Meter entfernt. Zwischen ihm und mir war nur dieses schwere, spiegelglatte Wasser. Nachts sah es nicht nur anders aus, es fühlte sich auch anders an als tagsüber: fester, stiller und träger. Es kostete nachts mehr Mühe voranzukommen als tagsüber, auch wenn sich das sonderbar anhörte, so war es.

Und da ertönte sie erneut, diese Musik. Wieder war es, als öffnete jemand ein Fenster, um kurz hinauszuschauen. Als würden zwei DJs gegeneinander antreten. Die Klänge wehten genau wie die Stimmen ungehindert zu mir. Es war Tango – schwer, süß, triefend-melancholisch – er passte perfekt in diese laue Nacht. Aber da waren zugleich Stimmen, so als hielten sich etliche Leute im Boot auf oder als sei parallel ein Radio eingeschaltet und viel zu laut gedreht. Und als genügte das nicht, schien noch andere Musik abgespielt zu werden. Große Chöre oder Marschmusik?

Wenn ich ehrlich war, gefiel mir die Vorstellung, wie ein Dieb in der Nacht unterwegs zu sein. Ich paddelte langsam weiter. »Kajaking is not a crime«, flüsterte ich. Ich war angetrunken. Plötzlich flog ein Vogel dicht an meinem Kopf vorbei, lautlos und in großer Geschwindigkeit. Eine Fledermaus? Mein Herz setzte aus, so sehr erschrak ich.

Ungefähr vor zehn Jahren hatte es eine Phase in meinem Leben gegeben, in der ich sehr unglücklich war. Damals – ich war Anfang dreißig – setzte sich eine dämonische Angst in meinem Kopf fest. Es war die Angst, dass ich ein Verbrechen begehen könnte, und dass dieses Verbrechen, wie auch immer es aussah, dafür sorgen würde, dass ich aus der Gesellschaft ausgeschlossen werden würde. Auf eine Phase im Gefängnis würde ein Leben als Ausgestoßener folgen.

Ich musste damals so verzweifelt gewesen sein, dass ich glaubte, nur mit einem Verbrechen und dem Ausgestoßensein könnte ich mich retten vor den Zwängen des Lebens, vor dem Druck und den Widersprüchen, könnte ich mich befreien aus dem Schicksal, aus dem ich nicht herausfand, das ich nicht verstand. Das in mir und gleichzeitig außerhalb lag.

Ich pendelte zwischen dem Wunsch nach Anerkennung und festen Bindungen auf der einen Seite und dem unbedingten

Willen, aus allem auszubrechen und ein wildes, wunderbares, exzessives Leben zu führen und alles zum Teufel zu jagen.

Ich war jung, gut ausgebildet, hatte einen Uniabschluss, lebte in Westeuropa, in Berlin, meine Eltern waren Akademiker; aber nichts von dem, was von mir erwartet wurde, und nichts von dem, was ich selbst von mir erwartet hatte, wollte sich erfüllen. Ich war einsam und pleite, ohne Freundin und total erfolglos als Fotograf. Sah keinen Sinn, keine Liebe. Nur unerfüllte Sehnsüchte. Ich wurde zornig und bitter – todunglücklich auf eine grundsätzliche Art.

Zum Glück ging diese Zeit vorüber. Ich fand zurück. Bezeichnenderweise indem ich ohne Ambitionen und Hoffnungen einen Dokumentarfilm über einen jungen Deutschitaliener aus Duisburg drehte. Der Film wurde ein Erfolg, er hatte seine Premiere auf der Berlinale. Im Fernsehen lief er ebenfalls. Ironischerweise verdankte ich meinem Protagonisten und seiner Geschichte, die irgendwie auch meine eigene war, dass mich die Welt, der ich angehören wollte, einließ, und dass ich zugleich etwas Wildes und Poetisches tun konnte.

Es war mit Abstand das größte Schiff, das ich bis dahin auf dem Soliner See gesehen hatte. Es war lang und wuchtig, zugleich merkwürdig flach. Ich fragte mich, wie es durch die Flüsse und Schleusen hierhergekommen war, aber diese Frage erübrigte sich, denn den Frachtschiffen gelang es ja auch. Ich sah ein Licht an Deck und stellte mir luxuriöse Zimmer und Kojen vor, auch ein großes Badezimmer und eine Dusche, die sich im Inneren befinden mussten. Ich versuchte, Details zu erkennen. Vielleicht war dort sogar ein kleines Kino, eine Bibliothek, ein

Kamin. Es hatte etwas Magisches, wenn diese Annehmlichkeiten in unmittelbarer Nähe zur Wildnis waren.

Plötzlich sah ich eine Zigarette aufglühen und erkannte schemenhaft, dass jemand auf dem Deck stand. Hörte die Gestalt den Rauch ausatmen. Ich war viel näher gekommen, als ich gedacht hatte, und kam mir jetzt tatsächlich vor wie ein Dieb, der in der Nacht sein hässliches Spiel trieb. Ich räusperte mich, um mich bemerkbar zu machen.

»'n Abend«, sagte ich, und aus der Schwärze der Nacht antwortete mir der Mensch, der dort stand, mit einer kräftigen, zugleich weichen und warmen Stimme: »'n Abend.«

Eine Lücke in der Wolkendecke ließ etwas Licht hindurch und ich sah – aber auch da war ich mir nicht ganz sicher –, dass der Mann direkt an der Reling stand.

»Wollte Sie nicht erschrecken.«

»Kein Problem.«

Einen Moment schwiegen wir. Bis er sagte: »Was haben Sie da für ein interessant geformtes Kajak?«

»Das ist ein uraltes Ost-Ding.«

In diesem Moment kam das Dröhnen. Noch war es leise, aber gleich würde es aus der Flussmündung am westlichen Ende des Sees herausgeschossen kommen, würde noch lauter, noch drohender, noch näher sein. Ich sah das Motorboot nur undeutlich, wusste aber, dass es eine Schneise in die spiegelglatte Oberfläche wühlte und eine Welle ausschickte, die alles veränderte. Gleich würde sie uns erreichen.

15

Der Bauwagen, den Johanna nutzte, befand sich auf einem Stück Land am Hellzigsee. Von meinem Ankerplatz aus war das mit dem Kajak ein Weg von einer halben, Dreiviertelstunde. Unter der Brücke am östlichen Ufer hindurch, an Bridow vorbei, flussaufwärts Richtung Fernower See, vorher links abbiegen. Johanna sammelte dort Daten für ihr Ökologiestudium. Sie fing Insekten mithilfe spezieller Duftstoffe, bestimmte die Gattung und die Art und zählte sie.

Der Klimawandel machte vor den Brandenburger Ökosystemen nicht Halt. Neue Arten erschienen über Nacht auf der Bildfläche, interagierten mit den heimischen, konkurrierten um Nahrung und Lebensraum oder fraßen sie einfach auf. Alles veränderte sich, auch im Kleinen. Und immer galt das unabänderliche Gesetz: *Der Bestangepasste überlebt.*

Diese Veränderungen untersuchte Johanna im Detail. Als sie zwei Monate zuvor am Ufer hinter ihrem Wagen eine Buchstaben-Schmuckschildkröte entdeckt hatte, eine invasive Art aus Nordamerika, war sie für ein paar Tage ein Star auf Instagram und weitete nach Absprache mit ihrem Professor ihre Untersuchungen auf Reptilien aus.

Der Grund, warum Birk und ich hinfuhren, betraf jedoch nicht die Fauna, sondern die Flora. In der Nähe hatte Birk am Waldrand ein paar Pflanzen angebaut. Sechs oder sieben stattliche Exemplare. Unter dem Bauwagen hielt er das abgeerntete Gras in einer verbeulten Plastikbox versteckt. Er zeigte es mir und meinte, ich dürfe mich jederzeit bedienen, auch wenn er nicht dabei wäre. Es war wahnsinnig viel – so viel Marihuana auf einem Haufen hatte ich noch nie gesehen.

Als wir uns am Ufer in die Wiese gelegt hatten und kifften, nahm ich wieder nur zwei, drei Züge, das reichte mir. Ich vertrug Birks Gras nicht, vor allem nicht bei der Hitze, die auch an diesem Tag herrschte. Doch die geringe Dosis hatte ausgereicht, um alles um mich herum leichter, aber auch kühler und distanzierter erscheinen zu lassen. Ich sehe uns beide dort in der Wiese am Ufer noch genau vor mir, dicht nebeneinander, in Shorts, unrasiert und mit wirren Haaren. Unsere Freundschaft erinnerte mich an die beste Zeit meiner Jugend, an das Jahr, in dem ich einen ganzen Sommer lang mit meinen Freunden unterwegs war, an Seen, auf Campingplätzen, am Meer.

Ich blinzelte in die strahlend weißen Wolken.

»Da! Ein angebissenes Kuchenstück.«

Birk lachte. »Ja, und da: ein Pudel mit Heiligenschein.«

»Nein, das ist Vau. Die Versuchung des Heiligen Antonius – ohne Hörner, mit Übergewicht und Zündschnur.«

»Die Explosion des Heiligen Antonius.« Wir lachten.

Mitten in diesen Moment hinein tauchte Johanna auf. Sie zog ihr grünes Kajak keine drei Meter neben uns an Land und lief an uns vorbei. Sie war noch schlanker und größer als Birk. Ihr Blick und ihr Gang verrieten, dass sie schlechte Laune hatte.

Ich richtete mich auf und sagte »Hallo«, woraufhin sie halbherzig nickte. Birk sagte kein Wort.

Johanna verschwand im Bauwagen und schlug die Tür hinter sich zu. Und während ich mir eine Zigarette drehte, musste ich an die Situation denken, in der sie dagestanden hatte wie in einem Western. Wenig später kam sie wieder heraus und lief hinter den Bauwagen. Und dann stand sie auch schon vor uns, direkt in der Sonne. Ihr Gesicht wirkte kantig. Es war braungebrannt. Wie das Gesicht einer Bergsteigerin. Sie schmiss die Plastikbox direkt auf Birks Brust.

»Ey! Aua!«, stieß er hervor und blinzelte in die Sonne.

»Du wolltest längst alles mitnehmen.« Sie trat ihm gegen die Fußsohlen.

»Hallo, liebe Schwester. Schön, dich zu sehen«, erwiderte Birk, während er die Box neben sich stellte.

»Du bist der Typ vom Floß, oder? Der Ziegen-Wrestler.« Jetzt schaute sie mich an, und als ich nickte, fuhr sie fort. »Ich kenn dich nicht, hab nichts gegen dich, aber hier ist kein Park oder so was. Ich möchte nicht, dass hier gekifft wird. Vor allem will ich nicht«, jetzt fixierte sie Birk, »dass noch länger was aufbewahrt wird.«

»Rio kifft gar nicht, er raucht. So viel Präzision muss sein.« Birk lachte.

»Los, geht bitte«, sagte Johanna und schaute mich an.

Ich wollte aufstehen, aber Birk hielt mich am Arm fest. »Kannst sitzen bleiben, Rio. Das ist nicht ihr Grundstück. Sie ist nicht Stalin.« Und zu ihr gewandt: »Lass mich in Ruhe. Ich liege hier rum und kiffe. Das war bisher auch immer okay.«

»Jetzt ist es aber nicht mehr okay.« Eine Ader an ihrem Hals schwoll an.

»Wir können woanders hingehen, kein Problem«, sagte ich, wurde aber ignoriert.

»Du forderst immer maximale Freiheit für dich und die Menschheit, aber mir gönnst du meine Kiffer-Freiheit nicht.«

»Dein Gelaber geht mir auf die Nerven. Was hat Kiffen mit Freiheit zu tun! Es ist das Gegenteil davon.«

»Auch popeln oder Geldsparen kann was mit Freiheit zu tun haben. Alles *sollte* was mit Freiheit zu tun haben.«

Ich musste an meinen Bruder denken. Auch wir nahmen einstudierte Rollen ein, wenn es zum Streit kam. Johanna schob ihren Kopf etwas vor und zischte: »Checkst du es? Das sind zweihundert oder dreihundert Gramm, die du in der Box hast! Das ist kein Eigenbedarf. Die Bullen könnten kommen und dann haben wir echt ein Riesenproblem, auch mit meinem Projekt. Ich könnte das Stipendium verlieren!«

Als sie erneut im Bauwagen verschwunden war, meinte Birk: »Sie labert mich immer voll mit Freiheit, aber wenn da andere sind, die einfach nur wo rumsitzen wollen, schnappt sie total über.«

Birk stand auf und klopfte sich die Hose ab, die voller Kletten war.

»Komm mal mit. Hier ist es zu unentspannt.«

Wir liefen zum Bauwagen, wo Birk eine Pumpe nahm, die unter einer Plane lag. Auf dem blaugrünen Gerät steckte ein Trichter, am unteren Ende war eine schlauchartige Öffnung. Ich kannte diese Dinger. Sie wurden mit einem Akku betrieben. Mein Bruder hatte auch so eine. Anschließend gingen wir in Richtung Wald, der an den hinteren Teil des Grundstücks grenzte. Zwischen Erlen und Eichen stand hohes, dichtes Gebüsch, stellenweise auch Schilf. Im Gehen fummelte Birk an der Pumpe herum, und als wir den Waldrand erreicht hatten, blieb er stehen. »Mist. Muss noch mal zurück, den anderen Akku holen. Wartest du kurz?«

Ich riss einen langen Grashalm ab und zerknickte ihn. Birk hantierte eine Weile auf dem Dach des Bauwagens mit einem Solarpanel herum. Auch über die Entfernung hörte ich ihn fluchen. Ich setzte mich in den Schatten der Bäume. Die Hitze an diesem Mittag war enorm. Es war der dritte, vierte, fünfte Jahrhundertsommer in Folge.

Als ich ein leises Plätschern hörte, drehte ich mich um, stand auf und ging ein paar Schritte in den Wald hinein. Dort sah ich eine Frau, die in einem Teich lag, der von Schilf umgeben war. Sie streckte sich auf einem Plastikliegestuhl aus, der im flachen Wasser stand, und schien es sehr zu genießen, ihre Füße unter der Oberfläche hin und her zu bewegen. Es war Johanna, die ich erst nicht erkannt hatte, aber nicht, weil die Bäume das Sonnenlicht nur teilweise hindurchließen, sondern weil ihr Gesichtsausdruck, ihre ganze Ausstrahlung völlig verändert war. Ich wollte sie nicht erschrecken, ich war kein Spanner oder so, aber ich musste sie weiter anschauen. Sie trug ein schwarzes, ärmelloses Shirt, das auf ihrer Haut klebte, und einen hellblauen Slip. Ich sah ihre nackten Beine, die genau wie die Beine des Liegestuhls abknickten. Das Wasser brach die Lichtwellen. Ihr Blick war nachdenklich, fast melancholisch. Ihre Gesichtszüge weder weich noch hart. Traurig wäre auch das falsche Wort. Sie wirkte auf eine sehr spezielle Art zart, aber nicht verletzlich, sehr jung und entschlossen.

Den ganzen Sommer über nahm ich an, dass das ihr wahrer Ausdruck war, und der harte, kompromisslose Blick, mit dem sie normalerweise herumlief, nur eine Maske. Woran dachte sie? Daran, wie wunderschön es hier war? An die Lichtstrahlen, die durch die Blätter der Bäume fielen, wie sie es seit Jahrmillionen getan hatten? An die winzigen Wellen vor ihr im Wasser? An die Welt, die den Fieber- und Hitzetod starb? In diesem Moment habe ich mich in sie verliebt. Ich senkte den Kopf; konnte und wollte dieses Gefühl nicht ernst nehmen. Ich wollte in

Ruhe gelassen werden, ich wollte, dass mit Alissa alles in Ordnung kam. Doch die ganze Zeit über wartete ich darauf, dieses Gesicht, ihr anderes Gesicht, erneut zu sehen.

»Ach, nee!« In diesem Augenblick kam Birk, und Johanna drehte sich zu uns. Ihr Gesichtsausdruck war wie weggewischt. Als wir neben dem kleinen Teich ankamen, richtete sie sich auf. Ihr Gesichtsausdruck war jetzt wie der eines Soldaten. Nichts war einfacher, als sie sich mit einem Helm vorzustellen. Bewaffnet. Kampfbereit.

»Wahnsinn. Ich hätte nie gedacht, dass es hier so etwas gibt.«

»Gibt es auch nicht. Haben wir selbst angelegt«, erwiderte Birk.

Der Teich glich weniger einem natürlichen Ort als einer Badewanne oder einem Spa-Pool. Das Wasser war kristallklar, am Grund lag dunkelgelber Sand, ringsherum stand dichtes Schilf. Und alles lag im Schatten der Bäume. FREE VABALI stand in weißen Lettern auf einem selbstgebauten Schild.

»Aber nicht reinpissen. Es dürfen keine Nährstoffe ins Wasser.«

Birk und ich zogen uns bis auf unsere Shorts aus. Ich legte mich auf den anderen Liegestuhl, Birk setzte derweil die Akku-Pumpe auf ein Holzstativ, das sich im Wasser befand. Ein leises Brummen war zu hören, er hatte sie eingeschaltet.

»Das Schilf reinigt das Wasser. Es ist überhaupt nicht schwer, ganz reine, stehende Gewässer herzustellen«, sagte Birk. »Du brauchst nur Schilf und Sand, das gibt es en masse. Und so können viele verschiedene Tier- und Pflanzenarten profitieren.«

Feiner Sprühnebel legte sich auf meine Haut. Die Pumpe sorgte dafür, dass das Wasser als feine, dichte Wolke über dem Teich hing und sich langsam auf uns niederschlug. Ich lehnte mich zurück, schaute in den Himmel und konnte es nicht glauben. Die Sonnenstrahlen, die in die Gischt fielen und die Tropfen durchdrangen, bewirkten, dass jeder Tropfen bunt leuchtete; wir lagen mitten in einem Regenbogen.

»Was ist das für ein Floß, das du da hast?«, fragte Johanna. »Wie hast du das gebaut?«

»Ich habe im Internet recherchiert. Und ein Foto gefunden von einer ganz simplen Konstruktion. Man baut eine Plattform und befestigt vier große, leere Wassertonnen darunter. Das ist eigentlich alles. Nur das mit dem Dach war etwas aufwändig.«

»Und das sinkt nicht?«

»Hey, Rio«, mischte sich Birk ein. »Untertreib nicht. Ich hab dich besucht. Dein Floß hat das Gewitter überstanden. Das ist richtig cool, mit Mast und Motor und Berliner Dielen als Planken. Da kann man richtig drauf wohnen.«

»Den Sommer über soll es halten, dann kann es sinken«, antwortete ich Johanna.

»Wieso?«

»Ich muss in knapp drei Wochen zurück nach Berlin. Meine Wohnung ist bis dahin untervermietet. Irgendwann im August kommt meine Freundin aus Frankfurt zurück. Frankfurt am Main.«

»Was macht sie da? Ist sie Bankerin?«

»Nein, sie schreibt ihre Dissertation in Kunstgeschichte. Sie war Künstlerin, hat zuerst bildende Kunst studiert, hat dann aber umgesattelt. Ihr Ziel ist es, als Kuratorin in einem Museum zu arbeiten. Erstmal möchte sie aber an der Uni bleiben.«

»Ach was. Berlin. Wohnung. Du bleibst hier! Wetten?«, platzte es aus Birk heraus. »Drei Wochen sind gar nichts.«

Ich musste lachen.

»So ein Floß ist aber illegal.« Johanna schaute mich an. »Weißt du bestimmt. Schon deshalb leben wir in einem Scheißstaat. Warum verbieten sie einem, für einen Sommer oder für länger auf 'nem selbstgebauten Floß rumzufahren? Gut, dass du es trotzdem machst.«

Währenddessen sprühte die leise surrende Pumpe das kühle Wasser fortwährend in die Luft, es wehte als feiner Nebel nach oben, schwebte dort und rieselte dann auf uns herab. Machte die Hitze vergessen.

»Aber stell dir vor, da sind hundert Dinger davon auf dem See«, sagte ich.

»Würde mir überhaupt nichts ausmachen«, konterte sie und lehnte sich zurück.

»Die Zukunft der Menschheit liegt auf dem Wasser«, sagte Birk. »Ich hab neulich eine Doku über einen Franzosen gesehen, der irgendwo in Südostasien drei Monate lang autark auf einem Floß gelebt hat. Der hat sich seine gesamte Nahrung selbst in irgendwelchen Plastikwannen und kleinen Containern angebaut: Pilze, Algen, Salat. Er hatte auch Enten dabei, deren Eier er gegessen hat.«

Während er erzählte, lehnte ich mich zurück und schloss die Augen.

»Klar, der hatte auch mit seiner Psyche arg zu kämpfen«, erzählte Birk weiter, »einmal ist er fast durchgedreht, weil er so einsam war. Aber insgesamt war das eine wertvolle Erfahrung und ein Projekt, von dem superviele profitieren können. Du bist ein Pionier hier auf dem Wasser, Rio! Du machst jetzt schon, was die ganze Menschheit spätestens in zehn Jahren machen muss.«

»Aber nur die Reichen«, sagte Johanna.

»Ich habe bei Aldi eingekauft«, sagte ich, »Wein, Chips, Nudeln, Reis, Erdnüsse, Süßigkeiten. Ich sehe das nicht als Projekt und ich sehe mich auch nicht als Pionier. Ich will einfach den Sommer über auf dem See sein.«

Birk lachte, aber ich sah, wie sich Johannas Gesicht verhärtete.

Ich schloss die Augen, öffnete sie wieder. »Was machst du eigentlich genau? Birk meinte, du studierst Ökologie?«, fragte ich sie.

»Ich sammle Daten für ein Forschungsprojekt, es geht um Neobiota. Biodiversitäts-Indikatoren. Ich hab hier in der Umgebung Fallen aufgestellt, mit denen ich Insekten sammle.« Johanna richtete sich auf. »Es geht um Klimawandel-Monitoring. Ich erforsche ein Insekt, das aus Asien stammt und vor drei Jahren hier zum allerersten Mal beobachtet wurde. Ich untersuche die Verbreitung. Neuerdings sind noch andere Arten dazugekommen. Die Muschelblume, aber auch die Saugwurmlarven. Hast du in letzter Zeit nach dem Baden starken Ausschlag gehabt? Das ist auch neu in Brandenburg. Du weißt, was das ist?«

»Ja, das kommt von den Saugwurmlarven, man muss sich immer gut abtrocknen.«

Sie lachte. »Ja. Wenn das alles wäre. Man müsste den gesamten Planeten einmal abtrocknen, oder besser abwaschen wie einen matschigen Ball. Alles kippt so krass. Es hat in acht oder neun Wochen nur ein einziges Mal geregnet. Und dann gleich neunzig Liter. Die Leute reden immer noch von Jahrhundertsommern. Diese ganzen Idioten sind so unglaublich gleichgültig. Die wissen gar nicht, was vor sich geht. Und die, die es wissen, verdrängen das«, plötzlich warf Johanna ihren Arm nach vorne, wie eine Lanze schoss er durch die Luft auf mich zu, »und es ist ihnen total egal! Hauptsache SUV und Nackensteak.«

In diesem Moment sah ich einen winzigen Vogel im Schilf direkt über ihrem Kopf landen. Er wendete sich nach rechts und nach links, sprang ab und schnappte sich ein Insekt, bevor er sich erneut an ein Schilfrohr hängte, diesmal kopfüber. Was für ein fröhliches Tierchen, dachte ich. Und wie geschickt es an dem dünnen Halm wippte. Ich beobachtete es eine Weile.

»Wie siehst du das?«, fragte Birk.

»Was?«

»Mit dem Artensterben! Für das interessiert sich nämlich keiner. Und weißt du auch, warum? Weil man im Gegensatz zur Elektromobilität mit Artenschutz keinen Profit machen kann. Die Grünen sind so was von heuchlerisch geworden. Aber: In einem Punkt sind die Locals hier überhaupt nicht gleichgültig. Die Gegend ist voll in Aufruhr, weil es diesen Anschlag gegeben hat. Es gab einen Toten! Der wurde in Stücke gerissen.« Birk reckte jetzt ebenfalls den Arm wie eine Lanze blitzartig nach vorne, und ich zuckte zusammen, so als hätte er mich getroffen, so als würde ich jetzt erst begreifen, was es bedeutete, dass jemand verbrannt und qualvoll gestorben war.

»Also wenn du mich fragst, ist so ein Attentat total sinnlos, weil, alle drehen nur durch«, fuhr Birk fort. »Und weißt du was? Einen Tag nachdem das Boot in die Luft geflogen und einer dabei draufgegangen ist, hatte MotorMän ein neues. Nicht zwei Tage später oder drei Tage, nein, sofort, und fast doppelt so fett. Dreihundert PS. Bevor der Mann überhaupt unter der Erde war. Kennst du den kranken Typen, der immer über den See rast?«

»Ja, dieses Boot mit den beiden gezackten Streifen auf der Seite.«

»Das ist er. MotorMän. Der hätte bei dem Anschlag draufgehen sollen. Da bin ich hundertprozentig sicher.«

»MotorMän?«

»Das ist sein Spitzname. Eigentlich heißt er Illmer.«

»Und wer ist gestorben?«

Birk schüttelte den Kopf. »Weiß nichts Genaueres. Irgendeiner von seinen vielen Sympathisanten. Auf jeden Fall habe ich insgesamt vier Drohanrufe bekommen. Es gibt Idioten, die glauben, ich hätte das getan.«

»Und was glaubt ihr, wer steckt dahinter?« Ich drehte mich zu Johanna.

»War irgendeine Auseinandersetzung zwischen Nazis unter sich«, verkündete sie schulterzuckend.

»Ist das Freiheit da auf dem Floß, was würdest du sagen?«, fragte Birk plötzlich. »Für mich ist Freiheit, wenn alle Menschen frei sind, wenn alle Menschen tun und lassen können, was sie wollen. Wenn alle Menschen nicht mehr unfrei sind, nicht mehr verarscht werden, nicht abhängig gemacht werden von Zucker, von Nationalstaaten, von Steuern, Krankenversicherung, Internet, Gas, Kohle, Öl, von all den Narrativen, die irgendwelche Lobby-Thinktanks für viel, viel Geld in die Welt –«

Johanna unterbrach ihn und drehte sich zu mir. »Nur ein Beispiel, Rio, so heißt du doch, oder? Hast du davon gehört, was nach der Privatisierung des Wassers in Chile passiert ist?«

»Nein, aber ich kann's mir denken.«

Sie schaute mich skeptisch an, winkte dann ab und lehnte sich zurück, beugte sich aber gleich wieder vor. »Fühlst du dich frei?«

»Freiheit im Sinne der Privatisierung in Chile oder was meinst du?«

»Nein, ganz allgemein. Freiheit.«

»Ich glaube nicht an Begriffe wie Freiheit. Beziehungsweise ich weiß nicht. Freiheit. Ich fühle mich sehr frei, wenn ich auf dem Floß bin. Auf dem Floß spielt eine Rolle, dass es so klein ist, dass man nur einen winzigen Radius hat. Zwölf Quadratmeter. Das ist irre wenig. Aber man hat die Weite um sich herum, man ist mitten in dieser Weite, kann schwimmen, kann Kajak fahren, ist immer an der frischen Luft, hat die Sterne, den Wind. Also, alleine zu sein, niemanden um mich herum zu haben, auf den ich reagieren muss, das ist für mich eine Form der Freiheit.«

»Also schränken wir deine Freiheit ein? Tu ich gerne.« Birk grinste.

»Nein, so meinte ich das nicht. Mit euch im *Free Vabali* zu liegen, ist auch Freiheit. Ja, ich glaube, ich strebe Freiheit an. Selbstbestimmtheit, ich suche nach der Mitte.«

»Mitte? Was soll das heißen?«, fragte Johanna streng.

»Ach, ich weiß auch nicht. Es ist so unglaublich schön hier, ich bin völlig aus der Welt. Ich habe keine Termine, keine Verabredungen, hab das Handy ausgeschaltet. Kann den ganzen Tag machen, was ich will. Darum ging es mir. Deshalb bin ich hier.«

»Hast du keine Verpflichtungen? Birk meinte, du bist Fotograf. Hat man da nicht immer die Kamera dabei? Machst du hier ein Projekt?«

»Nein, ich mache zurzeit kein Projekt.«

»Wie alt bist du eigentlich?«

»Was schätzt du?« Es war albern, diese Gegenfrage zu stellen, dennoch tat ich es.

»Du redest wie ein Achtzehnjähriger. Siehst aus wie irgendwas mit Mitte, Ende dreißig«, sagte Johanna und kniff verschmitzt die Augen zusammen.

Ich nickte. »Kommt ungefähr hin. Bin etwas älter. Aber ist das überhaupt wichtig, wie alt ich bin? Ich bin so alt, wie ich mich fühle.«

»Und wie *fühlst* du dich, Ziegen-Wrestler?«, fragte Johanna und schmunzelte. Dann wurde sie wieder ernst. »Wie stehst du zum Staat? Wenn du dir einen Staat aussuchen könntest, was für einen würdest du haben wollen?«

Mein Blick war auf meine Füße gefallen, die im kühlen Wasser lagen. »Genau den, den wir jetzt haben.«

Dann musste Johanna lachen.

WAS UND WER

16

Das Erste, was ich sah, als ich aufwachte, war dieses vollkommene Bild. Die Sonne war schon aufgegangen, aber noch versteckt hinter den Uferbäumen. Ihr Brennen und Gleißen trat noch nicht auf den Plan. Der See lag absolut unbewegt und ruhig da. Hellblau, rosa, violett, weiß – alles in Pastellfarben gemalt, mit größter Detailgenauigkeit ausgeführt. Und mittendrin ein Kajak, in dem zwei Menschen saßen.

Vorne eine Frau. Sie tauchte das Paddel langsam, wie in Zeitlupe, in das Wasser. Hinten saß ein Mann und hielt eine Angel in den Händen. Es wirkte wie eine Szene aus den Urzeiten der Menschheit. Selbst wenn sie sich flüsternd unterhalten hätten, hätte ich es vermutlich gehört, so still war dieser Morgen.

Ich dachte mir, dass es die Leute von dem neuen Schiff sein mussten. Ich blinzelte, griff ein Buch, ging zum Sitz am Mast und lehnte mich zurück. Dann ließ ich einen Fuß herunterbaumeln und berührte mit dem großen Zeh die Wasseroberfläche. Sie fühlte sich wunderbar kühl an auf der Haut, die vom Schlaf noch warm war.

Ich beobachtete das Kajak. Mann und Frau. Sie paddelten langsam am Ufer entlang. Der Frau schien es Spaß zu machen, ihre Bewegungen so auszuführen, dass sie keine noch so kleine Welle aufwühlen sollten. In diesem Moment sah ich, wie der

Mann die Angel weit auswarf. Die beiden schienen sich nicht zu unterhalten, so als seien sie nach einer langen Beziehung zu ein und derselben Person verschmolzen. Ich hatte den Eindruck, dass sie mit ihrer Fahrt einen Bogen um mein Floß beschrieben. Wollten sie mich genauso umkreisen, wie ich es bei ihnen getan hatte?

Ihr Schiff lag völlig unbewegt ein Stück weit von mir entfernt an dem Platz, wo es den gesamten Sommer über liegen würde. Es sah noch größer und merkwürdiger aus, als ich in der Nacht angenommen hatte. Kein protziger, aquadynamischer Riese aus Kunststoff mit 250-PS-Außenbordern, die wie Hodensäcke am Heck hingen. Nein, es war ein langes und im Verhältnis dazu auffällig breites Schiff. Bug und Heck waren abgeplattet und leicht nach oben gebogen. Wie ein von einer riesigen Hand flach gedrücktes Wikingerschiff. Die Aufbauten, in denen die Kajüten untergebracht sein mussten, fügten sich organisch in diesen ungewöhnlichen Rumpf. Hinten, etwas erhöht, war die Brücke für den Steuermann oder die Steuerfrau, von der aus man weit nach vorne auf das Fahrwasser schauen konnte. Dadurch, dass der Rumpf so langgestreckt war, erschien er nicht unbedingt elegant, aber diese Form hatte etwas Großzügiges, etwas Freigebiges.

In den Rumpf, der dunkelblau gestrichen war und über den sich in voller Länge ein weißer Streifen zog, waren die Aufbauten eingefügt. Die vielen unterschiedlich großen Bullaugen und verschiedenformatigen Fenster gaben diesem Schiff einen verspielten und improvisierten Anschein. Aber das täuschte nicht darüber hinweg, dass die Besitzer dieses Vehikels Geld haben mussten.

Mittlerweile waren die beiden nicht mehr zu sehen. Ich lehnte mich nach vorne und suchte die Ufer ab. Nichts. Dann stand ich auf, setzte mich in den Schatten der Seitenplane und griff das Fernglas. Das, was mich am meisten faszinierte und dazu brachte, ständig zu diesem Schiff hinüberzuschauen, war die Dachterrasse, die sich über die gesamte Länge und Breite der Aufbauten erstreckte. Um diese Terrasse lief eine Reling, die gesäumt war von Pflanzen in großen Kübeln. Da waren Palmen, Oleander und zahlreiche Kakteen. Vor der Kajüte flatterten eine Menge bunter Fähnchen, deren Bedeutung ich nicht entschlüsseln konnte. Ganz vorne stand ein Motorrad. Ich legte das Fernglas wieder weg. Über dem See lag noch dieser traumgleiche Frieden. Völlige Stille. Matte, leuchtende Farben. Dann schloss ich die Augen und klappte das Buch zu, hatte keine Zeile darin gelesen.

17

Meine Tagesroutine war mittlerweile fest etabliert. Wenn ich aufgewacht war, oft schon sehr früh, noch vor Sonnenaufgang, zog ich von der Matratze auf den Sitz am Mast, um gemächlich, nicht zu schnell wach zu werden. Dann wusch ich mir das Gesicht, trank einen Schluck Wasser, und wenn ich so weit war, zwanzig oder dreißig Minuten später, schwamm ich die erste Runde – manchmal bis in die Mitte des Sees, manchmal halb so weit. Anschließend suchte ich das Ufer auf, grub mit einem Stock ein tiefes Loch, und wenn alles erledigt war, verschloss ich es sorgfältig mit Erde. Auf dem Weg zurück zum Floß putzte ich mir im seichten Wasser stehend die Zähne und spuckte die Bio-Zahnpasta in den See.

So begann mein Arbeitstag, wie ich es spaßeshalber nannte. Auf die Uhr schaute ich so gut wie nie. Doch wenn man mit der Sonne lebte und um fünf, spätestens sechs Uhr aufwachte, begann dieser Arbeitstag vermutlich gegen halb acht.

Dann las ich, legte mich in die Sonne, kochte mir Kaffee. Danach schlief ich oft noch mal für eine Weile. Anschließend zeichnete ich, und wenn mir das Zeichnen der Wolken zu anstrengend wurde – das Zeichnen der Wasseroberfläche hatte ich schon früh aufgegeben –, schrieb ich Haikus. Es machte mir Spaß. Ich nahm nach wie vor die Woman's-Balance-Teebeutel-Schnipsel als Inspirationsquelle. Die waren pathetisch, flach und affirmativ – perfekt, um mit ihnen herumzuspielen. Mittags schlief ich wieder, anschließend kochte ich noch mal Espresso. Ich aß in dieser Zeit sehr wenig, Appetit hatte ich, wenn überhaupt, nur abends.

Reiher! Ich bin frei.
Du musst kalten Fisch fressen,
ich schlürf' Espresso.

An diesem Tag entdeckte ich eine Libelle, die auf der Oberfläche direkt neben meinem Floß trieb. War sie tot? Ihre Flügelpaare lagen flach auf dem Wasser, ihr Körper befand sich etwas unterhalb der Wasseroberfläche. Es sah so aus, als wäre sie ertrunken. Ich fuhr mit meiner Hand unter ihren Körper und hob sie vorsichtig aus dem Wasser. Jetzt stellte sie sich hin. Ihre harten, gezackten Beine berührten meine Handfläche und ich sah die pumpende Bewegung ihres langen, schlauchförmigen Körpers. Sie lebte also noch. Ich hielt sie dicht vor meine Augen, schaute mir ihre Facettenaugen an und das Muster auf dem Teil des Körpers, den ich Brust nennen würde. Dieses bestand aus unregelmäßig geformten, leuchtend orangen und tiefschwarzen Streifen. Ich hatte das Gefühl, dass nicht nur ich sie, sondern auch sie mich beobachtete, und empfand in diesem Moment so etwas wie Freundschaft, bis sie plötzlich losflog. Mit einem lauten, harten Brummen und ungeheurer Geschwindigkeit genau gegen mein Gesicht. Ich zuckte zusammen, drehte mich weg. Als ich mich wieder aufrichtete, war sie verschwunden.

»Hallo!«

Der Mann und die Frau waren keine drei Meter von mir entfernt. Die Spitze ihres langen, weißen Kajaks zeigte genau auf mich. Ich hatte sie nicht kommen hören, ich hatte nicht mehr an sie gedacht.

»Guten Morgen.«

Die Frau schaute mich mit neugierigen, etwas zusammengekniffenen Augen an. Ich schätzte sie auf Ende vierzig. Der Mann, der hinter ihr saß, hatte seine Aufmerksamkeit immer noch auf seine Angel gerichtet. Sein Alter konnte ich schlecht schätzen. Er hatte kein Hemd an, seine Haut war glatt und braungebrannt, mit nur wenigen weißen Haaren auf der Brust. Er trug einen Strohhut, den er in den Nacken geschoben hatte. Sein Gesicht war oval, seine Züge wirkten zugleich weich und entschlossen. Er konnte gut und gerne sechzig sein. Teil dieser *Silver Ager* mit der Fitness von Fünfunddreißigjährigen.

Er legte die Angel vor sich auf das Kajak, wirkte halb abwesend, so als hätte er sich kurz zuvor mit der Frau gestritten.

»Hast du Blättchen? Mein Mann hat seine ins Wasser fallen lassen. Ist nicht zu fassen, oder? Du drehst doch bestimmt selbst. Ich darf dich doch duzen?«

Sie wandte sich halb zu ihm um. Aber er beobachtete nur seine Angel, die etwas ins Schwanken kam, so als wollte er ihr dabei zuschauen, wie sie ins Wasser rutschte, und sie kurz vorher auffangen. Genauso machte ich es auch, wenn ich mein Paddel und das Glas Rotwein auf dem Schlumpf balancierte und mir eine Zigarette drehte.

»Ja.« Ich hockte mich vor die Küchenkiste und kramte eine Packung OCBs heraus. Ich war nicht sicher, ob ich sie hinüberreichen oder werfen sollte. Dann warf ich sie. Die kleine blaue Packung segelte durch die Luft. Die Frau versuchte sie aufzufangen, aber sie tat das halbherzig und absichtlich ungeschickt, wie ich fand.

»Mensch. Das war aber schlecht geworfen.«

Das Zigarettenpapier trieb auf dem Wasser. Ich holte neues. Diesmal war ich vorsichtiger, lehnte mich zu ihr hinüber und drückte es ihr in die Hand. Ihr Lächeln war bezaubernd.

»Und? Urlauber oder Aussteiger?« Sie schaute mich etwas verschmitzt an. Ich mochte Menschen, die direkt waren und das fragten, was sie interessierte, aber sie hatte mich auf dem falschen Fuß erwischt.

»Mache ein bisschen Urlaub. Könnte mich aber gewöhnen an das Leben hier.«

»Schön!«, sagte sie. »Sehr speziell, dein Floß.«

»Ist das euer Schiff? Vorgestern Nacht angekommen, oder?«

»Ja.«

»Ich bin neulich nachts rumgepaddelt. Wollte euch nicht erschrecken. Ich paddle oft noch spät auf dem See herum«, sagte ich, während ich mich fragte, wieso ich mich überhaupt rechtfertigte.

»Sie haben uns nicht erschreckt.« Der Mann wirkte wie jemand, der keinerlei Ängste hatte, der die Fenster und Türen seiner Villa in Dahlem oder sonst wo in einer warmen Sommernacht weit offen stehen ließ. Ich erinnere mich noch gut an diesen ersten Eindruck, den ich von ihm hatte.

»Ich bin übrigens Magda. Und das da ist Jost.«

»Freut mich. Rio.«

Magda trug ein enges, geringeltes Matrosentop und hatte eine lange, sehr dünne goldene Halskette umgelegt, an der eine kleine Hand, eine Hamsa befestigt war. Auch ihre zarten goldenen Armbänder sahen wertvoll aus. Magdas Outfit wirkte nicht wie das einer Frau, die sich auf einem Brandenburger See lockermachte. Sie strahlte etwas Mondänes aus. Ihr Auftritt an diesem Morgen gab ihr etwas Eigenständiges, Unabhängiges, sehr Starkes. Sie passte sich ihrer Umgebung, vor allem der Natur, nicht an.

»Wie lange wollt ihr bleiben?«

»Den Sommer über.«

Ich hatte gehofft, dass sie nur ein oder zwei Nächte ankern würden, so wie die meisten, um dann weiterzufahren. Magda schien das zu merken.

»Was dagegen? Ist das dein See?« Sie hatte in diesem Moment eine sehr süße Stimme und lächelte. »Wir sind sehr umgänglich«, sagte sie, und plötzlich lachte sie ihr lautes, dunkles Lachen, das ich in diesem Sommer noch so oft hören würde und das mich irgendwie berührte.

Schon bei dieser ersten Begegnung öffneten sie eine Tür. Und wäre ich nicht durch sie hindurchgegangen, wäre alles anders gekommen. Magda hatte eine große Anziehungskraft, eine große erotische *Kraft*. Das mag altmodisch klingen, trifft es aber meiner Meinung nach. Mir war in jeder Sekunde bewusst, dass ich nur mit einer kurzen Adidas-Hose bekleidet vor ihnen stand und ansonsten, bis auf das rote Korallenarmband, nackt war. Und als sie mir an dem Morgen lange in die Augen schaute, fehlte nicht viel und ich hätte eine Erektion bekommen.

»Du zeichnest?« Ihr Blick war auf meine Papiere gefallen.

»Ja, hin und wieder, selten«, sagte ich, »aber ich bin Anfänger. Du würdest gar nicht erkennen, was da abgebildet sein soll.«

»Unterschätzt du meine Fähigkeiten?«

Ich lachte. »Nein. Sicher nicht.«

»Nichts gegen Anfänger! – Und du? Wie lange willst du bleiben?«

»Offiziell noch drei Wochen«, sagte ich.

»Und inoffiziell?«

»Länger.«

»Vielleicht für immer?«, fragte Magda und lächelte. In diesem Moment fiel mein Blick auf ihre Hand. Sie hielt sich mit ihren feingliedrigen Fingern an den Planken fest. Als sie meinen Blick bemerkte, ließ sie los. Sofort trieb ihr Kajak ab. Von mir weg. Sie machte daraufhin einen Paddelschlag – einen exakt bemessenen – und erreichte mein Floß, nahm jetzt zum Festhalten nur zwei Finger zu Hilfe. Aber ich hatte das Gefühl, dass nicht sie sich an meinem Floß, sondern umgekehrt mein Floß sich an ihr festhielt, und dass es, sobald sie es losließ, mit mir in einen Abgrund stürzen würde. Seit dieser allerersten Begegnung fühlte ich mich stark zu ihr hingezogen. Ich senkte den Blick. Und in dem Moment, in dem die beiden mir den Rücken zugekehrt hatten und Magda den ersten lautlosen Schlag mit dem Paddel tat, drehte sich Jost zu mir um und sagte mit der warmen Stimme, die ich aus der Nacht kannte: »Komm doch mal auf einen Kaffee bei uns vorbei.«

18

Als ich noch am selben Nachmittag zu ihnen hinüberpaddelte, nahm mich Jost am Heck in Empfang. Dort befand sich ein Badedeck, an dem man anlegen und direkt auf ihr Schiff gelangen konnte. *Ponceau* stand in großen geschwungenen Lettern an der Bordwand. Er reichte mir die Hand und half mir aus dem Kajak. Dann band er es für mich fest, neben einem kleinen roten Motorboot, das dort bereits vertäut lag. Ich sah auch ihr weißes Doppelsitzerkajak, das zusammen mit zwei Einerkajaks in einer Aufhängung verstaut war.

»Hallo. Schön. Haben gerade noch Besuch. In fünf Minuten sind wir frei. Mach's dir solange bequem«, sagte er und deutete auf einen Liegestuhl. »Aber sei vorsichtig! Dort«, er zeigte auf die Treppe, »ist eine Planke gebrochen.«

Ich setzte mich. Neben Magda und Jost stand eine Frau, die ich, als ich mich zurückgelehnt hatte, nicht mehr sehen, dafür aber hören konnte. Sie hatte eine auffällig laute und tiefe Stimme.

»Es kann sein, dass der Brandschutz nicht eingehalten wurde. Dass der geraucht hat und mit Benzin oder was weiß ich hantiert hat. Das ist schon öfters vorgekommen. Es ist gar nicht raus, ob es sich um einen Anschlag handelt oder viel eher um einen Unfall. Das ist aber auch unwichtig. Weil, den Wert der Grundstücke beeinträchtigt das auf jeden Fall überhaupt gar nicht.«

»Brandschutz?«, hörte ich Magda skeptisch sagen.

Kurz darauf lief die Frau unverbindlich grüßend an mir vorbei und bestieg ihr rotes, mit verchromten Leisten verziertes Motorboot. Jost half ihr dabei abzulegen.

»Und nicht den dreizehnten August vergessen. Kommen Sie gerne dazu«, rief er der Frau zu, die bereits ein paar Meter abgetrieben war, während Magda ihn irritiert und missmutig ansah.

»Sie wissen, das ist der Tag des Mauerbaus.«

»Ja, und es ist mein Geburtstag«, erwiderte Jost, woraufhin die Maklerin meinte: »Da bedanke ich mich recht herzlich für diese nette Einladung. Auf Wiedersehen.« Dann schob sie den Gashebel nach vorne und fuhr davon.

Mein erster Eindruck? Ich war fasziniert, vielleicht sogar überwältigt, merkwürdigerweise auch amüsiert. Von der Größe, von ihrem Geschmack, von der Bequemlichkeit, dem Luxus. Meine Träumereien von einer Dusche waren naiv gewesen. Natürlich gab es die, und es gab noch viel mehr. Bevor ich mit ihnen zusammen aufs Oberdeck ging, konnte ich in das Innere des Schiffs sehen. Da war ein langer, großer Raum. Rechts und links viele Fenster. Alles war sehr hell, alles schien von innen heraus zu leuchten. Überall hingen Zeichnungen, Grafiken und Fotografien, ohne dass es überladen wirkte. Ich sah auch kleine Skulpturen, die an den Wänden befestigt waren. Dazu jede Menge Sitzgelegenheiten. Auch viele Regale voller Bildbände. Schon bei diesem ersten Besuch, während ihr schweres Schiff leicht schwankte und ein weicher Wind vom See herüberwehte, kam der Gedanke in mir auf, dass der Komfort und der Luxus wie schicksalhaftes Gift in mich drang, dass ich nie wieder wegwollte und dass ich diesem Sog auf keinen Fall nachgeben durfte.

Während Jost unten blieb, um Kaffee zu machen, gingen Magda und ich nach oben und setzten uns an einen runden Tisch. Wir schwiegen einen Moment und schauten über den See, bis sie mich fragte: »Weißt du, was eine Blüse ist?«

Sie fächelte sich Luft mit einem Buch zu und schaute mich an.

»Was ist das für ein Buch?«, fragte ich.

»Josts Lieblingslektüre.« Sie zeigte es mir und deklamierte: »*Deutsche Seemannsausdrücke. Von Timmermann!* – Und? Was ist eine Blüse?«

»Vielleicht eine Bluse mit zwei Punkten auf dem Rücken? Eine Bluse mit Umlaut?«

Sie lachte. »Falsch. Eine Blüse ist«, sie klappte das Buch auf, »*ein offenes Feuer als Leuchtfeuer.* Ha! Noch einer. Nummer 517. Die sind alle durchnummeriert. Was ist ein Flögel?«

»Ein Flögel? Ein Vogel ohne Flügel. Oder ein Flügel ohne Vogel.«

»Alles falsch.« Sie lächelte. »Nein, ein Flögel ist *eine Windfahne am Mast.*« Und ohne jeden Übergang: »Sag mal. Was machst du beruflich? Seemann bist du ja offensichtlich nicht.«

»Ich bin Fotograf.«

»Ah! Reportage? Mode? Hast du ausgestellt oder Bücher gemacht?«

Ich schaute sie an. »Nein, nur ein Buch, nichts Großes. Zurzeit arbeite ich in einer Fotoredaktion.«

»Ihr trefft eine Vorauswahl.«

»Kann man so sagen.«

»Wie heißt die Zeitung?«

»Wir arbeiten für verschiedene Zeitungen.«

»Ah ja.« Sie lächelte, kniff dabei aber die Lippen zusammen.

»Einmal habe ich einen Dokumentarfilm gemacht.« Ich wollte das nicht sagen, aber ich hatte das Gefühl, dass ich so etwas in der Richtung liefern musste.

»Worum ging es da?«

»Um einen Teenager aus Duisburg mit sizilianischem Vater.«

»Duisburg?«

»Ja, der ist einfach permanent zwischen Duisburg und Palermo hin- und hergependelt. Er hat im Grunde genommen nichts anderes gemacht. Er hat das nicht gemacht, weil er arbeiten wollte oder musste. Er ist um des Pendelns willen gependelt. Immer zwischen der Heimat seines Vaters und der seiner Mutter hin und her. Weil er unterwegs sein wollte, immer nur unterwegs.«

Sie blickte mich an. »Wie heißt der Film?«

»*Ettore*.«

»Wirklich? Ich kenne den Film. JOST!«, rief sie nach unten, »hier sitzt ein Filmemacher!«

»Was?«, kam es von irgendwo aus dem Schiffsbauch.

»ERINNERST DU DICH AN *ETTORE*? HABEN WIR ZUSAMMEN GESEHEN«, rief sie.

»Ist auch lange her«, sagte ich.

»Wie lange?«

»Acht Jahre oder so.«

»Acht Jahre … Ich habe ihn zweimal gesehen. Einmal auf der Berlinale und einmal im Netz.«

»Freut mich. Er lief auch im Fernsehen.«

Meine Angeberei schien sie nicht im Mindesten zu stören.

»Hat mir sehr gut gefallen. Ich erinnere mich an die Szene, wie er hinten auf diesem Lkw war und dann im Morgengrauen am Vierwaldstädtersee vorbeifuhr, und dann die Szene mit den Kopfhörern.«

Jost kam an den Tisch. »Das denke ich jedes Mal, wenn ich in Honduras bin, dass man dort einen Film drehen muss. Keinen Werbefilm über die Kooperative oder so, sondern einen richtigen Film. Da gibt es so wahnsinnig viel tollen Stoff.«

»Jost baut seit einigen Jahren eine Kaffee-Kooperative in Zentralamerika auf«, erklärte Magda. »Mit Kaffee kennt er sich richtig gut aus. Auch mit Schiffen. Mit Film nicht so.« Sie zwinkerte mir zu.

»Was ist das für ein Schiff?«, fragte ich Jost.

Er erzählte, dass die Ponceau eine umgebaute Tjalk sei, ein holländisches Binnenschiff. »Länge achtzehn Meter, mit ganz flachem Kiel, Tiefgang nur eins zwanzig.« Ursprünglich sei es als Ausflugsschiff eingesetzt worden, im Zweiten Weltkrieg als Frachter, in den Achtzigern dann von einem steinreichen Engländer umgebaut.

»Jetzt trinken wir aber erst mal Kaffee.« Er verschwand erneut unter Deck und stand kurz darauf mit Tassen vor uns.

»Aus Honduras?«, fragte ich, als er mir die Tasse reichte.

»Sí! Frisch aus Comayagua.«

Ich hielt meine Nase darüber, während er weitererzählte.

»Diese Plattbodenschiffe, wie das, auf dem wir sitzen, haben deshalb einen flachen Kiel, damit sie bei Ebbe im Wattenmeer trockenfallen können. Das hier hat wie gesagt zuerst Touristen befördert«, sagte er, »und dann Kohle, und wenn man ganz genau riecht, kann man den scharfen und irgendwie säuerlichen

Geruch noch wahrnehmen. Das ist derselbe kokelige, schwefelige Smell, den Berlin jahrzehntelang geatmet hat. Du bist Berliner, oder?«

»Ja.«

»Kennst du also!« Er hob den Zeigefinger. »Dieser Geruch geht nicht raus, nicht in tausend Jahren. Ich liebe das«, und er schloss die Augen und atmete tief ein.

»Baujahr 1905«, sagte er, »von einer Werft am IJsselmeer. Seit zwei Jahren ist ein Elektromotor drin. Die Ponceau ist meine zweite Ehefrau.«

»Das stimmt«, pflichtete Magda ihm bei und schaute über den See. »Und deine erste ist die Pavoni.«

Ich schaute sie fragend an.

»Seine Kaffeemaschine.«

Während ich sah, wie sie ihre Tassen ansetzten, versuchte ich, den Kohlegeruch wahrzunehmen, obwohl es aussichtslos war, denn ich roch schon seit Monaten so gut wie nichts. Dann beugte ich mich über die Kaffeetasse. Der Kaffee war heiß und ich hielt meine Nase in den Dampf. Musste sie aber ruckartig zurückziehen. In diesem Moment passierte es. Alles kam auf einmal, als könnte ich die Tropen riechen, die Regenwälder, bewaldete Berge, über denen in dichten Schwaden Nebel hing. Ich roch abgründige, aufgeladene Feuchtigkeit, Blütendunst, Morast, verwesendes Fleisch. Urin. Sperma. Schweiß. Leder. Ich stand auf. Das war kein Geruch. Meine Nase war verrückt geworden. Es war, als hätte sich ein Ventil in meinem Bewusstsein geöffnet, das Gerüche hineinließ, ja halluzinierte, die sich seit Monaten hinter dem Zigarettenrauch aufgestaut hatten. Ich musste aufstehen, mich an die Reling stellen. Konzentrierte mich darauf, nicht zu kotzen. Atmete vorsichtig ein und aus.

Magda bemerkte das natürlich. Sie fragte mich, was los sei. Ich sagte: »Nichts«, und sie reichte mir ein Glas Wasser.

19

Ich schraubte den Aufsatz auf die Gaskartusche, füllte Wasser in einen Topf und stellte ihn auf die Flamme. Ich wollte mir Nudeln kochen, und während ich darauf wartete, dass das Wasser heiß wurde, beobachtete ich das Ufer der Insel. Es war interessant zu sehen, wie idyllisch und anziehend es aus der Distanz aussah, und wie sich dieser Eindruck in sein Gegenteil verkehrte, wenn man näherkam. Dann herrschte der Eindruck vor, dass sich unwirtliches, menschenfeindliches Gestrüpp aus einem morastigen Schmutz erhob und jede Pflanze die andere zur Seite zu drängen versuchte, um sich einen Vorteil zu verschaffen, während die Tiere diesen Lebensraum nutzten, um ihren eigenen gnadenlosen Überlebenskampf auszufechten.

Während das Nudelwasser zu blubbern begann, schaute ich zur Insel und versuchte, die ungefähre Distanz zu bestimmen, die gewahrt werden musste, um die Natur malerisch und friedlich zu finden. Aber das war schwierig. Es hing auch von Faktoren wie dem Licht ab und nicht zuletzt von der Stimmung des Betrachters.

Als das Wasser kochte, nahm ich eine Packung Spaghetti und riss sie auf. Ich musste aufpassen, denn der Kocher war wackelig und der schwere Topf konnte herunterfallen. Während ich die weich werdenden Spaghetti vorsichtig mit einem Holzlöffel umrührte, sah ich eine Wasserschlange zwischen Floß und Ufer entlangschwimmen. Das war eine Ringelnatter, nichts Besonderes, ich sah fast jeden Abend welche. Zügig und zielstrebig schlängelte sie mit hoch erhobenem Kopf durch das Wasser. Ich hatte keine Ahnung, wie sie sich an der Oberfläche hielt. Je länger ich auf dem See war, je genauer ich die Tiere beobachtete, desto besser verstand ich, welch streng geregeltem Alltag sie unterworfen waren und dass die allermeisten von ihnen die immer gleichen Wege nahmen.

Während ich kostete, ob die Spaghetti fertig waren, dachte ich an Alissa, mit der ich am Abend zuvor telefoniert hatte. Glücklicherweise war es ein Telefonat ohne Konflikte gewesen. Sie hatte von Hedda und Steph erzählt. Von ihrem Wochenende in Köln. Ich hatte das Gefühl, dass ich jetzt besser verstand, wie erfüllt sie von ihrer Arbeit und der Aussicht auf eine akademische Laufbahn war. Sie klang zwar oft wie eine Streberin, aber wie sollte es anders sein? Steph war jemand, die nicht gut mit Widerspruch oder Kritik umgehen konnte, und es fiel Alissa wahnsinnig schwer, nicht zu sehr, aber auch nicht zu wenig anzuecken. Als ich an die Fotos dachte, die sie mir geschickt hatte, griff ich nach meinem Handy. Ich weiß nicht, ob Alissa mich provozieren wollte, aber das Essen auf den Fotos, die ich wieder und wieder betrachtete – ein arabischer Caterer hatte die Galerie beliefert – sah köstlich aus.

Umgekehrt erzählte ich Alissa endlich in aller Ausführlichkeit von meinem Kampf mit Vau, erwähnte auch den Anschlag auf das Motorboot mit dem Toten. Beides fand sie verstörend, sie machte sich Sorgen und äußerte Unverständnis. Erst als ich ihr meinen Alltag auf dem Floß schilderte, kam Leichtigkeit in unser Gespräch. Johanna und meine neuesten Bekanntschaften ließ ich unerwähnt. Auch den Zufall, dass Magda Steph kannte – sie war Künstlerin und hatte mit ihr studiert. Es ergab keinen Sinn, dass ich behauptete, mich als Solitär auf dem See durchzuschlagen und die Einsamkeit in der Natur zu suchen, während ich immer mehr Menschen kennenlernte.

Ich goss das Nudelwasser in den See und rührte Pesto unter die Spaghetti. Als ich die ersten auf die Gabel gerollt hatte, hielt ich inne. Mir wurde klar, dass ich nicht die geringste Lust auf dieses Essen hatte. Fast jeden Tag hatte es Pasta gegeben. Ich schaute zur Ponceau. Schob den Topf zur Seite und warf einen Blick in die Küchenkiste. Dann ging alles sehr schnell. Ohne wirklich darüber nachzudenken, streifte ich mir ein T-Shirt über, zog meine Jesus-Latschen an und steckte Geld ein. Eine Viertelstunde später legte ich mit dem Kajak neben Birks Segelboot an. Merkwürdigerweise traf ich weder ihn noch Johanna, und dann nahm ich mir eins der Fahrräder, die in dem Schuppen hinter der Werfthalle standen. Eine halbe Stunde später war ich im Fast-Food-Restaurant an der Autobahnraststätte, wo ich mir ein Hamburger-Menü und eine Cola kaufte. Anschließend stellte ich mich an einen Stehtisch, verschlang das alles und blätterte dabei in einer *Bild*-Zeitung. Zuletzt lief ich hinüber zur Tankstelle, aß zwei Tafeln Schokolade und ein Eis und trank eine kleine Flasche Wodka. Erst als ich die Raststätte verließ und aufs Fahrrad stieg, kam ich wieder zu mir und begriff, was geschehen war. Als ich schließlich die Landstraße Richtung Ranitz erreichte, sprang ich vom Rad, lehnte es gegen die Leitplanke, und während zwei mit Baumstämmen beladene Trucks an mir vorbeidonnerten, beugte ich mich über den Straßengraben und kotzte alles aus.

20

Einen oder zwei Tage später nahm ich den Schlumpf und fuhr bei Birk vorbei. Ohne speziellen Grund. Vielleicht hoffte ich, noch mal mit ihm zum Teich zu fahren, vielleicht brauchte ich einfach jemanden zum Reden. Er saß auf seinem Segelboot, schaute aufs Handy und schien gute Laune zu haben. Er zeigte mir einen der Fensterrahmen, die er repariert hatte. Das Holz war verwittert, teilweise vermodert gewesen, er hatte es ersetzt. An einer anderen Stelle musste er ein Glas austauschen. Er zeigte mir auch, wie er die Metallteile restaurieren wollte, die verrostet waren. Am Mast hatte er ebenfalls gearbeitet, Wanten gespannt, Beschläge abgeschliffen.

Während wir zur ehemaligen Werfthalle liefen, weil er mir einen Kompass zeigen wollte, begann er, von der Krise der Klimaschutzbewegung zu erzählen. Nur *Extinction Rebellion* und die *Letzte Generation* hätten noch Zulauf. Er holte sein Handy raus und zeigte mir Fotos. Berichtete von einer Aktion in Sachsen-Anhalt, bei der ein Baumhaus mit mehreren Etagen gebaut wurde.

»So besonders ist das jetzt auch nicht. Aber endlich mal wieder eine gelungene Aktion, bei der was rumkommt und Anschlussprojekte realisiert werden können. Nichts, was alle nur sinnlos aggressiv macht. Deshalb finde ich dein Floß auch so gut. Du zeigst auf, was möglich ist. Eine Utopie, einen Plan B, und ganz naheliegend. Und nachhaltig.«

Ich war mit ihm bis in den hinteren Teil der Halle gelaufen, wo es eine Werkstatt und ein durch große Glasfenster abgetrenntes Büro gab, das wie die Halle mit Kartons, Kisten und allem möglichen anderen Gerümpel vollgestellt war. Birk ging zu einer Arbeitsplatte, über der Werkzeug hing, und nahm einen großen Kompass in die Hand.

»Das ist er.«

Ich drehte und wendete den Kompass in meiner Hand. In dem Moment nahm ich den Geruch zum ersten Mal wahr.

»Toll, oder?«

Ich nickte.

»Wann kommt eigentlich dein Besuch?«, fragte er mich.

»Alissa? Dauert leider noch. Weiß nicht.«

Er zögerte. »Mag sie dein Floßleben nicht?«

»Doch, eigentlich fand sie die Idee mit dem Floß okay oder zumindest nachvollziehbar. Sie hat aber zurzeit zu viel zu tun mit ihrer Dissertation.«

Ich gab ihm den Kompass zurück. Der Geruch verwirrte mich. Monatelang hatte ich fast nichts außer Zigarettenrauch gerochen, dann war diese Lawine von Gerüchen auf der Ponceau auf mich niedergegangen, und jetzt bedrängte mich dieser Geruch. Er war subtil und sehr unangenehm. Irgendwie gelblich. Er erinnerte mich an etwas, nur wusste ich nicht, an was. Ich hatte keine Lust, Birk darauf anzusprechen.

»Hast du eigentlich Kinder?«

Ich schaute ihn an. »Wie kommst du jetzt darauf? Nein, die hätte ich ja sonst auch längst erwähnt.«

»Willst du irgendwann welche haben?«

»Ja, warum nicht.«

»Ich verstehe jede und jeden, die sagen, dass sie in dieser Welt keine Kinder mehr haben wollen.«

»Das sehe ich anders. Ich habe vor ein paar Wochen einen Tag mit den Kindern meines Bruders verbracht. Es war anstrengend, aber anschließend war ich glücklich. Ich hatte das Gefühl, dass ich etwas Sinnvolles und Schönes gemacht habe. Und dieses Gefühl habe ich wirklich nicht oft. Praktisch nie.«

»Wirklich nicht?«

»Naja, seitdem ich auf dem Floß bin, habe ich es öfter. Wenn ich fotografiert habe, hatte ich das auch. Aber das ist lange her.«

Wir zündeten uns Zigaretten an. Plötzlich schüttelte Birk den Kopf.

»Mit Kindern auf einem Floß?«

»Stimmt. Da müsste man dann schon ein Hausboot haben«, sagte ich und senkte den Kopf. Das Thema strengte mich an. Ein Jahr zuvor hatte ich Alissa gefragt, ob sie sich vorstellen konnte, mit mir ein Kind zu haben. Sie hatte Ja gesagt, aber zuerst wollte sie ihre Dissertation abschließen. Und sie würde sich auch nur darauf einlassen, wenn ich mindestens die Hälfte der Care-Arbeit übernähme. Ich war einverstanden. Ihre Aussichten auf eine erfolgreiche akademische Laufbahn waren vielversprechend. Vielversprechender als meine Aussichten als Fotograf.

Auf einmal musste ich an meinen Trip zur Raststätte denken, den ich völlig verdrängt hatte. An Alissas Fotos aus Köln, an unsere Telefonate. Ein gemeinsames Kind kam mir unvorstellbar weit weg vor.

In diesem Moment vibrierte Birks Fairphone. Er schaute auf das Display.

»Textnachricht von Johanna.« Seine Stirn kräuselte sich. »Kommst du mit?«

»Weiß nicht.«

»Zu der Weide mit den Zicken. Zu meinem Vater. Ist irgendwas passiert. Ich soll sofort kommen. Keine Ahnung, worum es geht.«

21

Birk fuhr die gesamte Strecke rückwärts. An sein Kajak war ein kleiner Rückspiegel montiert, und er lachte und redete, während er fuhr, er war überschwänglich. Vor allem dieses mehrgeschossige Baumhaus hatte ihm scheinbar gute Laune gemacht. Bei Kilometer 12, dort, wo wir auch das letzte Mal gehalten hatten, legten wir an.

»Hä? Was ist das? Das kann nicht sein!«, rief er, als wir vom Ufer aus losliefen.

Ich wusste nicht, was er meinte, konnte mir seine Bestürzung nicht erklären. Ich hörte nur die Ziegen meckern, die sich in der hinteren Ecke vor dem Zaun eng beieinander und, wie ich fand, geduckt ins Gras gelegt hatten. Vau, die Versuchung des Heiligen Antonius, sah ich nicht.

Am anderen Ende der Weide kamen wir auf einen Feldweg, wo ein Auto stand, das ich schon auf ihrem Grundstück gesehen hatte. Einen roten, schmuddeligen Kastenwagen von Toyota. Daneben stand ein Mann mit raspelkurzen blonden Haaren. Als wir uns näherten, sah ich Johanna, die mit verschränkten Armen ungefähr zehn Schritte entfernt von ihm stand. Der Mann tippte mit seinen großen Fingern auf einem winzigen, uralten Handy herum, plötzlich brüllte er: »Verdammt! Das kann nicht sein!«

Birk und ich blieben stehen. Johanna nickte uns zu, ohne etwas zu sagen.

»Ludger, mein Vater«, sagte Birk leise.

Ludger drehte sich ruckartig zu mir. Seine dickrandige, altmodische Brille war verschmiert. Doch ich sah das Glühen in seinen Augen, sah die beiden Zornesfalten, den halbgeöffneten Mund, der nach Luft rang. Schweißtropfen funkelten auf seiner Stirn.

»Hallo«, sagte ich.

»Bist du der Typ vom Floß?«, erwiderte er schroff.

Ich nickte.

»Bin der Vater«, nuschelte er und senkte den Kopf. Johanna deutete auf die Baumstümpfe, die den Feldweg säumten. Überall auf dem Weg lagen große Mengen Sägespäne.

Birk stand mit weit aufgerissenen Augen da.

»Was ist passiert?«, fragte ich Johanna.

Aber Ludger ließ sie nicht antworten: »Sieht man das nicht? Irgendwelche Polacken sind gekommen, haben die Bäume gefällt und sind damit über alle Berge.«

Ich starrte auf die Baumstümpfe, Ludger stützte sich mit beiden Armen auf die Motorhaube des roten Autos, dann brüllte er noch mal: »SCHEISSE!«, stieß mit dem Kopf ruckartig nach vorne. Ich schaute zu den Zicklein. Ihr Anblick hatte etwas Tröstliches, sie wirkten zugleich blöd und ignorant. Wer weiß, wann sie begriffen, dass sie keinen Schatten mehr haben würden.

Dann schaute ich Johanna an, sie trug einen kurzen, gepunkteten Rock und ein hellgelbes T-Shirt, vielleicht war sie auf dem Weg nach Berlin. Während ich sie ansah, fühlte ich nichts. Ihr Gesichtsausdruck war der eines Soldaten, und er stand in schrillem Kontrast zu ihrem Outfit. In diesem Moment fiel mir auf, wie ähnlich sich Johanna und Ludger waren. Und ich dachte, dass ihr alles zuzutrauen war.

»Wann kommen die Bullen denn endlich?« Und plötzlich schlug Ludger seine Faust mit voller Wucht auf die Kühlerhaube. Es war ein ungeheuer lauter Knall. Wir zuckten alle zusammen und wichen erschrocken zurück. Er hatte tatsächlich eine Beule ins Auto geschlagen. Mit schmerzverzerrtem Gesicht rieb er sich die Hand und schaute auf sein Telefon.

»Willst du mich verarschen, Birk! Willst du schnuppern, wer das gestohlen hat und wo sie hin sind?« Birk hatte Sägespäne in die Hand genommen und daran gerochen, jetzt ließ er sie fallen. »Die Autobahnauffahrt ist drei Minuten entfernt. In 'ner halben Stunde sind die in Polen. Weißt du überhaupt, was das bedeutet?«

Da kam ein Polizeiauto und hielt direkt hinter Ludgers Kombi. Zwei Beamte stiegen aus. Alle drei – Birk, Ludger und Johanna – verschränkten die Arme.

»Hallo, Ludger«, sagte die Polizistin, dann drehten sie sich zu uns. »Birk, mit dir wollten wir sowieso noch reden«, sagte der Polizist zu ihm und warf auch mir einen misstrauischen Blick zu.

Ich wandte mich zu Birk, der irgendwie spöttisch ausatmete und eine wegwerfende Bewegung machte. »Ich war in Aachen«, zischte er, und dann fügte er halblaut hinzu: »Knalltüten. Kümmert euch lieber hier drum. Deshalb seid ihr doch da.«

Doch noch bevor die Polizisten die Autotüren überhaupt zugeschlagen hatten und Ludger befragen konnten, begann der mit einem bizarren Monolog. Ich hatte schon davon gehört, dass ganze Waldstücke abgeholzt und abtransportiert, also gestohlen wurden, aber Ludger zählte auch noch andere Dinge auf: Bootsmotoren, Rinderherden, sogar Mülltonnen. Und immer seien »die Drecks-Polacken oder Bulgaren« oder ein anderes »schmutziges Gesindel« schuld. Er schrie, dann drohte er mit der Faust in Richtung der Polizisten, die ihn zuerst ungerührt angesehen hatten und ihm jetzt zunehmend feindselig gegenüberstanden.

»Ludger, Mensch, komm runter! Pass auf, was du sagst. Du redest dich um Kopf und Kragen«, sagte die Polizistin. »Wenn wir eine Anzeige aufnehmen sollen, müssen wir vernünftig reden. Wann ungefähr ist das passiert?« Aber Ludger ging nicht auf sie ein, sondern wiederholte sich nur in seinen Verunglimpfungen. Er habe schon seit Jahren mit »diesem Staat, der seine Bürger nicht schützt«, abgeschlossen. Der Staat schütze »nur noch Schwule, Lesben und Zigeuner. Errichtet ihnen überall Denkmäler.«

Birk ging dazwischen. »Ja? Wusste gar nicht, dass es so ein Denkmal bei uns in Ranitz gibt.«

»Sei still«, fauchte Ludger, »du bist nicht hier, um dich lustig über mich zu machen, sondern weil du mein Zeuge bist«, und er schwadronierte weiter. Der »normale Bürger« würde nicht geschützt, und wenn »irgendwelche Osteuropäer« alles klauten und abtransportierten, dürfe man nichts sagen, dann sei man gleich wieder ein Nazi.

Die Polizistin unterbrach ihn und drohte mit einer Anzeige wegen Volksverhetzung, und endlich war Ludger still, zumindest für einen Augenblick. Dann sagte er, dass sie, die Polizistin, doch genauso dachte wie er, das wüsste er genau, und dass jede Eiche, die hier gefällt und gestohlen wurde – jede einzelne –, zehntausend Euro wert war, dass er ruiniert sei, dass er das Geld brauche, dass sein Urgroßvater diese Bäume für schwere Zeiten gepflanzt habe, und jetzt seien sie da, die schweren Zeiten. Es waren zwölf über hundert Jahre alte Bäume.

»Ja, Ludger, das glauben wir dir alles gerne. Trotzdem müssen wir zuerst mal deine Personalien aufnehmen, wenn du eine Anzeige aufgeben willst.«

Ludger wurde weiß vor Wut, nahm sein Portemonnaie, fummelte seinen Personalausweis heraus und schmiss ihn den Polizisten vor die Füße. »Ich bin raus«, schrie er. »Ich bin längst nicht mehr Teil dieses Systems. Erschießt mich doch. Ihr Staatsnazis.« Dann sprang er in den Toyota, ließ Johanna noch einsteigen und raste davon. Die Staubwolke, die der Wagen hinter sich herzog, hing in der Luft, genau dort, wo vor Kurzem noch die Bäume gestanden hatten. Beide Polizisten schüttelten den Kopf.

»Können wir kurz, Birk? Ein paar Fragen«, sagte die Polizistin nicht unfreundlich.

»Nein«, antwortete Birk und lief in Richtung Lahne davon.

»Dann musst du aufs Revier. Dann kriegst du eine Vorladung. Darfst nach Dammwalde kommen«, rief ihm der Polizist hinterher. »Was ist denn mit euch los, verdammt noch mal.«

»Fickt euch. Ihr verdächtigt doch jeden, der sich für die Umwelt engagiert. Ich war an dem Tag in Aachen. In der Gesa. Checkt ihr das nicht? Kümmert euch um die gestohlenen Bäume. Ich hab mit dem Anschlag nix zu tun. Außer, dass ich traurig bin, dass Illmer noch lebt.«

»Pass bloß auf, was du sagst«, rief der Polizist.

Und die Polizistin fragte: »War das denn überhaupt ein Mordanschlag? Wir wollen nur deine Meinung wissen. Oder sollte das nur Sachbeschädigung werden? Ging da was schief?«

»Mir komplett egal«, rief Birk und verschwand.

22

Ihre Tassen hatten etwas Magisches. Glasiert in tiefem Blutrot, das kaum sichtbare schwarze Schlieren zeigte. Dickwandig, mit kleinem Henkel. Einmal hatte ich eine umgedreht. Auf die Unterseite war ein kleines Segelschiff mit einem Totenkopf gestempelt, und daneben stand *BYRON OF BRUMMEL Handmade in London* in goldglänzender Schrift.

»Nein«, sagte Birk und schaute Jost an, woraufhin Magda lachen musste.

Birk war nicht unsicher, und selbst wenn da in diesem Moment, kurz nachdem er die Ponceau zum ersten Mal betreten hatte, ein Anflug von Schüchternheit im Spiel gewesen sein sollte, hatte sein Verhalten dennoch etwas Autonomes und Starkes. Völlig unbeeindruckt war er aus seinem beklebten Kajak gestiegen und hatte die Ponceau betreten.

»Was möchtest du dann?«, fragte Jost.

»Am liebsten Tee.«

»Was für einen?«

Nein zu Josts Kaffee zu sagen und sich einen Pfefferminztee servieren zu lassen, erschien wie ein Sakrileg. Aber Jost nahm es locker, ließ sich zumindest nichts anmerken, wohingegen es Magda amüsierte, dass Birk mit verschränkten Armen auf ihrem Riesenschiff saß und seine Beine weit von sich streckte.

»Weil Kaffee nicht nachhaltig ist«, sagte Magda mit todernstem Ausdruck, während ihre Provokation nur zu erahnen war.

»Kann sein«, sagte Birk mit großem jugendlichen Ernst, »aber normalerweise belehre ich meine Mitmenschen nicht, was gut und was schlecht ist. Was sie zu tun und zu lassen haben. Darin unterscheide ich mich vom Mainstream meiner Generation.«

»Oh, wirklich?«, erwiderte Magda. »Sehr gut.«

»Kaffee ist nicht nachhaltig, das weiß ich doch«, sagte Jost, »aber die Anbaubedingungen bei uns in Honduras schon. Nachhaltiger könnten sie kaum sein.«

»Was ist schon nachhaltig. Der Tod ist nachhaltig«, sagte Magda.

Während ich meine Lippen an die dickwandige Tasse legte, versuchte ich, mich auf den Geruch zu konzentrieren. Ich sog den Dampf vorsichtig ein. Doch mein Geruchssinn war unberechenbar. An diesem Tag passierte nichts.

Jost war erneut im Inneren des Schiffs verschwunden und machte Tee. Birk schaute zum Ufer. Und Magda schloss die Augen und lehnte sich zurück.

Ich war bis zu diesem Zeitpunkt bereits drei- oder viermal auf der Ponceau gewesen. Immer am späten Nachmittag. Jedes Mal hatte es Kaffee gegeben. Ich hatte auch schon bei ihnen geduscht und meine Powerbank aufgeladen. Und immer gab es ein Gespräch darüber, wie mir der Kaffee schmeckte, dazu Josts Berichte aus Honduras und Details aus der Geschichte der Ponceau, wie zum Beispiel, dass einmal das niederländische Königspaar darauf zu Besuch gewesen war.

Birk hatte im Vorfeld über ihr Schiff gelästert, sich aber auch nach den beiden erkundigt. Als ich erwähnte, dass sie jemanden suchten, der eine morsche Planke austauschen konnte, verzog er das Gesicht. Er wurde jedoch hellhörig, als ich ihm von Josts Kooperative erzählte.

»Du wirst sie mögen.«

»Nein, werde ich nicht.«

»Sie sind interessant.«

»Mich interessieren andere Sachen.«

»Cooles Pali-Tuch«, sagte Magda.

Birk drehte sich zu ihr und sagte: »Ja, finde ich auch.«

»Grün, rot, gelb. Ich mag diese Farbkombination.«

Jost stellte den Tee mitten auf den Tisch.

»Das sind die kurdischen Nationalfarben. Mit solchen Tüchern laufen die von der YPG rum«, sagte er. »Warst du dort?«

»Hab das Tuch von einer Freundin geschenkt bekommen«, sagte Birk. »Aber nach Kurdistan würde ich gerne mal fahren.«

»Ich hatte einen kurdischen Freund, Egit, der –«

Magda schob Birk die Tasse mit dem Pfefferminztee hin und schnitt Jost das Wort ab. »Stimmt es, dass du ein Baumhaus im Hambacher Forst hast?«

»Ja. Dort und im Dannenröder Forst.«

»Zwei? Wirklich?«

»Ja.«

»Und was ist jetzt mit denen? Warum bist du da nicht?«

»Ich hab grad andere Sachen zu tun. Und das im Dannenröder wurde bei der Räumung plattgemacht, der Baum wurde gefällt. Eine Buche, die über zweihundert Jahre alt war.« Er ließ eine bedeutungsschwere Pause entstehen und setzte neu an. »Im Hambi das gibt es noch. Ich habe es zusammen mit anderen Aktivist*innen gebaut. Ich weiß nicht, wer da jetzt ist. Es ist inklusiv. Es steht jeder zur Verfügung, die sich engagieren will oder dort ein Projekt machen möchte.«

»Fährst du da nicht regelmäßig hin?«

»Jein.«

»Was meinst du damit: Du hast grad andere Sachen zu tun?«, fragte Magda.

Birk schlug wieder diesen Ton an, der etwas Pastorales hatte und den nur junge Erwachsene erträglich vortragen konnten. »Ich hab ein Segelboot, das ich klarmachen will. Aber das dauert. Für manche Reparaturen ist es schwierig, passendes Material zu bekommen«, sagte er und Jost nickte. »Ich will in ein paar Jahren Touren anbieten, damit Menschen nicht mehr mit dem Flugzeug fliegen müssen. Von Barcelona oder Lissabon zu den Inseln beispielsweise. Und wenn ich alt bin, geht es in die Karibik und weiter nach Tahiti, Samoa, Fidschi.« Er lächelte und wurde dann wieder ernst. »Wenn es die Länder bis dahin noch gibt. Samoa versinkt schon.« Er schaute uns aufmerksam an. »Jetzt hab ich angefangen, mich mit der Donau und ihren Seitenarmen zu beschäftigen. Das ist ein einmaliger Naturraum. Ich werde von hier mit dem Kajak nach Bayern zur Donau trampen und dann –«

»Trampen? Mit dem Kajak?«, fragte Magda begeistert.

»Ja, es dauert länger, aber es geht. Die meisten haben ja Riesenautos. Und manche nehmen einen auch mit Kajak mit.«

Jost nickte anerkennend. »Toll!«

»Ich werde auf der Donau fahren. Fast bis ganz runter. In Rumänien stehen chinesische Investoren in Verhandlung mit der Regierung. Die wollen Kohlekraftwerke ausbauen. Auch Naturschutzgebiete sind betroffen. Da soll es ab dem frühen Herbst

Aktionen geben, auch verschiedene Workshops und eine Blockade. Es wird kein stationäres Protestcamp. Wir müssen mit kleineren, mobileren Gruppen operieren. Da werde ich irgendwo dabei sein.«

»Das ist doch das bei Rovinari, oder?«, fragte Jost.

»Ja, da ist eins von vielen.«

»Hast du schon öfter solche Trips gemacht?«, warf Magda ein.

»Ja.«

»Hast du eigentlich eine Freundin?«, fragte Magda weiter.

Jost schüttelte entgeistert den Kopf und wollte Birk etwas anderes fragen, aber Magda kam Jost zuvor und wandte sich mit einem ihrer abrupten Richtungswechsel an mich. »Und was war deine interessanteste Reise, Rio? Erzähl mal. Aber von einer richtigen Reise. Dein Sunshine-Huckleberry-Finn-Trip hier mit deinem Floß im Lala-Land zählt nicht«, und sie rempelte mich freundlich mit der Schulter an.

»Einmal bin ich overland nach Asien gereist«, sagte ich.

»Wann war das?«, fragte Jost.

»Im Herbst 2003. Ich bin über Wien, Bukarest, Istanbul, Teheran in den Himalaja. Zum Nanga Parbat.«

»Nicht bis Indien?«

»Nein, nach Pakistan.«

»Genau diese Route, aber nach Indien, hat damals in den Siebzigern fast jeder gemacht«, sagte Jost. »Ich hab das auch gemacht. Warst du auch in Kurdistan?«

»Nur im Norden.«

»Der Norden ist nicht richtig Kurdistan, im Süden war es damals noch wie im Mittelalter, was rede ich da, wie in der Eisenzeit. Ich hatte einen kurdischen Freund, der mit mir am Vansee war und im Gebirge in der Grenzregion zum Irak.«

Es stellte sich heraus, dass wir bis auf Südkurdistan mehr oder weniger dieselben Orte besucht hatten. Jost als später Hippie-Backpacker bis nach Indien und darüber hinaus. Ich als Vertreter der Generation X in der Zeit zwischen 9/11 und Irakkrieg in den Karakorum.

Jost blühte auf, wollte erzählen, aber Magda sagte: »Ja, schön. Aber was war eure *Erfahrung*. Irgendwelche Orte aufzählen, das kann jeder. Wahrscheinlich hattet ihr auch Hermann Hesse im Rucksack. Beide, oder?«

»Ich hab mich treiben lassen, hab jeden Tag neu entschieden, wann ich weiterfahre, wie lange ich am jeweiligen Ort bleibe«, sagte ich. »Der Karakorum war mein Ziel. Ich wollte einfach dorthin unterwegs sein, nicht mehr und nicht weniger. Ich hatte fast kein Gepäck mit, nur das Nötigste, wollte mich so frei wie möglich fühlen.«

»Aber war es ein entscheidender Trip? Was war der eigentliche Grund für diese Reise? Liebeskummer?«, fragte Magda und schaute mich eindringlich an. »Auf einer Reise muss man durch eine Krise gehen, nicht nur durch eine Wüste oder ein Gebirge. Ohne Gepäck – was heißt das schon! Es muss anstrengend sein, man muss krank werden, *innere* Wüsten durchschreiten, Einsamkeit. Dann wird es wesentlich. Wo war deine Krise, Rio? Wo ist sie jetzt?«

Ich musste lachen, aber ich fand Magda unendlich anstrengend in diesem Moment. Wie dankbar ich Jost war, dass er für mich einsprang.

»Bei uns ging es vor allem ums Kiffen«, sagte er. »Weed und Shit wurden einem damals auf dieser Route überall hinterhergeschmissen, kiloweise. Das war unglaublich. Auch Opium und Heroin. Davon hab ich aber die Finger gelassen. Ich bin von

Bangkok weiter nach Malaysia, Indonesien und Australien. Alles über Land oder mit dem Schiff. Fliegen konnte ich mir nicht leisten. Mir ging es damals darum, so viel wie möglich zu sehen, so viele verschiedene Länder wie möglich zu besuchen. Ja, Magda. Und ich hab Hesse gelesen, den *Steppenwolf* auswendig gekonnt. In Melbourne hab ich dann in einer Druckerei gejobbt. Dort habe ich begriffen, dass es gar nicht mein Ding war, immerzu herumzureisen, und – Achtung, das verstehen die meisten nicht! – dass ich Spaß an der Arbeit habe, dass ich mindestens genauso gerne arbeite, wie ich reise. In Australien habe ich entschieden, dass ich kein Studium mache, sondern Drucker lerne. Ich hatte das Gefühl, dass ich damit die Welt verändern konnte. Das war 1979.«

Ich sah, dass Jost noch mehr erzählen wollte, aber er zögerte und sagte schließlich: »Jetzt bist du dran, Magda. Erzähl uns von deiner Reise, von deiner Krise.«

»Du kennst die Geschichte«, sie schaute Jost an, »erzähl du den beiden, was meine Reise war. Du bist doch gerade so schön in Fahrt, Joschi! Los, so kann ich Kaffee trinken und meiner eigenen Geschichte zuhören.«

»Die lange Version?«, fragte Jost.

»Die lange«, sagte Magda. »Ein Roman, sechshundert Seiten, Knausgård.«

»Magda hat vor fünf Jahren … War das vor fünf Jahren? So ewig ist das schon wieder her? Naja, Magda hat so eine Art Sabbatical eingelegt und den Pazifik besucht. Auch Fidschi. Dort hat sie sich für längere Zeit in einem Hotel einquartiert. Ich glaub, das ist das älteste Hotel des Pazifiks, auf einer Insel vor der Küste Fidschis?«

»Weiter!« Magda wurde ungeduldig.

»Also. Fidschi … Hmm, die größte Insel heißt Viti Levu, das ist die größte im Pazifik. Drumherum gibt es mehr als dreihundert Inseln.«

»Wenn du so langweilig erzählst«, sagte Magda, »mach ich es lieber selbst.« Sie stellte ihre Tasse auf den Tisch, richtete sich auf, streckte ihre Arme und Hände weit vor und öffnete sie, als wollte sie sich an einem Lagerfeuer wärmen. »Schließt mal die Augen, los! Schließt die Augen. Ihr seid jetzt in einem sehr großen Raum. In der Mitte stehen Säulen, hohe, runde Säulen aus Eisen mit Kapitellen. Es sind Säulen von den Briten. Seht ihr sie? Fast das ganze Hotel ist aus Holz, es ist komplett weiß gestrichen, auch dieser riesige Raum hat weiße Wände. Und dort hängen uralte, verblasste Schwarz-Weiß-Fotos aus den vermeintlich besseren Zeiten, das britische Kolonialinventar. Überall stehen zerschlissene Sessel und Sofas mit hohen Rückenlehnen, ein Snooker-Tisch, ein Kamin. Ein echtes Klischee. Und es ist schäbig, das Weiß ist grau. Das tropische Klima nagt an allem, seit Jahrzehnten. Über fast allen Sesseln liegen feste Decken oder Teppiche, die man besser nicht lüftet. Und alles trieft vor History, Patina und Rule Britannia. Ihr sitzt auf diesen Sesseln, großen viktorianischen Sesseln. Ihr seid unsichtbar, ihr drei – Birk, Rio, Joschi! Augen zu! – ihr drei seid Geister; nur ich bin wirklich da. Ich sitze in einem dieser Sessel, schon seit ein paar Wochen, um mich von meiner Südostasienreise auszuruhen. Ich war krank, hatte Fieber, ich war wirklich am Ende, hatte aber glücklicherweise keine Malaria, sondern irgendwas anderes, und als es mir endlich besser ging und ich bereit war weiterzuziehen, kam die Nachricht, dass sich ein Sturm der Insel näherte. Und einen halben Tag später wurde er hochgestuft, da war es kein tropischer Sturm, kein *tropical storm* mehr, sondern ein Taifun. Ich war mitten in der Taifun-Saison dort, das wusste ich, in der Off-Season, deshalb war auch so wenig los. Der Koch war ein Einheimischer, der sich um das Frühstück und das Dinner kümmerte und auch um alles andere, der das ganze Hotel am Laufen hielt, und der – ob ihr es glaubt oder nicht – nur ein Auge hatte. Und es sah nicht so aus, als hätte er es bei einem Unfall verloren. Da waren nur noch ein zwei Meter großer holländischer Autohändler mit seiner Frau aus Südafrika, einem Model. Und Eva, eine Frau aus Peru in meinem Alter. Sonst niemand.

Von einer Stunde auf die andere kam der Sturm näher, das Meer war weniger als hundert Meter entfernt, aber die anderen Inseln und die Korallenriffe verhinderten, dass die ganz großen Wellen den Strand erreichten. Wir konnten Ovalau, so hieß die Insel, nicht mehr verlassen, weil der Seegang vor der Küste zu heftig war, um auf die Hauptinsel überzusetzen. Wir waren dazu verdonnert, auf dieser kleinen Insel zu bleiben. Wir durften, sagten uns die Einheimischen, nicht einmal daran denken, das Hotel zu verlassen. – Sitzt ihr noch in euren Sesseln? Augen zu, Rio! Es geht weiter. – Direkt hinter dem Hotel, also praktisch an der Rückseite, war ein Bach, der in einem betonierten Bett floss und jetzt sofort über die Ufer trat. Es schüttete wie aus Eimern, und dann kam der Sturm. Zuerst fiel der Strom aus, ich bekam richtig Angst. Das meine ich ernst. Ich bin kein Mensch, der vor irgendwas Angst hat, aber da *hatte* ich Angst. Das Hotel war bis auf die paar Säulen in der Lobby aus Holz, es war hundert Jahre alt, es war sicherlich nicht der erste Sturm, dem es trotzen musste, aber es konnte trotzdem sein letzter sein. Ich verstand überhaupt nicht, wieso der Bach allein nicht schon ausreichte, das Hotel einfach wegzuspülen. Die Fenster und

Türen waren uralt, typisch englisch, so guillotinenmäßig, zum Hoch- und Runterschieben. Wir alle, die sich noch in dem Hotel aufhielten, versammelten uns in der Lobby, standen rum und redeten aufgeregt, wiesen uns gegenseitig auf den reißenden Fluss hinter dem Haus hin, der kurz zuvor noch ein Bach gewesen war. Dann forderte uns der einäugige Koch auf, uns in die großen Sessel zu setzen, eng beieinander. Der Koch, der Autohändler, seine Frau aus Kapstadt und Eva, mit der ich mich angefreundet hatte. Sie hatte auch einige Tage dort verbracht, nicht so lange wie ich, aber lange genug, sodass wir ein paar Mal zusammen in einem Restaurant an der Hauptstraße dieses Inselkaffs waren, wo es WLAN gab und chinesischen Gin.

Der Sturm wurde schlimmer, es war dunkel. Der Koch nannte sich übrigens Joe, seinen echten Namen habe ich nie erfahren, vielleicht weil ein einheimischer Name das letzte unberührte Terrain war, das man nicht von Menschen aus dem Westen betreten sehen wollte. Also, als Joe versuchte, Kerzen anzuzünden, sie aber immer wieder ausgingen, weil es durch alle Ritzen zog, holte er Petroleumlampen, die aussahen, als seien sie zweihundert Jahre alt. Wir hatten alle wirklich große Angst, und das ist noch eine Untertreibung. Nur Joe nicht, der setzte sich zu uns, lehnte sich zurück. Das Model zitterte und betete. Der Autohändler erzählte mir, dass er sie noch nie hatte beten sehen, obwohl sie seit sechs Jahren verheiratet waren. Aber ich war auch kurz davor zu beten. Obwohl ich weiß, dass Gott tot ist. Plötzlich stand der Koch auf und holte einen Kessel, der wie verrückt dampfte. Er musste die ganze Zeit auf dem Herd gestanden haben, den er mit Holz heizen musste, denn der Strom war ja weg. Er erklärte uns, dass es sich bei dem, was da im Kessel schwappte, um Kava handelte. Ich wusste, was das war, hatte ihn auch mit Eva schon in einer Bar probiert, aber Joe erklärte uns, dass das echter Kava war, *real kava, no tourist-shit*. Er schüttete ihn in kleine Schüsseln und wir sollten trinken. Das Model kotzte ihn aus, trank dann aber weiter. Sie war eine Frau von der harten Sorte, aber es ist ja klar, dass Models Frauen von der harten Sorte sind.

Das Zeug schmeckte schal und sandig, es schmeckte bestenfalls nach nichts, so als hätte jemand abgestandenes Wasser erwärmt und mit ein bisschen Erde vermischt. Zuerst wurde meine Zunge taub, dann mein Gesicht. Ich tastete es ab, bis ich merkte, dass auch meine Hände taub geworden waren. Dann meine Arme, Beine, der ganze Körper. Joe hatte uns aufgefordert, es restlos auszutrinken, in den Kessel passten bestimmt zehn Liter. Jetzt ließ er uns nah zusammenrücken und uns bei den Händen nehmen. Ich saß rechts von Joe, Eva rechts neben mir. Das Model, sie hieß Ursula, ließ ihre Hände in der Hand ihres Mannes und in der des Kochs ruhen. Joe sagte dann – und er war wirklich kein Guru oder so etwas, er sagte das mit einer ganz normalen Stimme, so als erklärte er einem den Weg zur Post –, dass wir noch einen letzten Schluck trinken sollten, und dann sollten wir unsere Augen schließen. Ich spürte seine Hand in meiner, obwohl meine Hand taub war.

Die Türen und Fenster klapperten so stark, dass ich dachte, sie würden jeden Moment zersplittern und uns um die Ohren fliegen, aber Joe sagte mit ruhiger, heller Stimme, so als treffe man ihn auf der Straße: ›Noch ein paar Augenblicke, dann ist euer Körper taub und ihr seid ganz klar im Kopf, dann will ich, dass ihr euer Leben von der Geburt bis heute Revue passieren lasst.‹

Ungefähr so, wie behauptet wird, dass vor dem Tod alles noch mal kurz wie im Kino abläuft, aber wozu sollte man dafür auf den Tod warten, sagte er, man konnte das mit Kava auch jetzt haben. Man musste nur ganz viel davon in kurzer Zeit trinken. Und wenn unser Leben an uns vorbeigezogen war, sollten wir uns zwei Fragen stellen. Erstens: Ist das, was ich bisher gemacht habe, das Richtige für mich? Er sagte: *Is it right!* Was genau er damit meinte, sagte er nicht. Und zweitens: Ist der Mensch, mit dem wir unser Leben teilen, der richtige Mensch? Er sagte: Is *she or he right!*

Ohne lange zu warten, sagte er: *Let's go*, als wären wir beim Sport, nicht bei irgendeiner Ritualhandlung. Wir schlossen die Augen, und dann passierte genau das: In relativ zügigem Tempo ließ ich mein Leben grob vor mir ablaufen, was einfacher war, als ich gedacht hatte. Mein Vater, meine Mutter, Freunde, Schule, der erste Sex, Studium, das Malen, Düsseldorf, Berlin, das Berghain, Alkohol, Drogen, Kunst, Performances, David, und ohne dass ich mir dann die Fragen stellen musste, wusste ich, dass ich weiter als Künstlerin arbeiten wollte, dass ich aber zurückkehren wollte zu meinen Wurzeln, zur Malerei, dass nur darin Sinn für mich lag und dass ich David, meinen damaligen Mann, verlassen musste. Dass ich«, und jetzt schaute Magda Jost an, was ich sah, weil ich die Augen einen Spalt weit öffnete, »dass ich einen anderen Mann treffen würde, mit dem ich die nächsten Jahre verbringen möchte. Und genau so war es«, Magda lächelte, »genau das passierte dann auch. – Sitzt ihr noch in den Sesseln in diesem Hotel? Habt ihr euch auch an den Händen gefasst? Ich meine: in eurer Vorstellung. Habt ihr den Geschmack von Kava auf der Zunge? Also los, jetzt seid ihr dran. Lasst euer Leben vor euch ablaufen. Stellt euch die Fragen. Was? Und: wer?«

Wir schwiegen für lange Zeit.

Was und wer. Was und wer!

Ich versuchte die Bilder kommen zu lassen, spürte den Wind, die Wärme. Hörte das Plätschern der Wellen an der Bordwand. Meine Eltern, Charlottenburg, die Schule … Es entstand kein Fluss. Mein Leben als Fotograf, Alissa, das Floß, Solveigh. Nein, es entstand kein Fluss. Ich sah ein Kajak vor meinem inneren Auge, nicht den Schlumpf, sondern ein normales Kajak, so wie Birk eins besaß, und zugleich sah ich ein Licht, ein grelles, wunderschönes Licht aufstrahlen, und zumindest das begriff ich in diesem Moment, dass ich das Kajakfahren liebte.

»Okay, jetzt könnt ihr die Augen wieder aufmachen«, sagte Magda. »Der Trip ist zu Ende. Das war meine Reise. Ein paar Tage später habe ich Jost kennengelernt, im Hafen, weil wir warten mussten, bis sich die Wellen gelegt hatten.« Sie lächelte ihn an.

»Damals lag etwas in der Luft«, erwiderte Jost. »Es ist ja nicht immer eine gute Zeit für Veränderungen. Man kann das nicht erzwingen. Man muss das erspüren, dann aber durchziehen, auch wenn es wehtut. Kurz bevor Magda und ich uns trafen, hatte ich entschieden, dass ich meine Druckereien abgebe, die ich über dreißig Jahre geleitet hatte. Meine Frau war damals seit drei Jahren tot, und ich wusste, dass ich die Plantage in Honduras kaufen und eine Kooperative aufbauen wollte. Ich habe keinen Kava getrunken, bah, das ist ein ekelhaftes Zeug, es schmeckt nach Sand zwischen den Zähnen. Aber den Sturm habe ich auch miterlebt. Ich glaube, der hat uns gezeigt, was wirklich wichtig ist. Der hat uns befähigt, unser Leben ausnahmsweise ganz klar zu sehen. Klar zu sehen, was wichtig ist und was nicht. Die allermeisten Reisen sind im Übrigen sinnlos geworden«, sagte Jost und wandte sich an mich, »sie haben ihre Unschuld in den letzten Jahren endgültig verloren. Diese Welt gibt es nicht mehr. Oder, Rio?«

»Welche Welt?«

»Die Route nach Asien. Man schwimmt da nur noch gegen den Strom der Verzweifelten und Ausgebombten. So ein Trip wäre doch heute unverzeihlich. Nur noch Touren, wie Birk sie macht, sind legitim. *Overland*. Überall sind nur noch Zäune und Gräben oder Idioten und Verrückte, Militärs und Fanatiker. Krieg und Flucht. Denk mal an Erdoğan, Syrien, den Irak, Afghanistan, Iran. Jetzt ist das alles überdeckt von den fürchterlichen Geschehnissen in der Ukraine, aber das ist ja nicht verschwunden.«

»Doch, es gibt diese Welt noch«, sagte ich, um ihn zu beruhigen.

»Nein, nur noch für blinde Romantiker«, entgegnete mir Jost. »Die Kulturen sterben. Ein bisschen Folklore bleibt. Aber nur, wenn sich das touristisch verwerten lässt.«

»Und jetzt retten wir die Kultur in Brandenburg«, sagte Magda laut und öffnete die Hände ganz weit. »WAS und WER!« Dann sprach sie leiser weiter. »Joschi, sei nicht so negativ! Hilf mir lieber mal. Wie kriegen wir den Übergang hin?«

»Übergang?« Er schaute sie fragend an. »Ach so. Das. Ja. Rio weiß es doch schon. Und Birk braucht bestimmt keinen Übergang, oder?«

»Ist es nicht zu spät dafür?«, fragte Magda ungewohnt tastend und drehte sich zu Birk und mir. »Wir wollen ein Fest feiern, Joschis Geburtstag, das kommt jetzt ganz schön aus dem Kalten, aber das wollte ich nicht vergessen zu erwähnen«, fuhr sie fort. »Deshalb auch die Bitte an dich, Birk, die Planke auszutauschen –«

»Ich will«, sagte Jost, indem er sie unterbrach und aufstand, »nicht einfach nur Geburtstag feiern, so als, naja, Mensch ohne Geldsorgen hier auf der Ponceau. Das kann ich nicht bringen. Ein Fest mit einem Konzept, das möchte ich. Wie auf einer Reise sollen Menschen, die sich nicht kennen, die aus unterschiedlichen Zusammenhängen kommen, aufeinandertreffen, miteinander ins Gespräch kommen. Eine Art Salon.«

»Einen Salon. Mit Schubert-Liedern und Pumpernickel«, sagte ich.

Magda lachte.

»Nein! So extrem nun auch nicht«, meinte Jost.

»Das ist«, ging Magda dazwischen, »überhaupt noch nicht raus. Ich finde, es soll einfach eine Party sein. Ich werde Jost schon noch davon abbringen«, und sie griff meine Hand und schaute Birk an. »Wir haben gehört, dass ihr einen Hofladen habt. Unser Caterer ist ausgefallen«, sie zuckte mit den Schultern, »und da hatten wir gedacht –«

23

Ich glitt mit den Füßen voran ins Wasser. Es war eigenartig, seit ein paar Tagen waren da ständig diese tiefschwarzen Falter neben meinem Floß. Genau auf der Höhe der Planken schwirrten sie umher. Und es waren nicht drei, nicht zehn, es waren acht, immer exakt acht kleine Falter. Vollführten sie einen Hochzeitsflug? Legten sie ihre Eier in das Holz der Planken? Was sollte das?

Ich hatte mir vorgenommen, zum Baum mit dem Stuhl zu schwimmen und den Abend dort zu verbringen, doch die Strecke erschien mir zu weit, und ich watete zum Schilf. Dort lauschte ich dem Knistern der Blätter und dem wilden Geraschel, beobachtete auch Wasserläufer, die hin- und herhuschten. Meine Gedanken waren in Aufruhr. Es war im Grunde genommen derselbe Aufruhr, der mich auch in Berlin permanent begleitet hatte. Als ich weiter am Ufer entlangging, sah ich einen großen Fisch, der unter der Wasseroberfläche hing. Sein weißlicher Bauch schwamm oben. Kleine Fische zupften begierig an seinem Kadaver und zerfledderten ihn. Es war ein ekelerregender Anblick und ich nahm einen Stock, um den toten Fisch an Land zu befördern. Doch als ich versuchte, ihn hochzuheben, zerfiel er in zwei Hälften und ich musste die Einzelteile mit dem Stock durch das Wasser zum Ufer schieben.

Nachdem das erledigt war, blickte ich zur Ponceau hinüber. Ich fragte mich, ob Birk noch dort war. Als wir uns am späten Nachmittag verabschiedet hatten und Magda ihm die zerbrochene Planke zeigte, hatte Jost beiläufig gesagt: »Magda und ich finden wichtig, was ihr macht. In Morschenich konnten wir mit dreißig Vier-Mann-Zelten und Solar-Generatoren helfen. Was braucht ihr? Kajaks? Faltboote? Funkgeräte? Ich habe die Kontakte und ich habe die Mittel«, und als hätte Magda nur darauf gewartet, war es aus ihr herausgeplatzt: »Und so können wir unser schlechtes Gewissen beruhigen.«

Birks ablehnende Haltung war wie weggeblasen. Ich sah es in seinem Gesicht. Er schaute die beiden zustimmend an. Und obwohl es ungerecht ihm gegenüber war, dachte ich: Birk – auch nur ein Mensch.

In diesem Moment hörte ich das Plätschern. Auch wenn ich wusste, was das war, erschrak ich und drehte mich abrupt um. Doch es war nicht Birk, es war Johanna. Sie schaute mich amüsiert an und sagte: »Da kiekste, wa?«

Bevor ich etwas erwidern konnte, paddelte sie um mein Floß herum. Und als sie alles eingehend angesehen hatte, lächelte sie. Auf einmal spürte ich, wie mein Gesicht heiß wurde, was Johanna sichtlich verwirrte.

»War ganz schön krass mit den Bäumen. Hart für euren Vater«, sagte ich, um irgendwas zu sagen.

»Nicht nur hart für ihn. Ich habe noch gar nicht realisiert, was überhaupt passiert ist. Das ist vor allem fatal für das Mikroklima dort. Das hat Auswirkungen auf alles Mögliche.« Sie schaute mich düster an.

»Hat er sich wieder beruhigt?«

»Wieso sollte er sich beruhigen?« Aber im selben Augenblick schien Johanna zu begreifen, was sie gesagt hatte, und meinte: »Beruhigen ist nicht so Ludgers Ding.«

Wir lachten, aber ich war nicht sicher, ob wir uns nicht grundsätzlich missverstanden. Dann paddelte sie noch einmal um mein Floß herum. Ich sah, dass sie nachdachte. Und in diesem Moment kam mir Lars in den Sinn. Vor meinem inneren Auge sah ich das Haus in Wilmersdorf, in dem mein Schulfreund mit seinen Eltern gewohnt hatte. Ich verstand nicht, wieso ich ausgerechnet jetzt an ihn denken musste. Waren wir denn jemals gemeinsam an einem See gewesen? Wir hatten keinen Kontakt mehr, das letzte Mal gesehen haben wir uns vor fünfzehn Jahren zufällig in der S-Bahn.

»Was sind das eigentlich für Leute auf dem Riesenschiff?«

»Magda und Jost heißen die. Das sind sehr freundliche, großzügige Menschen. Er hat eine Kaffee-Kooperative in Honduras. Sie ist Künstlerin.«

»Du bist da richtig gerne, oder? Ist es dir schon zu langweilig auf deinem Floß? Oder zu unbequem? Du hast doch gesagt, du willst alleine sein, das wäre deine Freiheit.«

Ich hatte das Gefühl, dass sie mich provozieren wollte.

»Du wurdest übrigens an der Autobahn-Tanke gesehen. Wie du da Zeitung gelesen und Cola getrunken hast.«

»Hier auf dem Dorf spricht sich wirklich alles rum.«

Sie grinste mich an. »Aber du wohnst schon noch auf deinem Floß? Oder hast du dir heimlich ein Hotelzimmer genommen? Sieht nicht so aus, als würdest du dich noch wohlfühlen in der Natur.«

Sie wich meinem Blick aus und sah in Richtung der Insel. Für eine Weile sagten wir nichts. Sie schien wieder nachzudenken, bis sie sich abrupt zu mir drehte. Ihre Stimme klang überraschenderweise freundlich. »Ehrlich gesagt, ich würde es nicht lange auf so einem Ding aushalten. Birk ist richtig beeindruckt von dir und dem Floß.«

»Danke für dein Mitgefühl.«

»Ich fahr dann mal weiter«, sagte sie und paddelte davon, woraufhin ich mich ins Wasser gleiten ließ.

Als ich später wieder neben meinem Floß stand, bemerkte ich, dass ich auf die Stelle starrte, wo Johanna mit ihrem Kajak auf der Lahne verschwunden war. Es hatte eine Weile gedauert, bis mein Ärger verflogen war. Ich wollte nicht mehr an sie denken, drehte mich weg und blickte zum gegenüberliegenden Ufer. Dort fuhr ein kleines schwarzes Motorboot entlang, eins dieser eckigen, selbstgebauten Dinger. Es stieß eine graue Abgaswolke aus und plötzlich knallte der Motor dieses Gefährts, und auf einmal fiel es mir ein. Der gelbe Geruch in der alten Werfthalle! Lars!

24

Hastig setzte ich das Paddel ins Wasser und kurz darauf machte ich mein Kajak dort fest, wo ich es immer festmachte, wenn ich zu Birk wollte. Alles blieb still, als ich neben seinem Segelboot stand. »Hallo«, sagte ich leise, kletterte aber nicht in sein Boot. Ich wollte gar nicht, dass er da war. Ich war nervös und verwirrt. Es war ungefähr 22 Uhr. Die Dämmerung hatte schon vor einer Weile eingesetzt.

Als ich einen Lichtschein in der Werfthalle wahrnahm, blieb ich stehen. Das Licht kam aus dem hinteren Teil, wo die Werkstatt und das alte Büro mit den großen Fenstern waren. Ich versuchte, etwas zu erkennen, und ging in die Halle, wobei ich versuchte, keine Geräusche zu machen. Es war Johanna. Sie stand in dem Büro. Aber sie war nicht alleine, bei ihr war wieder der Mann mit dem langen Zopf zusammen mit einer älteren Frau. Und jetzt nahm ich ihn erneut wahr. Diesen gelblichen, fauligen Geruch, vermischt mit dem scharfen Duft von Benzin. Mein Herz begann zu rasen.

Johanna kam mit den beiden aus dem Büro. Ich sprang hinter einen der Schiffsmotoren, die im Schatten eines Segelbootes auf Paletten standen, und duckte mich. Von weit weg hörte ich Hundegebell. Johanna und die anderen liefen ganz nah an mir vorbei, und als sie die Halle verließen, löschten sie das Licht. Als sie verschwunden waren, lief ich in das alte Büro. Wieder nahm ich diesen Geruch wahr. Subtil, aber unverkennbar. Ich kam mir vor wie ein Hund, der eine aufgenommene Fährte nicht wieder verließ. Ohne zu zögern, bückte ich mich und zog aufs Geratewohl einen Karton heraus, der unter einem Schreibtisch stand. Dann sah ich eine Kiste aus Holz, die sich hinter dem Karton befand und auf der ein Stapel grauer Umzugsdecken lag. Ich schaute mich noch einmal um, aber niemand war zu sehen. Mein Herz schlug mir bis zum Hals.

Ich legte die Decken zur Seite. Oben auf der Kiste stand: *Vorsicht Brandgefahr. Düngemittel Leuna-Salpeter. Enthält Ammoniumnitrat*. Das war es.

Ich hob den Deckel an, und tatsächlich, von hier kam der Geruch. Mit einem Mal waren alle Erinnerungen zurück. Lars' Schrank im Keller. Seine Handschuhe. Die Flaschen, das breite Klebeband, die Waage. Der Schwefel und das Salpetersalz! Ich sah auch einige kurze Plastikrohre, die verschließbar waren. Eine Flasche mit Benzin, eine Tüte mit Kohlepulver. Ein paar Lappen. Ich wusste, was da vor mir lag. Alles genauso wie bei Lars. Dieselben Utensilien, dieselbe Aura, derselbe Gestank. Aber am auffälligsten waren ein paar Bierdosen, die geleert und an der Oberseite sorgfältig aufgeschnitten worden waren. Und da war noch etwas, das ich nie in meinem Leben gesehen hatte: eine Bierflasche, längsseitig in zwei Hälften getrennt. Beide Hälften lagen da, als schmiegten sie sich ineinander. Ich hatte keinen blassen Schimmer, wie man eine Glasflasche so sauber und perfekt zerschneiden konnte. Aber was ich wusste, war, dass das hier mehr war als der Giftschrank und die Basteleien eines Hobby-Pyromanen. Hier bastelte jemand Sprengsätze.

Ich stand auf. Fühlte mich, als hätte ich die ganze Zeit die Luft angehalten. Mir war übel. Dann atmete ich so vorsichtig und so langsam, wie ich konnte, ein und aus. Einmal, zweimal. Als könnte ich all das mit einem einzigen zu heftigen Atemzug zur Detonation bringen.

SCHNITTLAUCH VOM MOND

25

Jost lehnte an der Reling und schaute auf seine Armbanduhr, dann nahm er sie ab und steckte sie in die Hosentasche seiner Louis-Vuitton-Leinenhose. Magda schloss die Augen. Sie trug ein weißes Kleid mit breiten ultramarinblauen und schmalen purpurroten Streifen, die aussahen wie nachträglich appliziert. Sie saß neben mir. Ihre Nofretete-Nase, ihre perfekt geformten Lippen, ihre matt silbrig geschminkten Lider. Sie sah wahnsinnig attraktiv aus. Sie gehörte nach Nizza oder Venedig, Long Island oder Buenos Aires, aber nicht nach Brandenburg. Sicher würde sie bald an einen Ort verschwinden, der ihr und ihrem Auftritt eher entsprach. Allerdings zeigte sich Brandenburg an diesem Nachmittag ebenfalls von seiner mondänen Seite. Es war einer dieser heißen Tage mit einem immerzu ins Weiße kippenden und zerschmelzenden Himmel. Einem Himmel, der von Unendlichkeit und Grenzenlosigkeit erzählte. Einer dieser Tage, der sich auf dem See, auf dem so gut wie immer eine kühle Brise vom dicht bewachsenen Ufer herüberwehte, in ein traumhaftes Gebilde verwandelte, in eine Kathedrale mit Turm, Hauptschiff, Seitenschiff, Portal und Chor; mit endlos langen, hellen, leuchtenden Stunden dazwischen. Das klingt pathetisch, aber so war es.

Ich blinzelte in die Helligkeit über dem See. Ich hatte geduscht. Gemeinsam hatten wir Schokoladenkuchen gegessen. Ich fühlte mich matt, das war nicht unangenehm. In mir war es so, als wäre da ein riesenhafter *white cube*, durch den ich wandelte, aber da waren keine Wände und keine Widerstände.

Vom Deck der Ponceau sah das gegenüberliegende, ferne Ufer aus wie ein schmaler, unscharfer Streifen zwischen Wasser und Himmel. Es war nicht schwer, sich vorzustellen, dass es das Land gar nicht gab. Es war einer dieser ozeanischen Augenblicke. Weite, Fremde, Maßlosigkeit. Eine Natur, die an diesem Tag mit ihrer abstrakten und absoluten Seite protzte. Wir waren auf einem Planeten aus Wasser und Himmel. Wir waren über die Seen und Flüsse verbunden mit jedem Meer, mit der weiten endlosen Fläche jedes Ozeans.

In dieser Stunde schien alles zugleich möglich und unmöglich zu sein. Vor allem aber war alles offen und weit, und wir verstanden, wo wir uns eigentlich befanden: auf einem Himmelskörper, der um eine Sonne raste, mitten im All.

Birk saß mir gegenüber am Tisch auf dem Oberdeck der Ponceau. Die Planke auf der Treppe hatte er repariert. Niemand sagte ein Wort. Magda zündete sich eine Parisienne an. Man konnte das Knistern des verglühenden Tabaks hören. Dann reichte sie uns die Schachtel. Es war der einzige Moment, an den ich mich erinnere, in dem wir alle vier gleichzeitig rauchten und schwiegen.

Ich schloss die Augen zu einem dünnen Schlitz, fühlte den Wind auf meiner Haut, der genau aus Richtung der Sonne kam. Ich fühlte das langsame, schwere Schwanken der Ponceau, die träge und faul im Wasser lag. Und ich fragte mich, warum es keine Religion gab, die ausschließlich an den Himmel, die Weite, die Unendlichkeit glaubte und sie anbetete. Ein Glaube an etwas Abstraktes und Namenloses, an Stille, Leere und Ungreifbarkeit – der Glaube an das Nichts. Der Glaube an den Blick in den Himmel. Ohne Erklärung, ohne Logik. Ohne Tradition, Details, Moral, Figuren, Text. Ohne Märchen und den ganzen anderen Schwachsinn. Ohne ich, du, er, sie, es. Der Glaube daran, dass jeder Mensch die ganze Menschheit mit all ihren Schwächen und all ihrer Größe und all ihrer Bedeutungslosigkeit und Zufälligkeit in sich trug.

»Ganz großes Kino«, sagte Magda plötzlich. Sie hatte es leise gesagt, fast flüsternd, aber so die Stille in zwei Hälften zerschnitten. Ihr ironischer Kommentar passte, aber er unterstrich bloß, dass sie kein Durchhaltevermögen hatte, was Pathos betraf. Der Rest von uns war sich dafür nicht zu schade.

Es war halb fünf an diesem zeitlosen Nachmittag. Wir waren um vier mit Ludger und Johanna verabredet gewesen. Seit Viertel vor vier saßen wir herum. Birk hatte gemeint, dass es sinnlos sei sie anzurufen, weder seine Schwester noch sein Vater würden ans Telefon gehen. Dann setzte Birk seine Tasse ab, er tat das so stürmisch, dass ein Stück von der Untertasse abplatzte. Wir alle sahen die Scherbe über den Tisch rutschen. Magda nahm das kleine scharfkantige Teil zwischen ihre Finger und tat so, als ritze sie sich ein Herz in den Unterarm. Dann schmiss sie es über ihre Schulter in den See und rief: »Da sind sie!«, und klatschte in die Hände.

26

»Unverkennbar.«

»Birk, sind sie das wirklich?« Jost atmete tief durch und band sich seine Uhr zurück um das Handgelenk.

»Ja«, sagte Birk, und ich sah, wie Magda ihm eine Strähne aus der Stirn strich.

Ich erkannte Ludgers schmalen, hohen, irgendwie kantigen Rücken und die kurzen blonden Haare. Johanna saß ihm gegenüber. Sie kamen in einem langen Ruderboot aus Holz. Es war so schwer und robust wie alles, was Ludger anfasste. Es sollte möglichst tausend Jahre halten, so sah es aus; alles andere ergab in seinen Augen vermutlich überhaupt keinen Sinn. Was war das nur für ein altertümlicher, zeitlupenhafter Auftritt! Ludger vollzog ganz gleichmäßige Ruderschläge. Es fügte sich in das Bild dieses starren, ausdauernden, unbeugsamen Mannes, dem man auch tonnenschwere Ruder in die Hand drücken könnte. Er würde es aushalten, er würde sie bewegen. *In der Ruhe liegt die Kraft,* stand auf seiner Stirn, was nichts anderes hieß, als dass er ein Choleriker war. Oder brauchte er solche Widerstände? Kreierte er selbst welche, wenn er keine fand? Ich fragte mich in diesem Moment, was für eine Reise Ludger unternommen hatte, was für eine Reise ihn geprägt hatte. Vielleicht hatte er den Atlantik durchschwommen? Kalte Meere mit seiner Energie erwärmt?

Von Birk wusste ich, dass er in den Achtzigern ein paar Semester Archäologie an der HU studiert und die Neunziger in besetzten Häusern verbracht hatte. Erst als sein Vater gestorben war, war Ludger zurück nach Ranitz gekommen, wo er begriff, dass der Bootsbau – jedenfalls der, den seine Familie seit Generationen betrieben hatte – keine Zukunft mehr hatte, und er mit der Bio-Landwirtschaft begann. Ein paar Tage zuvor hatte mir Birk von ihm ausrichten lassen, dass er sich für seinen Ausraster bei den Bäumen entschuldige, doch ich wusste nicht, was ich davon halten sollte, und konnte mir gut vorstellen, dass das vor allem Birk ein Anliegen war.

»Hallo.« Jost warf Ludger eine Leine und zwei kleine Fender zu.

»Ahoi«, rief Ludger, während er sein Ruderboot festmachte und die Fender einfach liegen ließ. Dann wollte Jost Johanna die Hand reichen, aber sie sprang mit einem katzenhaften Satz auf das Badedeck. Sie lächelte und gab ein weiches »Hallo« von sich. Sofort musste ich an die zertrennte Flasche denken, die aufgeschnittenen Bierdosen, die Flüssigkeiten, die Plastikrohre, das Tape, an den Geruch von Benzin, Schwefel und Ammoniumnitrat. Der Gedanke, was man damit alles anrichten konnte und was damit vermutlich angerichtet worden war, schnürte mir den Hals zu. Ich hatte keinen blassen Schimmer, wer das dort deponiert hatte. Birk sicher nicht, davon war ich überzeugt. Es musste auch nicht Johanna sein. Es konnte Ludger sein oder jemand, der sein Boot dort einlagerte und freien Zugang zur Halle hatte, die fast immer offen stand. Der Mann mit dem dünnen Zopf vielleicht? Die Frau, die ihn begleitet hatte? Jemand, den ich noch nie gesehen hatte? Fest stand, dass das Zeug enorm gefährlich war, dass sich jeder, der in die Nähe kam, in Lebensgefahr befand. Und fest stand, dass ich nichts damit zu tun haben wollte, dass ich aber zugleich ganz stark davon angezogen wurde. Es war so ähnlich wie mit den

Gefühlen, die ich Johanna gegenüber entwickelte. Die Beobachtung meiner Empfindungen half mir nicht. Sie verwirrte mich. Ich misstraute ihr. Ich misstraute mir. Im Grunde genommen habe ich Menschen, deren Gefühle übersichtlich waren, Menschen, die ihre Gefühle eindeutig benennen konnten, immer beneidet. Ich musste an Alissa denken, die nicht so radikal und kompromisslos war wie Johanna, nicht so gut aussah und so erfolgreich war wie Magda. Die als freie Künstlerin nie auf einen grünen Zweig gekommen war und einen anderen Weg hatte einschlagen müssen. Alissa und ich gehörten zusammen, das fühlte ich mit Sicherheit – und ich schwor mir, ihr treu zu bleiben und zu ihr zu halten. Ich glaubte immer noch, dass Alissa mich früher oder später besuchen kommen würde.

Jost reichte Ludger die Hand. Der nahm sie, aber ein Lächeln kam nicht über seine Lippen.

»Schön, dass ihr gekommen seid. Espresso? Schwarz? Mit Milch?«

»Nein, danke«, antwortete Ludger, indem er Jost nur ganz kurz aus den Augenwinkeln ansah.

»Saft? Oder Wasser?«

»Ja. Wasser ist gut«, sagte Ludger und schaute sich um. Ich sah, dass ihn der Anblick der Ponceau irritierte. Seine Kiefermuskulatur spannte sich an.

Jost drehte sich zu Johanna. »Und du? Es gibt frisch gepressten Orangensaft.«

Johanna schüttelte den Kopf und schaute Jost fest in die Augen. Ich blickte zu Magda hinüber. Sie war sitzen geblieben und trug plötzlich eine Sonnenbrille. »Setzt euch doch!«

Als Magda das sagte, fiel mir auf, dass Birk nicht mehr da war.

Ich hatte gedacht, dass er im Inneren des Schiffs verschwunden war, aber nun sah ich ihn mit gewohnt kräftigen Schlägen davonpaddeln. Magda schaute ihm einen langen Moment versonnen hinterher und machte »Hmm«, dann schob sie ihre Sonnenbrille ins Haar. »Kommt! Hier ist Schatten«, wobei sie endlich eine einladende Handbewegung machte.

Ludger ging drei Schritte auf den Tisch zu, setzte sich aber nicht hin. Auch Johanna blieb stehen.

»Seid ihr gut hergekommen?«

Ludger schaute Jost an. »Nee. Sind fast ertrunken.«

Jost lächelte aus Höflichkeit. Johanna senkte den Kopf. Magda verzog den Mund zu einem schrägen Grinsen.

»Na, Birk ist dann wohl mal weg«, sagte sie wie zu sich selbst.

Dann wurde es für einen quälend langen Moment still. Mein Blick fiel auf Ludger. Seine ausgelatschten Ledersandalen, in denen er Socken trug, waren verdreckt, seine Jeans war zerschlissen, nur sein hellgraues Hemd war mehr oder weniger intakt, allerdings platzte die Brusttasche fast unter dem Druck des Tabakbeutels. Ich dachte an seine Entschuldigung und an all das, was Birk mir über ihn erzählt hatte. Die letzten zwanzig Jahre hatte er versucht, sich und seine Familie autark zu versorgen, hatte einen Brunnen bohren lassen, drei große Gewächshäuser gebaut, Solaranlagen auf allen Dächern installiert, Wassertanks aufgestellt, Kompostieranlagen eingerichtet, Terra preta hergestellt, Zisternen restauriert und Ziegen angeschafft, die er aufzog und verkaufte.

Der erste Schritt auf dem Weg, sich vom Staat zu verabschieden, waren die Vorgänge um ein Windrad, das Ludger Ende der Neunzigerjahre auf dem Feld am Hellzigsee hatte aufstellen wollen, da, wo jetzt der Bauwagen stand. Es gab von der Gemeinde die Auflage, dass in Kombination mit der Windkraftanlage ein Handymast, eine sogenannte Basisstation, installiert werden musste. Doch dagegen wehrte er sich. Vier Jahre lang wurde prozessiert. Am Ende wurde etwas aufgestellt. Aber nicht von Ludger, der errichtete kein einziges Windrad, sondern von einem Bauern aus Bridow. Der stellte zwanzig Stück davon auf.

Ludgers zweiter Schritt hin zur Krise mit Staat und Bürokratie wurde von der Gaspipeline ausgelöst, die am Rand von Ranitz, neben Ludgers Grundstück, verlegt werden sollte. Er hatte weitere sechs Jahre zusammen mit anderen Anrainern geklagt. Doch einer seiner Verbündeten entpuppte sich als »Verräter« und »Agent von Gazprom«, wie Ludger behauptete. Sein Einspruch hatte keinen Erfolg. Die Pipeline war im Winter vor einem Jahr verlegt worden. Man sah das erst dürftig übergrünte Erdreich auf der Grenze ihres Grundstücks. Der Diebstahl der Bäume war ein weiterer Tiefschlag.

»Rio hat uns auf diese Idee gebracht«, sagte Magda. »Wir feiern Josts Geburtstag und würden uns freuen, wenn ihr uns von dem tollen Gemüse und dem Salat und vielleicht sogar Lammfleisch liefert. Wir sind sehr neugierig darauf.«

»Neugierig! Habt ihr noch nie jute Wurst jejessen?«, sagte Ludger und grinste spöttisch. Und weil niemand etwas sagte, schob er hinterher: »Schön habt'a's hier.« Es klang merkwürdig gönnerhaft.

»Ist ein alter Kahn, den wir wieder aufgebaut haben. Ist auch noch nicht ganz fertig. Aber ja, es ist schön. Obwohl man sagen muss, ein Schiff ist auch immer nur so schön wie seine Umgebung.«

Ich dachte an die ehemalige Werfthalle, den Lastwagen ohne Räder, den überwucherten Bretterstapel, das gesammelte Chaos. Hier auf der Ponceau gab es nicht einen einzigen Gegenstand, nicht in der hintersten Schublade, der nicht bewusst platziert war, der nicht Magdas ästhetischen Ansprüchen genügte und keine Geschichte erzählen konnte.

Magda schob sich die Sonnenbrille zurück über die Augen und zündete sich eine Zigarette an. Ich nahm meine Kaffeetasse und versuchte, den letzten Tropfen zu ergattern, aber er verhungerte in der angetrockneten Crema, die an der Innenwand klebte.

»Wir würden gerne eine verbindliche Bestellung aufgeben. Es kommt eine Köchin zu uns aufs Boot, die daraus etwas Tolles zubereiten wird. Bietet ihr auch Erdbeeren und Himbeeren an?«

»Vor allem Bohnen und Zwiebeln. Auch Kohlrabi«, sagte Ludger, woraufhin Johanna ergänzte: »Ja, wir haben viele verschiedene Sorten Gemüse und Obst. Paprika, Gurken, verschiedene Sorten Tomaten«, sie sagte das mit ihrer festen, etwas rauen Stimme. »Die Brombeeren sind bald reif, auch die Himbeeren. Nur Erdbeeren können wir nicht anbieten. Die Saison ist so gut wie vorbei.«

Johanna trug einen kurzen violett-grün gestreiften Rock und ein rosafarbenes T-Shirt, auf das ein Gänseblümchen gedruckt war. Darüber stand: *Let sunshine into your heart.*

»Oh, das klingt ja gut«, sagte Magda, »aber mit den Erdbeeren, das ist schade, kann man wahrscheinlich nichts mehr machen, oder?«

Ludger bohrte sich mit dem rechten Zeigefinger zwischen den Zähnen.

»Für wie viele Personen sollen wir liefern?«, fragte Johanna.

»Für dreißig bis vierzig. – Wenn es keine Erdbeeren gibt, habt ihr zufällig Feigen? Ich liebe Feigen.« Magda hatte ihre Sonnenbrille vor sich auf den Tisch gelegt.

»Feigen?« Ludger starrte sie an. »Die könnt ihr euch in der Türkei oder in Israel kaufen. Die kommen schön mit dem Flugzeug über Frankfurt am Main.«

»Die Äpfel da, die sind aus Neuseeland«, erwiderte Magda, indem sie Ludger fest in die Augen sah und auf eine Schale zeigte. »Wir haben auch Weißwein aus Tibet im Kühlschrank. Wenn es möglich wäre, würde ich Schnittlauch vom Mond kaufen.«

Ludger starrte sie an.

»Magda. Bitte.« Jost ging dazwischen. »Red keinen Quatsch.« Er drehte sich zu Ludger. »Wir würden gern von euch beliefert werden für unsere Veranstaltung, weil wir lokale Produkte fördern wollen. Natürlich haben wir keinen Wein aus Tibet im Kühlschrank. Magda macht gern mal einen Scherz.« Jost wirkte etwas unsicher, doch Ludger schien ihm ohnehin nicht zugehört zu haben.

»Was ist denn das überhaupt für ein Fest? Wen soll ich hier eigentlich beliefern? Holt euch euer Zeug doch lieber gleich im Supermarkt.« Er wechselte ins Brandenburgische. »Ich hab keene Lust, mein Zeuch für die Falschen herzujeben.«

»Wir wollen einen Salon veranstalten«, sagte Jost. »Ich möchte auch Leute hier aus der Gegend dabeihaben, Menschen aus verschiedenen Gesellschaftsschichten. Darum geht es uns. Es soll auch Musik geben und eben gutes, lokales Essen.«

»Nein, das ist einfach nur Josts zweiundsechzigster Geburtstag«, korrigierte ihn Magda. »Mit juter Wurscht, mon dieux! Und jeder soll Ihre gute und tolle Wurst kosten dürfen. Aber das ist auch nicht das Allerwichtigste.«

Ludger lachte laut. »Was ist denn das Wichtigste an diesem Abend?«

»Verschiedene Menschen zusammenzubringen, die sich normalerweise in ihrem Alltag nicht begegnen«, sagte Jost prompt.

»Aha! Und wer soll ich sein bei dieser Fete?«, stieß Ludger hervor. »Welcher *Gesellschaftsschicht* ordnet ihr mich zu? Den armen, alten, weißen Deutschland-Sklaven, die sich krumm und buckelig rackern und Möhren liefern? Und was ist mit den Chinesen und den Eskimos? Kommen da auch welche?«

Jost wurde ärgerlich. »Wir beschränken uns auf Deutschland.«

Woraufhin Ludgers Gesicht rot anlief. »Deutschland gibt es doch gar nicht mehr!«

Nun ging Magda dazwischen. »Deutschland gibt es nicht mehr? Gehören wir ab sofort zu Dänemark?«

Ich versuchte, mir eine Zigarette zu drehen. Leckte aus Versehen die ungummierte Seite des Papers an.

Magda beugte sich zu Jost und raunte ihm etwas zu, aber Jost drehte sich weg und schüttelte den Kopf. Ich sah, wie er sich anstrengte, die richtigen Worte und die richtige Haltung zu finden. Magda senkte die Stirn. Mir fiel in diesem Moment zum ersten Mal auf, dass auch Magda eine Seite hatte, die Ludgers Sturheit nicht unähnlich war. Plötzlich glaubte ich einen Dialekt bei ihr zu hören. »Lasst uns wieder freundlicher miteinander sprechen!« Es war subtil, nur in einem einzigen Satz, aber ich hörte es doch genau. Kein Dialekt, eher eine Färbung, eine Veränderung der Klangfarbe. Hatte sie nicht auch ein paarmal Leipzig erwähnt? War sie aus Sachsen?

Derweil pumpte sich Ludger voll Luft, er sah auf diabolische Weise zufrieden aus.

»Die Gesellschaft, hmmm. Leute hier aus der Gegend, auf eurem Traumschiff, wirklich? Oben und unten, rechts und links. Ossis, Wessis. Hier gibt's genug Kaputte, die Leute wie euch an die Wand stellen würden, wenn sie dürften. Mich auch, das weiß ich. Das ist alles ein Riesenhaufen Scheiße. Der Staat hat versagt und die Konzerne belügen alle. Jeder gegen jeden. So eine Veranstaltung, wie ihr euch die vorstellt, da mach ich nicht mit.«

Ich schmiss die halb aufgerauchte Zigarette in den See, was ich noch nie getan hatte, und sagte: »Es geht nur darum, ob ihr Essen liefert. Und wie viel.«

Jost nickte mir zu, während Johanna ihren Vater bei der Schulter griff und ihm etwas ins Ohr flüsterte. Anschließend sagte sie laut zu ihm: »Sie bitten uns, Lebensmittel zu liefern, Ludger.«

Daraufhin setzte sich Ludger hin. Es war, als hätte Johanna ihn mit einem Zauberspruch gebannt.

»Ich gehe jetzt lieber, muss los, hab noch viel zu tun.« Dann fasste er sich an den Kopf. »Was ist das eigentlich für ein Motor, der euren Pott antreibt?«

»Ein Elektro-Innenborder. Der hat fünfhundert KW. In Kombination mit einem Generator. Ist ein Hybridantrieb. Geht nicht anders.«

Ludger starrte Jost an. »Und wie lädt man den auf? Wie lange hält der?«

»Schwer zu sagen. Aber ja, das sind große Akkus. Können wir an Steckdosen anschließen. Mit 220 Volt. Da drüben am Steg in Ranitz. Aber zurzeit fahren wir ja nicht. Wir haben aber auch Solarzellen überall an den Außenwänden.«

»Ist ein Ewer, oder?«

»Nein, ist ein Holländer, eine Tjalk.«

»In Norddeutschland hat man Ewer dazu gesagt.«

Jost nickte und sagte leise: »Ich weiß.«

»Die Dinger sind für die Küste und für die Binnenschifffahrt«, sagte Ludger. »War ein Ausflugsdampfer, oder? Mein Vater, Johannas und Birks Opa, war Bootsbauer. Hatte hier die Werft für Segelschiffe, er hat sogar Preise gewonnen in der DDR. Durfte aber nie weg, durfte nie Blauwassersegeln mit einem seiner Boote – außer vor Warnemünde. Und nach 1990 war er zu alt dafür. Mein Opa war auch schon Bootsbauer. Wurde 1972 enteignet und zu Volkseigentum. Da war Kahlschlag. Stimmt es, dass du auf dem Pazifik in Polynesien gesegelt bist? Hat mir Birk erzählt. Mit was für einem Boot?«

»Ja. Ich habe Polynesien und Melanesien besucht. Mit einem gecharterten Katamaran. Aber man darf sich keine Illusionen machen. Der Südpazifik ist kein Paradies. Überall gibt es tiefgreifende soziale Probleme und schlimmen Rassismus, vor allem auf Fidschi. Üble Hinterlassenschaften des Kolonialismus. Aber auf dem Wasser und an den Küsten war es traumhaft. Ja …«, und Jost breitete auf etwas ironische Art seine Arme aus, »aber wo es am schönsten ist … Hier. Auf diesen Seen.« Jost merkte selbst, wie unpassend seine Bemerkung war. »Nur zu viel los in den letzten Jahren.«

»Wo stammst du eigentlich her?«

»Ich bin in Storkau geboren, mein Vater hatte eine Bäckerei. Wäre aber eh alles enteignet worden. Dann ist er mit uns 1961 rüber in den Westen. Drei Wochen vor dem Mauerbau. Da war ich nicht mal ein Jahr alt.«

»Tut mir leid. Ich muss noch weiterarbeiten«, sagte Ludger, sprang auf und wandte sich dann an Johanna. »Komm!«

»Nein, ich bleibe, bis die Bestellung geklärt ist«, erwiderte sie kühl.

»Und wie willst du zurückkommen?«

Doch sie schaute ihn nicht an.

Ludger drehte sich weg und winkte ab. »Machst ja eh, was du willst.«

Kurz darauf bestieg er sein Ruderboot, stieß sich vorsichtig mit einer Hand an der Ponceau ab und legte sich in die Riemen. Doch er ruderte nicht, wie man es normalerweise tat, sondern drehte uns den Rücken zu und drückte die Ruder von sich weg, als gelte es, die ganze Welt hinter sich zu lassen. Und als wollte Johanna nicht, dass wir ihrem Vater dabei zusahen, fragte sie: »Wann genau soll das Fest denn stattfinden?«

27

»Wofür stehst du? Wofür lebst du?«

Ich bekam augenblicklich einen trockenen Hals, auch wenn die Frage nicht an mich gerichtet war, sondern an Birk, der kurz zuvor zurückgekehrt war. Jost freute sich diebisch über seine Aufforderung zum Bekenntnis. Auch Birks Augen funkelten, als hätte er nur darauf gewartet, das endlich erklären zu dürfen. Ich lehnte mich zurück, nahm meinen Tabak und drehte mir eine Zigarette, auch wenn ich keine Lust hatte zu rauchen. Dass wir zwischendurch schwimmen waren, hatte mir gutgetan, aber jetzt fühlte ich wieder denselben Widerwillen aufkommen, und ich konzentrierte mich darauf, Johanna zu beobachten, die mit Birks Kajak davonfuhr, ohne dass dieser ein Wort dazu gesagt hatte.

»Ich bin für den totalen Klimaschutz«, so begann Birk, »und gegen den globalisierten Finanzkapitalismus. Gegen Konsumwahn, für den Artenschutz. Gegen Massentierhaltung und Monokultur, für den Schutz und die Rechte von Minderheiten. Gegen die Verbrenner, und dafür braucht man einen radikalen Umbau der Gesellschaft, im Grunde genommen eine Gehirnwäsche jedes Einzelnen. Eine Diktatur der Wissenschaft und des Verst-«

»So, danke. Lasst uns mal die handfesten Dinge besprechen«, unterbrach ihn Magda, »kein globales, uferloses Blabla, bitte! Nicht nach der Show von Ludger. Wir wissen doch eh alle, wofür du stehst, Birk.« Sie strich sich die nassen Haare nach hinten.

Birk verengte die Augen. Doch Magda hatte recht, Josts und Birks Bekenntnisse gingen auch mir auf die Nerven.

»Die wichtigen Fragen sind«, Magda zählte es an den Fingern auf: »Wer liefert die Getränke? Hast du alle deine Freundinnen und Freunde eingeladen, Jost? Familie? Wie kommen die zu uns aufs Schiff und wieder weg? Wir brauchen ein Shuttle. Um die Musik kümmer ich mich. Um das Licht du, Jost, die Lichterketten! Und«, sie drehte sich zu mir, »Rio, würdest du Fotos machen, eine kleine Dokumentation? Eher so nebenbei, im Vorbeigehen. Für Insta. Kein Druck.«

»Langsam, Magda«, ging Jost dazwischen. »Ich möchte auch Programm, jemand soll etwas lesen und ich will Live-Musik, aber zuerst möchte ich ganz grundsätzlich über die Gästeliste reden. Ich frage mich, ob wir den SPD-Politiker aus Bridow einladen sollen.«

Magda schüttelte den Kopf. »Joschi, vertrau mir. Feier deinen

Geburtstag mit deinen Freunden, lass ein paar Bekannte kommen, das ist stressig genug.« Jetzt berührte sie Birk am Arm. »Und du, nimm's mir bitte nicht übel, dass ich dich unterbrochen hab, aber es gibt noch so viel zu klären.«

»Nein, Magda, tut mir leid«, sagte Jost, »bei mir ist in den letzten Tagen viel in Bewegung gekommen. Das weißt du.« Und er drehte sich zu mir. »Rio, du hattest recht mit deiner Kritik.«

»Welcher Kritik?« Ich schaute ihn überrascht an.

»Du hast noch mal einen Anstoß gegeben, als du gesagt hast, dass ein Salon nur Sinn macht, wenn alle Gesellschaftsschichten, also sozusagen alle *Klassen* – nennt es, wie ihr wollt – vertreten sind. Und dass die Mischung radikal und konsequent sein muss.«

»Das habe ich gesagt?«

»Ja.« Jost nickte langsam und lächelte hintergründig. »Erinnerst du dich? Wir haben uns über die Bücher von Eribon und Hochschild unterhalten, darüber, dass die Menschen, die früher links gewählt haben, jetzt aus ähnlichen Gründen rechts wählen.«

»Aber ich hab keine *Idee* gehabt!«

Jost stand auf. »Das ist etwas, das mich wirklich mit Leidenschaft erfüllt. Aus genau denselben Gründen habe ich auch die Kooperative in Honduras initiiert. Und dann versteh ich nicht, warum du dagegen bist, Magda. Du weißt, ich sehe es als meine Aufgabe und meine Verantwortung, etwas für die Gesellschaft oder besser das Zusammenleben der Menschen zu tun. Etwas zurückzugeben. Leute miteinander ins Gespräch zu bringen, das ist meine Stärke, und deine erst recht, Magda. Ich habe Verantwortung. Wir alle tragen eine Verantwortung. Auch mit euch, Rio und Birk. Euch haben wir ja auch hier auf dem See kennengelernt. Daran sieht man doch, dass das geht. – Der junge Klimaaktivist, der junggebliebene Floßbewohner und Fotograf, die erfolgreiche Malerin aus Berlin und der alte Schiffskapitän und Kaffee-Nerd.« Er lachte. »Im Ernst. Da haben wir den Salon in Miniatur. Das ist der Nukleus, an dem die Kristallkörper weiterwachsen und ein schönes zusammenhängendes Gebilde entstehen lassen. Die Gesellschaft.«

»Du hast den cholerischen Biobauern noch vergessen. So muss man sich den Salon vorstellen«, sagte Magda. »Entschuldige, Birk, aber dein Vater ist wirklich schwierig.«

»Ja, und die freundliche junge Frau, die uns beim Catering hilft. Magda, ich lasse mich von deiner Negativität nicht runterziehen. Außerdem steht Birks Vater noch unter Schock wegen seiner Bäume.« Dann wandte er sich an mich. »Rio, sag du bitte auch mal was.«

»Ich finde die Idee eigentlich nicht schlecht. Das hat was. Auch wenn ich wie Magda glaube, dass das etwas naiv ist. Aber ich mag naive Ideen, sogar sehr. Könnte mir aber vorstellen, dass sich Leute aus Bridow oder Ranitz bei einem Salon auf eurem Schiff etwas deplatziert fühlen.«

Magda atmete genervt aus. »Hört auf, von dem *Salon* zu schwafeln. Wenn ich das Wort noch einmal höre, drehe ich durch! Das ist staubgraue Theorie. Du konstruierst dir da was zurecht. Das ist vor allem als Gedankenspiel interessant. Mensch, feier einfach deinen Geburtstag, lad meinetwegen noch diesen Lokalpolitiker ein. Aber andere Menschen hier aus dem Dorf? Rio und Birk sind doch dabei. Da hast du deinen Gesellschaftsmix. Aber nenn es nicht Salon! Soll sich das zuspitzen zu so einem halb zufälligen, halb gewollten Clash der Klassen? Hartz IV meets Multimillionär? Wie so ein RTL-Format.«

Jost lächelte kühl. »Birk, wer fällt dir spontan ein? Wer hier aus der Gegend würde den Salon, mein *Fest* bereichern?«

Magda zündete sich eine Zigarette an, sprang auf und lief nach unten. Kurz darauf hörten wir laute Musik. Nirvana. *Come as you are.* Noch nie kam mir der Bass am Anfang so aggressiv vor wie in dieser Situation. Birk zog seine Stirn in Falten.

»Wir haben jemanden aus einem Klimabündnis. Einen Aktivisten«, sagte Jost, »dich! Das ist gut. Kümmere dich doch bitte um weitere Personen. Wir brauchen auch ein paar völlig *normale*. Gerne eine Familie mit kleinen Kindern, die nicht gut durch die Pandemie und die Inflation gekommen ist. Ja, die Wütenden und Verzweifelten. Meinetwegen. Die Verdammten und Vergessenen. Du bist doch hier aus dem Dorf. Oder zum Beispiel einen Feuerwehrmann oder eine Soldatin. Wir brauchen Leute ohne Schulabschluss. Nicht nur Menschen aus urbanen Kontexten und Lebensfeldern.«

»Jost. Du verrennst dich.« Magda hatte sich einen Badeanzug angezogen, ein Handtuch über die Schultern gelegt und war zurückgekommen. Jetzt stand sie vor Jost, als würde sie ihm drohen. »Wenn du das wirklich machen willst, dann müsstest du es auch richtig machen. Schreib eine Gästeliste. Eine preußisch korrekte Liste mit Spalten für akademische Titel, für das Alter und für das Geschlecht, politische Einstellung, ob sie Kinder haben oder nicht, ob sie sich als Schwarz bezeichnen oder als weiß. Ja, und so eine Liste ohne die soziale Position ist sinnlos. Herkunft, Abschlüsse, alles!« Sie schnaubte verächtlich. »Es stimmt, du hast zu viele Akademiker*innen in deinem Bekanntenkreis. Du blamierst dich und mich! Wie überheblich und ignorant du bist.«

Ich schaute über den See, betrachtete die Wasseroberfläche, die Bäume am Ufer, schließlich den Himmel. Ich beobachtete, wie sich eine Wolke langsam aufzulösen begann.

Magda ging auf das Badedeck. Birk und ich sahen, wie sie das Handtuch weglegte, entschlossen Anlauf nahm und kopfüber ins Wasser sprang. Ich blickte zu Birk. Er hatte eine Erektion. Die Art Hose, die er trug, konnte das schlecht verbergen. Und dann schrie Magda: »Du machst mich rasend! Joschi. Fuck!«

»Jetzt kommt noch was anderes, jetzt bist du dran, Rio. Deine Neugierde und deine Radikalität sind gefordert, dein Künstler- und Fotografenherz. Oder sagen wir so: Ich interessiere mich für Macht und bin sicher, dass es dir auch so geht. Weil Macht heißt, dass der Mensch lebendig ist, dass er daran glaubt, nein, dass er weiß, dass er etwas bewegen kann, dass er stark ist.« Jost griff mich am Arm, er hatte eine Lesebrille aufgesetzt. »Ich überlege hin und her, ob ich auch diesen Illmer einladen soll, der hier des Öfteren mit seinem Motorboot über den See brettert.«

»MotorMän? Wenn der dabei ist, dann bin ich raus«, sagte Birk.

»Warte, warte, nicht so schnell, Birk.« Jost sah zufrieden aus. »Erst solche Menschen vervollständigen das Bild. Er wäre vielleicht der wichtigste Gast. Rio? Was sagst du?«

Ich schaute zu meinem Floß. Dort lag es, am Ufer, vor den dunkelgrünen Erlen. Ganz still lag es auf dem Wasser. Ich dachte an meinen Platz auf den Planken, an mein Kajak, an den Rotwein, den ich nachher trinken würde, an die Zigarette, die ich rauchen wollte, wenn ich endlich wieder alleine war.

»Rio, traust du es dir zu, den zu fragen? Ich kann mir vorstellen, dass du das schaffst. Wenn man sie bekämpfen oder überzeugen will, muss man mit ihnen in Kontakt treten. Egal, wie konträr die Ansichten sind, es gibt irgendwo und irgendwie eine gemeinsame Ebene. Rio, du machst das, oder? Auf dich kann ich mich verlassen.«

28

Wie aus dem Nichts kam ein lauter, harter Knall und ein noch lauteres Scheppern. Magda gab einen Schrei von sich, und als sie begriffen hatte, woher dieser Krach kam, legte sie ihren Kopf mit den nassen Haaren für einen Augenblick auf Birks Schulter. Die Zigarette, die sie fallen gelassen hatte, hob ich auf.

Jost hatte das Sieb mit dem verbrauchten Pulver wie immer auf das Holz geschlagen, das an einem Eimer angebracht war. So landete der Kaffeesatz direkt im Müll. Aber diesmal hatte er so fest zugeschlagen, dass das Holz aus der Befestigung brach und der Mülleimer von der Schranktür fiel. Wir hörten ihn über den Boden rollen. »Verdammt noch mal«, rief Jost und pfiff dann weiter fröhlich vor sich hin. Kurz darauf kam das altbekannte Kreischen der elektrischen Kaffeemühle. Inzwischen war die dritte Flasche Champagner auf dem Tisch.

Jost kam mit den Tassen, stellte mir eine hin und beugte sich zu mir.

»Auf dich kann ich mich verlassen, Rio.«

»Nein.« Ich schaute ihn an. »Ich weiß nicht, ob ich überhaupt bei deinem Geburtstag dabei sein will.«

Magda warf den Kopf in den Nacken und lachte laut und dunkel auf.

Jost starrte mich an. »Rio! Du *musst* dabei sein.«

»Ich wusste es«, rief Magda, während Jost begann, auf mich einzureden.

»Du bist der, der mit jedem ins Gespräch kommt. Dir erzählt jeder sein ganzes Leben am ersten Abend. Wir brauchen dich.«

»Wie kommt ihr auf diesen Schwachsinn?«, sagte ich.

»Das passt zu dir.« Magda hob den Arm und wechselte in eine andere Tonlage. Sie war angetrunken, sie nickte, während sie sprach.

»So habe ich dich von der ersten Sekunde an eingeschätzt, als ich dich da auf deinem Floß gesehen habe, Rio. Du bist einer, der sich immer verpisst.«

»Pass auf, was du sagst, Magda!«, fuhr Jost sie an.

»Du bist mal kurz ruhig«, zischte Magda und wandte sich erneut an mich.

»Du bist wirklich der perfekte Zuhörer.« Sie grinste mich an und legte ihre Hand auf meinen Unterarm, kniff dann zu. Ich konnte ihrem Blick nicht standhalten und spürte Zorn in mir aufsteigen. »Ich wusste es, Rio, dass du abspringst. Du dümpelst doch eh hier nur so sinnlos rum.«

Auch Birk starrte mich missmutig an. »Glaubst du überhaupt an was, Rio? Vielleicht hat Magda ja recht«, sagte er. »Du hast dir zwar das Floß gebaut, das ist ein gutes Projekt, trotzdem darf man sich nicht völlig aus allem rausziehen. Das geht nicht, das darf man nicht. Wenn es alle so machen wie du, geht die Welt vor die Hunde.«

»Es ist genau umgekehrt«, sagte ich und hielt Jost mein leeres Glas hin, damit er mir Champagner nachschenkte. »Ich bin Hedonist. Ich bin Teil der Hedonistischen Internationale.«

»Ein Eremit bist du. Ein Mönch, ein Arschloch!«, erwiderte Magda.

»Magda, stopp! Cut!«, rief Jost. »Wir gehen jetzt schwimmen, alle Mann. Ich will nicht, dass Worte fallen, die wir bereuen. Und stell das Glas weg. Du trinkst nichts mehr, verstanden?« Und weil Magda ihr Glas stattdessen auf ex trank, drehte sich Jost weg. »Geh doch zum Teufel. Mach, was du willst!«

Sie stand auf und ging. Rief etwas aus dem Inneren des Schiffs. Dann kam sehr laute Musik. Rammstein, Tango, Deutschlandfunk – alles zugleich, wie damals.

29

»Alles gut«, sagte ich, »ich will nicht schwimmen, will eine rauchen, mal 'nen Augenblick alleine sein.«

Jost legte seine Hand auf meine Schulter und schaute mich vorsichtig an. »In Ordnung«, sagte er und nahm seine Hand wieder weg. »Aber versprich mir, dass du Magda oder mir nicht böse bist.« Dann verschwand er unter Deck.

Als ich mich nach einer Weile umdrehte, sah ich, dass Magda und Birk in Richtung der Insel schwammen. Einige Augenblicke später kraulte Jost ihnen hinterher. Er war ein guter Schwimmer. Ich drehte mich weg, starrte die Bäume an. Ich stand auf der dem Ufer zugewandten Seite der Ponceau und dachte an alles und nichts, fühlte diese Schwäche, als würde sich alles in mir verflüssigen wollen und aus mir hinauslaufen. *Wofür stehst du, wofür lebst du!*

Ich glaubte an die Schönheit der Seerosen, an die Flügel der Libellen, an Mückenstiche, ich glaubte an Alissas Brüste, an Schokolade von der Autobahnraststätte. Ich glaubte auch an Rennräder, Tagpfauenaugen, Zimtschnecken und Klavierkonzerte von Mozart. An Kajaktouren und Lagerfeuer. An die Bilder von Juergen Teller und Francisco de Zurbarán. Ich glaubte an die Trucker, die unsere Schokolade bringen, an die Kakaobauern aus Ghana, an Malaria und Schnupfen. Ich driftete ab. Zu vieles strömte in mich oder aus mir heraus. »Ich glaube an die Sprengsätze vom Soliner See.«

»Was sagst du da?«, fragte Birk, der plötzlich neben mir stand und seinen klatschnassen Arm um mich legte. Ich zuckte zusammen. Hatte ich das etwa laut gesagt?

»Rio, du bist ja total betrunken.«

»Du bist doch selbst total betrunken.« Eine bessere Erwiderung fiel mir nicht ein. Es wurde mir langsam alles zu viel und zugleich fühlte ich ein freundschaftliches Gefühl zu Birk und auch zu Magda, die jetzt ebenfalls neben mir stand, genauso nass wie Birk, und mich kameradschaftlich in den Nacken kniff.

»Ich hab auch bisschen viel getrunken«, sagte sie. »Niemand versteht dich hier so gut wie ich! Ich mag dich, Rio, ich mag dich sehr, merk dir das. Genau deshalb bin ich so wütend geworden. Ich will, dass du bei dem Fest dabei bist. Du bist mein liebster Gast.« Und dann sagte sie langsam, leise und überdeutlich:

»Sie setzen ihn ans offne Fenster nieder,
wo wie ein Bad die Luft die Blumen wiegt,
und streichen süß und quälend hin und wieder
sein schweres Haar, in dem der Nachttau liegt.

Er spürt den Duft von ihren Atemzügen,
den Duft von Honig, blütenreich und schwer,
hört ihren unruhvollen Atem fliegen,
erstickt von Speichel und voll Lustbegehr.

Hört ihre schwarzen Augenwimpern schlagen
im duftenden Schweigen, fühlt die sanfte Hand
mit ihren Silbernägeln Läuse jagen,
in schwerer Trägheit, langsam und gewandt.

Wie Wein steigt eine Ohnmacht ihm zu Sinnen,
und ein Begehren, das zum Wahnsinn bringt,
ein Sehnen, heiß zu weinen, fühlt er innen,
das, wie die Hände, langsam steigt und sinkt.«

Um uns herum wurde es dunkel. Die Nacht kam. Mir standen Tränen in den Augen. Ich musste an Alissa denken, an unseren Abschied, an das Gewitter und an die Blitze, an meine Erkenntnis, dass ich mich selbst nicht verstand. Als die letzte Gedichtzeile verhallt war, sagte Jost: »Oh, ich hasse Rimbaud. Was für ein Kitsch. Passt überhaupt nicht zu dir, Magda. So, und jetzt hört mir mal zu. Jetzt kommen große Worte.« Jost war stark angetrunken. »*Es war einmal ein Mann, der gung, in eines Flusses Niederung*. Das ist Schwitters, der größte Dichter aller Zeiten!«

»Kennt ihr diese Theorie«, fragte Birk, »dass man jeden andern Menschen auf der Welt über sieben Ecken kennt?«

»Ja, und? Willst du damit sagen, dass man die Menschheit mit nur sieben Leuten repräsentieren kann? Dass wir nur sieben einladen sollen?« Jost grinste.

»Ich glaube, dass man die ganze Welt sogar mit einem einzigen Menschen abbilden kann«, sagte ich.

»Mit dir?«

»Warum nicht.«

»Aber du willst doch ... Kann man die Menschheit auch mit *keinem* Menschen repräsentieren? Und wenn, dann will *ich* die Menschheit verkörpern«, lachte Magda, »nicht du! Du sollst das nicht! Du willst nur alles alleine aufessen und austrinken.«

Wir hörten Musik, tranken und kifften. Waren alle betrunken. Jost erzählte von *mini publics*, von Politologen aus Yale, von repräsentativen Gruppen. Er ging davon aus, dass alle Menschen bereit waren, zivilisiert und friedlich miteinander zu reden, und dass alle eine Lösung für alle finden wollten. Aber wer glaubte noch daran? Birk? Tendenziell ja. Und was glaubte ich?

Ganz deutlich entsinne ich mich noch, dass MotorMän aufkreuzte. Er raste dicht an der Ponceau vorbei, brachte sie zum Schwanken. Birk schmiss mit einer Flasche Wein nach ihm.

Das Letzte, an das ich mich erinnere, ist Jost, der sich an meine Schulter lehnte. »Rio. Du musst mir jetzt versprechen, dass du dabei bist. Ich vertraue auf dich. Ich glaube, nach den Wochen mit dir und Birk auf dem See, dass eigentlich hier in Brandenburg mein Platz ist, Rio! Hör mir zu! Oh mein Gott, alles dreht sich. Los! Versprich es mir! Du bist bei dem Salon dabei. Du organisierst mir Illmer.«

Jost hielt mir seine Hand hin, und weil ich zögerte, nahm er einfach meine und schüttelte sie. Habe ich ihm das Versprechen gegeben? Jost erschien mir in diesem Moment so gespenstisch nüchtern.

TABULA RASA

30

Ich nahm Anlauf, drei kurze Schritte, warf die Arme nach vorn, senkte den Kopf und sprang. Es ging zu schnell, als dass ich nachempfinden konnte, wie das Wasser zuerst meine Hände, dann die Arme, den Kopf verschlang, bevor ich vollständig untergetaucht war. So war das Wasser: hart und weich, anschmiegsam und kalt. Tot und doch lebendig.

Ich ließ mich gleiten und tauchte auf. Atmete ein, schwamm zurück, kletterte aufs Floß, faltete die Hände vor der Brust, katapultierte mich von Neuem nach vorn. Ich hatte das Gefühl, dass das auf den Kopf prallende, am Kopf entlangströmende Wasser eine tiefe, ganz basale Entspannung mit sich brachte. So als würde es schnell und stark und gut auf mich treffen und meine Gedanken und Gefühle richten, in eine einzige gemeinsame Richtung. Wie ein Kamm. Parallelität. Ordnung in meinem Hirn. Ich erinnere mich, wie ich an diesem Tag dreißig oder sogar vierzig Mal kopfüber in den See sprang.

Nach dem Springen stellte ich mich ans Ufer. Nahm Zahnbürste, Zahnpasta, Shampoo und Bio-Seife. *Paloma negra, paloma negra, ¿dónde, dónde andarás?* In der Nacht zuvor, die Sonne war noch nicht aufgegangen, hatte Magda ganz zuletzt diesen Song immer und immer wieder gespielt. »Rio, du kennst die Vargas nicht? Wo lebst du eigentlich!«

Ich wusch mir die Haare, das Gesicht, den Bart, die Ohren, die Achselhöhlen, die Brust, den Bereich zwischen den Pobacken. Ich tat das sorgfältiger als sonst, denn hier konnte mich niemand sehen, und blickte dabei über den See. Von der Stelle, wo ich das Floß festgebunden hatte, sah alles sehr malerisch aus. Im Vordergrund die umgestürzten Bäume, die sich an ihre neue Situation – halb im Wasser liegend – angepasst hatten. Das Laub war buschig und hellgrün. Sie lebten noch und umrahmten den weiten Blick zum gegenüberliegenden Ufer.

Am Morgen hatte ich mich übergeben, das Floß klargemacht, den Anker gelichtet und den Soliner See verlassen. Geschlafen hatte ich nicht, sondern war sofort aufgebrochen, um zur Bucht auf dem Fernower See zu fahren, die ich zwei Wochen zuvor auf der Kajaktour entdeckt hatte. Am Tag nach meinem Abschied erschien mir diese Bucht wie der ideale Ort. Die Menschen auf den Booten würden mich und das Floß nur sehen, wenn sie genau hinschauten. Auch die Wellen der Vorbeifahrenden, die mich auf dem Soliner See so oft hin- und hergeworfen hatten, würden hier von den im Wasser liegenden Bäumen und Ästen gebrochen und abgeschwächt werden. Klar, den Sonnenuntergang würde ich nicht sehen, aber dafür war das *meine* Bucht. Ich fühlte mich wie befreit. Am Ufer würde ich nie wieder schlafen, aber auf dem Floß war alles gut.

¿Dónde, dónde andarás? Ya no sé si maldecirte o por ti rezar. Ich spülte mir den Schaum von der Haut und aus den Haaren, atmete tief ein und aus. Breitete meine Arme aus, streckte mich. Der Kater ließ bereits nach, und ich stellte mir den Teller Pasta vor, den ich mir bald zubereiten würde.

Nachdem ich mich sorgfältig abgetrocknet hatte, setzte ich mich aufs Floß und beobachtete die kleinen Wellen, die ich verursachte, indem ich meine Füße bewegte. Sie prallten gegen die blauen Tonnen unter meinem Floß, plätscherten und schmatzten. Dann lehnte ich mich mit dem Rücken an den Mast. Legte den Kopf gegen den Balken, schloss die Augen, fühlte meine Handflächen auf den Planken. Ich dachte an die letzte Nacht, an Magda und Jost. Ich vermisste niemanden. Ich war kalt, und ich war klar.

Ich schaute an mir hinunter. Ich war nackt, blickte auf meinen Penis und zog mir die schwarze Adidas-Hose an. Ich atmete langsam ein und fühlte die Luft in meine Lungen strömen, spürte das Holz unter meinen Fußsohlen, die Sonne auf meiner Haut. Es war ein warmer, heller, ganz stiller Tag.

Mittlerweile war es sieben Uhr. Der vorherige Abend und der viele Alkohol waren katastrophal für meinen Kopf gewesen, aber immerhin hatte es den positiven Nebeneffekt, dass sich – wenn der Kater nachließ – alles klarer anfühlte.

Ich hörte das Rauschen des Windes und das Plätschern der Wellen. Keine wirren Bilder, keine verschlungenen Erinnerungen, keine großen Gefühle. Nur das Rauschen des Windes und das Plätschern der Wellen. Wie gut es tat, sich darauf zu konzentrieren. Mir war klar: Ich wollte keine Party, schon gar keinen Salon organisieren, auch nicht daran teilnehmen. Ich wollte aus dem Leben auf dem Floß kein Stadtleben machen. Dafür war der Sommer zu kurz. Ich musste für eine Weile raus, ganz raus, und versuchen, noch radikaler in den Tag und in das Jetzt hineinzuleben. Wollte die Welt draußen lassen und vergessen. Sie würde früh genug auf mich zurückgestürzt kommen. Ob ich auf dem Fernower See einen anderen Geisteszustand, ein – wie es manche Menschen nennen würden – höheres spirituelles Level erreichen würde, war mir völlig egal. Ich hätte nicht mal etwas dagegen gehabt, wenn ich zwei Wochen lang in Tiefschlaf verfallen wäre.

Hinter mir hörte ich ein lautes Platschen. Ein Ast, der ins Wasser gefallen war? Ein Fisch? Ich drehte mich um und sah kreisrunde Wellen, die sich entfernten. Ich schaute den dünnen Ringen hinterher, die sich an den Wassertonnen brachen oder reflektiert wurden und sich dann überlagerten. Sie taten das mit absoluter Konsequenz und Vorhersehbarkeit.

Neben meinem Floß konnte man bis zum Grund sehen, dort lag dunkelgelber Sand, etliche Äste und Zweige, die wie versteinerte, schwarz lackierte Schlangen glänzten.

Seltsam, wie das Holz dort unten lag. Würde es überhaupt nicht verwittern, wenn kein Sauerstoff an es herankam? Im Wasser war doch Sauerstoff, wenn auch nicht so viel wie in der Luft. Ich wusste es nicht genau und musste an Schiffe denken, vollbeladen mit Seeleuten, Reisenden, Gütern, Vorhaben, Träumen, Abenteuern. Das alles war in einem Sturm gesunken, und dort tief unten im Wasser lag es konserviert. Ich war ein Riese, der auf dieses Meer hinab- und durch es hindurchschaute, die Schiffe waren winzig klein. Dort überdauerten sie die Zeit. Auf einmal wünschte ich, dass das Wasser trüb wäre, sodass sich etwas darin verbergen konnte oder sich zumindest meine Fantasie darin verlor. Aber es war nicht trüb, es war glasklar. Und ich merkte, dass ich es mir nicht zu lange ansehen durfte. Es hielt die Zeit fest. Würde ich vergessen, wer ich war oder wie ich hieß, wenn ich zu lange hineinblickte?

Ich bemerkte eine Flasche, die halb im Grund versunken war,

und fischte sie heraus, stellte sie auf die Planken und sah, wie wässriger Schlick an ihr herabrann. Ich spülte sie ab, dann säuberte ich das Innere. Es dauerte eine Weile, bis ich den gesamten sandig-schleimigen Inhalt aus dieser alten, dickwandigen Flasche herausgespült hatte. Aber das machte Spaß, es war wie ein Kinderspiel. Irgendwie ergab das Sinn.

31

Ich legte die Pullover und T-Shirts zusammen und ordnete alle übrigen Klamotten. Die Sachen, die ich bis dahin kein einziges Mal angezogen hatte und die sich auf dem Floß als nutzlos erwiesen hatten, stopfte ich in eine Mülltüte.

Nach der Klamottenkiste mistete ich die Seemannskiste aus. So nannte ich die Box, in der ich Leinen, Schraubenschlüssel, Gurte, Fender, Feuerzeuge, Schäkel, Wäscheleine, Kombizange und einiges mehr aufbewahrte. Es gab Dinge, die sich als unverzichtbar erwiesen hatten, zum Beispiel Klebeband und Kabelbinder. Aber vieles war Ballast. Der wanderte in den Müll.

Dann war die Küchenkiste dran. Auch ihren gesamten Inhalt breitete ich vor mir auf den Planken aus und kontrollierte ihn. Teller, Tassen, die Gläser aus Sizilien, die mir Alissa mitgegeben hatte, Besteck, ein Glas Oliven, eine Paprika von Birk, zwei Flaschen Rotwein, einen Salamistummel, den Rest einer grünen Gurke, der genauso verschimmelt war wie die Tomaten. Drei Dosen Erdnüsse, den Woman's-Balance-Tee und die Konserven. Weiter unten in der Kiste waren zwar keine Motten, so wie in der Kleiderkiste, aber dort wurde es auf andere Weise ekelig. In einer Büchse war ein Rest Kidneybohnen vergammelt, schwarzer Schimmel staubte heraus. In der anderen Ecke machten sich Maden zu schaffen. Mir wurde übel. Das Verdorbene steckte ich in die Mülltüte. Als ich die übrige Kiste untersuchte und eine Packung Reis anhob, riss ihre Unterseite auf und ihr gesamter Inhalt rutschte heraus. Ein Teil der Körner klebte an einer matschigen Zwiebel, der Rest war mit Sand vermischt, der sich über die Zeit angesammelt hatte. Ich schüttete die Reiskörner in den Müll. Dann wusch ich die Kiste im See aus.

Schließlich hatte ich mich von mehr Sachen getrennt, als ich gedacht hätte. Darunter waren persönliche Dinge, die mir eigentlich gefielen: ein *The-Smiths*-T-Shirt, das mir mein Bruder geschenkt hatte, ein Feuerzeug von Marcus mit der Aufschrift *Bom Caminho*. Vom silbernen Feuerzeug, das ich von meinem Großvater geerbt hatte, konnte ich mich nicht trennen.

Ich merkte, dass ich bei dieser Tätigkeit radikaler wurde, dass ich das starke Bedürfnis hatte, aus dem Floß einen klaren, leeren Ort zu machen. Ich wollte es zurückverwandeln in seinen Ausgangszustand. Mehr Sein, weniger Haben. Tabula rasa.

Ich watete ans Ufer und lehnte die beiden Mülltüten gegen einen Baum. Dort sollten sie bleiben, bis ich entschieden hatte, wohin damit. Aber es wäre sicher besser gewesen, sie an einem Ast aufzuhängen oder direkt wegzubringen.

Nachdem ich geschwommen war, in der Sonne gelegen und mir Espresso gekocht hatte, wurde es komplizierter, denn da war noch die Kiste mit den Büchern, Tagebüchern und Zeichnungen. Auch sie wollte ich sortieren. Zuerst legte ich die Bücher vor mich. Alle, die ich bis dahin gelesen hatte, und alle, die ich nicht gelesen hatte. *Die Schiffbrüchigen* von Raynal, *Gehen oder die Kunst, ein wildes und poetisches Leben zu führen* von Espedal, *Ich tötete eine Fliege* von Issa, *Walden* von Thoreau, *Pilger am Tinker Creek* von Dillard, *Subtile Jagden* von Ernst Jünger, *Natur* von Emerson, *Die Einsamkeit der Wüste* von Edward Abbey, *Herz der Finsternis* von Conrad, *Traumatische Tropen* von Barley, *Deutschland umsonst* von Holzach und *Heiße Küste* von Duras. Eine Bibel und den Koran. Auch den Highsmith-Krimi, den mir Alissa geschenkt hatte: *Ripley Under Water*.

Diese bunte Fläche, das Feld aus Büchern, sah schön aus. Aber was wollte es mir sagen? Ich spürte, dass mich der Anblick stresste. Es war klar, dass ich in diesem Sommer nicht alle Bücher lesen würde. Aber dass ich bis dahin so wenig gelesen hatte, machte mich unzufrieden. Ich packte die Bücher weg und verschob die Entscheidung, welches ich mir als nächstes vornehmen sollte, auf später, und griff nach meinen Tagebüchern und Zeichnungen – ein wirres Konvolut von teils zerknickten, zerknitterten oder völlig zerfledderten DIN-A4-Zetteln. Ich war nicht sicher, ob ich dadurch einen Überblick über meine Innenwelt oder sogar einen Blick auf meine sogenannte *Seele* erhaschen und Zwischenbilanz dieses Sommers auf dem Floß ziehen konnte, oder ob es mich noch mehr verwirren würde. Doch ich fühlte dieses mächtige, tief verwurzelte Bedürfnis nach Ordnung und Ruhe. Nach Klarheit im Denken und Fühlen.

Magdas kalte Hand
Am Abzug der Pistole
Ahh, das ist gut

Halleluja,
so schnell schießen die Preußen?
Smells like Weltfrieden

Zu meinen Tagebüchern gehörten zwei Dutzend Zettel mit Entwürfen für Haikus. Die meisten hatte ich nicht fertiggestellt. Längst nicht alle nach dem 5-7-5-Silben-Prinzip entworfen. Die wenigsten hatten Witz. Ein paar waren pseudo-pornografisch und sehr peinlich. Alissa durfte sie nicht sehen. Etliche Zettel zerriss ich und legte die Schnipsel in einen Topf.

Das Wasser spiegelt
Wolken und Uferwälder.
Warum spiegelt es

keine Gefühle?
Warum nicht meinen Schoko-
laden-Heißhunger?

Du, Wasser, bist ein
verfluchter, zum Lang-
weiligsein neigender Scheiß-
Materialist

Die Haikus machten mir Spaß. Es war ja egal, wie gut oder schlecht sie waren, wie viele Silben zu lang oder zu kurz. Ich war kein Dichter, ich war Fotograf, der ein paar Semester Archäologie studiert, alle möglichen Nebenjobs gemacht und einen Dokumentarfilm gedreht hatte.

Sich endlich selbst auf
Haiku-Format kleinschrumpfen:
Dit tut die Seele jut.

So wie ich in diesem Sommer begonnen hatte, Haikus schätzen zu lernen, so begann ich auch die spezielle Qualität von winzigen Zeichnungen zu begreifen. Ich fand, dass in diesen Kürzest- und Kleinstformen etwas Großes und Trotziges lag, etwas Ironisches. Gerade auch im Verhältnis zur Übermacht der Landschaft um mich herum. Haikus waren ein wenig wie Wasserläufer – sie waren unwahrscheinlich und autonom.

Mit Abstand am unterhaltsamsten waren meine Zeichnungen. Manche waren so schlecht, dass ich laut lachen musste, als ich sie durchsah. Deutlich zu erkennen war, wann ich es wegen totaler Talentlosigkeit aufgegeben hatte, nach der Natur zu zeichnen, und stattdessen begonnen hatte, einzelne, auch unscheinbare Eindrücke einzufangen und die Zeichnungen *fiktiv* werden zu lassen, also irgendwelche Formen zu zeichnen, die mir gefielen. Abgesehen davon erkannte ich oft nicht, was ich überhaupt hatte darstellen wollen. Das Bein eines Wasserläufers? Den Stechrüssel einer Mücke? Einen Wassertropfen auf den Planken? Eine Wolke, die so aussah wie eine Flasche, die kopfstand? Genau damit sollte ich weitermachen, sagte ich mir, aber ich fertigte in den nächsten Wochen keine einzige Zeichnung mehr an.

Nach dem Ausmisten und Aufräumen schwamm ich eine lange Strecke am Ufer entlang, ambitionslos und entspannt. Zwischendurch stellte ich mich hin, ruhte mich aus und schaute mich um. Das Wasser am Ufer war auch hier am Fernower See nicht viel tiefer als einen Meter. Zurück an Bord sonnte ich mich länger, als es ratsam war, aber die Hitze auf der Haut fühlte sich gut an. Auch die Sonnenstrahlen schienen eine Form der Ordnung zu bewirken. Als vermochte die Sonne all die wirren Gefühle, Empfindungen und Erinnerungen zu dämpfen. Ich wollte absolut klar im Kopf werden.

Als ich die Bücher, Zeichnungen und Notizen zurück in der Kiste verstaut hatte, ließ ich nur *Die Kunst, ein wildes und poetisches Leben zu führen* und *Pilger am Tinker Creek* draußen. Beide Bücher hatte ich schon gelesen: Espedal vor zehn Jahren, Dillard im vergangenen Frühjahr. In beide wollte ich hin und wieder einen Blick werfen. *Kunst,* ein Buch mit einem unauffälligen blau-weiß-schwarzen Cover. *Pilger,* mit der Abbildung eines dunkelvioletten, auffallend disparaten Triptychons, das drei verschiedene Zeichnungen von Pflanzen ins Abstrakte überführte. Die Inspiration, die ich mir durch diese beiden Gegenstände erhoffte, lag darin, dass sie einen aufforderten, sich dem Wesentlichen zu nähern. Den großen Fragen der menschlichen Existenz, den Fragen nach unserer Beziehung zu uns selbst und zur Natur. Sicher war es nicht schlecht für meinen Neustart auf dem Fernower See, wenn genau solche Bücher griffbereit herumlagen. Aber es ging mir, glaube ich, zu diesem Zeitpunkt eher um die Aura als um den konkreten Inhalt.

Schließlich schraubte ich alle vier Kisten wieder an ihrem Platz auf den Planken fest, damit sie nicht vom Floß rutschen konnten. Und endlich montierte ich auch das Brett von Birk, das wochenlang herumgelegen hatte. Ich befestigte es zwischen den beiden Pfosten am hinteren Ende des Floßes. Es war fast so, als würde ich mich auf einen Sturm vorbereiten. Fehlte nur, dass ich mich selbst in eine Kiste packte oder irgendwo festband.

Zuletzt entzündete ich ein Streichholz und hielt die Flamme an die zerrissenen Zettel im Topf. Kleine Flammen loderten über dem Papier, wurden rasch größer, gaben ein leises Fauchen von sich, bis die Papiere in sich zusammenfielen wie pechschwarze, hauchdünne Blütenblätter. Das Feuer verschwand, zog sich zurück an seinen rätselhaften Ursprungsort. Zuletzt verflüchtigte sich das graue Rauchwölkchen zwischen den Blättern und Zweigen der umgestürzten Erlen. Dort waren die verbrannten Haikus gut aufgehoben. Und endlich hatte ich das Gefühl, dass ich kapieren konnte, warum ich dieses Floß überhaupt gebaut hatte. Dachte ich nicht doch, dass es mir glücken würde, in einen Zustand zu finden, der zumindest ein bisschen Erleuchtung brachte?

Wahrheit und Weisheit,
Erkenntnis und Erleuchtung –
Cola, Fanta, Sprite.

Ich nahm *Pilger am Tinker Creek* und schlug es auf, um ein paar Sätze zu lesen, als der kleine laminierte Zettel mit meiner Liste herausrutschte. Es war der, den ich ganz am Anfang des Sommers geschrieben und gleich verlegt hatte.

32

Ich wollte nicht! Ich hatte ganz grundsätzlich keine Lust auf den Anblick von Müllcontainern und die damit verbundenen Straßen, Autos, Bushaltestellen, Supermärkte, Visagen. Aber ich musste. Über Nacht hatte irgendein Tier die Mülltüten zerfetzt und das ganze Zeug in einem Umkreis von bestimmt fünfzig Metern verstreut. Es sah aus, als wären die Tüten explodiert. Marder? Ratte? Waschbär? Ein verrückt gewordenes Eichhörnchen?

Ich musste den Wald durchqueren und kam nach ungefähr einer Viertelstunde auf einen Feldweg. Ich wollte den Müll nur loswerden und dann so schnell wie möglich zurück. Bei der Gelegenheit war es klug, den Wasserkanister aufzufüllen. Zwar hatte ich mir vorgenommen, das Seewasser zu trinken – ich konnte es abkochen und mit Trinkwasser-Tabletten entkeimen –, aber verlockend war das nicht. Und wenn ich schon mal losziehen musste, wäre es vernünftig, auch Lebensmittel zu besorgen. Denn ein weiterer Check der Küchenkiste hatte ergeben, dass meine Vorräte nur noch für eine Woche reichten, selbst wenn ich wie geplant fastete.

Nach einer Stunde Fußweg, auf dem ich keiner Menschenseele begegnete, kam ich zu der Tankstelle am Ortseingang von Groß Forstau. Es war acht Uhr abends. Ich war bewusst spät losgelaufen, damit ich zu einem Zeitpunkt ankam, an dem kaum noch jemand unterwegs war. Es war Samstag. Da traf man sich beim Grillen oder schaute Fußball, trank Bier im Garten oder besuchte Berlin. Normalerweise war da in den Dörfern kaum noch jemand auf den Straßen.

»Nein. Ich weiß, dass Cheffe ein Problem mit so was hat«, sagte der Mann hinter der Kasse, »kann ich mich nicht drüber wegsetzen.«

Ich wunderte mich, dass er es tatsächlich zu bedauern schien. Er musterte mich. »Weißt du was? Warte ’n paar Minuten. Das kriegen wa hin.« Der Mann zwinkerte mir zu und verschwand nach hinten.

»Ich würde dafür bezahlen«, rief ich ihm hinterher, aber er antwortete nicht, oder hatte er mich nicht verstanden? Meine Stimme war seit dem Abend mit Magda, Birk und Jost eingerostet. Ich hatte viel zu viel geraucht, Magda hatte mir eine ganze Schachtel geschenkt. Vor allem hatte ich seit Tagen mit niemandem mehr gesprochen. Meine Stimme klang rau, manchmal blieb sie ganz weg.

»Fünf Euro?« Wenn ich laut sprach, ging es.

»Fünf Euro für Müll?« Er schaute mich missbilligend an, so ähnlich wie Birk damals. »Wir sind hier nicht in Berlin. In ein paar Minuten fällt der Hammer, dann kommt Kollega. Dann helfe ich dir damit.«

Ich schüttelte den Kopf. »Nein, danke.« Ich wollte gehen, aber mein Blick fiel auf die Brötchen in der Kühltheke, die mit Salatblättern und Tomaten aufgetakelt waren.

»Kann ich dir da was vom Gemüse abkaufen? Hast du Tomaten oder Gurken?«

»Wie gesagt, warte ab.« Er lächelte, kam hinter der Kasse hervor, schnappte sich meine Mülltüte, lief durch den Kassenraum und stellte sie an den Fuß eines Coca-Cola-Stehtischs.

»Auffüllen?« Er deutete auf meinen Wasserkanister, nahm ihn und sagte: »Praktisches Ding. Zehn Liter. Dit reicht für zwei, drei Tage in der Wüste Brandenburg.«

Intensives Abendlicht fiel in den Verkaufsraum. Die Sonne ging unter. Draußen knatterte ein Moped mit einem Anhänger vorbei. Dann war es wieder still. Während er den Kanister an einem Waschbecken neben der Kaffeemaschine auffüllte, schaute er mich ununterbrochen an. Es war ein forschender, kein unfreundlicher Blick.

»Kennen wir uns irgendwoher?«

»Keine Ahnung.«

»Irgendwoher kenne ich dich. Wo kommst du her? Aus Berlin bestimmt.«

»Ja, aus Berlin, sieht man das?«

»Bei den allermeisten sieht man es aus hundert Metern.« Er lachte. »Kennen wir uns von den Montagsspaziergängen?«

Ich zuckte mit den Schultern. Ich war niemals bei einem dieser Märsche gewesen, versuchte meine abwehrende Haltung jedoch nicht deutlich werden zu lassen. »Keine Ahnung«, sagte ich. Wozu sollte ich einem Fremden gegenüber Farbe bekennen.

»Ich kann mich täuschen«, sagte er. »Wenn du nicht so viel Müll dabei hättest, würdest du glatt als Wandersmann durchgehen. Bist Aussteiger, oder?«

Der Einfachheit halber nickte ich und er hievte den prall gefüllten Wasserkanister vor mich auf den Stehtisch, ging zum Kühlschrank, griff nach einem Sternburg, öffnete es und stellte es direkt neben meine Hand.

»Musst noch einen Augenblick warten, wird sich aber lohnen, wirst nicht nur den Müll los.« Er zwinkerte mir zu. »Sterni geht aufs Haus. Für Freigeister und Vagabunden. Schön, dass es Typen wie dich noch gibt. Prost.«

Da stand jetzt dieses Bier. Ich schaute es ein paar Sekunden lang an. Tropfen kondensierten auf dem kalten, dunkelbraunen Glas. Das sah gut aus. Ich hatte Durst. Lehnte bereits wie festgewachsen an dem Stehtisch, fühlte mich wohl, war etwas müde. *Ich bin ein Floßbewohner,* sagte ich mir, aber ich hatte Durst. Ich hatte beschlossen zu fasten, damit meine Lebensmittel länger reichten und ich den See und mein Floß nicht verlassen musste. Und um klar im Kopf zu werden. Aber schon war die Flasche an meinen Lippen und ich trank drei, vier schöne Schlucke.

»Los geht's, Jenosse.« Er nahm meinen Abfall. »Müffelt 'n bisschen, deine Sammlung. Is aber dufte, dass du den nicht einfach in die Landschaft kloppst. Es gibt jede Menge Knalltüten, die das machen.«

Als wir die Straße überquerten und auf dem Bürgersteig in Richtung Ortsmitte liefen, sagte er, ohne in meine Richtung zu gucken: »Ich wollte dich nicht volltexten. Normalerweise täusche ich mich nicht. Vielleicht fällt mir noch ein, wo ich dich schon mal gesehen habe. Gedächtnis ist nicht mehr das beste. Man wird nich jünger.«

Es war mir peinlich, mit dem großen Wasserkanister und dem Rucksack durch das Dorf zu gehen. Da von der einen Tüte nicht mehr viel übrig gewesen war, hatte ich einen Teil des Mülls in meinen Rucksack gepackt. Ich war froh, dass ich meinen Strohhut auf dem Floß gelassen und die Sonnenbrille aufgesetzt hatte. Hin und wieder bewegten sich Gardinen. Dann kamen wir an einem Vorgarten vorbei, der vollständig gepflastert war und in dem ein Mann mit Glatze und freiem Oberkörper stand und uns spöttisch und herablassend anschaute, während er seinen Vorgarten fegte.

»'n Abend, Ecki«, sagte der Mann und starrte mich an.

»'n Abend, Felge«, antwortete mein Begleiter.

»Na, neuen Freund gefunden? Macht'er Montagsspaziergänge am Samstag?«

Ecki winkte ab und wir liefen weiter. Ich ging davon aus, dass er mich zu sich nach Hause mitnahm, wo ich den Müll in seine Tonne schmeißen durfte und er mir Gurken und Zucchini aus seinem Garten anbot, oder eine Flasche Schnaps.

Ich mochte diese Leere in den Brandenburger Dörfern an einem Samstagabend. Die Welt lag da wie auf Valium. Kaum ein Mensch war zu sehen. Nichts zu hören. Alles Leben war verschluckt, versteckt, verschwunden. Wie in einem Traum konnte man durch den Ort laufen.

Der riesige Parkplatz, über den wir kurz darauf kamen, war ebenfalls völlig verwaist. Hinter dem Norma-Markt war eine schräge, langgezogene Auffahrt, über die Lkw an einer Rampe andocken konnten, um Ware zu entladen. Daneben standen vier schwarze Müllcontainer in einem vollständig vergitterten Verschlag.

»Da! Die Buchte«, sagte Ecki mit großer Fröhlichkeit. »Dit ist unser Guantanamo. Wenn einer frech wird, kommt er da rinn.«

Er schloss das Gatter zu den Müllcontainern auf.

»Ich weiß, dass der Marktleiter nichts dagegen hat. Aber ich darf es nicht an die große Glocke hängen, sonst stehen hier gleich hundert Leute. In solchen Zeiten leben wir. Deutschland, eins der reichsten Länder der Welt, und ich kenne hundert Leute, die sich nicht mal mehr schämen würden, hier Sachen aus dem Müll zu fischen. Sachen, die überhaupt nicht in den Müll gehören. Das war früher im Osten anders. Manchmal kommt einer von den bulgarischen Erntehelfern. Die drehen jeden Groschen dreimal um. Kennst du die? Stehen so einige von denen ganze Sonntage an der Lahne und angeln, da habe ich welche kennengelernt. Es herrscht schon so eine Art internationale Solidarität, aber die will Chefchen hier nicht sehen. Nimm dir einfach, was du brauchst. Und wenn es diesen Bergkäse gibt, den würde ich gerne haben, der ist köstlich.« Er warf meinen Müllsack in den einzigen Container mit gelbem Deckel.

»Los! Mach die Klappe auf. Da drin is Zeugs, wo die Kühlkette ma für drei Minütchen unterbrochen war. Angeblich. Dit is doch nich normal.«

Ich griff nach dem Deckel eines Containers, hob ihn hoch und traute meinen Augen nicht.

Es gab diesen Aberglauben, der besagte, dass der Traum, den man hat, wenn man das erste Mal an einem neuen Ort schläft, wahr wird. Eigentlich glaubte ich nicht an so etwas, aber es gab Zeiten, in denen ich empfänglich für solche Gedankenspiele war.

Dreieinhalb Wochen zuvor, in der allerersten Nacht meiner Floßreise, als es beinahe zur Kollision gekommen wäre, hatte ich noch nicht gewusst, dass man ein Floß an zwei Punkten festmachen musste. Woher hätte ich, ein Grünschnabel, es wissen sollen? Ich hatte nur den Anker geworfen und mich, als es Zeit dafür war, schlafen gelegt.

Diese erste Nacht war windig, dazu kam die Strömung der Lahne, was bedeutete, dass das Floß ununterbrochen um den Anker schwojte (Ausdruck Nummer 1413 in Timmermanns Buch). Mein Floß kreiste zwar nicht so nervös wie eine Motte um das Licht, aber es bewegte sich ununterbrochen in unregelmäßigem Hin und Her. Mal schwojte es rechts um den Anker, mal linksherum. Es vollzog unvorhersehbare Schlingerbewegungen entgegen dem Uhrzeigersinn oder mit ihm. Immer exakt im Radius der Kette, die am tief unten im schleimigen Sand liegenden Anker befestigt war. Man konnte fühlen, wie das Floß entkommen wollte, wie der Anker das nicht zuließ, wie sich die Kette straffte.

Es war, als läge ich auf einem Karussell. Alle paar Augenblicke erwachte ich – jedes Mal in eine andere Himmelsrichtung schauend – und konnte mich gar nicht retten vor wirren Träumen, Fantasien, Ängsten. Sie bestürmten mich, nisteten sich ein, flatterten davon, sodass ich am nächsten Morgen verwirrt und zerschlagen aufwachte. Ganz anders als in der ersten Nacht auf dem Fernower See. Vielleicht lag es an meiner Müdigkeit und der Gewöhnung an das Schlafen auf einem schwankenden Floß – ich befestigte das Floß mittlerweile immer an zwei Punkten. Vielleicht fühlte ich mich auf dem Fernower See auch von Anfang an wohl. Nur ein einziger Traum behelligte mich. Ich träumte von einem Haufen Zitronen.

Mach die Klappe auf
Containern hinterm Norma
Ungläubiges Staunen

Ein Berg Zitronen
Hätte ich doch in der Nacht
von Liebe geträumt

»Abends, kurz vor achte, zum Wochenende«, sagte Ecki, »misten die immer aus. Ein Fünftel aller Lebensmittel wird weggeworfen! Schmeißen den ganzen Container voll mit Ware, wo das Datum in zwei Tagen abläuft oder wo ’ne Ecke umgeknickt ist. Dis tut mir jedes Mal richtig weh im Herzen. Is schön, wenn da ener kommt wie du und sich was wegnimmt.«

Der gelbe Berg in dem Müllcontainer war ein merkwürdiger Anblick. Es waren bestimmt dreißig Netze voller Zitronen. Einige Exemplare waren verschimmelt, ihr Gelb war weiß überpudert. Ich griff mir ein paar, die noch in Ordnung waren, und legte sie auf den Boden neben den Rucksack.

Unter den Zitronen kamen alle möglichen anderen Dinge zum Vorschein: Tütensuppen, Kartons voller Käse, Avocados, geräucherter Fisch.

Ecki stand neben mir und nahm sich auch etwas, er tat das sehr bedächtig. Hin und wieder präsentierte er mir einen Fund und bot ihn mir an. Ich spürte, wenn er es lieber für sich behalten wollte, und lehnte dann ab. Er war ein Mensch, dessen Gedanken und Gefühle unmittelbare Auswirkungen auf seine Mimik und Gestik hatten. Er war kein kühler Mensch, kein verschlossener. Er war ein Mensch, dem man genau deswegen vertraute und den man für naiv hielt.

Während ich mich tief in den Container beugte, setzte sich Ecki auf einen Gartenstuhl, der auf der Rampe stand. Neben sich auf den Boden hatte er die Stiege mit den Dingen gestellt, die er für sich selbst herausgefischt hatte. Es sah so aus, als hätte er es gefunden, sein kleines Idyll hinter dem Parkplatz. Genießerisch schloss er die Augen. Ich musste an Alissa und unsere erste gemeinsame Reise denken. Sah uns, wie wir damals nach dem Trampen auf dem Asphalt vor einem Supermarkt bei Catania saßen. Überall lag Abfall herum, aber wir setzten diesem Unort all unser Glück und unsere gute Laune entgegen. Wir rauchten, drückten den Korken in die Weinflasche und tranken sie gemeinsam aus. Es war eine sehr harte, aber auch sehr einfache Welt. Doch im Unterschied zu Ecki wussten wir damals in jedem Augenblick, dass wir nicht für immer bleiben würden. Dass wir zu zweit waren.

Während ich einen Joghurtbecher inspizierte, schaltete irgendetwas in mir um. Ich öffnete eine Packung Räucherlachs, die sich noch kalt anfühlte, und stopfte mir drei oder vier dicke Scheiben in den Mund.

»Ich arbeite tagsüber an der Tanke und abends hier als Wachmann bei unser'm KdW«, rief Ecki, während ich den Fisch verschlang. »Hier im Ort war mal ein Flüchtlingswohnheim bis vor Kurzem, und es wurde dauernd gestohlen. Wenn ich an ihrer Stelle wäre, würde ich auch klauen. Klauen ist nämlich relativ. Aber ich passe seitdem auf. Kleiner Nebenverdienst. Is kein echter Job. Kriege ein kleines Taschengeld und ich hab was zu tun. Das ist das Wichtigste, dass man was zu tun hat.« Er drehte eine Packung Kekse in den Händen. An der Wand über ihm glotzte eine Kamera. »Wo darf man das schon. Sich beim Müll bedienen.« Er schaute mich an. »Ich hab zu Ostzeiten Physik studiert. Ich hatte gerade eine Anstellung an der Akademie der Wissenschaft bekommen, und dann fiel die Mauer. Dreißig Jahre später arbeite ich an der Tanke. Aber ich seh das nich negativ. Hat auch was mit Physik zu tun. Wozu soll ich mich uffregen.«

Mich interessierte Eckis Geschichte, nur nicht in diesem Moment. Ich aß die letzte Scheibe Lachs und wischte mir die Hände an meiner Hose ab.

»Was kriegst du dafür?« Mein Gefühl sagte mir, dass er sich über Geld freuen würde. Zugleich hatte ich in seinem Gesicht gesehen, dass es ihn irritiert hatte, als ich meinen Rucksack ausgeleert und Müll darin gewesen war. Er war wohl davon ausgegangen, dass ich darin meinen Besitz mit mir herumtrug.

»Geld … Dürfte ich gar nicht nehmen.« Er schaute mich ernst und verwirrt an. »Sind ja nicht meine Sachen. Ich darf nur hin und wieder vergessen abzuschließen und'n Ohje zudrücken.«

Ich legte alle Lebensmittel in den Rucksack, setzte ihn mir auf den Rücken und griff nach dem Wasserkanister, ging zu ihm und öffnete mein Portemonnaie. Vom Lachs war mir etwas übel, ich musste aufstoßen. Ich wollte ihm fünf Euro geben, hielt das Portemonnaie schräg, sodass er nicht sehen konnte, wie viel Geld sich darin befand, blätterte die Scheine durch und stellte fest, dass ich keinen Fünfer, keinen Zehner, nicht mal einen Zwanziger hatte. Schaute auch in das Fach für die Münzen, weil mir fünfzig Euro zu viel erschienen.

»Lass stecken, Junge. Dis brochste doch selber.«

»Nein, nimm es ruhig«, sagte ich.

»Na jut. Kanns jut jebrochen. Ick hatt 'n Wasserschaden. Den janzen Sommer regnet es nich, und dann Sintflut wie bei Moses. Der janze Keller is mir abjesoffen. Bis Oberkante Unterlippe.«

Ich zog einen Fünfziger heraus, aber ich war unaufmerksam, alle anderen Scheine rutschten mit. Ein Bündel Fünfzig-Euro-Scheine fiel auf den Boden.

Er schaute mich ungläubig an, drehte sich weg, schwieg, bis er – mehr zu sich selbst als zu mir – sagte: »Und das Bargeld, das wolln se och abschaffen. Ist das zu fassen? Wie soll man dann noch Trinkgeld geben? Oder einem Bettler was! Der Mensch braucht Graubereiche. Da versteckt sich doch die Freiheit. Aber der Teufel scheißt immer auf den größten Haufen. Es leiden wieder die Kleinen. Wenn mir eener gesacht hätte, dass es ma' schlimmer wird als bei uns im Osten, hätte ich ihm keen Wort geglobt. Man hätte sich geschämt. So jemand wie du hätte in jedem Fall Arbeit gehabt, gute Arbeit, vielleicht auch keine gute Arbeit, aber Arbeit in jedem Fall, Arbeit, die einen über Wasser hält. Klar, da musste man schon die Arschbacken zusammenkneifen. Aber eener wie du musste sich nich herumtreiben.«

Während er redete, tauchte eine Frau mit einem Trolley auf. Sie blieb in dreißig Metern Entfernung stehen, genau hinter der Ecke, sodass sie von der Straße und vom Parkplatz aus nicht gesehen werden konnte, zugleich möglichst weit von uns entfernt. Ecki winkte sie heran und sagte zu mir: »Alles Gute wünsche ich dir, auf all deinen Wegen. Es ist eine belämmerte Welt. Komm da gut durch.« Dann schrie er in Richtung der Frau: »Margot! Los! Komm se rin, komm se ran, hier wer'n se jenauso beschissen wie nebenan«, und lachte in seinen Bart.

33

Die Begegnung mit Ecki und das Containern hatten mir gute Laune gemacht. Dennoch war ich froh, als ich den Wald erreicht hatte, wo mich niemand mehr sehen konnte, wo ich wieder alleine war. Keine sich bewegenden Gardinen, keine Felgen mit freiem Oberkörper. Kein Ecki, keine Margot, kein Niemand.

Ich schob mir die Sonnenbrille auf die Stirn, lehnte meinen Rucksack gegen einen Baum und schaltete das Handy ein. Ich musste noch etwas erledigen, solange ich in der Nähe der Ortschaft war und ausreichend Empfang hatte. Zuerst wollte ich Magda und Jost schreiben, aber ich fand keine passenden Worte, also schrieb ich Birk, was mir leichterfiel. Ich vermisste ihn. Spürte zugleich, dass ich seltsam kühl und distanziert war.

Dann rief ich Alissa an, aber sie nahm nicht ab. Also begann ich, auch ihr eine Textnachricht zu schreiben, doch während ich daran herumlaborierte, rief sie mich zurück. Zuerst berichtete ich von Magda und Jost, die ich ihr gegenüber noch mit keinem Wort erwähnt hatte. Magda war eine etablierte Künstlerin, wurde von einer der großen, renommierten Galerien in Berlin vertreten. Alissa erwähnte ihre Arbeiten sogar in ihrer Dissertation. Zumindest die früheren. Denn Urban Interventionism, Performance und Street Art spielten in Magdas aktuellem Schaffen gar keine Rolle mehr. Sie hatte sich wieder der Malerei zugewandt.

Ich war sicher, Alissa würde meine Bekanntschaften, vor allem die mit Magda, erstaunlich und irgendwie sensationell finden, aber sie sagte bloß: »Wirklich? Mich wundert gar nichts mehr. Selbst wenn Leonardo DiCaprio dort herumpaddeln und du mit dem Kaffee trinken würdest. Dir traue ich mittlerweile alles zu«, und sie lachte.

Ich erzählte von der Ponceau und den Gesprächen, auch von Josts Kooperative. Doch Alissas Neugier hielt sich in Grenzen und im Gegenzug erwähnte sie ihre Deadline. In gut drei Wochen, am elften August, war es so weit. Steph hatte eine Gastprofessur in Kopenhagen und musste Alissas Arbeit bis Ende August gelesen und ihr ein Feedback gegeben haben.

Anschließend sagte ich ihr, dass ich auf einem anderen See gelandet war. Ich bat sie um Verständnis, dass ich in den nächsten anderthalb oder zwei Wochen wieder nur sporadisch erreichbar sein würde, da das Netz noch schlechter als auf dem Soliner See sei. Da platzte es aus ihr heraus.

»Willst du dich jetzt ganz zurückziehen?«

»Auf dem anderen See hab ich es nicht mehr ausgehalten«, erwiderte ich. »Das hat nichts mit dir zu tun.«

»Und was ist überhaupt mit Solveigh? Du wolltest doch zwischendurch für sie arbeiten.«

Ich zögerte. »Ich arbeite nicht mehr für Solveigh. Sie hat mir gekündigt.«

»Was?! Das ist nicht wahr.«

»Ich habe ihr zu spät abgesagt, sie konnte mich wohl ein-, zweimal nicht erreichen. Es war eine wirklich blöde Idee, mich auf diesen Deal mit den drei Tagen einzulassen. Im Nachhinein verstehe ich nicht mehr, wie das überhaupt zustande kam. Da sind nämlich auch genug Externe, die einspringen könnten.«

»Aber ihr hattet doch eine klare Vereinbarung. Was hat Solveigh denn gesagt? Sie muss dich doch wenigstens vorwarnen oder abmahnen?«

»Wir haben uns nicht gesprochen, nur Nachrichten geschrieben«, sagte ich, woraufhin Alissa schwieg.

»Schon am ersten Tag auf dem Floß war das alles so unglaublich weit weg. Ich habe irgendwie gewusst, dass ich nicht wieder zurückkehren will. Es war ein Job. Mein Geld reicht noch für mindestens ein halbes Jahr. Ehrlich gesagt bin ich erleichtert.«

»Aber du hast doch gar keine Alternative.«

»Ich werde schon etwas anderes finden.«

»Deine fünf Wochen sind auch bald vorbei.«

»Ich will noch zwei Wochen oder so bleiben. Ich will den Sommer und das Floß noch mal richtig auskosten. Wer weiß, wann ich das wieder machen kann.«

»Ich vermisse dich. Weißt du das?«, sagte sie. »Ich brauche auch jemanden, mit dem ich reden kann. Würde ehrlich gesagt gerne mal abends mit dir am Main spazieren gehen und ein Bier trinken. Der Fluss ist schön. Die Leute sind freundlich, viel freundlicher als in Berlin, sind auch nicht alle so fertig und gestresst.«

»Ich vermisse dich auch, und klar habe ich Lust, mit dir zu telefonieren. Auch wenn es sich widersprüchlich anhört, mit dem Telefonieren geht es aber leider nicht, weil der Ort mit Empfang zu weit weg ist.«

»Du vermisst mich und willst mit mir telefonieren«, sagte sie, »fährst aber auf einen See, wo du mit deinem Uralt-Handy keinen Empfang hast? Weißt du was, diese Widersprüche machen mich echt ratlos.« Sie holte tief Luft. »Du hast gesagt …«

»Was?«

»Nein, das sage ich jetzt nicht.«

»Jetzt sag schon!«

»Nein.«

»Bitte.«

»Du hast gesagt, dass du Kinder willst, eine Familie. Und dass du Berlin eigentlich magst. Im Winter hattest du eine Krise, okay, das konnte ich gut verstehen, obwohl nach meinem Gefühl alle in einer Krise waren. Jetzt im Sommer, während ich in Frankfurt bin, wolltest du unbedingt auf das Floß. Und hast das auch gemacht. Ich habe ein ganz komisches, doofes Gefühl. Wie soll das weitergehen? Denkst du auch mal daran, wo ich dabei stehe? Weißt du, was ich glaube? Ich glaube, du willst als Fotograf arbeiten, die Redaktion hat dich unzufrieden gemacht, du willst frei sein, willst auf einem Floß leben, willst Kinder, willst Berlin, willst wie ein Vogel durch die Gegend fliegen. Willst all das auf einmal. Das zerreißt dich doch.«

»Jetzt gerade bin ich zufrieden. Ich brauche das noch für eine Zeit lang, die frische Luft, den weiten Himmel.«

»Das brauchen wir alle. Ich will das auch, aber es geht nicht alles.«

»Nein, ich glaube, du brauchst es nicht so dringend wie ich. Mein Gefühl in der Wohnung und in Berlin war nur noch, dass ich kaputtgehe.«

»Übertreib mal nicht!«

Wieder schwiegen wir und ich musste an das Gespräch denken, das wir im Frühjahr geführt hatten, als die Floß-Idee zum ersten Mal aufkam. Wir hatten im Arirang Bulgogi gesessen, einem koreanischen Restaurant. Dort hatten wir uns kennengelernt, gingen aber nur noch selten hin, weil es zu weit von Neukölln entfernt war. Alissa hatte nicht gewollt, dass ich weit aushole, das hatte ich an ihrem Gesichtsausdruck gesehen. Ich hatte ihr gesagt, dass ich hart, stumpf und müde geworden war. Gleichgültig und erschöpft. Ich hatte den Eindruck, kurz davor zu stehen, einer von diesen Abgeklärten zu werden. Einer dieser Berechnenden und Zynischen. Ich hatte meine Spontaneität verloren, meine Direktheit, meine Freiheit, meine Lebensfreude. War es nicht bezeichnend, dass ich meinen Geruchs- und Geschmackssinn verloren hatte?

»Hallo? Rio? Bist du noch da?«

»Ja. Klar.«

»Bitte komm bald zurück. Ich will nicht, dass du da verloren gehst oder versumpfst. Bitte versteh mich nicht falsch«, sagte sie. »Hörst du? Ich brauche dich. Ich will und kann nicht ohne dich. Ich habe doch mit Ja auf deine Frage geantwortet«, sagte sie zärtlich. »Ja, ich kann es mir vorstellen. Ja, ich will das. Ich will das auch.«

Wir schwiegen einen Moment, bis ich sagte: »Ich bin noch ein bisschen hier draußen. Sagen wir zwei Wochen. Okay? Ich muss das einfach machen. Bitte warte auf mich.«

»Von mir aus. Dann lass uns aber immer zur Tea-Time, um fünf Uhr nachmittags, Nachrichten schreiben, die kommen ja durch«, schlug sie vor. »Versprochen?«

»Versprochen«, sagte ich. Plötzlich fiel mir ein, dass ich mich nach dem Anschlag erkundigen wollte. Es kam mir nun unpassend vor. Ich fragte sie trotzdem, ob sie etwas in den Nachrichten gehört hatte, ob es schon Verdächtige gab, doch sie ging nicht darauf ein und kam wieder auf Solveigh zu sprechen, meinte, dass sie nicht sicher sei, ob ich wüsste, was ich tat, der Redaktionsjob sei doch mehr als okay gewesen. Solveigh sei wichtig, nicht, ob der *Knallkopp* wieder zugeschlagen habe, wie die Berliner Boulevardpresse den Attentäter mittlerweile getauft hatte.

»Knallkopp?«, fragte ich.

»Ja. So wird der genannt. Seit der Sache mit dem Toten am Neudorfer See heißt er Terrorteufel.« Und dann erzählte sie, ohne eine Erwiderung von mir abzuwarten, dass sie nach der Abgabe ihrer Dissertation zu ihren Eltern nach Hildesheim musste, dann aber für ein paar Tage nach Berlin kommen wollte. Sie sagte, sie vermisse ihre Freundin Svenja, sie vermisse Neukölln, auch unseren Späti und die Weserstraße, den Görli und die Hasenheide. Aber vor allem vermisse sie unsere Wohnung und ihr Zimmer, könne es kaum noch aushalten in ihrem Elf-Quadratmeter-Kabuff in Frankfurt.

»Ich ziehe das jetzt durch mit der Diss, auf meinem eigenen einsamen See namens Frankfurt, und dann besuche ich dich.«

»Wirklich?«

»Dann hab ich was, auf das ich mich freuen kann. Ja. Hab ich jemals gesagt, dass ich gar nicht kommen will? Am Elften gebe ich ab, am Zwölften bin ich in Hildesheim und am Dreizehnten wollte ich nach Berlin.«

»Genau dann ist dieses Fest, der Salon.«

»Was für ein Fest?«

»Auf dem Schiff von Magda. Ihr Mann Jost feiert Geburtstag. Du kannst sicher auch kommen.«

»Mal sehen. Magda würde ich schon gerne kennenlernen. Aber ich will vor allem dich sehen. Du Ziegenbock.«

Nach unserem Telefonat, als ich zurück auf dem Waldweg war, geriet ich in eine seltsame Hochstimmung. Mit diesem Gefühl – und mit einem prallgefüllten Wasserkanister, mit etlichen Zitronen und allem möglichen anderen Zeug – lief ich zurück durch den Wald. Und als ich an ein paar Schrebergärten vorbeikam und einen Apfelbaum sah, sprang ich über den Maschendrahtzaun.

Eine Stunde später war ich zurück auf dem Floß. Den Platz, der im Rucksack noch frei gewesen war, hatte ich bis oben hin mit Sommeräpfeln gefüllt. Vielleicht dreißig Stück. Hellgrüne Schale, weißes Fruchtfleisch. Süßsauer, wässrig und leicht. Unendlich erfrischend.

ESKALATION SOLITAIRE

34

Mein Tagesablauf auf dem Fernower See folgte ungefähr dem, den ich auf dem Soliner See etabliert hatte, der jedoch durch die Freundschaft zu Birk, Magda und Jost durcheinandergeraten war. Ich schwamm jetzt deutlich längere Strecken. Ich achtete dabei genauer auf den Rhythmus meiner Bewegungen und schaffte es, den gesamten See am Ufer entlang zu umschwimmen. Meine Muskeln wurden elastischer und fester. Bis Alissa kam, wollte ich in einem guten Zustand sein: ausgeglichen, humorvoll, optimistisch. Warum nicht auch muskulöser.

Außerdem begann ich zu meditieren. Dabei folgte ich Alissas Rat und machte zuerst einen sogenannten Bodyscan, wobei ich bei den Zehen angefangen nacheinander in alle Körperregionen hineinspürte. Nachdem ich das an mehreren Morgen getan hatte, probierte ich, mithilfe der Aphorismen auf den Tee-Schnipseln zu meditieren. Einige dieser Weisheiten waren inspirierend: *Sieh das Licht in anderen* oder *Es gibt eine Konstante, das ist die Unendlichkeit.* Andere waren platt wie eine Flunder: *Nutze dein vollständiges Potential.*

Was noch? Ich reduzierte meinen Kaffeekonsum. Statt drei oder vier Tassen trank ich eine. Ganz verzichten auf das Espresso-Ritual konnte ich nicht. Auch Alkohol trank ich weniger. *Die Kunst, ein wildes und poetisches Leben zu führen* und *Pilger am*

Tinker Creek, von denen ich geglaubt hatte, dass sie zu meiner neuen Situation passen würden, rührte ich nicht an. Issas Haikus las ich hin und wieder. Ich nahm auch die Bibel und den Koran zur Hand. Aber das, was ich damit tat, würde ich nicht lesen nennen, sondern eher blättern. Stattdessen las ich Patricia Highsmith. Und um Punkt fünf tauschte ich mit Alissa Nachrichten aus. Manchmal nur Symbole. Delphine, Ziegen, Vulkane, Zitronen. Anker und Wolken. Herzen und Fische.

Als ich am vierten oder fünften Tag gegessen hatte und wieder am Mast lehnte, für eine Weile auf das gegenüberliegende Ufer blickte, fühlte ich etwas, das ich hier auf dem Fernower See vom ersten Moment an gefühlt hatte, das von außen in mich hineinsickerte, ganz langsam, Tropfen für Tropfen.

Es war nicht die bohrende Einsamkeit wie in der Zeit, bevor ich Birk kennengelernt hatte und jemanden zum Reden brauchte. Es war auch nicht die bestürzende Einsamkeit, die ich gefühlt hatte, als Alissa mir gesagt hatte, dass sie mich vorerst nicht besuchen würde. Die Einsamkeit auf dem Fernower See war anders. Sie war grundlegender, umfassender, vielleicht auch unpersönlicher. Sie fühlte sich so an, als wäre sie natürlich, notwendig, gegeben. Sie hing nicht von mir ab, sie lag tief verankert in der Natur, in allem und jedem. Diese Einsamkeit auszuhalten, das war der Preis für das Jetzt. Ich wollte ihn bezahlen. Es ging ein Reiz davon aus. Jetzt wurde es doch erst interessant.

Aber diese Einsamkeit war zwiespältig. Einmal war ein Faltboot neben meinem Floß. Es war dicht am Ufer entlanggefahren. Die Frau und der Jugendliche, die in dem langen Doppelsitzer saßen – ihr Gepäck deutete darauf hin, dass sie eine weite Strecke zurücklegen wollten –, hatten nicht gesprochen und ihre Paddelschläge waren lautlos. Da waren sie. Direkt neben mir. Kaum fünf Meter entfernt.

Sie blickten mich neugierig an, hielten die Paddel aber schlagbereit in den Händen. Die Frau, die vorne saß, schien die Mutter des Teenagers zu sein. Er saß auf dem hinteren Sitz, trug eine Sonnenbrille und – aus irgendeiner exaltierten, pubertären Attitüde heraus – eine schwarze FFP2-Maske. Auf dem Kopf saß ein ebenso dunkles Cap, das er in den Nacken geschoben hatte. Darauf stand in großen Lettern *ICONO*. Ein lustiges Kostüm für einen Sommertag auf dem See. Nicht zu vergessen sein dicker Kapuzenpulli.

»Hallo«, sagte ich.

»Hallo«, sagte die Frau und lächelte. »Das sieht aber gemütlich aus.« Sie drehte die Spitze ihres Bootes zu mir und schaute mich an. Es war einer dieser paradiesischen Momente, in denen mein Floß unmerklich auf den sanften Wellen schaukelte, man die Vögel zwitschern hörte. Es ging eine laue, wunderbar leichte Brise über den See, und ich dachte, dass ich der sympathischen Fremden und ihrem Sohn einen Kaffee anbieten könnte.

»Ja«, sagte ich, »ist auch wirklich gemütlich«, merkte aber, dass etwas mit meiner Stimme nicht in Ordnung war. So ähnlich wie in der Tankstelle in Groß Forstau, nur schlimmer. Meine Stimme war brüchig und heiser. Ich bekam die Laute nicht glatt aus dem Hals in die Welt hinaus, was der Frau aber zunächst nicht aufzufallen schien.

Wir lächelten uns an. Ich hatte den Eindruck, die Frau wollte etwas sagen, überlegte aber noch, was. Ihr Sohn setzte sich Kopfhörer auf, fummelte an seinem Smartphone und dem Kabel herum. Sie legte sich derweil ihren nassen Zopf nach vorne über die Schulter. Sie war wohl vor Kurzem schwimmen gewesen und mit nassem Badeanzug ins Kajak gestiegen. Es war ein heißer Tag.

»Ist selbstgebaut?« Ihr Lächeln war sehr ansteckend.

»Ja, ist selbstgebaut … Hab einfach Wassertonnen genommen … gebrauchte Wassertonnen … Dann erst mal einen Rahmen gebaut …«

Ich musste mich mehrmals räuspern und stocherte mehr, als dass ich sprach. Ihr Lächeln veränderte sich, es verfestigte sich, wenn es auch nicht gänzlich einfror. Sie stach das Paddel wieder ins Wasser.

»Dann schönen Tag noch und viel Glück«, sagte sie.

»Schönen Tag. Wünsche ich auch.« Die Abschiedsformel ging mir genauso wenig glatt über die Lippen. Im nächsten Moment waren sie verschwunden.

Bildete sich mein Kehlkopf jetzt zurück? Wuchsen mir Knochen im Hals und anschließend überall Haare? Mutierte ich so schnell zum Einsiedler?

35

Vorsichtig glitt ich mit weit nach vorn gestreckten Armen in das Wasser und machte ein paar Schwimmbewegungen. Das Wasser war kühl und dunkel. Nachts zu schwimmen war genau wie das Paddeln etwas anderes, als es tagsüber zu tun. Die Empfindungen und Sinneseindrücke, die das Wasser auf der Haut verursachte, waren intensiv und merkwürdig, sie waren vor allem ungewohnt. Ich schaltete die Stirnlampe ein. Das Licht spiegelte sich auf der Seeoberfläche vor mir. Das sah faszinierend aus. Auch die kleinen Wellen, die ich vor mir herschob, warfen Schatten. Die Lampe war ein bisschen wie ein Suchscheinwerfer in Miniatur. Das passte gut zu dieser Mutprobe.

Ich schaltete die Lampe für einen Moment aus und ließ meine Augen sich an die Dunkelheit gewöhnen. Hatte ich Angst? Auf dem See waren ein paar Positionslichter von Booten. Drei oder vier. Das war alles. Den Lichtschein über Berlin, der mich auf dem Soliner See so oft beschäftigt hatte, konnte man hier kaum erahnen.

Ganz zu Anfang, während ich das Floß gebaut hatte, notierte ich alles, was ich in diesem Sommer auf dem Floß erleben wollte:

Um die Insel schwimmen
Sternzeichen lernen
Seemannsknoten lernen
Einen Tag lang schweigen
Einen Tag lang meditieren
Gedichte auswendig lernen
Mit Stirnlampe nachts im See tauchen
Bis zum Grund des Sees tauchen
Einen Tag lang nackt sein
Ohne Zelt im Wald übernachten

Als Alissa den Zettel mit diesen eher naheliegenden Vorhaben bei ihrem Besuch Anfang Juni entdeckte, war sie begeistert –

es war das vorletzte Mal, dass Alissa und ich uns gesehen hatten –, und sie bot mir an, ihn zu laminieren. Ich fand das spießig, aber der Wisch fiel schon auseinander, und als ich ihn in Plastik eingeschweißt sah – wie ein historisches Schriftstück, das konserviert worden war –, gefiel es mir gut. Und als der Zettel dann am ersten Abend auf dem Fernower See aus *Pilger am Tinker Creek* gerutscht war, freute ich mich darüber. Ich hatte mich zwar im Großen und Ganzen daran erinnert, was ich notiert hatte, aber alle Ideen hatte ich mir nicht ins Gedächtnis zurückrufen können.

Mit Stirnlampe nachts im See tauchen. Besonders über diesen Punkt stolperte ich. Das hatte etwas. Und es war, vermutete ich, die Idee, die Alissa am besten gefiel, denn zum Abschied hatte sie mir eine wasserdichte Stirnlampe geschenkt.

Ich holte tief Luft, tauchte unter und sah: gar nichts. Gut, wenn ich meine Hand dicht vor meine Augen führte, dann sah ich sie, aber ansonsten absolut nichts.

Immer wieder musste ich auftauchen, um Luft zu holen und mich zu vergewissern, wo das Ufer, wo mein Floß war. Ich probierte es ein paarmal aus und schwamm dann zurück in den Bereich, in dem ich stehen konnte.

Ich musste viel tiefer tauchen, ansonsten ergab das keinen Sinn. Ich dachte an Alissa. Ich hatte das Gefühl, dass mich das Tauchen mit ihr verband. Dass es nicht nur Mutprobe, nicht nur Erfahrung, sondern etwas war, das Alissa sich wünschte. Und dann kam mir der Gedanke, dass ich bei der Gelegenheit auch versuchen konnte, bis zum Grund hinabzutauchen. Aber nein, das war Blödsinn, das war nicht möglich. Wie tief war der See überhaupt? Ich schwamm erneut in Richtung Seemitte, schaltete die Lampe ein, hyperventilierte vorsichtig – eine Methode, die uns unser Sportlehrer bei einer Klassenfahrt verraten hatte – und tauchte. Besonders weit hinab kam ich nicht. Um ehrlich zu sein, weiß ich überhaupt nicht, wie tief ich kam. Zwei Meter? Drei? Als ich ein weiteres Mal Luft in meine Lungen ventilierte und untertauchte, berührte mich etwas am Fuß. Ein Fisch? Eine Wasserpflanze? Ich stand so unter Spannung, dass ich vor Schreck aufschrie.

Als ich abgetrocknet war und mit einer Zigarette auf den Planken saß, beobachtete ich die Bootslichter, die reglos in der Nacht hingen und einen Hinweis darauf gaben, dass dort überhaupt etwas war. Am anderen Ende des Sees sah ich ein Lagerfeuer flackern, vielleicht die Frau mit ihrem Sohn. Hin und wieder hörte ich Fische, die auf die Wasseroberfläche klatschten. Dann nahm ich mein Telefon.

»Was ist mit deinem Handy los?«

»Der Empfang ist hier schlecht.«

»Da draußen hat man doch seit ein paar Jahren überall super Empfang.«

»Kann sein. Aber ich habe ein altes Handy.«

»Ich weiß. Was sagt Alissa dazu?«

»Na, was wohl.«

Es war ein Wunder, dass das Telefonieren überhaupt klappte.

»Ist ja auch egal. Worum geht's? Warum rufst du an?«

Ich wusste, dass Marcus einen Tauchschein besaß, das Tauchen aber seitdem er Kinder hatte nicht mehr praktizierte. Ich schilderte ihm die Situation und bat ihn, mir ein paar Tipps zu geben.

»Mein letzter Tauchgang ist neun Jahre her. Und ich habe

immer nur Gerätetauchen gemacht, nie Apnoe-Tauchen. Aber grundsätzlich … Wie tief ist der See denn?«

»Weiß nicht.«

»Weißt du nicht? Wart mal. Maike ist da. Wir sind gerade bei Arirang Bulgogi. Hier ist sie, die kennt sich besser aus. Ich reich dich mal weiter. Maike?«

Ich hörte im Hintergrund jemanden sprechen, dann war Marcus wieder am Apparat.

»Ja. Du sollst erst mal feststellen, wie tief der See ist.«

»Kannst du für mich schauen? Ich hab hier nur superlangsames Internet.«

»Warte. Wie heißt der See, wo du tauchen willst? Hallo? Hörst du mich?«

»Fernower See.«

»Was? Seid mal leise! Wie heißt der? Sag noch mal, bitte.«

»Fernower See.«

»Was? Bernauer See?«

»FER-NO-WER SEEEE.«

»Alles klar. Ich ruf dich gleich zurück.«

Ich ließ das Handy sinken und schaute auf das Display. Früher war ich oft mit Alissa und auch mit Marcus bei diesem Koreaner gewesen, sah die Pfanne mit dem Gemüse und dem Fleisch vor mir, die dunkle, würzige Soße. Immer wenn Alissa und ich dort gewesen waren, hatten wir uns ein Gericht geteilt, Bier dazu getrunken, danach Eis gegessen. Sehnsucht durchströmte mich. Ich hob den Kopf und schaute über den See, der vollkommen still vor mir lag. Es fiel mir schwer, die Bilder von den Abenden mit Alissa und dem Essen wegzuschieben, und ich versuchte mich auf das Bild, das ich vor mir hatte, zu konzentrieren. Während ich meine Füße ins Wasser baumeln ließ, sah ich, dass zwei der Positionslichter schwankten. Kamen die Leute aus ihren Kajüten? Tigerten sie auf ihren Booten herum? Vielleicht waren sie genervt, weil sie mich über hundert Meter Entfernung beim Telefonieren gehört hatten: FER-NO-WER SEEEEE.

Ich schlug mir ein paarmal mit meinen Fäusten auf die Brust, wie ein Gorilla, um die Dämonen aus mir zu vertreiben und die Schwäche, die Sehnsucht, das Selbstmitleid, die angekrochen kamen. Ich spürte, wie sich die Idee auf starke, irrationale Weise in meinem Bewusstsein verankert und sich meiner bemächtigt hatte: *bis zum Grund des Sees tauchen*. Mein Verstand sagte: Nein. Natürlich würde ich das niemals machen. Aber ich merkte, wie dieses Nein Risse bekam.

»So. Wir haben gegoogelt. Der Fernower See. Bei Groß Forstau ist das, oder? Also, der ist an der tiefsten Stelle vierzehn Meter tief. So steht's in Wiki. Und jetzt reiche ich dich direkt mal an Apnoe-Taucherin Maike weiter. Das ist heute übrigens mein erster Abend seit Lenis Geburt, an dem ich ausgehe.«

»Schön. Glückwunsch! Genieß es.«

»Danke.«

Ich hörte im Hintergrund laute Stimmen. Alle schienen angeheitert zu sein.

»Hallo, Rio? Du bist auf einem Floß? Stimmt das? In Brandenburg? Wusste ich gar nicht.«

»Ja, schon seit ein paar Wochen.«

»Wahnsinn!«, sagte Maike. »Und jetzt willst du tauchen? Hast du das schon mal gemacht?«

»Ja, nein, eher nicht. Ein paar Meter schon, aber vierzehn Meter noch nicht.«

Maike, die ich nicht sonderlich gut kannte, schien mehr als

angeheitert zu sein. »Grundsätzlich ist das nicht unmöglich. Vierzehn Meter sind für Anfänger, trainierte Anfänger machbar«, sagte sie. »Bist du einigermaßen in Form? Kannst du die Luft länger als eine oder anderthalb Minuten anhalten?«

»Ja«, sagte ich und hörte lautes Lachen im Hintergrund.

Sie zählte auf, was ich beachten sollte, und immer wieder wurden wir von den gebrüllten Kommentaren der anderen unterbrochen. Ich hörte Marcus: »Weltrekord? Was? Der liegt bei 140 Metern? Nur mit ein paar Flossen? Rio, hast du gehört?«

Maike bestand darauf, dass ich zuerst selbst, mit eigenen Händen feststellen müsse, wie tief der See war. Dazu könnte ich einen Faden oder eine Wäscheleine nehmen.

»Nicht, dass er nur einen halben Meter tief ist, und du brichst dir das Genick. Wäre ja nicht so schön. Ist alles schon vorgekommen.« Plötzlich hörte ich Alissas Lachen im Hintergrund, ganz deutlich.

»Und du musst verdammt aufpassen, dass du nicht ohnmächtig wirst. Das ist die Verantwortung deiner Tauchpartnerin oder deines Tauchpartners, also der zweiten Person, die du dabeihaben musst. Die zweite Person ist deine Lebensversicherung. Alles klar? Erzähl mir dann mal, wie es gelaufen ist. Und kann man dich da besuchen auf deinem Floß?«

Dann riss die Verbindung wieder ab. Zuletzt kam noch eine Textnachricht:

Take care! Liebe Grüße! Maike

Und es kam noch eine zweite:

Die Wahrheit liegt auf dem Platz … äh, auf dem Grund. Gruß, Marcus

Ich stakte das Floß aus meiner Bucht, indem ich das Ruder bis auf den Grund drückte und mich abstieß, so wie die Gondolieri in Venedig, und als das Wasser zu tief dafür war, ruderte ich es in die Mitte des Sees. Das war mühsam, aber es war möglich. Als ich dort angekommen war, ließ ich den Anker ins Wasser, bemühte mich leise zu sein, weil ich das Gefühl hatte, den See in seinem Schlaf zu stören. Es war eine traumhaft ruhige Nacht.

Der Anker erreichte den Grund nicht, und ich holte ihn wieder herauf, um die Kette mithilfe der Bootsleine zu verlängern. In dieser Nacht wehte kein Wind und es gab so gut wie keine Strömung, sodass dieses Provisorium für die Dauer meiner Aktion ausreichen würde, dachte ich.

Als das erledigt war, senkte ich die Wäscheleine in den See, an die ich zuvor die Kombi-Zange geknotet hatte. Mit diesem improvisierten Lot konnte ich ermitteln, dass der See an der Stelle, an der ich mich befand, tatsächlich vierzehn Meter tief war. So wie Marcus gesagt hatte. Das war tief, aber nicht höllisch tief.

Jetzt brauchte ich noch ein Gewicht. Ein Gewicht würde mir helfen, leichter nach unten zu kommen. Maike hatte es mir beschrieben. Mir fiel der Hammer ein, der war schwer genug. Ich hielt inne. Hatte ich das wirklich vor? *Das* wollte ich tun? Vierzehn Meter?

36

Zuallererst fühlte ich den Schmerz. Dann erblickte ich das blutverschmierte Handtuch, das neben meinem Kopfkissen lag. Ich schaute für einen Moment über den See, der friedlich und still dalag, als wäre nichts gewesen. Babyblau-rosa-grün. Genauso wie an dem Morgen, als ich Magda und Jost zum ersten Mal begegnet war. Es war noch sehr früh. Vier Uhr oder halb fünf. Dunkelrote Tropfen glänzten auf den Planken. Ich hatte nur wenig und sehr schlecht geschlafen und richtete mich auf. Warf das Handtuch in Richtung Klamottenkiste. Bei jeder Bewegung fühlte ich das Blut in der Verletzung pulsieren.

Ich wollte sie betasten, sie war genau auf dem Scheitel, aber ich zog meine Hand zurück und öffnete die Kiste, in der mein Kulturbeutel lag. Bevor ich die Wunde berührte, musste ich meine Hände waschen und gründlich desinfizieren. Ich war wie benommen. Ganz vorsichtig fuhr ich mit dem Ringfinger über den Schorf. Millimeter für Millimeter. Stellenweise fühlte er sich noch feucht an, doch im Großen und Ganzen schien sich die Wunde über Nacht verfestigt zu haben. Es war wie ein schrundiges, kleines Gebirge. Es tat wahnsinnig weh.

Ich sprühte Desinfektionsmittel auf ein Taschentuch und betupfte die Stelle, so behutsam ich konnte. Sobald ich den geringsten Druck ausübte, war der Schmerz fast unerträglich. Schließlich nahm ich mein Handy und hielt es über meinen Kopf. Das hatte ich schon in der Nacht versucht, doch erst jetzt gelang es mir, Fotos zu machen, auf denen etwas zu erkennen war. Da waren Haare und ein in verschiedenen Rottönen glänzender Riss.

Ich erinnerte mich nicht mehr genau, was beim Tauchen passiert war. Ich hatte den Hammer genommen, dieses Hilfsmittel jedoch verworfen, als ich im Wasser war. Denn es wäre viel einfacher, mich an der straff gespannten Bootsleine, mit der ich die Ankerkette verlängert hatte, hinabzuziehen, wie mir klar wurde, als ich sie berührte. Dann war ich hinabgetaucht beziehungsweise hatte mich an der Leine in die Tiefe gezogen und dabei auf die Weise die Luft rationiert, wie Maike es mir beschrieben hatte. Der Druck wurde schnell sehr groß. Ich spürte es in den Ohren, im Hals, in der Nase, am ganzen Kopf. Es war angenehm und unangenehm zugleich, und ich musste wieder auftauchen, weil ich nicht genug Luft in meine Lungen gesogen hatte. Beim nächsten Versuch wollte ich etwas stärker hyperventilieren, musste dabei jedoch einen Mittelweg finden: nicht zu schwach und nicht zu stark atmen, nicht zu schnell hinab, aber auch nicht zu langsam.

Bei diesem zweiten Versuch zog ich mich in höherem Tempo nach unten. Meine Griffe, die mich mit meinem Oberkörper und dem Kopf voran abwärts zogen, hatten etwas Drängendes, Schicksalhaftes, und wieder war da dieser Druck, den man mit nichts vergleichen konnte. Am ganzen Körper, vor allem am Kopf.

Den Grund erreichte ich definitiv nicht. Ich musste den Tauchgang direkt wieder abgebrochen haben, musste dann viel zu unkontrolliert aufgetaucht sein. Dabei setzte meine Erinnerung aus. Meine Vermutung war, dass ich kurz vor der Wasseroberfläche zusätzlich Schwung mit den Beinen geholt hatte, um schneller oben zu sein, und dass ich von unten mit dem Kopf gegen das Floß gestoßen war, das seine Position wohl trotz der absolut ruhigen, windstillen Nacht verändert hatte. Oder war ich schräg aufgetaucht? Mit voller Wucht war ich gegen einen der Balken geschlagen, aus denen der Rahmen unter den Planken zusammengesetzt war.

Wild prustend und mich verschluckend war ich zu mir gekommen. Mit fürchterlichen Schmerzen am Kopf. Ich klammerte mich an das Floß. Und merkte dann, wie mir etwas Warmes und Dickflüssiges über die Stirn floss.

Ich betrachtete die Fotos, vergrößerte den Bildausschnitt, so als sei darin Linderung zu finden. Die Wunde fühlte sich groß und klaffend an. Sie war so lang wie mein kleiner Finger. Genäht werden musste sie nicht, fand ich, sicher war ich aber nicht. Es war, als sei die Haut und das Gewebe bis zum Schädelknochen aufgerissen. Ich dachte daran, Alissa eins dieser Fotos zu schicken. Aber ich tat das natürlich nicht, auch wenn mir nach dieser Art morbidem Humor zumute war. Ich schaltete das Handy aus. Die Versuche, die Wunde in der Nacht zu fotografieren, hatten viel vom Akku aufgebraucht. Meine Powerbank zeigte auch nur noch einen von vier Strichen.

Als ich mich hinkniete und langsam nach vorne beugte, um mir die Hände im See abzuspülen, spürte ich das Blut in der Verletzung auf meinem Kopf pulsieren. In der Nacht hatte ich die Blutung dadurch gestillt, dass ich das Handtuch eine halbe Ewigkeit auf die Wunde gedrückt hatte. Jetzt lehnte ich mich mit dem Rücken an den Mast. Schloss die Augen. Atmete ein und aus. Trank einen Schluck Wein und spülte eine Ibuprofen mit weiteren großen Schlucken herunter.

Und dann fühlte ich es in meiner Brust, in meinem Herzen, in meinem Bauch und den Eingeweiden, in den Zehenspitzen. Die Fassungslosigkeit in jedem noch so kleinen Winkel meines Körpers. Sie war stärker und präsenter als der Schmerz auf meinem Kopf. Die Fassungslosigkeit reichte tiefer in mich hinab. Was, wenn ich länger ohnmächtig gewesen und ertrunken wäre? Wie konnte ich nur so verantwortungslos sein? Wie nur so dummm? Es war kein Pech gewesen, so heftig gegen den Balken zu stoßen. Es war auch kein Missgeschick. Es war Unachtsamkeit und Leichtsinn. Mein lebloser Körper wäre auf den Grund gesunken, von den Polizei- und Feuerwehrtauchern erst Tage später, an der Schleuse in Zernzig oder was weiß ich wo, gefunden worden. Wenn die Schraube irgendeines Bootes meine aufgeweichten Gliedmaßen und den aufgedunsenen Kopf nicht längst in dicke Klumpen zerhäckselt hätte.

Ich stellte mir Alissa bei meinem Begräbnis vor. Sie trauerte um mich. Aber das andere, das ich vor meinem inneren Auge aus ihrem Gesicht ablesen zu können glaubte, war: Was war er nur für ein Idiot.

37

Dem Gefühl der Fassungslosigkeit folgte am nächsten Tag etwas sehr Konkretes. Dieses Konkrete senkte sich nicht auf mich herab, es kam nicht von außen über mich, nein, es kam aus der Tiefe meiner Person. Mein Inneres schwitzte es aus wie einen weißen, giftig-klebrigen Film, der sich auf alles legte. Er verdeckte und verschleierte Worte und Gedanken. Er war nicht kalt, nicht warm, sondern hauchdünn und nicht abwaschbar. Ich hatte nach dem Unfall nicht das Bedürfnis, noch ein Wort zu sagen. Ich hatte nicht mal mehr das Bedürfnis, eins zu denken. So als sei ich betrogen worden von mir selbst.

Als ich einen allerletzten Blick auf die Liste warf, kam es mir wie ein schlechter Scherz vor, dass dort stand: *Einen Tag lang schweigen.* Ich ließ alle Seitenplanen runter, auch die vordere und die hintere, was ich normalerweise nie tat, sodass ich von außen überhaupt nicht mehr gesehen werden konnte, und schloss die Augen. Das Schweigen war stärker als der See, die Bäume, die Vögel, der Wind, stärker als alle Geräusche, die von all dem abgesondert wurden. Stärker auch als das bunte Morgenlicht mit seinem seidig-impressionistischen, verlogenen Glanz.

Ich saß auf der Matratze und trank schon morgens Wein. Setzte mir die Kopfhörer auf und hörte Musik. Laute Musik. Ganz gleich, welche. Hin und wieder tastete ich nach der Wunde. Es reichte, wenn ich meine Finger darüberhielt, ohne sie zu berühren, um starke Schmerzen zu empfinden. Wie widersinnig. Und andauernd hatte ich die Befürchtung, dass zwei Arme mit zwei fingerigen Händen aus dem Himmel herunterfahren könnten, die diese Wunde griffen und ganz weit aufrissen. Ratsch!

Dann kamen Bilder. Immerzu Bilder. Bilder von unserer Wohnung in der Weserstraße, von unserer Küche, von der Spülmaschine, vom Staubsauger, von Alissas fein säuberlich sortiertem Bücherregal, von ihren nebeneinandergestellten Hausschuhen. Ich schaute hinab in unseren Hinterhof und sah die überfüllten Müllcontainer, die wie Lästermäuler auf Rädern ihre Deckel öffneten und schlossen und die eines Tages jemand angezündet hatte. Auch Bilder unserer ersten gemeinsamen Reise kamen. Kakteen auf Sizilien. Grellgrüne Triebe, die aus verbrannten Pflanzen ausschlugen, die im Jahr zuvor bei einem Waldbrand nicht vollständig vernichtet worden waren. Ich sah den Straßenköter vor der Kathedrale über Palermo, den wir mit unseren Mortadella-Baguettes gefüttert hatten. Alissas Sprung von einer sechs Meter hohen Klippe. Es war so heiß gewesen und die Sonne hatte so hoch gestanden, dass ich versuchte, mir eine Zigarette im Brennpunkt einer Glasscherbe aus einem zerbrochenen Bilderrahmen anzuzünden. Alissa lachte mich aus.

Ich sah auch den Hinterhof der Redaktion. Solveigh. Peter. Naomi. Den Design-Aschenbecher, der eine eckige Säule war, in die man die Kippen durch einen Schlitz warf, sodass man sie nie wieder zu Gesicht bekommen würde. Es kamen Bilder von meinem letzten Arbeitstag. Vom Marmorkuchen, den ich mitgebracht hatte und der zu trocken gewesen war. Von einem Mann aus der Türkei, der vor einem Berg Schutt saß – den Überresten seines Hauses, das bei einem Erdbeben zerstört worden war. Es war ein Bild, eins von Hunderten, die ich täglich sichtete oder bearbeitete, nichts Besonderes. Der Mann hielt die Hand seiner Tochter fest, die aus dem Schuttberg herausragte wie eine Verbindung zur Unterwelt. Seine Tochter war von den Trümmern erschlagen worden. Solveigh hatte wie üblich eine ihrer gut durchdachten Begründungen abgegeben. Sie tat nichts anderes als das: die Grenze auszutesten, wie weit man mit einem Pressefoto gehen konnte.

Eine unerträgliche Spannung hatte sich in mir festgesetzt, während ich auf meiner Matratze hockte. Die Seitenplanen waren fest verschlossen. Eine Hand, die aus dem Schuttberg ragte – kalt wie Eis. Und immer mehr Bilder. Bilder wie Blasen, wie geschlossene Systeme, Räume unter Wasser, am Boden jedes Meeres. Stapel von Bildern. Stapel, die bis in den Himmel ragten. Tausende Fotos, wie Spielkarten. Und jedes einzelne mit einem eigenen Gewicht, dem Gewicht einer Vorhersage, dem Gewicht eines Schicksals, dem Gewicht einer persönlichen Geschichte. Herausgebrüllt und verkauft in die Welt. Bilder, an die man irrigerweise glaubte und die die Zukunft zuverlässig voraussagten, die die Gegenwart mit ihrer *Wahrheit* verklagten. Armut, Corona, Hunger, Kolonialismus, Migration, Patriarchat, Ukraine, Klimawandel, Atomkrieg. Zukunft war gleichbedeutend mit Tod.

Die Frage war nicht, ob ich unzuverlässig war oder ob ich mich bei Solveigh hätte melden sollen. Die Frage war, ob ich mich in der Redaktion noch als Fotograf sah. Die Frage war, ob ich mir noch Bilder ansehen wollte, ob meine Gleichgültigkeit und meine Abgestumpftheit den Bildern und Geschichten gegenüber noch umkehrbar war. Dabei war jedes Bild widersprüchlich. Schau genau hin, sagte es, schau, wie groß das Leiden anderswo ist, schau, wie gut es dir geht, ziehe Schlüsse daraus, obwohl, bald wird dir das alles vollständig egal sein. Ich begriff, dass es auch bei den Sprengsätzen um Bilder und um Schweigen, um Gleichgültigkeit ging. Lars, mein Schulfreund, hatte viel geredet, er ließ mich nie zu Wort kommen. Ich sah seinen Mund vor mir, riesengroß und unerträglich. Weshalb wir auch nie enge Freunde geworden waren. Radio Wilmersdorf war sein Spitzname auf unserer Schule gewesen. Nur nach seinen Sprengungen war er still. War es mit dem Sprengsatz ähnlich wie mit dem Tauchen? Auf die Explosion würde Schweigen folgen. Ich sah auch Johanna vor mir. *Let sunshine into your heart.* Ihr Outfit, über das ich laut lachen musste, weil es so albern und provinziell war. Hatte sie den Sprengsatz gezündet? Fragte ich mich das? Nein. Ich dachte an den langen, fettigen Zopf des alten Mannes. Vor meinem inneren Auge sah ich das Opfer des Anschlags. Ein Bild von vielen. Nichts Besonderes.

Erst als Maike mir an einem dieser Tage eine Sprachnachricht hinterließ, um sich nach meinem Tauchgang zu erkundigen, waren da wieder Worte. »Der See, in dem du tauchst«, sagte sie, »ist dein Freund oder deine Freundin. Du kämpfst nicht gegen die Tiefe oder gegen das Wasser. Du kämpfst auch nicht gegen dich selbst. Sondern der See lädt dich ein, etwas auszuprobieren, mal Guten Tag zu sagen. Der Tauchgang wird klappen oder nicht klappen, das ist egal. Deine innere Haltung ist entscheidend beim Apnoe-Tauchen. Es gibt Tage, an denen du dreimal nach fünf Metern Tiefe aufgibst und dennoch ein stärkerer, ruhigerer Mensch bist. Und manchmal, wenn du die sechzig Meter geknackt hast und dir applaudiert wird ... Letztendlich ist das deine Entscheidung. Aber. Roberto hat vor jedem Tauchgang einen großen Schluck aus dem Meer genommen, als Zeichen des Vertrauens, als Zeichen der Freundschaft mit dem Ort, wo er war. Naja, Roberto war ein Spinner, aber was das betraf, hatte er recht. Er zeigte so, dass er in friedlicher Absicht kam, und ich habe erlebt, wie groß die innere Stärke war, die er mit dieser Haltung erreicht hat, bevor er verunglückt ist.«

Nur nachts öffnete ich die Seitenplanen. Beobachtete die Fledermäuse, von denen es auf dem Fernower See viel mehr gab als auf dem Soliner See. Das waren befremdliche Tiere, ihre zweckdienlichen, irrlichternden Flugbahnen in der Dunkelheit gingen mir auf die Nerven. Ich presste die Fäuste gegen meine Schläfen, hatte Angst, dass eine Fledermaus kommen und sich auf meine Wunde stürzen würde.

38

Vier, fünf Tage nach dem Unfall tat die Wunde kaum noch weh. Ich ging wieder schwimmen, vorsichtig, ohne den Kopf unterzutauchen. Ich band die vordere Plane hoch, schrieb Haikus, zerriss und verbrannte die missglückten Entwürfe, versuchte zurück in einen Rhythmus zu finden.

Gleich morgens setzte ich mich auf die Planken an den Rand des Floßes, sodass die Sonne, die über dem Wald hervorgekrochen kam, genau auf die Wunde scheinen konnte. Ich redete mir ein, dass Wärme und UV-Strahlung den Heilungsprozess beschleunigen könnten, zumindest war ich überzeugt, dass die Wahrscheinlichkeit einer Entzündung verringert würde.

An diesem Morgen – als ich die Zeit des Schweigens hinter mir gelassen hatte –, hörte ich ein tiefes Dröhnen. Es kam mir bekannt vor. Ein größeres Motorboot musste dicht am Ufer entlangfahren. Und dann sah ich ihn auch schon. Er fuhr sehr langsam auf mich zu. Das Dröhnen des Motors verwandelte sich in ein ungeduldiges Blubbern.

»Neue Stelle?«, rief er.

Ich nickte und sagte: »Ja.«

MotorMän war vielleicht zehn Meter entfernt. »Der andere See ist uninteressant«, und weil ich nicht reagierte, ergänzte er: »Aber warum lässt du deine Freunde allein?« Er grinste. »Du machst dein Ding. Das ist gut. Ich wollte auch immer ein Floß haben. Selbstgebaut, oder? Träumt doch jeder von. Jeder richtige Mann.« Er betonte das Wort *Mann* und lachte. »Oder eine Hütte in Kanada, oder am Mississippi. Kennst du *Kon-Tiki?*«

Ich sagte wieder: »Ja«.

»Weißt du, was das Geilste an dem Film ist? Dass die vier Männer es geschafft haben, zu überleben und anzukommen. Das ist echt 'ne krasse Geschichte. Der ganze Pazifik, einmal quer rüber. Krank, oder? Fünftausend Kilometer. Das waren noch Typen aus Gusseisen. Norweger und Amerikaner. Die haben es durchgezogen.«

Er starrte mich an. Wollte er mich in seinen Film-Club aufnehmen? Er sah anders aus, als ich ihn mir vorgestellt hatte. Seine Augen standen auf irritierende Weise eng beieinander. Er wirkte aufmerksam und intelligent. Er war kleiner als ich, knapp eins siebzig. Seine Gestalt war hager, aber muskulös. Ich war nicht sicher, ob ich ihn in einer körperlichen Auseinandersetzung besiegen würde. Er schien auch jünger zu sein, als ich vermutet hatte, Ende dreißig vielleicht. Nur seine akkurat gescheitelten hellblonden Haare und das weiße, bedruckte Polohemd entsprachen den Erwartungen.

Als würde er meine Gedanken lesen können, sagte er: »Will nur ein bisschen quatschen. Ist ja nicht verboten. *Noch* nicht. Versteh mich nicht falsch. Finde es gut, dass du hierher bist. Das ist der ehrlichere See.«

Es kam zu einer längeren Pause, in der weder er noch ich etwas sagte.

»Wo bist du her? Aus Berlin, wa! Aber du bist keen waschechter Ost-Berliner. Dit merk ick sofort.«

Sein Boot trieb nicht ab, während er mit mir sprach, weder auf mich zu noch von mir weg. Es war ein ganz ruhiger Morgen.

»Mein Vater ist aus Charlottenburg. Meine Mutter stammt aus Zernzig«, sagte ich.

»Jaja. Du siehst auch nicht aus wie der typische Wessi. Hähä. Wusst' ick doch.«

Er kam mir in seinem Boot vor wie ein gebleichter, strohblonder Krebs, der mit seiner riesenhaften Panzermuschel verwachsen war. Die Maschine – ein zurechtgezüchtetes Wesen, sein blubbernder Kumpan. Er hielt seine linke, zur Faust geballte Hand um das Lenkrad und bewegte sie keinen Millimeter.

»Keine Angst. Ich rede nicht mit jedem. Angelst du gar nicht? Hier gibt's Hechte. Hab schon so einige gefangen.«

Er beugte sich runter, griff in ein Fach und hielt plötzlich ein Heineken hoch. Ich stand auf, er warf es mir zu, ich fing es und spürte, dass es eiskalt war. Er grinste, dann schob er seine rechte Faust, die den Gashebel umschloss, langsam nach vorne und schlug das Lenkrad ein, drehte den Motor hoch, wendete und fuhr davon. Nicht so langsam, wie er auf mich zugekommen war, aber bei Weitem nicht so schnell, wie ich es von ihm kannte. »Bis bald«, rief er.

Als er verschwunden war, kam ich mir unsagbar schwach vor. Wie ein Idiot, ein Befehlsempfänger. Er hatte ein Netz über mich geworfen, und als könnte ich es so loswerden, zog ich mein T-Shirt aus und sprang ins Wasser.

39

Neu war, dass ich begann, mich zu sonnen. Nicht nur fünf oder zehn Minuten, wie ich es normalerweise nach dem Schwimmen getan hatte, um die Tropfen auf meiner Haut verdunsten zu lassen, sondern ich sonnte mich manchmal für eine Dreiviertelstunde. Die Hitze, die bis in meine Körpermitte vorzudringen schien, war nicht ideal für meine Haut, ganz sicher nicht, aber ich hatte das Gefühl, dass Wärme und Strahlung, das leichte Dröhnen im Kopf, die rote Glut hinter den Augenlidern heilsam waren. Ich bildete mir ein, dass ich dadurch fähig sein würde, mich zu sortieren, und Klarheit und Struktur in alle Gedanken und Gefühle bringen konnte. In mein Leben. Antworten würden kommen. Antworten bedeuteten Stärke.

An diesen Tagen empfand ich manchmal so etwas wie inneren Frieden. Dann hätte ich nachdenken sollen, versuchen können, Entscheidungen zu treffen, was mein Leben betraf, was nach dem Sommer, nach dem Floß kommen würde. Das war ich Alissa schuldig. Das war ich mir selbst schuldig. Dann hätte es später nicht so abrupt und überfallartig geschehen müssen. Aber ich tat es nicht. Ich wartete. Worauf? Auf noch mehr inneren Frieden? Das Merkwürdige war, dass der innere Frieden auch manchmal kam, ohne dass eine einzige Frage geklärt war. Und um 17 Uhr tauschte ich Textnachrichten mit Alissa aus, vor allem Symbole.

Einmal hatte ich einen Traum von Alissa und schrieb ihr daraufhin einen Haiku. Ihr ging es in diesem Traum nicht gut. Ich hatte den Eindruck, dass sie depressiv war. Sie starrte hinaus aufs Meer. Die Falten ihres Kleides und ihre langen Haare fielen glatt an ihr hinunter und sahen aus wie Gitterstäbe. Nichts rührte sich. Da war kein Wind, da waren keine Wellen, keine Worte. Ich konnte sie nicht erreichen. Ich konnte sie nicht beschützen.

don't look upon this
cold white blue black sea of dark
what'ya wanna see?

An einem dieser Tage lief ich zur Tankstelle nach Groß Forstau, um mir einen Kasten Bier zu kaufen. Ecki begegnete ich dabei nicht. Obwohl ich darauf spekuliert hatte, ja, sogar ein wenig gehofft. Auf dem Rückweg kam ich bei den Schrebergärten vorbei. Alle Äpfel, die ich vor ungefähr zwei Wochen gepflückt hatte, waren verdorben. Ich hatte mehr als zwanzig Stück weggeworfen. Dabei hatte ich gewusst, dass sich Sommeräpfel nicht lange hielten.

Bei den Gärten angekommen entschied ich, wieder über den Zaun zu klettern und mir neue zu holen. Und ich hatte Glück, nur einen Augenblick, nachdem ich zurück auf dem Weg war, tauchte eine Frau mit einer Kittelschürze auf und musterte mich misstrauisch.

An den Abenden fuhr ich schon lange nicht mehr mit dem Kajak hinaus auf den See. Ich hatte angefangen, Bier auf dem Floß zu trinken – und nicht nur ein Bier. Ich setzte mir gegen Abend die Kopfhörer auf und hörte laut Musik, tanzte auch hin und wieder, manchmal nackt. Je nachdem. Ja, ich hatte lange genug gefastet und wollte mein Gehirn überschwemmen.

ASTREIN

40

Danach zu urteilen, wie voll es an diesem Abend auf dem See war, handelte es sich um ein Wochenende. Da waren nicht nur die Sommerurlauber, sondern auch die Leute aus den umliegenden Dörfern. Fast alle schienen irgendein schwimmfähiges Vehikel zu besitzen und die Gelegenheit zu nutzen, damit herumzufahren. Niemals kam das Wasser zur Ruhe. Es musste immer wieder dieselben stupiden Bewegungen vollziehen, sich zu Wellen aufwerfen, über den See gleiten, sich überlagern, sich an Hindernissen brechen, sich vom Ufer zurückwerfen lassen, ohne eine einzige Ausnahme.

Ich hatte bereits einiges getrunken, hatte die Kopfhörer abgenommen und beobachtete den feinen Nebel, der aus der Bierflasche stieg, nachdem ich den Kronkorken aufgehebelt hatte. Innerer Frieden kam. Einfach so.

Ich wollte den ersten Schluck nehmen – es war mein viertes oder fünftes Bier –, spürte den Wellen nach, die mein Floß zum Schwanken brachten, da hörte ich das Dröhnen.

»Na, wie geht's.« MotorMän kniff die Lippen zusammen und grinste. Aber er war nicht alleine, er saß hinten in seinem Boot. Ecki stand vorne am Steuer und schaute mich neugierig und freundlich an.

Diesmal blieb ich sitzen. Und auch ich musste grinsen, so lächerlich und pseudo-potent kam er mir vor in seinem Boot mit Chauffeur. Aber dass ich dann meine Bierflasche hob, als würde ich mit ihm anstoßen wollen, und »gut« sagte, war noch eindeutiger als das Aufspringen neulich.

»Los! Dein Taxi ist da. Wir drehen eine Runde«, rief er und Ecki lächelte. Aber ich bewegte mich nicht. »Komm. Macht Spaß!«

Mit weit ausgebreiteten Armen saß MotorMän hinten auf den Polstern. Er trug wieder ein grellweißes Polohemd. Ich habe diese Farbe immer als aggressiv empfunden, als Verblendung, genau wie die Tattoos, die an seinen Ärmeln, dem Nacken und am Hals herausquollen.

»Nur 'n bisschen rumfahren, bisschen quatschen. Wir haben dreihundert PS umgeschnallt. Mein Altes hatte nur zweihundert.« Er schaute mich forschend an. »Wir können trinken. Unser Ecki fährt.« Dann grinste er und hob sein Bier.

»Lass dich von Illi nicht verunsichern«, sagte Ecki, dessen Hand nur ganz locker um das Lenkrad geschlossen war. »Wir möchten dir zwei, drei astreine Stellen für dein Floß zeigen, für die nächste Saison, haben wir uns überlegt.«

MotorMän musste lachen. »Oder willst du das nicht? Warum sagst du nichts? Hast du ein *Floß im Hals?*«

Der Motor blubberte. Ich spürte, dass ich große Lust auf Abwechslung hatte. Und dass ich irgendwie positiv gestimmt war und mir sagte: Ich bin stärker als MotorMän und Ecki. Sollen sie mich ruhig rumkutschieren. Mein Taxi ist da. Ich hatte keine Ahnung, worauf ich mich einließ.

Wir waren praktisch sofort in der Mitte des Sees, wo es einen Bereich gab, in dem man schnell fahren durfte. Ich spürte, wie der Motor anzog. Wie das Boot zuerst leicht nach hinten kippte und dann bei zunehmender Geschwindigkeit begann, über das Wasser zu gleiten. Ich spürte den Fahrtwind und den Kitzel in meinem Bauch.

»Schneller«, befahl MotorMän. »Ja. Das ist geil.«

Ich saß schräg neben Ecki auf dem Rand des Bootes und beobachtete seine Hand, die den Gashebel langsam vor- oder zurückschob. MotorMän saß hinten, auf einer mit weißem Leder bezogenen, dick gepolsterten Sitzbank. Seltsamerweise wirkten beide Männer wie Fremdkörper in dem Boot, nicht so, als würden sie sich wohlfühlen. MotorMän lehnte sich nach vorne und schrie: »Was machst du eigentlich von früh bis spät auf dem Floß? Am Handy spielen? Wichsen? Du wedelst dir einen von der Palme. Hähä!«

Ich fühlte den kühlen Fahrtwind im Gesicht. Am Ufer zwischen den Bäumen in meiner Bucht hatte die Luft den ganzen Sommertag über gestanden.

»Du bist doch bestimmt so'n richtiger Gauner.« Er lachte zufrieden. »So'n janz kleener, fieser Gauner da auf deinem Floß. Läuft ein Haftbefehl gegen dich?«

Die Ufer zogen rechts und links vorbei. Für eine Strecke, die ich mit dem Floß in einer Stunde zurückgelegt hätte, brauchten wir keine fünf Minuten. Nach einer Weile, vielleicht einer Viertelstunde, in der wir einfach nur fuhren und kein Wort sagten, steuerte Ecki das Boot in den breiten Kanal, nachdem MotorMän in diese Richtung gezeigt hatte. Die kräftige Welle, die das Boot verursachte, rollte nicht mehr über eine weite Fläche, sondern prallte unmittelbar gegen das mit großen, kantigen Steinen befestigte Ufer.

»Langsamer«, sagte MotorMän und Ecki nahm den Hebel zurück. Ich beobachtete die Welle, die mit absoluter Gleichmäßigkeit weiterzog, vorwärtsdrückte und abebbte. Ich riss meine Augen ganz weit auf, als könnte das etwas ändern. Ich war stark angetrunken.

»Lass dich nicht beeindrucken. Illi hält sich selbst für einen Ganoven. Er ist eigentlich ein ganz Lieber.« Ecki zwinkerte. »Wir fahren übrigens gleich zur Feuerschale. Kannst mitkommen.«

»Was heißt das?«

»Samstags gibt es immer einen Feuerschalenabend, ganz zwanglos. Freunde und Gleichgesinnte hier aus der Gegend treffen sich. Wir sprechen über die aktuelle Situation. Macht Laune. Es gibt Torwandschießen und Dart und 'nen Schwenker-Grill. Da kriegst du Fassbier und 'ne einwandfreie Wildbratwurst. Für jeden was dabei. Bei Illi auf der Wiese.«

MotorMän unterbrach ihn: »Jaja, Bratwurst, Ecki. Es geht um was anderes.« Ganz ruhig sprach er weiter. »Unten anfangen, von unten alles aufrollen. Jeden mitnehmen. Ihnen den Respekt geben, den sie verdienen. Das sind alles wertvolle Menschen.«

Ecki fuhr eine Zeit lang in langsamer Geschwindigkeit durch den Kanal, bis MotorMän sagte: »Ecki?«, woraufhin dieser nickte und den Gashebel auf Null stellte. Wir hielten an einer Kaimauer aus verwittertem Beton, wo MotorMän ans Ufer sprang und sich in die Büsche schlug. An seinem Gang erkannte ich, dass er betrunken war. Zwischen den großen grauen Brocken und dem Beton, die das Ufer bildeten, wuchs nichts. Keine zwanzig Schritte dahinter stand der erste Baum, dort herrschte die Monotonie der Brandenburger Kiefernwälder. Ich sah, wie MotorMän direkt an die Rinde pinkelte.

»Seitdem es keine Linken und keine Sozialisten mehr gibt,

nehmen wir das selbst in die Hand«, so fing er an, als er zurück ins Boot stieg und Ecki weiterfuhr. »Die Linken haben die deutschen Arbeiter verraten und die europäischen auch. Und bei mir an der Feuerschale findet jeder seine Stimme. Egal, wie fertig oder ausgestoßen er ist. Die Linken kümmern sich einen Scheißdreck um die sozialen Belange der einfachen Leute. Das übernehmen wir jetzt. Wir sprechen ihre Sprache. Die liberalen Eliten haben ausgedient. Guck dir an, was in den letzten dreißig, vierzig Jahren aus der Welt geworden ist. Sie geht vor die Hunde. Und wer war am Ruder?«

»Das ist doch Nonsens! Die Rechten fangen die Leute wie Rattenfänger. Und dienen dem Kapitalismus.«

Ecki und MotorMän lachten.

»Guck dir Ecki an«, sagte MotorMän. »Er war Physiker. Ein angehender Wissenschaftler. An der Akademie der Wissenschaften in Berlin. Klar, er war in der Partei, die von einem Tag auf den andern nicht mehr die richtige Partei war. Mit dem Fall der Mauer haben die Leute im Osten alles verloren. Und brauchen wir solche Leute etwa nicht? Wir brauchen jeden.«

In diesem Moment überholten uns zwei Paddlerinnen in einem großen hellgrünen Kanu. Mit Zug zum Ziel stießen sie ihre Paddel ins Wasser. Es sah etwas überambitioniert aus an diesem lauen Sommerabend.

MotorMän rief: »Hey. Überholverbot!«

Die Frau, die hinten saß, musste lachen. »Stand hier nirgends.«

»Die sind ja voll süß!« MotorMän drängte Ecki zur Seite, übernahm das Steuer und gab für einen kurzen Augenblick Gas, sodass sich sein Boot aufbäumte und eine Welle verursachte. Dann ließ er den Hebel wieder los, sein Boot nickte zurück ins

Wasser und die beiden Frauen mussten die große Welle parieren, was ihnen problemlos gelang.

»Ich steh auf Sportlerinnen. Die sind heiß!«, rief MotorMän, seine helle, jungenhafte Stimme ließ diese Anmache ziemlich schräg wirken. Die eine, die vorne saß, hob angewidert ihre Oberlippe, eine tiefe Falte wurde zwischen ihren Augen sichtbar, wohingegen die Frau, die hinten saß, lachen musste und den Kopf schüttelte. MotorMän fuhr jetzt ein Stück neben ihnen her. Ecki stand völlig still da. Ich drehte mich weg, damit sie mein Gesicht nicht sahen.

Plötzlich nahm die Frau, die vorne saß, ihr Paddel und spritzte in unsere Richtung. Ein großer Schwall Wasser flog durch die Luft in das Boot.

»Oh, sie spritzt!«, schrie MotorMän mit hoher Stimme und gackerte. Mein Blick traf sich mit dem der Frau, die hinten saß. Ich wollte auf keinen Fall lachen, konnte es aber nicht unterdrücken. Die Frau vorne hatte vor Empörung rote Flecken im Gesicht und stach ihr Paddel wütend ins Wasser.

»Kennst du Körz aus *Apocalypse Now?*«, fragte Ecki.

»Körz?«

»Ja, Körz! Der da im Urwald hockt und so einen Staat, eine Art Königreich aufgebaut hat. Mit ganz vielen Sklaven und Jüngern.«

»Du meinst Kurtz. Marlon Brando?«, fragte ich.

»Marlon Brando! Janz jenau. Das ist ein hammergeiler Film. So einer ist unser Illi, nur anders.«

Ich schaute Ecki an. »Ohne Bauch und zwei Schuhgrößen kleiner?«

»Illmer ist ein richtiger *Kaiser*«, sagte Ecki, »der für uns alle hier einsteht, mit Rat und Tat.«

»Hör auf zu schleimen«, sagte MotorMän, indem er sich zu mir wandte. »Er darf mit dem Boot rumfahren. Viele dürfen mit meinem Boot rumfahren. Auch wenn ich nicht dabei bin. Weißt du, wie die alle darauf abgehen? Kannst auch mal, wenn de willst, wenn de brav bist und machst, was ich sage. Hähähä. Wie heißt du eigentlich?« Er leerte sein Bier. »Hab mich erkundigt. Rio heißt du. Rudolf wäre die deutsche Variante.«

Wir fuhren im Schritttempo aus dem Kanal zurück in Richtung Langer See, als MotorMän aufstand, sein Polohemd auszog und seine Muskeln anspannte. Einfach so. Er hatte keine besonders starken Arme und Schultern, dennoch waren die einzelnen Muskeln genau definiert. Ich betrachtete seine Tattoos. Das, was ich für einen Adler gehalten hatte, war das Konterfei eines nordamerikanischen Indigenen, eines Häuptlings mit Federschmuck. Seine Augen waren verengt, seine Mundwinkel tief nach unten gezogen.

»Das ist Sitting Bull«, sagte er.

»Ich weiß«, sagte ich, auch wenn es nicht stimmte.

»Sitting Bull ist ein Gott. Er hat den Weißen widerstanden. Und so widerstehen wir den asiatischen und afrikanischen Horden. Und auch wir werden irgendwann unterliegen und abgeschlachtet. Wenn wir uns ihnen nicht entgegenstellen. So wahr ich hier stehe. What killed the Indians? They couldn't stop immigration.« Er grinste und ich sah seine gebleichten Zahnreihen.

Ich war kein Mann. Ich war weniger als eine Maus. Ich war Wasser, durch das jemand Wellen schickte. Zusammen mit dem Alkohol fühlte ich eine bodenlose Schwäche. Es kostete mich Anstrengung, meine Erschöpfung zu kaschieren. Motor-

Män redete irgendetwas vom Krieg gegen die US Army, von Immigration, von Pocken, von Feuerwasser, Glasperlen, von Bill Gates und BioNTech. Keine Ahnung, wie er die Übergänge hinbekam. Er hielt mir noch ein Bier hin. Ich hatte Angst, aus dem Boot zu fallen, und sagte: »Ne.«

»Los, nimm!«

Und dann nahm ich es. Ich saß auf der Kante des Boots, musste mich festhalten, wankte. Aber ich wollte mir nichts anmerken lassen. Und immer, wenn ich mich zu MotorMän drehte und sah, wie zackig er auf den Polstern saß, hatte ich das Gefühl, dass ich aufpassen musste. Wenn ich sagen würde: *Oh, bin ich betrunken*, würde er diese Äußerung zum Anlass nehmen, mich zu beleidigen oder zu schlagen. Eigenartige Gedanken, extreme Gedanken, aber genau das dachte ich, als ich dort auf der Seite des Boots saß.

»Du bist schlau. Das sehe ich. Du bist der geborene Ganove. Wir brauchen auch Leute wie dich. Aber du bist zu schwach.«

Wieder lief mir ein kalter Schauer über den Rücken. Plötzlich griff er Eckis Hand und zog den Gashebel zurück.

»Du könntest ein guter, starker Deutscher sein. Du warst mal stark, stimmt's? Du hast einen korrekten Vater. Ich kenne ihn. Da kiekste, wa? Er war mein Lehrer auf dem Gymi in Tempelhof. Nur den falschen Ideen hat er nachgehangen. Hab ich nie kapiert.« Er starrte mich an. »Jetzt geht's zur Feuerschale. Und du kommst mit. Und dann erzählst du uns, was das für Typen da auf diesem schwulen Pott sind. Ponzo! Los, Ecki. Dawai, dawai!« Und Ecki holte alles aus dem Dreihundert-PS-Motor heraus.

41

Zehn oder zwanzig Minuten später kamen wir zum Neudorfer See. Meinen Wunsch, zurück zum Floß gebracht zu werden, hatten sie ignoriert, oder hatte ich ihn nicht vehement genug vorgebracht? Hatte ich ihn überhaupt geäußert? Und was war mit den astreinen Stellen für die nächste Saison? Ecki legte an einem Steg an. MotorMän stolperte, fing sich aber wieder. Ecki band das Boot mit einem Doppelknoten fest. Ich sagte nichts.

In dem Moment, in dem wir eine weitläufige Wiese betraten, die sich zwischen dem Ufer und einer zweigeschossigen Gründerzeitvilla erstreckte und auf der ungefähr sechzig oder siebzig Menschen versammelt waren und in einzelnen Grüppchen auffällig eng beieinanderstanden, auch ein paar Kinder, entschied ich, diese Veranstaltung sofort zu verlassen. Ich würde trampen müssen, es war ein ewig weiter Weg zurück zum Fernower See. Doch das war mir egal.

Ecki und MotorMän hatten sich unter die Leute gemischt. Ich lief am Rand der Wiese über das Grundstück. Kurz bevor ich das Haus erreichte, drehte ich mich noch mal um und sah auf der gegenüberliegenden Seite der Terrasse einen Bierwagen, wie er bei Volksfesten üblich ist. Ein schlaff herunterhängendes Transparent verdeckte den Schriftzug einer Brauerei. Darauf stand in großen Lettern *Familie – Arbeit – Tradition.* Eine junge Frau mit einer weißen Schürze schenkte Bier in Gläser. Bezahlen musste man anscheinend nicht. Von dort kam Musik. Genesis, *I can't dance.* Ein paar Männer und Frauen sammelten sich um die Stehtische und rauchten. Und dann sah ich das großformatige, schwarz umrahmte Foto eines Mannes, davor lag ein Kranz mit roten und weißen Blumen. Offensichtlich in Erinnerung an das Opfer des Anschlags.

Das Grundstück war weitläufig. Alte, sehr große Buchen, Erlen und Eichen standen dort, aber die grau gepflasterten Flächen am Haus ließen alles kalt und technisch wirken. Eine Feuerschale war nicht zu sehen. Ich ging an der Villa vorbei, neben der auf einer niedrigen Mauer ungefähr dreißig oder vierzig Männer eng beieinandersaßen. Alle hatten Teller auf den Knien und Bierflaschen auf dem Boden zwischen ihren Füßen stehen. Sie schienen bester Dinge zu sein, und während ich an ihnen vorbei zur Auffahrt lief, wo etliche Autos standen, dachte ich, dass es sich um Erntehelfer aus Osteuropa handeln musste.

»Ey, Huckleberry Finn! Warte!«

Ich drehte mich um, es war MotorMän, der aus dem Haus kam, die pseudo-feudalen Treppen hinabstieg und kurz darauf mit einem Teller und einem Glas Bier vor mir stand. Er trug jetzt ein schwarzes Polohemd und wirkte, als hätte er geduscht oder sich frischgemacht, dabei waren kaum drei Minuten vergangen, seitdem wir am Steg angelegt hatten. Hatte er gekokst? Betrunken wirkte er nicht mehr.

»Hab dich auf dem Boot ganz schön vollgelabert. Ist nicht meine Art. Aber ich mag dich, da öffnet man sich eben.« Er schaute mich an und hielt mir den Teller mit dem Steak und das Glas Bier hin. »Für dich, Meister.«

Ich nahm es und wir setzten uns auf eine Bank unter einer Buche, die direkt neben den Parkplätzen stand. Ich begann sofort zu essen.

»Wolltest mir doch noch erzählen von der Ponzo.« Er lehnte

sich zurück. »Was sind das für welche, mit denen du dich da triffst? So ein Kahn kostet locker 'ne Million.« Und weil ich nicht reagierte, sondern aß, fuhr er fort: »Es geht am Ende nur ums Geld. Und um Macht und Einfluss. Auch beim Kampf rechts gegen links. Die meisten kapieren das nicht. Die meisten Rechten sind so dumm, dass ich kotzen muss. Wir könnten längst den ganzen Laden übernommen haben. Los, erzähl mir von diesem fetten Schiff. Was wollen die hier?« Er griff mich an der Schulter. »Kümmert der sich um seine Leute?«

»Naja, da ist bald ein Fest. Die überlegen, dich auch einzuladen. Das sind großzügige, kluge Menschen«, sagte ich mit vollem Mund und stand auf. Teller und Glas waren leer.

Er saß mit offenem Mund da. »Bestell denen einen schönen Gruß von mir, von Illmer«, sagte er laut, wie um seine Fassung zurückzugewinnen. »Ich würde die gerne kennenlernen. Aber ich will auch Ludgers Sohn, diesen Bastard, sehen, um ihn zu fragen, ob er mich töten wollte.«

Seine Muskeln spannten sich an, sein Kiefer schob sich vor.

»Es gab einen Anschlag. Auf mich. Das weißt du. Davon hat jeder gehört. Aber es hat einen anderen getroffen, nämlich den Gregor. Ich verleihe das Boot öfter mal. Daran wird sich nichts ändern. Der Sprengsatz hat Gregor den ganzen Pelz verbrannt und ihm die Leber und die Nieren aus dem Bauch gerissen. Er war nicht sofort tot. Nicht sofort. Hat sich nicht so lecker angehört, sein Schreien. Sah nicht mehr so lecker aus, der Mann.« Er schüttelte den Kopf, dann starrte er mich an.

»Hab ihn gefunden. Er war schon achtzig. Seine Leber war eh im Arsch. Trotzdem schade um ihn. Er war ein alter Kämpfer, einer von uns, er hatte noch was vor. Ich frage mich, ob dein kleiner Freund, diese Missgeburt, was damit zu tun hat. Ich will wissen, wer versucht hat, mich umzubringen! Und du wirst mir helfen.«

Er schaute mich frontal an und legte seine Hand wieder auf meine Schulter, halb auf meinen Hals.

»Warst du es?« Er lachte und kam mir dabei vor wie ein Wahnsinniger, so instinktsicher und gleichzeitig so wirr, dass er jede Lüge auf hundert Meter roch und trotzdem nicht erkannte.

»Nein.«

»War es Birk? Diese Schwuchtel? Der hat ein Alibi, das weiß ich, aber ich glaube ihm nicht. Ist ein Kiffer.«

»Nein«, sagte ich. »Garantiert nicht.«

»Ich mag dich. Mit dir kann man reden.« Er zog seine Hand wieder weg. »Du hast deinen eigenen Kopf, das sehe ich. Wie dein Vater damals.« Er tippte mir grob gegen den Kopf. »Und ich will, dass du auf unserer Seite stehst. Du bist ein Indianer. Das sehe ich. Die meisten Deutschen sind dumm und feige geworden. Es lohnt sich nicht mehr, für sie oder für dieses Land zu kämpfen. Es sei denn, man versklavt die Mehrheit. Sie geben ihr Land auf, ihre Identität, ihre Heimat, diese Idioten. Kein Polizist, kein Soldat, den ich kenne, würde noch freiwillig für dieses Land kämpfen.« Er klatschte sich mehrmals mit der flachen Hand auf die Brust.

»SITTING BUUUUUULL«, brüllte er und es hallte über den Parkplatz.

42

Die Leere und die Einsamkeit spielten früh und tagsüber keine Rolle. Wenn ich schwamm oder in den Himmel schaute, Wolken beobachtete, Musik hörte und Zigaretten rauchte, Bücher las und Kaffee kochte, war alles in Ordnung. Es waren die Abende, an denen sie mich bedrängten, vor allem die Nächte wurden zunehmend problematisch. Dann spürte ich, dass die Leere und das Verdrängte wie eine Säure in mich gesickert waren und mich immer wunder und empfindlicher machten.

Ich begann Selbstgespräche zu führen, begann zu singen und zu summen und zu pfeifen und immer wieder laut zu lesen. Abends, nie tagsüber, kam die Angst, dass ich nicht zurückfinden würde zu den anderen, zu Alissa, Solveigh, Marcus, in die *normale* Welt.

Ich beobachtete, wie ich trotz der einigermaßen funktionierenden Tage begann, mich abends immer merkwürdiger aufzuführen. Dass ich nackt auf dem Floß stand und Songs von Freddy Mercury sang, war noch das Harmloseste. *Damm-damm-damm-dadadamm-damm! Under pressure!* Einmal öffnete ich mitten in der Nacht die Flasche Champagner, die ich für die zweite Floßtaufe gekauft hatte, die ich mit Alissa vollziehen wollte, trank drei Schlucke und schüttete den Rest in den See, was überhaupt keinen Sinn ergab. Einmal hatte ich das Bedürfnis, mir die Fingernägel zu schneiden, um *in Form* zu sein. Aber weil ich das Taschenmesser mit der Schere nicht finden konnte, wurde ich wütend und schwamm mitten in der Nacht so lange um das Floß herum, bis ich mich beruhigt hatte.

Ein andermal sprang ich vom Dach des Floßes kopfüber ins dunkle Wasser, ohne die Arme vorzustrecken. Einmal wollte ich, getrieben von Heißhunger, zur Tankstelle, brach den Trip aber nach hundert Metern ab, weil mir einfiel, dass ich Ecki begegnen könnte. Einmal hielt ich den Kopf unter Wasser, um zu lauschen, ob der See einen eigenen Klang hatte. Das musste es ja genauso geben wie die Walgesänge. Das Einzige, das ich deutlich hörte, war das Rauschen der Autobahn.

Noch eigenartiger und verwirrender war, dass ich das Bedürfnis hatte, Verrenkungen zu machen. Ich ließ zum Beispiel meine Arme sich durch die Luft schlängeln, irgendwie tat das gut. Einmal betete ich wie ein Muslim, einfach nur, um diese Bewegungen nachzuvollziehen. Ein andermal bewegte ich den Kopf wie ein gefangenes Tier, das in einen zu kleinen Käfig gesperrt war.

Einmal hörte ich mich kichern, weil ich das Wort *raffiniert*, das mir im Zusammenhang mit Maike eingefallen war, plötzlich lustig fand. Es folgten noch andere Wörter, die ich zerkaute und mir auf der Zunge zergehen ließ. Ist Not nötig? Ist der Wicht wichtig? Spätestens hier wurde mir klar, dass mein Zustand bedenklich wurde. Es war, als sei da ein Dämon in mir, der mich tagsüber beobachtete – kaltblütig und gelangweilt – und sich in einem Versteck verborgen hielt, bis er abends herauskam, um durch seine Kapriolen diese halbwegs strukturierten, aber eigentlich leeren Tage zu zerstören und lächerlich zu machen. Ein Dämon, der in meinen Körper schlüpfte, sich in meine Haut wie in einen zu engen Anzug hineinquetschte, um Tänze aufzuführen.

Es gab auch Momente, in denen ich begann, Pläne zu schmieden, zum Beispiel wie ich mit dem Floß über Lahne, Spree und Havel zur Elbe gelangen konnte und so bis zum Meer. Oder wie ich zu Alissa nach Frankfurt ziehen würde. Oder wie ich mich für eine Reportage über einen Klimaaktivisten in ein kleines Dorf auf Sizilien zurückzog. Ich dachte auch intensiv darüber nach, wie ich mein Floß zu einem Hausboot umbauen könnte. Ich kam schließlich auf die Idee, dass es mir helfen würde, eine neue Liste anzufertigen, auf die ich alle relevanten Fragen schreiben wollte. Aber ich tat es nicht.

Dann fiel mir die laminierte Liste wieder in die Hände. Ich verfiel der Idee, dass ich erst alles abhaken und erledigen musste, bevor ich Alissa begegnen durfte. Mehrere Punkte waren noch offen. Sollte ich es mir einfach machen und ein einzeiliges Gedicht auswendig lernen? Am Rand des Sees hinabtauchen, wo er nur wenige Meter tief war? Der Gedanke an das Tauchen zum Grund verselbständigte sich. Und dann kam diese furchtbare Nacht mit den Teenagern. Sie wollten mich vermutlich erschrecken. Oder bedrohen? Sie warfen einen großen Ast, der auf mein Floß krachte. Dann eine Bierflasche. Sie grölten. Ich wehrte mich, indem ich vom Floß sprang, durchs Wasser rannte und wie ein Wahnsinniger brüllend in den Wald stürzte. So vertrieb ich sie, aber danach war ich einfach nur unvorstellbar erschöpft.

43

Ich erkannte Magda vor allem deshalb nicht, weil sie sich die Haare kurz geschnitten hatte. Nicht so kurz wie Jean Seberg in *À bout de souffle*, aber fast. Sie winkte. Birk paddelte vorne, während Magda hinten saß, wo damals Jost gesessen und geangelt hatte. In dem langen weißen Kajak. Magda strahlte über das ganze Gesicht, das sah ich schon aus der Entfernung. Aber ich spürte ab dem Moment, in dem ich sie schließlich erkannt hatte, dass ich nicht offen war, dass ich verkrampft und verhärtet war, nicht nur im körperlichen, sondern in einem umfassenden Sinn. Ich war nicht in der Stimmung für Besuch. Hatte auch schon etwas getrunken.

»Hallo«, rief ich, aber meine Stimme war eingerostet. Vor jedem Wort musste ich einen Widerstand überwinden.

Sie waren noch nicht mal aus dem Kajak auf das Floß gestiegen, als Magdas Lächeln verblasste und ihre Ausgelassenheit verschwand.

»Rio! Was ist denn mit deinen Füßen passiert?«

Was sollte ich erwidern? Das viele Barfußlaufen auf den ungeschliffenen, verwitterten Planken, das viele Waten im seichten Wasser, überhaupt das viele Draußensein und die Sonneneinstrahlung hatten bewirkt, dass sich auf meinen Fußsohlen eine dicke Hornhaut gebildet hatte. Das war nicht weiter verwunderlich. Problematisch war nur, dass die Hornhaut so spröde geworden war, dass sie an verschiedenen Stellen aufriss, und aus diesen Rissen blutete es.

Aus diesem Grund musste ich meine Füße jeden Tag waschen und die Einrisse desinfizieren. (Ich konnte die Hornhaut nicht entfernen, weil ich das entsprechende Instrument nicht dabeihatte.) Anschließend musste ich sie eincremen und zum Schutz Socken anziehen. Aber ich hatte eine Aversion gegen Socken auf dem Floß, und eine noch größere, damit in Jesus-Latschen zu schlüpfen. Auf ein Mindestmaß an Würde wollte ich nicht verzichten.

»Hi, wie geht's? Coole Stelle. So schön geschützt«, sagte Birk und blickte sich in der Bucht zwischen den umgestürzten Bäumen um.

Ich war kurz zuvor schwimmen gewesen und hatte mit der verhassten Fußpflegeprozedur noch nicht begonnen. Magda sah angewidert aus. Ich fühlte die Scham, in den Augen eines kultivierten Menschen verwahrlost zu erscheinen. Ich schaute Birk an und versuchte zu lächeln.

»Lad dein Handy gleich mal auf. Ich muss das Teil nachher wieder mitnehmen. Gehört Johanna. Und sag, wenn du noch was anderes brauchst.« Birk drückte mir eine Powerbank in die Hand und ich merkte, dass ich ihm dankbar sein wollte, aber ich konnte diese Dankbarkeit nicht fühlen, geschweige denn zeigen.

»Kann ich gut gebrauchen.«

Jedes Wort, das ich sprach, klang brüchig und unsicher. Jeder Satz, den ich in der folgenden Stunde von mir gab, blieb einsam und verloren zwischen uns hängen. Ich hörte die Worte, die wir sprachen, aber alle verhungerten. Schon in den allerkleinsten Gesprächspausen verfiel ich in Grübeleien. Wir kannten uns doch eigentlich gar nicht. Birk, Magda; das war alles oberflächlich. Das sind Fremde. Ihre Füße sahen aus wie in Milch und Honig gebadet.

»Und Jost?«, fragte ich.

»Auf der Ponceau geblieben«, sagte Magda.

Wieder kam es zu einer längeren Pause, dann grinste Birk und griff erneut in den Beutel, aus dem er auch die Powerbank herausgeholt hatte. Er hielt den Stoffbeutel so, dass ich nicht sehen konnte, was sich darin befand. Wie ein Weihnachtsmann, dachte ich. Er gab mir eine Dose Erdnüsse.

Ich musste lachen. Er wusste, dass ich Erdnüsse schon nach der ersten Woche auf dem Floß nicht mehr sehen konnte. Ich hatte zu viele davon gegessen. Aber mein Lachen löste die Stimmung nur für einen Augenblick. Ehrlich gesagt fand ich Birks Scherz nicht lustig. Er hätte besser zu Magda gepasst. Im Gegenzug gab ich ihm eine Zitrone, die er in die Luft warf und auffing.

Umgekehrt hatte ich nicht damit gerechnet, dass Magda auf meine nächste Frage so sensibel reagieren würde.

»Und Josts Geburtstag? Wie ist da der Stand der Dinge?«

Birk senkte den Kopf.

»Ist schwierig«, sagte Magda nörgelnd und gereizt, »ist erst mal gecancelt.«

»Was?«

»Wir hatten recht, Rio. Du und ich«, sagte sie mit einer indifferenten Stimme und berichtete, dass Jost einen seiner Bekannten ausgeladen hatte, um dafür jemanden aus Ranitz oder Bridow teilnehmen zu lassen. Darüber hatte der Bekannte, der das akzeptierte und es einleuchtend fand, mit einem Freund gesprochen, dessen Sohn an ein Foto der Ponceau gekommen war und nichts Besseres zu tun hatte, als zu twittern: *#reichweißschlau #Ahoi! Die reichen weißen Kaffeeplantagenbesitzer erklären Brandenburg die Welt.*

Magda schaute mit zusammengekniffenen Augen in die Ferne. »Danach haben x Leute abgesagt. Was irgendwie nachvollziehbar ist. Es ist ja auch was dran. Unser Boot ist kein neutraler Ort. Manche sind davon eingeschüchtert. Trotzdem tut es weh. Auch mir. Weißer Mensch mit Geld – bin ich das? Bin ich ein weißer Mensch mit Geld? Eine Plantagenbesitzerin? Ja, kann man so sehen. Ich sitze im selben Boot wie Jost, der sich nicht davon abbringen lässt. Aber das hat mich getroffen. Ich hab Lust, mich erst mal anderen Dingen zuzuwenden.« Sie schaute zuerst Birk, dann mich an. »Vielleicht baue ich mir ja auch ein Floß, Rio, genau wie du.«

Ich nickte. »Und wie steht Jost dazu? Wie geht es ihm?«

Birk stand auf. »Hier hängt er ja immer noch. Hast du den gar nicht gesehen?«

Er nahm einen kleinen Zettel, der auf einen Nagel am hinteren Pfosten gespießt war. Ich sah ihn zum ersten Mal.

»Was ist das?« Selbst mir kam meine Überraschung gespielt vor, obwohl sie authentisch war.

»Hast du den Zettel nicht gesehen? Ich war vor ein paar Tagen hier.« Birk reichte mir den Fetzen Papier. »Du hattest irgendwann mal erwähnt, dass du vielleicht hierhergehst. Hab dein Floß sofort entdeckt. Hab auch Blutspuren gesehen. Aber nur ein paar große Tropfen.«

Ich starrte auf den Zettel und erkannte Birks Handschrift: *Lebst du noch? Hast du aufgeräumt? Wieso das denn? Glückwunsch zur Floßerweiterung! Grüße. bi.*

Ich wusste nicht, was ich dazu sagen sollte, und stand auf, woraufhin das Floß heftig schwankte. Die Wellen, die ich dadurch verursachte, platschten gegen die blauen Tonnen und gegen ihr Kajak. Wir waren zu dritt auf dem Floß und es lag deutlich tiefer im Wasser als sonst, die Wellen schwappten fast über die Planken.

»Wollt ihr einen Kaffee?«

»Ja«, sagte Magda, »beste Idee bis jetzt.« Aber schon während ich das gefragt hatte, fiel mir ein, dass ich keinen Kaffee mehr hatte. Vor meinem inneren Auge sah ich das auf der Wasseroberfläche treibende schwarze Pulver. Ich hatte die Packung einen Tag zuvor aus Versehen in den See gestoßen.

Das blieb nicht der einzige Moment, in dem ich sah, dass Magda enttäuscht war. Ich wollte sie auch nicht nerven mit Erklärungen. Ich schwieg, hielt das Schweigen aber nicht aus. Ich hoffte, dass sie spürten, dass ich mich freute und dass wir liebe Freunde geworden waren in den vorangegangenen Wochen, *liebe Freunde* ... Ich dachte tatsächlich diese altbacken-sentimentale Phrase. Als sich Magda wegdrehte, weil sie niesen musste, sah ich, dass in ihren Haaren auf dem Hinterkopf ein kleiner Zweig und an ihrem Kragen kleine Blätter hingen. Das war untypisch für sie. Sie würde sich niemals einfach so ans Ufer legen. Das Zeug konnte von einem Baum herabgefallen sein, aber jetzt sah ich auch auf Birks Hose ein kleines Blatt.

»Du hast da einen Zweig im Haar«, sagte ich, woraufhin Magda erschrocken in ihr Haar griff, laut auflachte und gleich wieder verstummte. Birk sagte gar nichts mehr. Er schaute mich an, als würde er mich nicht wirklich erkennen. Ich traute mich nicht, ihn darauf anzusprechen. Es gab auch keine Gelegenheit dazu. Nur einmal sprang der Funke in dieser ersten Stunde ihres Besuchs über. Ich hatte mich nach Ludger erkundigt. Genauso verkrampft und bemüht, wie ich mich nach allem anderen erkundigt hatte. Magda sagte daraufhin, dass ich dreimal raten dürfe, an welcher Krankheit er litt. An ihrem Blick sah ich, dass es sich um irgendetwas Bizarres und ganz Außergewöhnliches handeln musste. Ich zählte drei psychische Leiden auf, ohne auf Birks Gefühle Rücksicht zu nehmen, was Magda in ihrem anekdotischen Eifer sehr lustig zu finden schien. Schließlich sagte sie: »Er hat Malaria gekriegt.«

Als ich mich zur Seite beugte, um eine Teetasse auszuschütten – auch das war eine verkrampfte Bewegung, warum schüttete ich den Rest nicht wie sonst schwungvoll in hohem Bogen in den See? –, fragte Magda: »Was ist das für eine Verletzung auf deinem Kopf? Kam daher das Blut? Ist da auch die Hornhaut aufgeplatzt?«

»Hab mich gestoßen.«

»Wobei?« Magda schlug einen ernsten Tonfall an. Sie merkte, dass etwas nicht stimmte. »Los, sag schon!« Sie wurde noch härter. »Erzähl uns keinen Quark!«

»Hier an einer Kante.«

»Du lügst.«

Ich musste lachen und nickte. Sie schaute mich durchdringend an.

»Uns entgeht nichts«, sagte sie, »merk dir das. Wir verstehen alles. Wir sind Menschenfresser. Und wenn du noch einmal abhaust, ohne Bescheid zu sagen, dann zerschneide ich alle deine vier Tonnen. Niemand ghostet mich, Rio! Verstanden! Eine Textnachricht ist das Mindeste. Wir sind Freunde«, und sie beugte sich vor und griff mein Kinn. Ich sah ihr perfektes, ebenmäßiges Gesicht mit den blauen, klugen, radikalen Augen.

Plötzlich stand Birk auf und sagte: »Naja.«

44

Sie sollten noch nicht gehen, sie sollten bleiben, bis sich die Stimmung entkrampft hatte, aber sie saßen schon halb im Kajak. Tränen schossen mir in die Augen, aber ich konnte sie verbergen. Ich riss mich zusammen. Nichts kam mir in diesem

Moment lächerlicher vor als meine Pseudo-Stärke, mein Pseudo-Abenteuer, nichts folgerichtiger als mein Niedergang auf dem Fernower See.

Magda stand mir gegenüber. Sie hatte ihre Jacke mit dem Stierkopf aus dem Kajak geholt und schaute mich enttäuscht an.

»Wollen wir uns jetzt die Hand geben? Du wirkst nicht so, als würdest du mich umarmen wollen. Bist du überhaupt noch Rio? Was ist aus dir geworden. Schau mal in den Spiegel.«

Plötzlich hatte ich das Gefühl, dass sie mir eine Ohrfeige geben wollte, aber dann machte ich einen Schritt auf sie zu, sodass das Floß schwankte und Magda aus dem Gleichgewicht kam. Im nächsten Augenblick schubste ich sie ins Wasser. Das kam sehr überraschend, auch für mich selbst. Birk, der neben dem Kajak hockte, riss die Augen auf und grunzte.

»Alter! Rio, was soll das?«

Dann schubste ich auch ihn ins Wasser.

»Na warte, du Schwein«, schrie Magda und kletterte zurück aufs Floß. Kurz musste ich an den Kampf mit Vau denken. Nur dass ich viel stärker war als Magda, ich war doppelt oder dreimal so stark. Sie war schlank und zu leicht, sie hatte keine Chance. Aber ich hatte kein Recht, sie zu besiegen, ich hatte nicht mal ein Recht, mit ihr zu kämpfen.

»Ich kann Judo. Mit dir werde ich mit links fertig, Rio!«, schrie Magda und drückte meinen Kopf nach unten, riss mir die Beine weg und wir fielen zusammen in den See. Dort umschlang ich ihren Oberkörper und schleuderte sie zur Seite. Aber da stand sie schon wieder auf, griff mich von hinten an den Armen und drückte mich unter Wasser. Als ich prustend auftauchte, standen Magda und Birk vor mir und schaufelten wie wild Wasser in meine Richtung.

45

»Ist euch aufgefallen, wie sauber das Wasser hier ist?«

Wir lagen nebeneinander auf den Planken, atmeten, ruhten uns aus, ließen die Weinflasche herumgehen, die Magda mitgebracht hatte. Der Dämon hatte mit uns getanzt, jetzt war es vorbei.

»Du bietest uns Schwimmen, klares Wasser und Wein. Das ist nicht nichts«, sagte Magda leise. Zitierte sie jemanden? Und wenn ja, wen? Beckett? Sie schaute mich an.

»Ich wollte euch noch erzählen«, begann ich, »woher die Verletzung auf meinem Kopf kommt. Ihr solltet noch nicht gehen. Ihr bekommt die Wahrheit und«, ich ließ eine Pause, »ich erzähl euch auch von MotorMän, von Illmer. Der war hier. Hab ihn kennengelernt.«

»Wirklich?« Magda schaute mich an. Ihr Blouson mit dem Stierkopf und ihre anderen Sachen hingen auf der Wäscheleine, sie trug eine kurze Hose und ein T-Shirt von mir.

»Nicht wirklich, Rio«, sagte Birk, der einen Joint baute.

»Okay. Ich hab nicht mit ihm geredet. Er hat eher mit mir geredet. Und es war alles noch etwas anders. Aber sagt mal: Ist wieder etwas passiert? Ich meine, gab es einen Sprengsatz hier in der Gegend oder eine dieser Explosionen in Berlin?«

»Was in Berlin ist, weiß ich nicht. Aber hier gab es was. Der Pick-up eines Mannes aus Priera wurde –«

»Ich will, ehrlich gesagt, gar nichts von diesem beknackten MotorMän wissen«, unterbrach Magda, »der interessiert mich nicht. Und noch weniger diese Anschläge und Zündeleien. Erzähl *du* uns mal lieber, was du hier machst und wie der Quatsch mit deinem Floß weitergehen soll. Bevor ich das nicht begriffen habe, gehe ich nicht, und ich kann ungemütlich werden, you know!« Sie richtete sich auf. Niemals, im ganzen Sommer nicht, war sie mir so nah wie in diesem Moment. Tränen stiegen in meine Augen. Ich schämte mich nicht, auch wenn ich begriff, dass ich mich ihrer schämen sollte. Es ergab Sinn, sich zusammenzureißen. Es ergab Sinn, nicht empfindsam, sentimental oder romantisch zu sein. Und dann kam sie, diese halbe Stunde, in der ich den beiden, die mich die ganze Zeit über fixierten und mir aufmerksam zuhörten, sagte, wie ich eigentlich leben wollte. Magda hatte mich das nicht direkt gefragt, Birk auch nicht, aber ich wusste, dass es um diese Frage ging. Es ging nicht darum, warum ich mich auf dem Fernower See verloren, mich in mir selbst verfangen hatte, es ging um mehr. Und da war plötzlich eine Instanz in mir, über die ich genauso wenig Kontrolle hatte wie über den Impuls, Magda ins Wasser zu stoßen. Eine Instanz, die dafür sorgte, dass ich nach vorne schaute, in die Zukunft, weit voraus, dass ich begriff – ganz konkret –, wie mein Leben weitergehen sollte, nicht in den nächsten Wochen und Monaten, sondern insgesamt. Ich selbst hatte am allerwenigsten damit gerechnet.

Ich sagte, dass ich auf einem dieser Seen, am liebsten auf dem Soliner See, bleiben wollte, dazu brauchte ich ein Hausboot, das ich irgendwo festmachen musste und das ich anmelden wollte. Herbst und Winter auf dem Floß zu verbringen, war keine Option. Ich wollte auch die Beziehung mit Alissa und unser Leben in der gemeinsamen Wohnung in Berlin nicht aufgeben. Ich wollte weiterhin mit ihr zusammen sein, das war klar. Ich wollte auch wieder als Fotograf arbeiten, jedoch nicht mehr als Fotoredakteur. Wollte ein Projekt starten, noch mal einen Film realisieren, an den Ansatz von *Ettore* anknüpfen. Etwas mit Substanz, etwas Wesentliches. Ich könnte auch ein kleines Studio in unserer Wohnung einrichten und die kleinen Formen wie Haikus oder Miniatur-Zeichnungen in das Medium der Fotografie überführen. Eine Idee, die Magda *brillant* fand. Aber wichtig war mir dabei – das wiederholte ich, wenn ich mich richtig erinnere –, dass ich den Großteil meiner Lebenszeit hier auf einem der Seen verbringen würde. Dazu musste ich mir zusätzlich einen Job suchen, einen einfachen Job, der nichts mit Fotografie zu tun haben sollte, der jedoch mein grundsätzliches Auskommen sicherte. Magda sagte: »Bread and butter.« Ich mochte simple Jobs. Abgesehen vom Geld brachten sie oft unerwartete Begegnungen und manchmal Inspiration. Dabei dachte ich an einen Job bei Ludger auf dem Biohof oder etwas Vergleichbares hier in der Gegend, sprach es aber nicht so konkret aus. Ich wollte in vielem anknüpfen an mein früheres Leben – nur eben anders. Ich wollte nicht mit allem brechen, natürlich nicht. Ich musste nicht alle Fäden zerschneiden, um frei zu sein. Birk nickte. »Das klingt nach einem Plan.« Dazu gehörte, dass ich ein Kind wollte, daran hatte sich nichts geändert, aber noch nicht jetzt. Alissa und ich sollten mit einem Kind noch warten. Ich brauchte noch Zeit. Aber das mit dem Kind, das weiß ich noch, erwähnte ich ihnen gegenüber nicht. Magda schaute mich ganz offen an und Birk sagte: »Habe ich doch immer gesagt. Die Zukunft der Menschheit liegt auf dem Wasser, deine Zukunft. Du bleibst!«

46

Während ich meine Sachen packte, während ich räumte und sortierte, liefen mir Tränen über das Gesicht. Ununterbrochen. Warme, nasse Tränen, die ihren Weg über meine Wangen fanden, mich im Bart kitzelten und irgendwie auch wärmten. Warme, gute Tränen. Keine Verzweiflung. Kein Selbstmitleid. Alissa wollte ich es alles genau so sagen, wie ich es auch Magda und Birk gesagt hatte. Sie wollte am dreizehnten August kommen, das war in ungefähr anderthalb Wochen. Ich hatte einen Plan. Der Blick war frei. Weit hinaus bis zum Horizont. Ich war sicher, dass diese Vorhaben länger halten würden als ein, zwei Monate, als ein, zwei Jahre. Es waren ja erreichbare Dinge. Kein Hokuspokus, wenig Wunschdenken, viel Realität.

Die Zeit auf dem Fernower See war nicht verschwendet gewesen. Ich hatte auch das Gefühl, dass meine Wunde auf dem Kopf über Nacht endgültig verheilt war. Der Schorf war verschwunden. Die Haut darunter rosig und neu.

Ich saß auf den Planken und rauchte. Hatte alles aufgeräumt und eingepackt, und es war ein ähnlich klarer Moment wie am Anfang auf dem Fernower See, als ich Tabula rasa gemacht hatte. Das Floß war wieder leer, und während ich auf die gegenüberliegende Seite des Sees schaute, in den Himmel und auf die Wellen, entschied ich, zum Grund des Sees hinabzutauchen. Nicht in der Mitte des Sees, nicht dort, wo er vierzehn Meter tief war, sondern am Rand. Es ging nicht um einen Rekord, es ging mir einzig und allein darum, die Zeit auf dem Fernower See abzuschließen. Wenn ich den Grund mit einer Hand berührt hatte, konnte ich weiterziehen.

Ungefähr fünfzehn Meter vom Ufer entfernt, wo ich mit meinem selbstgebauten Lot feststellte, dass der See nur vier Meter tief war, tauchte ich hinab. Es gelang mir mühelos. Ich versenkte meine Hand tief im Schlick, der den Boden des Sees dort bedeckte, und tauchte unversehrt wieder auf. Als ich oben angekommen war, mich abgetrocknet und mir ein großes Glas Wasser eingegossen hatte, von dem Hausboot geträumt hatte und einem neuen Projekt, einem eigenen Studio bei uns in der Wohnung, kleinen Formen, einem neuen Film, hatte ich das Gefühl, dass alles gut war, dass alles gut sein würde – auch mit Alissa. Und genau in diesem Moment kamen die Textnachrichten. Sicher ging es um ihre Anreise, dachte ich. Nebensächliche Dinge, um die ich mich normalerweise in letzter Minute kümmerte, Alissa aber oft schon eine Woche vorher. Es würde kein Problem für sie sein, von der S-Bahn-Station mit dem Bus nach Zernzig zu fahren und sich von meiner Tante ein Rad zu leihen, um hierherzukommen und die letzten hundert Meter durchs Unterholz in meine Bucht zu laufen. Aber eine Minute genügte, um alles zu verändern. Die Welt auf den Kopf zu stellen. Es genügte eine SMS, ein Atemzug, ein Handzeichen.

Alissas erste Textnachricht traf um 17:31 Uhr ein. Ich weiß es noch genau, weil ich sie auf dem Weg zur Raststätte und auf der Autobahn ungefähr hundertmal angeschaut habe. Alissa schrieb mehrere lange Textnachrichten, die überquollen von merkwürdigen Worten und Schreibfehlern. In ihrer Wut hatte sie anscheinend wie wild getippt, woraufhin das Handy seine hilflosen Versuche startete, die Bruchstücke zu interpretieren.

Trotz all der Fehler entnahm ich der Nachricht, dass sich Frau Matusek, unsere Vermieterin, bei ihr in Frankfurt gemeldet und ihr mitgeteilt hatte, dass unser Mietvertrag fristlos gekündigt sei. Die Hausverwaltung habe in Erfahrung gebracht, dass wir die Wohnung untervermietet hatten, was illegal war. Ein Brief läge schon seit drei Wochen in unserem Briefkasten, sodass die Widerspruchsfrist, die uns darin noch eingeräumt worden war, endgültig abgelaufen sei. Aus jeder Zeile, aus jedem Tippfehler, aus jedem Satzzeichen las ich, dass Alissa außer sich vor Zorn und Verzweiflung war.

Ein Brief?, dachte ich. Leiteten Xavi und Eduard die Post nicht mehr an Alissa weiter? Ich las Alissas Nachrichten x-mal und raffte mich dann auf, packte ein paar Sachen zusammen, sprang ans Ufer und rannte in Richtung Groß Forstau. Ich war nassgeschwitzt und außer Atem, als ich auf dem Waldweg ankam, wo ich verlässlich Empfang hatte. Wieder versuchte ich Alissa anzurufen, aber ich kam nicht durch, hörte dann endlich das Freizeichen, aber sie nahm nicht ab. Die Mailbox ging an, doch es kam mir nicht ratsam vor, etwas draufzusprechen. Innerhalb der nächsten Stunde versuchte ich es fünfzehn Mal und entschied, noch an diesem Abend zu ihr nach Frankfurt zu trampen. Ich musste sie sprechen, ich musste mit ihr reden, musste sie sehen.

Anderthalb Stunden später stand ich an derselben Raststätte, an die mich ein paar Wochen zuvor der Heißhunger getrieben hatte, und sprach Autofahrer an. Alle lehnten ab. Ich begann, an die Türen der Trucks zu klopfen, aber niemand reagierte, bis ein Mann, der seine Maschine gerade gestartet hatte und nach Nürnberg wollte, einwilligte, mich mitzunehmen. Er sprach nur Polnisch. Als wir auf die Autobahn fuhren, war es genau neun

Uhr. Ich starrte in die untergehende Sonne, die den Horizont über abgeernteten Feldern berührte. Ich starrte in diesen ovalen roten Ball, der Brandenburg ausdörrte. Das Sonnenblumenfeld darunter sah aus, als sei es verbrannt.

War das eine gute Idee, dass ich zu ihr fuhr? Wie sah ich überhaupt aus? Mitten in der Nacht würde ich in Frankfurt ankommen, wenn alles einigermaßen glattlief. Was sollte mein Besuch bewirken? Ich schaute zum Trucker, der reglos nach vorne auf den Asphalt blickte. Er schien in Gedanken zu sein. Ich bat ihn, mich bei der nächsten Gelegenheit rauszulassen, und mir wurde zu spät bewusst, dass ich ihn unbedingt hätte bitten sollen, mein Handy an seiner USB-Konsole aufzuladen.

Ich bedankte mich mit dem einzigen Wort in seiner Sprache, das ich kannte, woraufhin er mich anlächelte. Kurz darauf stand ich vor einer Sitzgruppe aus Beton. Wieder wählte ich ihre Nummer.

Diesmal nahm sie ab.

»Alissa?«

SCHWARZE UMRISSE

47

Die Wasseroberfläche wirkte, als sei sie aus Glas. Hart und unbeweglich. Lag es an der Hitze? So leblos war sie normalerweise nie. Nur als ich genau hinschaute, sah ich ein leichtes Zittern, als wäre das Glas eine dünne Haut zwischen Wasser und Luft, weder der einen noch der anderen Sphäre zugehörig.

Ein gutes Stück entfernt war die Stelle, an der ich in den ersten Wochen geankert hatte, dort lagen jetzt andere Boote. Nicht weit davon erkannte ich die Ponceau, die ich nicht gleich gesehen hatte, weil der Bug genau auf mich zeigte. Ich stach das Paddel ins Wasser und nahm wieder Fahrt auf.

Es war ein heißer Tag mit einem blassen, diesig-milchigen Himmel. Überall lagen bunte Hausboote und die kleineren, ausnahmslos weißen Sportboote. Der Soliner See war voll, aber da waren keine Schwimmer, keine Kanuten oder Stand-up-Paddler. Keine Stimmen, keine Musik. Alles lag da wie in einem Dornröschenschlaf. Weil das Glas sonst zerspringen und in sich zusammenfallen konnte? Oder weil alles bei der geringsten Störung durch ein riesiges Loch ins Nichts hinabstürzen würde? Nur einmal hörte ich den Schrei eines Kindes. Aber er klang seltsam unaufgeregt. So als spiele das Kind einen Schrei. Oder war das eine Warnung? Es war Mittag, ungefähr zwölf oder eins.

Als ich angekommen war, rief ich »Hallo« und paddelte einmal um das Schiff herum, machte mein Kajak fest und stieg auf das Badedeck. Ging über die Treppen auf das Oberdeck. »Magda? Jost? Seid ihr da?«

Auf dem Tisch stand eine der roten Tassen. Ansonsten war er leer. Magdas blauer Blouson mit dem Stierkopf lag auf dem Boden. Es war seltsam, er war zusammengelegt, aber ein Ärmel stand weit ab, so als zeigte er auf etwas. Ich hob ihn auf, wollte daran riechen, aber ich ließ es sein und legte ihn auf die Bank, dorthin, wo Magda normalerweise saß. Waren sie schwimmen? Die Stille war gespenstisch.

Ich lief auf die andere Seite der Ponceau, lehnte mich über die Reling und hielt von dort Ausschau. Die drückende Hitze zusammen mit der Stille hatte an diesem Tag nichts Großes oder Feierliches, anders als damals, als wir auf Ludger und Johanna gewartet hatten. Heute hatte sie etwas Surreales, war aufdringlich unaufdringlich und verwirrend, so als hätte die Natur entschieden, ohne den Menschen weiterzuleben. Sich endgültig zu trennen. Ich schaute in den Himmel, als könnten Magda und Jost dort sein, als könnte ich dort etwas Wesentliches entdecken. Und wenn Alissas Antlitz in diesem Moment riesenhaft als Wolke erschienen wäre, hätte ich mich nicht gewundert. Es hätte auch gefrorene Kirschen regnen können. Oder Handschuhe, Reißzwecken, Schatten. Schatten von Träumen. Ich musste an die Bilder des italienischen Malers Chirico denken und an die Fotografien von Minor White. Heute hatte alles schwarze Umrisse, so kam es mir vor.

Ich lief unter Deck und überlegte, ob ich duschen oder mich rasieren konnte. Das hatte ich dringend nötig. Vor ein paar Wochen hätte ich das ohne Bedenken gemacht, aber jetzt ließ ich es sein. Bei der Badezimmertür stehend sagte ich erneut »Hallo« in Richtung des Gangs, der zu ihrem Schlafzimmer führte, aber ich glaubte selbst nicht mehr, dass ich jemanden antreffen würde. Mein Blick fiel auf fünf oder sechs gestapelte Kartons Moët, von denen der oberste aufgerissen war, ohne dass eine Flasche fehlte. Ich lief zurück. Auf der Spüle, auf der noch nie etwas gestanden hatte, sah ich Geschirr. Auf einem Teller lagen Gräten. In einem Glas waren vertrocknete Weinreste. Ich hatte den Eindruck, dass es nach kaltem Zigarettenrauch roch oder nach verbrannten Kräutern.

Als ich einen Streifen Licht aus dem Kühlschrank dringen sah, ging ich hin und schloss ihn, öffnete ihn dann aber erneut. Ich berührte ein Glas mit Marmelade und hielt die Milchpackung an meine Wange. Die Dinge waren noch kühl, aber ich konnte es nicht einschätzen. Wer weiß, wie lange der Kühlschrank schon offen gestanden hatte. Ich nahm eine Flasche Whiskey aus dem Regal und trank einen Schluck. Endlich fiel mir ein, dass ich nachschauen sollte, ob ihre Kajaks da waren. Das lange, weiße war an seinem Platz. Aber eins der kleinen Kajaks fehlte. Ich beschloss zu warten.

Wie lange hatte ich über den See gestarrt? Das Wasser sah so aus, als könnte man hinüberlaufen. Vielleicht hatte Magda das Kajak genommen und Jost war neben ihr her über das Wasser spaziert. Unjesushaft. Ich stellte mir vor, wie ich das Gleiche tat und auf dem See herumlief, auf die anderen Boote stieg und mich umschaute, ohne etwas zu berühren, ohne etwas zu sagen, ohne sichtbar zu sein. Ich dachte an Kinder, Frauen, Männer, die eingeschlafen waren. Seerosen wuchsen und bildeten eine undurchdringliche Schicht, durch die niemand mehr gelangen würde. Die Menschen würden nie wieder erwachen. Niemand da, der sie vermissen würde.

Als ich etwas auf meinem Unterarm fühlte, erschrak ich. Ameisen! Drei oder vier. Auch auf dem Tisch sah ich welche. Hatten Jost und Magda während meiner Abwesenheit irgendwo angelegt? Wie waren die Tiere an Bord gekommen? Über ein Tau? Ich wischte die Ameisen von meinem Arm auf die Tischplatte und zerquetschte eine mit der Spitze meines Zeigefingers, woraufhin die anderen ihr Tempo erhöhten, und als ich eine zweite zerdrückte, liefen sie panisch durcheinander. Vor meinem inneren Auge sah ich, wie diese Insekten begannen, die Ponceau bis zur letzten Planke in Sägemehl zu verwandeln. In diesem Tagtraum erschienen sie mir wie die widerlichsten Tiere der Welt.

Als ich alle getötet hatte, blickte ich hinüber zur Insel. Ich hatte sie vermisst, auch wenn ich in diesem Sommer vor allem gegen die Kormorane, die ich eigentlich schön fand, eine Aversion entwickelt hatte. Auch von den Gänsen und Möwen war an diesem Tag nichts zu hören oder zu sehen. Ich beugte mich über die Reling und spuckte ins Wasser, nur um zu sehen, ob es sich noch bewegte, ob das alles überhaupt noch existierte oder nicht. Und die ganze Zeit musste ich an Alissa denken und an unser Telefonat neben der Autobahn, musste ich an all das denken, was ich vorgehabt hatte. Dass diese Pläne bis vor Kurzem noch real gewesen waren, nein, immer noch real waren, wollte nicht in mich hinein. Alles, was in meinem Kopf an Substanz gewesen war, schien nach dem Telefonat mit Alissa herausgelaufen zu sein. Ich hätte gerne geraucht und dazu eiskaltes Bier getrunken, vielleicht würde ich so aus dieser Stimmung herausfinden. Dann plötzlich hörte ich das Husten.

48

»Jost!« Warum zum Teufel hatte ich nicht im Schlafzimmer nachgeschaut? Er lag mit halb geöffneten Augen und freiem Oberkörper auf dem Bett, starrte vor sich hin und reagierte nicht auf mich. Ich sagte noch mal »Jost« und berührte ihn am Oberarm. Seine Haut war kühl. Ich sagte zum dritten Mal seinen Namen und so wachte er endlich auf und schaute mich an. Seine Augen lächelten.

»Rio! Wo kommst du denn her? Wie lange bist du schon hier?«

»Ich weiß nicht. Seit einer Stunde?« Es konnten zwanzig Minuten, es konnten auch zwei Stunden gewesen sein. Dieser Tag schien alles zu lähmen und zu verschlingen. Auch die Zeit.

»Wie spät ist es?«

»Ich schätze zwei oder drei.«

»Hast du mein Handy gesehen?« Jost drehte seinen Kopf in Richtung Wandschrank und tastete halbherzig ins Leere, bevor er sagte: »Hast du noch Leute eingeladen?«

»Wie meinst du das?« Ich wusste nicht, wovon er sprach.

»Hast du mir versprochen.« Mit einem Ruck raffte er sich auf und lehnte sich mit den Schultern gegen die Wand hinter dem Bett, sackte dann aber wieder in sich zusammen.

»Entschuldigung, Rio, ich schlaf ja noch. Mann, schön dich zu sehen! Seit wann bist du da?«

»Hab oben gewartet. Wusste nicht, dass du da bist. Wo ist Magda?«

Er musterte mich einen langen Moment und sagte: »Alles schwierig zurzeit.«

Ich hatte mich darauf gefreut, die beiden zu sehen. Sie hatten vermutlich Streit gehabt, dachte ich, das war nichts Ungewöhnliches.

»Es gab einige Absagen. Ich hab ehrlich gesagt auch ein paar Bedenken. Ich glaube, wir lassen es lieber sein, oder?«

Ich brauchte einen Moment, um zu begreifen, dass Jost von seinem Geburtstag sprach. Er schaute mich an, seine grauen Augen funkelten. Unvermittelt begann er zu erzählen, wie sehr ihn die Begegnung mit Ludger aufgewühlt, auch herausgefordert hatte, dass er Johanna jedoch auf Anhieb mochte und sie gerne am Dreizehnten dabeihätte.

»Aber eigentlich ist das doch eine gute Idee, oder, Rio? Der Salon ist doch … Das ergibt Sinn. Sag!«

Ich zögerte, dachte an Alissa und sagte: »Ja, mittlerweile denke ich das auch, dass es Sinn machen könnte, aber wer will denn überhaupt noch …?«

Jost unterbrach mich mitten im Satz. »Stimmt es, dass sein Vater, ich meine Ludger, Malaria hatte?«

»Ja. Warum sollte es nicht stimmen, wäre doch möglich.«

»Rio! Malaria! Weißt du, was das bedeutet?«

»Wundert mich nicht, bei den milden Wintern«, sagte ich. »Jetzt haben wir nicht nur Wölfe in Brandenburg, sondern auch Mücken, die Malaria übertragen.«

»Du hast recht. Es ist auch nicht so verrückt. Es gab in Sachsen-Anhalt ja auch schon Fälle vom West-Nil-Fieber. Und hast du das gehört mit der Entdeckung einer neuen Fischart in der

Lahne? Die wurde jetzt zum ersten Mal beschrieben. Noch nie hat sich so viel auf der Erde verändert. Aber das ist Quatsch, es hat sich ja immer so viel verändert, denk mal an die Erfindung des Buchdrucks.«

»Oder die erste Fußballweltmeisterschaft im Winter«, sagte ich, aber mein Scherz war sinn- und witzlos. »Willst du ein Glas Wasser oder soll ich dir einen Kaffee machen?«, fragte ich ihn.

Er lachte laut auf. »Nett von dir, Rio. Aber an meine Pavoni«, und er sagte das mit einem albernen italienischen Akzent, »lasse isch niemande ran'e, die fasste niemande an. Hast du was von Birk gehört?«

Ich zuckte mit den Schultern. Josts Sprunghaftigkeit strengte mich an. Wirklich wach war ich an diesem Tag auch nicht geworden. Es war kein Tag zum Wachwerden, kein Tag für Geistesgegenwart.

»Nicht wirklich. Habe ihn nur einmal getroffen auf dem Fernower See, als er mit –«

»Weißt du, Rio, was das Verrückte an der Liebe ist? Die Liebe verbindet, sie schafft Energie und atemberaubendes Glück und Euphorie, monatelange Orgasmen. Man fickt sich das Hirn aus dem Schädel! 'tschuldige meine Ausdrucksweise. Aber so ist es doch. Du weißt das. Eine tiefe Verbindung und Einheit. Du hast Alissa. Aber was man vergisst, weißt du, was die Liebe auch ist? Hier«, er warf seine Arme von der einen auf die andere Seite, »hier ist das Glück. Aber dort«, er warf seine Arme zurück, »dort … Die Liebe bedeutet fast immer, dass ein anderer Mensch etwas verliert oder verloren hat. Und sei es die Mutter oder der Vater. Als meine Tochter ihren ersten Freund hatte, bin ich eingegangen wie eine Primel.« Er starrte mich an.

Ich musste an den Besuch von Magda und Birk auf dem Fernower See denken. An unseren Ringkampf, an Magdas kurzgeschnittene Haare, den kleinen Zweig in ihrem Haar und die Blätter auf ihrem Kragen. Aber ich war nicht geistesgegenwärtig genug, um eins und eins zusammenzuzählen.

»Dass ein anderer Mensch leidet und vereinsamt und rasend wird vor Eifersucht. Das ist Teil der Liebe. Das ist der Preis, der zu zahlen ist. Ich weiß nicht, ob Magda dir davon erzählt hat, aber bevor wir zusammengekommen sind, haben wir uns ein ganzes Jahr lang gesehen. Sie hatte einen Mann. Sie hat nicht sofort mit ihm Schluss gemacht, auch wenn sie mit der Kava-Story, so wie sie sie uns erzählt hat, auch nicht ganz falschliegt. Sie ist eine große Geschichtenerzählerin. Ich hoffe, du hast nicht geglaubt, dass dieser Joe nur ein Auge hatte, aber egal. Wir haben uns regelmäßig getroffen, während sie noch verheiratet war. Ich denke in letzter Zeit oft an diesen Mann. Er hieß David, er *heißt* David, er lebt ja bestimmt noch, warum sollte er gestorben sein?« Und als könnte er meine Gedanken lesen, fragte er: »Wie geht es Alissa?«

Es war ein schreckliches Gefühl, das mich von der einen auf die andere Sekunde wieder beherrschte. Die Geschwindigkeit der Wellen, die Bewegungen der Blätter an den Zweigen, die Geräusche des Windes, die Intensität der Sonne. Alles schien sich seit dem Telefonat verändert zu haben. Die Gefühle waren zu groß und unkontrollierbar.

»Lass uns später darüber sprechen«, sagte ich und stand auf.

»Warum nicht jetzt? Erzähl! Bleib hier!«

»Ich komme morgen zurück. Morgen Nachmittag kannst du mir deinen Zaubertrank mit der Pavoni machen. Dann erzähle ich dir alles.«

»Du kommst zurück? Auf den Soliner See?«

»Ja.«

Jost blickte mich an und nickte. »Das freut mich.« Dann fuhr er sich mit der Hand über den Kopf. »Du denkst also anders über den Salon? Dass es doch keine schlechte Idee ist?« Aber er erwartete keine Antwort, sondern schaute aus dem Bullauge neben seinem Bett. Dann schloss er die Augen, so als wollte er vergessen, dass ich noch anwesend war. Er schien an diesem Tag nur etwas aus sich herauslassen, nichts in sich aufnehmen zu können. Hatte er Fieber? Ich traute mich nicht, meine Hand auf seine Stirn zu legen. Dann sagte er leise: »Ziehst du bitte noch den Vorhang zu? Furchtbarer Tag heut. Ich hatte schon beim Aufwachen Kopfschmerzen, habe zwei oder drei Ibuprofen genommen. Rio. Zieh den Vorhang bitte ganz zu. Da rechts kommt noch Licht durch. Ja, so ist es gut. Wie viel Grad sind es da draußen? Vierzig?« Noch einmal riss er die Augen auf. »Du musst mir in der nächsten Zeit Gesellschaft leisten. Ich brauche dich. Bitte.«

49

Ein Problem an diesem Tag mit den schwarzen Umrissen war, dass es so hell war, dass man kaum etwas sehen konnte. Der milchige Himmel schien das Sonnenlicht noch zu verstärken, so als sei da nicht eine Sonne, sondern eine strahlende Kuppel. Überallhin wurde dieses diffuse, grelle Licht von der Wasseroberfläche reflektiert. Die Boote und das Ufer nahm ich durch meine zusammengekniffenen Augen nur noch schemenhaft wahr.

Noch mal hörte ich einen Schrei, aber es musste kein Kind, es konnte auch der Ruf eines Vogels gewesen sein. Ich stach das Paddel rhythmisch ins Wasser und paddelte, so schnell ich konnte. Rechts, links, rechts, links. Ich warf Wellen auf, zerstörte das Glas. Niemand durfte über das Wasser gehen. Niemand sollte wahnsinnig werden.

Die Anstrengung und der Rhythmus lenkten mich ab. Ich war außer Atem und begann zu schwitzen. Es schien noch heißer geworden zu sein. Ich beschloss, einen Zwischenstopp an der Insel einzulegen, aber als ich sie erreicht hatte, stellte ich fest, dass es im Schatten der Uferbäume genauso heiß war wie überall sonst. Immerhin war es etwas dunkler.

Die Insel hatte sich in keiner Weise verändert. Aus der Ferne sah sie idyllisch aus, das Ideal einer kleinen Insel auf einem See in Brandenburg. Doch aus der Nähe wirkte sie dreckig und abgenutzt, von seinen tierischen Bewohnern misshandelt. Die Insel war wie ein Halbmond geformt, und in der Bucht, die von dicken Pfählen zum See hin abgegrenzt war, trieben zahllose Federn, die sich die Vögel bei ihren Raufereien ausgerissen oder die sie auf andere Art eingebüßt hatten. Das Wasser wirkte abgestanden und schmutzig. Das gesamte Unterholz der Insel war kahlgefressen, der Erdboden plattgetrampelt. Da waren keine Grashalme, auch kein Farn, keine Schwertlilien, sondern nur der nackte Erdboden. Und dazu die vollgekoteten Bäume, wie mit einem weißen Film überzogen. Ein verblüffender, widerlicher Anblick.

Ich blieb im Kajak sitzen, hielt mich mit der Hand an einem Ast fest, der quer über meinem Kajak hing, und ruhte mich aus.

Wo, verdammt, waren die Vögel? Ich sah und hörte keinen einzigen und fragte mich, ob es Momente der Kontemplation für sie gab. Oder immer nur Dominanzgehabe, Hackordnung, Revier und Todesangst, einseitige Ernährung und permanente Reproduktion. Hatten Vögel Kopfschmerzen? Auch sie mussten unter der enormen Hitze leiden. Gab es für sie Freude? Momente der Einkehr oder der Fantasie? Liebe?

Dann hörte ich gedämpftes, aber wildes Gegacker und Gejapse und schloss die Augen. Als ich sie wieder öffnete, sah ich ein vertrocknetes Blatt, das vorbeitrieb. Ich drückte es mit dem Paddel unter Wasser, bis es versank. Irgendwann würde es zu Schleim vermodern. Alles würde zu Schleim vermodern.

»Alissa«, sagte ich leise. Ich war es gewesen, der Xavi die Wohnung angeboten und ihm Zuverlässigkeit attestiert hatte. Mir fehlte die Kraft, die Mauern und Membranen, die mich von der Verzweiflung trennten, aufrechtzuerhalten. Wie glasklar und rein und messerscharf ihr Name klang, und wie unbestimmt meiner. Alissa. Rio. Unsere Namen passten nicht zusammen, dachte ich. Oder passten sie gerade deshalb doch?

Ich blickte zur Ponceau. Sah das Bullauge des Schlafzimmers als kleinen Punkt auf der Seite des Rumpfs. Von dem Vorhang, den ich zugezogen hatte, konnte ich nichts erkennen, aber ich wünschte, ich hätte ihn aufgezogen, nachdem Jost eingeschlafen war. Und wo war überhaupt Magda? Ich stellte mir mein Floß vor, das ich am nächsten Tag zurück hierher auf diesen See holen wollte, und plötzlich kam mir der Gedanke, dass Magda, Jost und ich eine WG auf der Ponceau gründen und eine Zeit lang zusammenleben könnten. Und dann kam noch ein anderer Gedanke: dass ich für sie arbeiten könnte, das wäre besser als ein Job bei Ludger. Ich könnte eine Art Assistent für Jost sein.

Ich sah mich neben ihm im Airbus nach Mittelamerika sitzen, seine Mails beantworten, Telefonate erledigen, Visa besorgen, in der Kooperative helfen. Aber das war ja unvereinbar mit dem Zusammenleben mit Alissa. In diesem Moment krabbelte ein Marienkäfer über meinen Unterarm, ich ließ ihn über meine Hand irren und pustete ihn weg. Er flog in steiler Bahn davon. Da spürte ich einen Krampf in meinem gesamten Körper und merkte, dass ich zu zittern begann. Ich versuchte mich zu entspannen, indem ich langsam und tief ein- und ausatmete und dann mit vollen Händen Wasser aus dem See schöpfte und mir über die Stirn, das Gesicht, den Kopf und in den Nacken rinnen ließ. Aber das Zittern ließ nicht nach.

Das Telefonat auf diesem dunklen, verfluchten Autobahnparkplatz irgendwo an der Grenze zwischen Brandenburg und Sachsen war anderthalb Tage her. Ich hatte gewusst, dass Alissa außer sich sein würde, aber ich hatte nicht damit gerechnet, dass sie ganz ruhig sprechen würde und ganz ruhig zu sein schien und mir ganz ruhig auseinandersetzte, warum sie nicht mehr an uns glaubte.

Wir hatten fast eine Stunde telefoniert, dann war mein Akku alle und mein Handy hatte sich ohne Vorwarnung ausgeschaltet. Ich fand nicht, dass das eine Katastrophe war, obwohl es aus Alissas Sicht ein weiterer Beleg für meine himmelschreiende Unzuverlässigkeit sein musste. Nein, ich hielt es für einen glücklichen Umstand, denn ihre letzte Abrechnung mit mir fiel deswegen aus, und das war einer der seltenen Momente, in denen ich einer Maschine dankbar war. Für ihren Mangel an Kraft, für ihre menschliche Seite.

Alissas Fassungslosigkeit konzentrierte sich auf einen einzigen Punkt: die Textnachricht von Frau Matusek. Ich hatte diese Nachricht zwar geöffnet – sie hatte mich am 14. Juli um 16:30 Uhr erreicht –, ich hatte sie aber nie gelesen. Wir bekamen regelmäßig Textnachrichten von ihr. Textnachrichten, mit denen sie uns auf nicht sehr dringliche Belange der Hausverwaltung hinwies, zum Beispiel, dass sich die Kosten für die Müllabfuhr um zweieinhalb Prozent erhöhten.

Was genau hatte mich an diesem 14. Juli um 16:30 Uhr abgelenkt? Waren es Haikus? Hatte ich mir Espresso gemacht? War ich schon auf dem Fernower See? Alissa gegenüber hatte ich mich verteidigt und gesagt, dass diese Textnachricht hinterhältig war. Sie wies zum ersten Mal auf etwas extrem Wichtiges hin: den Brief mit der fristlosen Kündigung, gegen die wir innerhalb von vierzehn Tagen hätten Einspruch einlegen können. Außerdem verschickte Frau Matusek ihre Textnachrichten normalerweise immer an uns beide, an Alissa und mich, diesmal aber nur an mich.

Während ich mit Alissa telefonierte und auf der Bank saß, dabei immer wieder aufstand und herumlief, rasten die Autos von rechts und von links vorbei. Sie taten das mit einer solch gewalttätigen Geschwindigkeit und einer krankhaften Lautstärke, dass ich mich fragte, warum sie nicht kollidierten und in einem Feuerball verbrannten.

Alissa war und blieb eiskalt, doch unter ihrer Stimme spürte ich den Glutkern des Zorns. Schließlich beichtete ich ihr – weil ich sie unterbrechen wollte, weil ich ihre Vorwürfe nicht mehr aushalten konnte –, dass ich auf dem Weg zu ihr war und dass ich erkannt hatte, dass eine Katastrophe drohte. Aber sie schrie nur: »Die Katastrophe droht nicht! Sie ist eingetreten!«

»Ich bin auf halbem Weg«, wiederholte ich, »bin getrampt.«

Aber sie erwiderte harsch: »Was soll das! Wozu!«, und forderte mich auf umzukehren. Sie wollte mich nicht sehen. Sie würde am Dreizehnten kommen, wie verabredet. In diesem Moment spürte ich einen Hoffnungsschimmer.

Ich sagte, dass ich einen Anwalt kontaktieren würde, damit wir die Wohnung zurückbekämen, und dass ich weiter mit ihr zusammenleben wollte. Sie lachte bitter und erwiderte: »Hör mir zu. Du machst jetzt gar nichts mehr, verstanden? Ich schicke Svenja zu Frau Matusek.« Und dann sagte sie: »Wenn es noch irgendetwas zwischen uns geben sollte, Rio, dann ...«

»Was?«

Aber sie antwortete mir nicht.

Ich sagte, dass ich sie liebte, dass es mir leidtat, dass ich dem Leben auf dem Floß nicht gewachsen war, dass ich in diesem Sommer Fehler gemacht hätte, viele Fehler. Ich erinnere mich nicht mehr genau an die Worte, die ich benutzte. Ich wusste nur, dass ich sie nicht verlieren wollte, und sagte, daran erinnere ich mich genau: »Manchmal glaube ich, dass ich eigentlich nur ein ganz normales Leben mit dir führen möchte.«

Sie schwieg und sagte dann: »Du wirst niemals ein normales Leben führen können. Und außerdem weißt du, dass es das nicht mehr gibt: ein normales Leben.«

Ich erwiderte, dass ich mich, egal was sein würde, auf sie freute. Und dass sie wissen musste, dass ich Entscheidungen getroffen hatte.

»Ich habe Entscheidungen getroffen.«

Das ließ Alissa innehalten, und ich fing an, meine Vorhaben aufzuzählen. Hastig stieß ich es hervor: Ich hätte entschieden, wieder einen Film zu machen, ein ernsthaftes, ambitioniertes Projekt. Ich sagte, ich hätte entschieden, an dem Punkt weiterzumachen und dort anzuknüpfen, wo es gut gelaufen war, nämlich bei *Ettore*. Ich hätte eine konkrete Idee, würde Matthias – meinen Dok-Film-Partner von damals – kontaktieren, woraufhin sie mich unterbrach: »Matthias habe ich neulich getroffen. Er ist zum zweiten Mal Vater geworden und arbeitet jetzt beim Bioladen am Kottbusser Damm.«

»Echt?«

»Ja.«

»Warum hast du mir das nicht erzählt?«

»Ihr habt doch seit Jahren keinen Kontakt mehr. Mit Dok-Film oder Kamera hat er nichts mehr zu tun. Er ist raus, hat er gesagt. Das Familienleben lässt es nicht zu. Mehr weiß ich nicht. Ich hatte nicht das Gefühl, dass er sich mit mir unterhalten wollte«, sagte sie, und dann brach plötzlich die Leitung zusammen, und ich hockte wieder allein auf dem Parkplatz im Nirgendwo.

In diesem Augenblick schrie eine Ente, sie saß direkt über mir, in einem Baum. Ein widersinniger Anblick. Das fette Ding auf einem schmalen Ast. Vor mir trieben die dunkelgrünen Reste der Blätter, die ich vom Zweig gerissen hatte, während ich an das Telefonat denken musste. Jedes einzelne hatte ich zerfetzt und ins Wasser geworfen. Dort trieben sie und dachten gar nicht daran zu versinken.

Ich tauchte meinen Finger langsam in das Wasser. Aber ganz egal, wie langsam und vorsichtig ich das tat, es ging eine Welle von ihm ab, in jede Richtung, unaufhaltsam. Ich hatte nie davon gehört, dass jemand eine Welle wieder eingefangen hätte. Oder dass ein Mann oder eine Frau die Wirkung ihrer leisesten Worte oder ihrer zärtlichsten Berührungen wieder rückgängig machen konnte. Das war die Geschichte, die uns jede Welle erzählte.

Es hatte während des Telefonats noch einen anderen Moment gegeben, in dem sie mir aufmerksam zuhörte, oder besser: in dem sich die Temperatur etwas anhob und sich Hoffnung in mir regte. Das war der Moment, als ich Josts Geburtstagsparty erwähnte.

»Du bist übrigens auch eingeladen. Magda hat gesagt, du sollst kommen. Ich hab ihr von dir erzählt und von deiner Diss und deiner Forschung zu Hedda. Sie kennt Heddas Arbeiten. Und sie kennt übrigens auch Steph. Die beiden haben zusammen studiert.«

Ich spürte, wie ich Alissa aus dem Konzept brachte und ihrem Zorn den Wind aus den Segeln nahm.

»Sie würde dich gerne kennenlernen.«

»Echt? Der Geburtstag, von dem du neulich erzählt hast?«

»Ja. Josts Geburtstag. Aber es geht ihm um mehr. Das soll eine Art Salon werden.« Mit wenigen Worten schilderte ich ihr, was er geplant hatte.

»Wann ist das?«

»Am Dreizehnten. Samstag.«

»Ausgerechnet dann! Und Magda ist auch da?«

»Ja. Birk und ich haben bei der Orga geholfen.«

»Ist das ’ne gute Idee, dass wir uns bei einem Fest wiedersehen? Aber wir müssen, wenn ich komme, vorher reden.«

50

Auf Birks Segelboot gab es nur eine Kajüte mit winziger Kochstelle auf der Backbordseite und eine enge Koje am Bug. Ich sah sofort, dass Birk nicht da war, setzte mich in den Schatten vor sein Boot und war froh, dem surrealen Gleißen auf dem See entkommen zu sein. Am Fluss herrschte eine andere Stimmung, auch weil ein Nachbar die Stille mit einer Kreissäge zerstörte.

Ich zupfte an Grashalmen herum und hob einen Stein hoch, der neben mir in der Wiese lag. Dutzende Asseln suchten erschrocken das Weite. Anders als die Ameisen, die die Menschen einfach auffressen würden, wenn sie könnten. Diese hier schienen sich nur in kleine, freundliche Kugeln zu verwandeln und ihre Ruhe haben zu wollen.

Ich legte den Stein zurück an seinen Platz und dachte an den Abend, an dem Birk und ich uns kennengelernt hatten. Dachte an das Brett, für das er die Ratte angeworfen hatte, an den Lärm, Johannas Zorn, den Joint, das Bier, den Fluss, der an jenem Abend so zauberhaft schön ausgesehen hatte. Jetzt wirkte der Fluss dreckig. Er hatte sich grün verfärbt, er blühte, wie man sagt. Das war nicht ungewöhnlich, See und Fluss verfärbten sich zum Ende jedes Sommers, weil zu viele Nährstoffe hineingespült wurden, zu viele Chemietoiletten ausgekippt. Seit dem Klimawandel regnete zu wenig frisches Wasser hinein, und es war monatelang so heiß, dass die Algen optimale Bedingungen vorfanden.

Ich schaute auf die träge dahinfließende Brühe. Und dennoch: Hier war eine gute Stelle für ein Hausboot. Am Ufer standen hohe Bäume, die Schatten spendeten. Aber in diesem Moment kam mir alles sinnlos vor. Ich stand auf und lief zur Werfthalle, wo ich niemanden sah oder hörte, dann nahm ich wieder diesen gelblich unguten Geruch wahr. Er war genauso unverkennbar wie vor ein paar Wochen. Im selben Moment sah ich Johanna. Sie kam aus dem hinteren Teil der Halle und tat so, als sei sie nicht überrascht. Aber ich hatte gesehen, wie sie gezögert und ihren Schritt verlangsamt hatte.

»Hey«, sagte ich, und sie erwiderte meinen Gruß, indem sie eine Hand hob und mir winkte.

Sie trug einen Bikini und eine Arbeitshose. Außerdem graue Arbeitshandschuhe aus abgenutztem Leder. Das Bikinioberteil war nass. Sie sah so aus wie die Frauen in einem dieser Pin-up-Kalender, die in jeder Autowerkstatt hingen. Sexy und albern zugleich.

»Wo ist Birk?«

»Weiß nicht.«

Warum lächelte sie? Warum schaute sie mich so aufmerksam und freundlich an?

»Es riecht nach Schwefel? Oder wonach?«, fragte ich.

Sie zeigte keine auffällige Reaktion.

»Nicht mehr auf dem Fernower See im Exil?«

»Wollte Birk besuchen«, sagte ich. »Wann ist er wieder da?«

»Keine Ahnung«, sie grinste zögerlich und hob eine Augenbraue, »Toyboy ist mit seiner Gespielin unterwegs.«

Ich schaute sie fragend an.

Sie sagte: »Magda.«

Augenblicklich spürte ich den Schmerz. Etwas in mir sperrte sich gegen diese Neuigkeit und ich wollte mir nichts anmerken lassen. An Jost dachte ich gar nicht, nur an mich.

»Und? Hat's dir dort nicht gefallen?«

Ich wusste nicht, was ich antworten sollte.

»War durchwachsen.« Ich dachte an Magda und Birk, an ihre Zigaretten, die morsche Planke, die Strähne, die sie ihm aus der Stirn gewischt hatte.

»Ich habe übrigens deinen Film gesehen. *Ettore*. Birk hat mir davon erzählt und den Link geschickt. Das hätte ich nicht gedacht. Ich habe dich immer nur so als Typ Angler, der auch Bücher liest, wahrgenommen. Der ist richtig, richtig gut, dein Film.« Sie stellte ihren Kopf schräg und rieb ihr linkes Auge mit dem Handgelenk. Sie hatte Gänsehaut auf den Schultern und Oberarmen.

»Und bei euch? Wie geht es Ludger? Stimmt es, dass er Malaria hatte?«, fragte ich, obwohl es mich in diesem Moment nicht interessierte und ich nur Leere fühlte.

»Musst ihn mal selbst fragen. Er ist grad bei den Zicken. Warte mal!« Sie wandte sich ab und ging etwas holen. Es waren Klarsichthüllen, darin lagen Ausschnitte aus den Printausgaben der örtlichen Zeitungen. In den Headlines stand überall dasselbe: *Malaria*. Darunter: *Klimawandel bringt ersten Fall nach Mitteleuropa*. Auf einem Foto war Ludger in einem Krankenhausbett im Tropeninstitut zu sehen. Er lächelte in die Kamera. Johannas und mein Oberarm berührten sich, während wir uns über die Ausschnitte beugten. Wir schwiegen einen Moment.

»Naja, bis dann.« Ich hatte mich schon weggedreht.

»War einsam auf dem Fernower See?«

»Ja und nein.«

Sie nickte. In ihr arbeitete es, das sah ich. Ich war hergekommen, um Birk zu sehen. Ich hatte einen Plan. Aber ich war nicht darauf gefasst gewesen, dass sich so vieles veränderte, so vieles zusammenstürzte. Selbst Ludger konnte ich auf dem Foto kaum wiedererkennen. Er lächelte luzide und etwas maliziös. Wie jemand, der der Welt triumphierend und von sehr weit oben zurief: *Seht ihr! Ich hab es ja immer gewusst.* Nichts erschien mir abwegiger, als mich hier auf dem Hof nach einem Job zu erkundigen. Ich drehte mich wieder zu ihr.

»Bin einmal mit diesem Illmer hier vorbeigefahren, war bei einem seiner Feuerschalen-Dings.« Ich wusste selbst nicht, warum ich davon anfing. Weil ich sie provozieren wollte?

»Ich weiß.«

»Woher weißt du das?«

»Buschfunk«, sagte sie.

»Willst du gar nichts Genaueres wissen?« Ich wartete und schaute sie an. »Kennst du ihn? Persönlich, meine ich.«

Sie nickte, mehr kam aber nicht.

»Ich war betrunken, ansonsten wäre ich nicht mitgefahren. Musste dann den gesamten Weg zum Floß zurücklaufen, weil mich beim Trampen niemand mitgenommen hat.«

»Soll ich dich jetzt bedauern?« Sie schaute mich durchdringend an. »Und was ist eigentlich mit deiner Freundin?«, fragte sie. »Wie hieß sie noch mal?«

»Alissa. Was soll mit ihr sein?«

»Die wollte dich doch besuchen.«

Ich spürte, wie ihre Frage mich traurig machte. Ich musste an den Erker in unserem Wohnzimmer denken, wo ich so gerne saß, an den Blick in die Weserstraße. Ich sah Alissas Schreibtisch vor meinem inneren Auge, ihren roten Sessel, den langen Flur, das große Fenster zum Hof. Ich wusste, wie sehr Alissa diese Wohnung liebte. Plötzlich stellte ich mir vor, wie ich in irgendeiner fremden Küche saß und vertrauenerweckendes Zeug daherreden musste, um mich um ein WG-Zimmer zu bewerben. Ich drehte meinen Kopf zur Seite, weil ich Johanna nicht mehr sehen wollte. Würde ich jemals wieder einen Menschen wie Alissa finden? Dann drehte ich mich doch wieder zu ihr, sie stand mir gegenüber. Mein Blick fiel auf ihre Brüste, ihre Schultern, ihren Hals. Ich dachte an den Teich, an ihr nasses Muscle Shirt.

»Noch was anderes. Kann es sein, dass das der 14. Juli war, als du mit Ludger auf der Ponceau warst wegen der Bestellung?«

»Kommt hin. Wieso?«

Mir wurde schwindelig.

»Rio? Was ist los, du bist total blass.«

51

Die Lahne war nicht sonderlich kalt, aber es war okay und ich merkte, wie sich meine Schultern und auch alle anderen Muskeln entkrampften und meine Gedanken beruhigten. Ich schwamm in die Mitte des Flusses und tauchte ein paarmal unter. Es tat gut zu spüren, wie einen die Strömung davontragen wollte. Doch dann musste ich zurück in Richtung Ufer, weil sich ein Boot näherte. Um diese Zeit, am späten Nachmittag, kamen vermehrt Motor- oder Hausboote durch, weil sie den letzten Schleusengang in Zernzig erreichen wollten oder zu ihren Mietstationen mussten.

Das Boot fuhr nicht sehr langsam, aber es schien sich an die Geschwindigkeitsbegrenzung zu halten. Als Schwimmer hatte man Vorrang und die meisten Kapitäninnen und Kapitäne waren rücksichtsvoll, trotzdem wich ich den Booten beim Schwimmen weiträumig aus. Als ich am Ufer ankam, drehte ich mich um. Johanna war noch in der Mitte des Flusses. Hatte sie das Boot nicht bemerkt? Es war eins dieser Dinger, die nicht übersehen und nicht überhört werden konnten, selbst unter Wasser dröhnten die Schrauben schon von Weitem.

Anstatt zur Seite zu schwimmen oder zu verstehen zu geben, in welche Richtung sie ausweichen wollte, wie es üblich war, blieb Johanna in der Flussmitte und drehte sich auf den Rücken. Seelenruhig bewegte sie ihre Arme und vollzog einen Kreis.

Rechts oder links, steuerbord oder backbord an ihr vorbei? Diese Frage musste sich der Hobbykapitän schleunigst beantworten, denn sein Boot war auf Kollisionskurs. Der ältere Mann mit beigem Hemd reagierte so, wie es in Deutschland in solchen Situationen üblich war: indem er die Vorfahrt des anderen zähneknirschend akzeptierte, die mangelnde Kooperationsbereitschaft aber bestrafen wollte und sein überlegenes Vehikel nur minimal zur Seite bewegte, um ganz knapp vorbeizufahren.

Ich stand auf und rief: »Johanna.« Sie reagierte nicht und ich sah den Kapitän unruhig werden. Er hatte sich dafür entschieden, nah am gegenüberliegenden Ufer vorbeizufahren, aber sonderlich viel Platz war dort nicht. Ich brüllte: »JOHANNA!« Das Boot näherte sich unaufhaltsam. Erst in letzter Sekunde kraulte sie zur Seite, aber nur ein bisschen, das Boot war direkt neben ihr, über ihr der Kapitän, der zur Reling gestürzt war und sie entsetzt anstarrte. Jetzt schlug Johanna ihre Faust gegen den Rumpf – ihr Kopf wirkte winzig neben der Jacht – und schrie: »Dummes, fettes Schwein! Ich hab Vorfahrt, du musst langsam fahren!«

»Ich fahre genau acht Kilometer pro Stunde, selber Schwein!«

Der Kapitän gab jetzt Vollgas. Johannas Kopf verschwand in der großen Bugwelle, dann drehte sie sich wieder auf den Rücken und paddelte mit den Armen. Wie ein Seehund trieb sie sich im Wasser herum, tauchte und machte Purzelbäume. Ich schaute sie die ganze Zeit lang an. Als ihr Kopf wieder aus dem Wasser ragte und sie in meine Richtung blickte, rief ich: »Bin gleich wieder da«, woraufhin sie einen Mund voll Wasser ausspuckte.

Ich lief an dem Lastwagen vorbei, zwischen den aufgebockten Segelschiffen hindurch und ging zu dem Durchgang. In der rückwärtigen Ecke der Halle direkt hinter der Werkstatt war eine Toilette. Aber anstatt dorthin zu laufen, ging ich in das Büro und wuchtete den Karton unter dem Schreibtisch hervor, legte die grauen, staubigen Decken zur Seite und zog die Holzkiste mit der Aufschrift *Leuna-Salpeter* heraus. Ich tat das so vorsichtig, wie ich konnte. Der Geruch war unverkennbar.

Es waren dieselben Sachen wie an dem Abend ein paar Wochen zuvor. Da lagen die kurzen, grauen Plastikrohre, die Lappen, kleine Flaschen, und es hing ein leichter Schwefel- und Benzingeruch über allem. Aber diesmal waren da nicht mehr die sauber zerschnittenen Dosen. Jetzt lag da nur noch eine Flasche auf einem quadratischen Stück Teppich. Ich hob sie behutsam hoch. Sie war schwer, viel schwerer, als sie es sein würde, wenn Bier darin war. Das sah nicht mehr nach einem kleinen Sprengsatz aus, das war mehr, das war etwas Großes. Ich sah durch das braune Glas. Jemand hatte etwas hineingebaut und die beiden Flaschenhälften perfekt zusammengefügt. Wie, das konnte ich nicht erkennen, man sah den Schnitt kaum, weil die Person, die dieses Teil gebaut hatte, auch das Etikett –

nachdem sie es sehr sorgfältig abgelöst haben musste – zurück auf die Flasche geklebt hatte.

Ich legte sie zurück in die Kiste. Und wieder musste ich die ganze Zeit über die Luft angehalten haben. Wieder war da diese Übelkeit, diese fürchterliche Anspannung. Als würde mir Lars wie ein grinsender Teufel über die Schulter schauen.

52

Ich beobachtete, wie sie aus dem Wasser stieg. Sie hielt ihren Kopf schräg und legte ihre Haare in ein Handtuch, um sie trockenzurubbeln, hielt dann inne und blickte auf den Fluss. Oder schaute sie zum anderen Ufer? Wohin schaute sie? Ich starrte sie an. Es war derselbe melancholische Ausdruck, den ich damals am Teich gesehen hatte.

Als sie begann, ihre Haare zu einem losen Zopf zu binden, lief ich zu ihr, und als ich mich bemerkbar machte, sagte sie ohne Umschweife: »Weißt du, welche Szene ich so gut in deinem Film fand?«

Ich blickte über den Fluss und auf das gegenüberliegende Ufer, auf die Stege und den Kitsch, der überall angebracht war: Windräder, bunte Fähnchen, Störche aus Ton.

»Rio! Hallo! Bist du schon wieder weggetreten?« Johanna ließ das Handtuch sinken. Ich starrte sie an. Ja, ich wusste, welche Szene sie so toll fand. Alle hatten mich immer auf dieselbe Szene angesprochen. So wie sie mich immer nur auf *Ettore* ansprachen, nicht auf meine anderen Arbeiten.

»Die Szene mit der Hyäne«, sagte ich.

»Hyäne?« Sie war verwirrt.

»Nein, war ein Witz. Die mit den Kopfhörern.«

Sie nickte und schaute mich ernst an. »Ja, die ist tief und trotzdem komisch. Man bewundert diesen Ettore. Das geht mir normalerweise nie so, ich gucke ausschließlich Dokumentationen. Diese Bewunderung ist nicht so oberflächlich. Der verkörpert etwas und dass das nicht einlösbar ist, aber dass man dafür kämpfen muss. Er ist echt klug. Dass die Welt, so wie sie ist, ein endloser beschissener Abfuck ist, dass man kämpfen muss, auch wenn man scheitert oder wenn etwas misslingt. Und dass es Schuldige gibt.«

Ich schwieg. Dann sagte ich: »Ja, Ettore.«

»Und der ist ... wirklich tot? Gestorben, als ihr den Film gemacht habt? Das will man nicht glauben. Und er ist nicht traurig, dein Film. Hast du noch mehr Filme gemacht?«

Ich schüttelte den Kopf.

»Warum nicht?«

»Hat sich nicht ergeben. Ich bin Fotograf. Das war mein einziger Film.«

Wir schwiegen eine Weile, dann sagte ich: »Dass Ettore gestorben ist, das war das perfekte Ende. Hört sich zynisch an, ist aber offensichtlich. Ich bin im Grunde genommen nie darüber hinweggekommen. Wenn das nicht passiert wäre, wenn er nicht gestorben wäre, hätte der Film niemals so viel Aufmerksamkeit bekommen. Das Publikum ist blutrünstig. Das hab ich irgendwann kapiert.« Ich fixierte sie. »Eine andere Frage ist, wie man damit umgeht. Menschen sind blutrünstig und gewalttätig, selbst wenn es sich um ihr eigenes Blut handelt. Das weißt du ja vielleicht besser als ich.«

Sie schaute mich mit diesem Ausdruck an, den ich aus so vielen Gesprächen über *Ettore* kannte. Im Grunde genommen hasste ich diese Art von Blick. Ich kannte ihn. Ich hasste ihn und ich liebte ihn. Ich brauchte ihn wahrscheinlich. Ich hatte ihn viel zu lange gebraucht. Ich wollte ihn aber nicht mehr brauchen. Ich war süchtig danach. Kaputt. Ich würde nie mehr einen Film wie *Ettore* machen können.

Ich nahm einen Zweig und knickte ihn in der Mitte durch. Johanna hängte das Handtuch über einen Ast, löste ihren Zopf und griff dann mit beiden Händen in ihre Haare, um sie glatt nach hinten zu streichen. Ihre Oberarmmuskulatur spannte sich an. Eine sehr selbstbewusste, entschlossene Geste.

Dann sagte ich, ich sagte es einfach so: »Ich weiß, dass du den Anschlag verübt hast, dass du Sprengsätze bastelst und so was.«

Sie drehte ihren Kopf in Richtung des anderen Ufers, mit diesem starren, unbegreiflich harten Blick, dem Blick von Ludger. Ihre Kiefer spannten sich an, das sah ich, auf einmal bewegte sie ihren Kopf, als wären alle ihre Muskeln bis zum Äußersten gestrafft und sie könnte sie durch diese Bewegungen lösen. Wie eine Karateka oder eine Boxerin vor dem Kampf.

Natürlich wusste ich es nicht. Woher sollte ich es wissen!

»Ich habe deine …«, ich fand nicht gleich das passende Wort, »deine Konstruktionen gesehen. Da drüben. Im alten Büro.« Ich zeigte in Richtung der Halle. »Da liegt das Zeug. Ich hab den Schwefel und das Benzin gerochen. Und das Ammoniumnitrat gefunden.«

Sie reagierte nicht.

»Ich kenne das alles. Ich hatte einen Freund in der Schule. Wir haben zusammen auch Sprengsätze gebaut. Aber nicht so große.«

Ich holte den Tabak aus meiner Tasche und begann mir eine Zigarette zu drehen.

»Willst du auch eine?«

Sie schwieg.

»Es fing mit Silvester-Böllern an. Mit dem größeren Zeug aus Polen. Die Dinger wurden mit der Zeit immer krasser. Ich habe das geliebt. Wir waren wie Süchtige. Wir haben einmal richtig was in die Luft gesprengt. Aber das war eher eine pubertäre Aktion. Ein Denkmal in Spandau. Vor einer Kirche. Hat richtig den Sockel ein Stück weggerissen.« Ich musste lachen. »Geile Idee, Anschlag auf die katholische Kirche in den Neunzigern. Aber als Lars das mit dem Schwarzpulver zu langweilig wurde und er die härteren Sachen, also Ammoniumnitrat ausprobiert hat, war ich dann raus. Ich hatte auch Schiss. Einmal kam es zu einem Unfall. Nur durch Glück hat er sich nicht die Hände oder das Gesicht schwer verbrannt. Oder sogar weggesprengt.«

Sie blieb ungerührt.

»Er wollte mir etwas zeigen. Hat das Teil vor sich auf die Tischtennisplatte gelegt, im Keller seiner Eltern, und hat sich zum Radio gedreht. Es kam ein Song, den er geliebt hat. Er wollte ihn lauter drehen. Hat sich also umgedreht und einen Schritt nach hinten gemacht, zum Radio, und genau in dem Moment ist das Ding hochgegangen. Unsere Trommelfelle sind geplatzt, das ist aber von selbst verheilt. Wir hatten riesiges Glück. Willst du wissen, welcher Song es war?«

Ich wartete, aber sie stand nur da. Der Fluss schimmerte grün und braun. Noch einmal kam ein Boot.

»Ich dachte damals immer, dass auch diese größeren von Lars' Sprengsätzen Spielereien waren, was aber überhaupt nicht stimmte. In Wahrheit hatte er angefangen, einen *Sinn* in seinen Basteleien zu sehen.« Ich schaute sie an, mein Gefühl sagte mir, dass ich mitten ins Schwarze getroffen hatte. »Was willst du damit erreichen? Was ist der Sinn? Irgendwie verstehe ich dich auch. Ich verstehe das ganz genau. Irgendwie aber auch gar nicht, absolut nicht!«

Dann platzte es aus ihr heraus: »Das geht dir oft so, oder? Du bist so jemand, der sich nicht entscheiden kann. Der rumdümpelt. Hier auf seinem Floß und auch sonst. Du würdest auf einen Minigolfplatz passen, Pfeife rauchen, Kreuzworträtsel lösen.«

»Minigolf? Wäre das kein okayes, richtiges Leben?« Ich wartete und sagte dann: »Ich bin kein Polizist oder so, nur damit das klar ist.«

»So kommst du aber rüber. Mir irgendetwas zu unterstellen. Blödsinn«, sagte sie und wollte gehen.

»Ich werde dich nicht verraten«, sagte ich.

»Was willst du auch verraten?« Aber sie sagte das mit etwas zu viel Druck. »Du neigst zu spontanen Handlungen, was du dann später oft bereust. Oder?«

»Ich werde dich nicht verraten«, ich schaute sie an, »unter keinen Umständen.«

»Ich werde eh machen, was ich machen werde.« Dann drehte sie sich um und ging.

»Morgen hole ich mein Floß und komme zurück auf den Soliner See«, rief ich ihr hinterher. Tief in mir fühlte ich eine ungeheure Anspannung.

53

Am siebten August um fünf Uhr in der Früh lichtete ich den Anker. In der Morgendämmerung war es auf den Seen und Flüssen völlig still, dann war so gut wie niemand unterwegs. Es bestand keine Gefahr, der Wasserschutzpolizei zu begegnen. Normalerweise hätte ich diese lange Fahrt gefürchtet, mein Motor war schwach und laut, außerdem hatte ich am letzten Abend auf dem Fernower See eine dicke Schicht Algenbewuchs an den Wassertonnen entdeckt, die mich und meine Fahrt noch langsamer machten als ohnehin. Aber im Grunde genommen war mir das alles egal.

Vom Besuch am Tag zuvor wusste ich, dass meine alte Stelle und alle anderen attraktiven Ankerplätze auf dem Soliner See besetzt waren und dass sie es vermutlich bis zum Ende der Sommerferien bleiben würden, also ankerte ich in der nordöstlichen Bucht. Dort, nicht weit von der Brücke entfernt, kam die Sonne früh über Bridow hervorgekrochen und man war ihr den ganzen Tag lang ausgesetzt, bis sie über den Wiesen westlich von dort unterging. An diesem rundum offenen Ort würden mir nur das Dach und die Seitenplanen Schutz bieten, der kühle Schatten der Uferbäume fehlte. Doch auch das war mir egal.

Ein weiterer Nachteil dieses Ankerplatzes war, dass die Uferzone in dem Bereich seicht und nass war, sie bestand aus einem durchgehenden, dreißig oder vierzig Meter tiefen Schilfgürtel. Schilf mochte ich und ich hatte mich auf dem Fernower See danach gesehnt, aber es bedeutete, dass ich nicht ans Ufer gelangen konnte, um die tägliche Angelegenheit zu erledigen. Zum ersten Mal würde ich den Pot de Chambre, ein großes Gurkenglas, in Betracht ziehen müssen, wovor ich mich zutiefst ekelte. Außerdem brachte diese feuchte Zone es mit sich, dass dort Mücken waren. Viele Mücken. Jeden Abend erhoben sie sich zu Tausenden und bildeten eine sirrende Formation. Und es konnte sein, dass auch die eine oder andere Tigermücke unter ihnen war, die ihren Stich mit Plasmodium falciparum würzen konnte. Mein Anti-Mücken-Mittel war einen Tag zuvor zur Neige gegangen.

Als ich den Anker geworfen, die Leine im Schilf befestigt hatte und schwimmen gegangen war – schwimmen *gehen* war der treffende Ausdruck in diesem Bereich des Sees –, verfiel ich ins Grübeln. Nicht nur dass Birk weg war, sondern auch dass er sich nicht gemeldet hatte, machte mich traurig. Ich stellte mir ihn und Magda auf der Donau vor, unterwegs mit kräftigen Paddelstößen den mächtigen Strom hinab, lachend, singend, staunend. Jeden Abend würden sie wild campen und am Lagerfeuer sitzen, sich mit Rotwein betrinken und Sex haben. Ein übermächtiges Gefühl des Fernwehs ergriff mich. Sehnsucht nach Weite und Ferne, nach Bewegung und Unvorhersehbarkeit. Zugleich dachte ich an Alissa. Musste an unsere Reise nach Sizilien denken. Die Zugfahrt von Neapel, die Überfahrt mit dem Schiff nach Catania, unsere Terrasse über dem Meer. Mit dem Menschen zu reisen, den man liebte, war für mich die Definition des größten Glücks. Aber in diesem Moment mischten sich das Fernweh und die Gedanken an Alissa wie Wein und Milch.

Ich stand auf, stieg noch mal ins Wasser und watete so lange in Richtung Seemitte, bis es tief genug war, um vernünftig schwimmen zu können. In diesen ersten Stunden zurück auf dem Soliner See kam mir mein Floß wie ein Käfig vor. Wie ein Käfig mit weit geöffneter Tür, nur dass dieser Käfig in einem großen, verschlossenen Raum stand. Ich vermisste Alissa. Ich vermisste Birk. Ohne die beiden waren meine Pläne für mein neues Leben völlig sinnlos. Ich nahm mein Handy und scrollte durch die Kontakte. Einige Zeit lang sah ich Matthias' Namen und seine Telefonnummer an. Ich hatte ihn damals, als wir zusammengearbeitet hatten, täglich mehrfach angerufen. Wir waren enge Freunde gewesen. Und jetzt hatte er sich genau wie Marcus in seine Kleinfamilie verabschiedet? Ich scrollte weiter. Jaspers Nummer hatte ich auch noch. »Einfach wieder ganz langsam Kontakt zu den anderen Fotografen und alten Mitstreitern aufnehmen«, sagte ich und starrte auf das Display mit dem spinnennetzartig zersplitterten Glas. Doch ich wusste selbst nicht, was ich von ihnen wollte. In diesem Moment erreichte mich eine ganze Reihe von Textnachrichten. Mein Handy piepte vier oder fünf Mal. Alissa schrieb irgendetwas von Blumenstrauß, Fleur Wüst und Modulor. Ich konnte das in diesem Moment nicht konzentriert lesen. Ich begann wieder zu zittern. Versuchte langsam und ganz gleichmäßig ein- und auszuatmen. Meine Finger fühlten sich taub an. Mir wurde heiß und mein Herz klopfte viel heftiger als normalerweise. Ich zog mein Hemd aus, beugte mich zum Wasser runter, tauchte die Hände hinein, rieb mir das Gesicht ab. Aber das Wasser war viel zu warm und trüb, grüne Algenschlieren durchzogen die Oberfläche.

54

Das war Wasser? So sauber und durchsichtig konnte es sein? Endlos schien es aus dem Duschkopf zu laufen, der Tank der Ponceau musste riesig sein. Die dicken Tropfen prasselten auf meine Stirn, und als ich die Augen ein wenig öffnete und die sich kräuselnden und windenden Linien aus Licht an der Decke des Badezimmers beobachtete, fühlte ich mich viel besser. Es war das von den Wellen reflektierte Sonnenlicht: wilde Muster und Streifen, die durch das große Bullauge blitzten. Es war ein Moment, in dem es okay gewesen wäre, von der Welt zu verschwinden. Ich hätte mich einfach in Wasser verwandeln und mit einem dieser Strudel durch den Abfluss hinab ins Nirwana fließen sollen. Das wäre ein gutes Ende für diesen Sommer gewesen. Zum ersten Mal verspürte ich keinerlei Bedürfnis, auf mein Floß zurückzukehren. Als ich das begriff, drehte ich den Regler von halb rechts nach ganz links, in den tiefblauen Bereich. Das eiskalte Wasser holte mich zurück. Meine Zeit war noch nicht um.

»Moment. Bin gleich fertig«, rief ich, während ich mich abtrocknete.

»Nein, Rio, mach bitte auf!« Jost klopfte erneut. Ich wickelte mir das Handtuch um die Hüften und öffnete. Er stand in der Tür und drückte eine mechanische Kaffeemühle an seine Brust wie eine Mutter ihr Baby, und noch bevor ich die Tür richtig geöffnet hatte, sagte er: »Rio, direkt mal Klartext: Magda hat sich getrennt. Sie ist mit Birk unterwegs. Sie hat sich in ihn verliebt.

Ich bin nicht ganz sicher, aber ich denke, sie sind sogar schon in Rumänien. Mit den anderen Aktivisten.«

»Oh«, ich suchte nach Worten, nickte, »das tut mir leid.«

»Muss dir nicht leidtun«, er schaute vor sich auf den Boden, »auch wenn du die beiden miteinander bekannt gemacht hast. Trockne dich erst mal ab. Ich musste das jetzt hinter mich bringen und dir sagen.« Er war dabei, die Tür zu schließen. »Es ist nicht das erste Mal, dass wir uns trennen«, er hatte die Tür wieder geöffnet, »aber diesmal könnte es endgültig sein. So. Ich will nicht um den heißen Brei herumreden. Aber ich will auch nicht weiter darüber sprechen. Es macht mich ... Ich ... Ich muss mich um Wichtigeres kümmern. Zieh dich erst mal an. Ich will mich jetzt voll und ganz auf meinen Salon konzentrieren. Ich habe eine Idee, die ich dir unbedingt erzählen möchte.«

Mir kam es genauso unglaublich vor wie ihm. Rumänien. So ein Abenteuer passte zu Magda und es passte natürlich zu Birk, aber sich die beiden vor Kraftwerken und Stacheldrahtzäunen vorzustellen, war schwierig.

Ich zog mich an und schaute dabei durch das Bullauge hinaus auf den See. Es war einiges los, viele Urlauber, die mit allen erdenklichen Vehikeln hin und her fuhren und in den entsprechenden Lärm eingehüllt die entsprechenden Wellen aufwarfen. Jemand knatterte mit einem Jetski vorbei. Ohne Magda fehlte etwas ganz Wesentliches auf der Ponceau. Ich vermisste sie und zögerte, zu Jost zu gehen. Ich war noch nie für längere Zeit mit ihm allein gewesen.

Während ich in den Flur ging, der zum Wohnbereich und nach oben aufs Oberdeck führte, kam ich an den Kartons mit dem Champagner vorbei. Der Stapel stand schräg, war kurz vorm Umkippen. Ich wollte ihn zurechtrücken, aber der Türgriff eines Wandschranks und das Barometer verhinderten, dass man ihn glatt an der Wand stapeln konnte. Unvermittelt fragte ich mich, ob sich eine Gelegenheit ergeben würde, Jost auf einen Job anzusprechen. Doch der Gedanke kam mir völlig abwegig vor.

Kurz darauf saßen wir an dem langen, rechteckigen Tisch unter Deck, an dem wir noch nie gesessen hatten. Jost las in einem Taschenbuch. Als ich mich anlehnte, stand er auf und gab es mir. *Literatur und Karneval* von Michail Bachtin, stand auf dem Einband. Während ich darin blätterte, machte er Kaffee. Jost hatte neue Bohnen aus Honduras bekommen, ein paar davon lagen vor mir in einer Holzschale. Als der Espresso durch die Maschine lief, nahm er diese Schale und schwang sie so, dass die Bohnen über die Innenseite rutschten. Sie gaben dabei ein seltsam einnehmendes, rauschendes Geräusch von sich, klangen wie die kleinen Körper in einer Rassel, die bestimmt war für rituelle Handlungen. Jost hielt sie mir hin. Ich sollte eine Bohne in die Hand nehmen und sie genau ansehen. Dann sollte ich an ihr riechen und sie kosten, indem ich sie zwischen meinen Zähnen knackte und im Mund behielt. Ich sollte die Augen schließen und genau schmecken und fühlen, wie sich das Aroma im Mund entfaltete. Und als er begann, von einer Hütte in den Wäldern von Honduras zu erzählen, von den Bergen, den steilen Hängen, den Wegen in die Dörfer, dem Duft, den Arbeitern und Arbeiterinnen, den leuchtenden Farben ihrer Kleidung, den markanten Gesichtern, wäre sie vielleicht da gewesen, eine Gelegenheit, ihn nach einem Job zu fragen. Aber ich ließ sie verstreichen, weil es mir nicht passend erschien. Weil ich mir wie ein Schmarotzer, nicht wie ein Freund vorkam.

»Einfach runterschlucken«, sagte Jost, stellte mir eine Tasse hin und forderte mich wortlos auf, den Espresso zu kosten. Ich schloss meine Augen und probierte ihn. Hätte meine Augen gerne geschlossen gehalten. Stundenlang so dagesessen, geschwiegen, gedämmert. »Das war der beste Espresso, den ich in diesem Sommer getrunken hab«, sagte ich.

Jost lächelte, ich glaube, er hatte gehofft, dass ich genau das sagen würde.

»Was den Salon betrifft, gibt es noch viel auf den Weg zu bringen«, sagte er. »Vor allem gibt es eine Neuerung. Aber sag du mir bitte zuerst, wieso kommst du zurück? Wie sind deine Pläne?«

Ich schaute in meine leere Kaffeetasse. Von draußen, vom See, durch die geöffneten Bullaugen und auch von der Treppe her kam dieser kühle, unfassbar angenehme Wind, den ich den ganzen Sommer immer wieder ersehnt und so geliebt habe. Ich fühlte ihn zugleich weich und kräftig auf meiner Haut und in meinem Gesicht. Die Ponceau war ein paradiesischer Ort! Wozu sollte man hier nach etwas streben? Wozu überhaupt etwas machen? Wieso eine Veranstaltung? Warum galt das Bestreben der Menschheit nicht dem Versuch, die Zeit anzuhalten, das Nichtstun auszuhalten, nichts zu verändern, das Gute und Bewährte unbedingt zu bewahren. Weil es nichts Gutes und Bewährtes gab?

Jost erinnerte sich also an meine Worte vom Tag zuvor, während ich nicht mal sicher gewesen war, ob er sie überhaupt mitbekommen hatte, als er da halb weggedämmert auf seinem Bett lag. Und weil ich immer noch nichts sagte, ergänzte er: »Ich möchte wissen, woran ich bin und wo wir stehen. Dann können wir mit neuer Energie voranschreiten.«

»Im Sinne von *Wofür stehst du? Wofür lebst du?*«, sagte ich und versuchte zu lächeln. »Deine Idee ist eine starke Geste. Leute aus der Gegend und aus verschiedenen sozialen Milieus einzuladen«, sagte ich. »Ich glaube auch, dass man den Protagonisten, die auf die Spaltung der Gesellschaft hinarbeiten, vor allem dadurch etwas entgegensetzen kann, dass man etwas, sagen wir, sehr Starkes und Präsentes, auch Dominantes, Großzügiges und Originelles bietet. Es geht auch um Mitgefühl und Solidarität. Vielleicht ist der Zustand der Welt ja gar nicht so schlimm.«

Jost lächelte. »Ja, gut. Dann will ich dir meine Idee vorstellen. Ach so, ehe ich es vergesse: Ich habe mich um ein Feuerwerk gekümmert, wollte ich nicht unerwähnt lassen. So. Warum eine neue Idee? Weil ich das Gefühl hatte, dass wir nicht dort anknüpfen können, wo wir aufgehört haben. Ich habe viel darüber nachgedacht. Meine Idee ist, hör bitte zu, dass mein Salon ein Karneval wird.«

»Ein Karneval?«

»Ja. Ich bin darauf gekommen, als wir uns über unsere Reisen unterhalten haben. Bevor ich damals nach Australien kam, war ich bei einem Opferfest in Indonesien. Das hat mich total beeindruckt. Darüber habe ich nachgedacht und so bin ich auf Bachtin gestoßen.« Er nahm das Taschenbuch in die Hand. »Du kennst doch Michail Bachtin? Hast du mir den nicht sogar empfohlen?«

»Weiß nicht.«

»Als ich das gelesen habe, hat sich für mich alles noch mal logisch und neu zusammengefügt. Alles an meiner Geburtstagsfeier als Salon ergibt durch diese Änderung Sinn!« Er strahlte wie ein Kind. »Was sagst du?«

Ich schaute ihn an. »Wie soll man sich das vorstellen? Mit Kostümen?«

»Ja, Kostüme und Masken sind ein wichtiges Element. Darüber wollte ich mit dir sprechen.«

»Wir machen ein Kostümfest?«

»Nein! Ein Karneval ist kein Kostümfest. Wir machen etwas … Hör mal, das ist echt toll, wie Bachtin die Zusammenhänge zwischen Literatur, Kunst, Gesellschaft und den karnevalistischen Traditionen analysiert. Hier«, er nahm das Buch, in dem etliche Post-its klebten, und las vor: »*Der Karneval ist die umgestülpte Welt. Die Gesetze, Verbote und Beschränkungen, die die gewöhnliche Lebensordnung bestimmen, werden für die Dauer des Karnevals außer Kraft gesetzt. Das betrifft vor allem die hierarchische Ordnung und alle aus ihr erwachsenden Formen der Furcht, Ehrfurcht, Pietät und Etikette, das heißt: alles was durch die sozialhierarchische und jede andere Ungleichheit der Menschen, einschließlich der altersmäßigen, geprägt wird. Jegliche Distanz zwischen den Menschen wird aufgehoben. An ihre Stelle tritt eine besondere Karnevals-Kategorie: der freie, intim-familiäre, zwischenmenschliche Kontakt.*«

Während er las, dachte ich nach. Ich musste mit jemandem über mein Zittern sprechen. Aber mit wem? Mit Alissa?

»Rio? Hörst du mir zu? Das ist doch genial, das löst doch alle Fragen, oder nicht?« Er schaute mich an.

»Und wie willst du das in so kurzer Zeit organisieren?«, erwiderte ich. »Wie ist denn überhaupt der Stand der Dinge? Haben nicht viele abgesagt?«

Er starrte mich an. »Sag mir bitte erst, was du von meiner Idee hältst.«

»Du wolltest die verschiedenen Gesellschaftsschichten, also

Klassen, reich–arm, gebildet–ungebildet und so weiter, zusammenbringen. Wenn man jetzt einen Karneval veranstaltet, wenn sich alle verkleiden nach deinen Vorgaben … Ein Karneval schafft doch nur eine vorübergehende Gleichheit. Man will nur für einen Tag mit der Gleichheit spielen. Das ist doch das Gegenteil von dem, was du ursprünglich geplant hast.«

Und dann sagte Jost so laut, dass es quer über den See flog: »Ach, leckt mich doch alle am Arsch!«, und warf seine Kaffeetasse mit voller Wucht auf den Boden. »Das ist alles Magdas Schuld!«

55

Jost trank einen Schluck Wasser und schaute in die Ferne. Ich war schwimmen gewesen, und als ich mich längst abgetrocknet hatte und wir nebeneinander auf dem Badedeck saßen, schwieg er noch immer. Unsere Füße hingen im Wasser und wir beobachteten eine Entenmutter, die mit ihren Jungen umherschwamm, so als würde sie uns ihren Nachwuchs vorführen wollen. Die erwachsene Ente gründelte direkt vor unseren Füßen und ihre Entenkinder machten es ihr nach. Sie durchpflügten das Wasser mit ihren Schnäbelchen und schmatzten. Es war ein lustiger Anblick, der nicht zu der Stimmung passte, die zwischen Jost und mir herrschte.

Jost hob seine Füße und ließ sie ins Wasser fallen, die kleinen Enten erschraken und suchten Schutz in der Nähe ihrer Mutter, die laut quakte. Dann bewegte er seine Füße im Wasser vor und zurück und vertrieb die Enten. Als ich mich zu ihm drehte und sah, dass er in sich zusammengesunken war, berührte ich ihn an der Schulter.

»Es ist ein Abend, ein Geburtstag, den du nicht so hoch hängen darfst.«

Er nickte. »Mein Gott, wie viele Stunden habe ich mit Magda diskutiert und gestritten.«

»Wenn du willst, kannst du alles komplett absagen.«

Plötzlich sprang er auf und rief: »Ist das Magda? Da! Am andern Ufer!«

Ich schaute in die Richtung, in die er zeigte. Das andere Ufer war weit weg. Jost war längst losgestürzt, stellte sich auf das Deck und presste ein Fernglas vor seine Augen.

»Rio! Das ist sie doch. Ist sie alleine? Ist da noch ein anderes Kajak?« Er warf mir das Fernglas zu. Nur mit Mühe konnte ich es auffangen. Beim Hindurchschauen erkannte ich nichts, die Personen waren viel zu weit weg.

»Nein«, sagte ich, »das ist sie nicht. Ihr Kajak ist doch rot, oder?«

»Los! Wir fahren rüber.«

»Beruhige dich erst mal. Hier kommen ständig irgendwelche Kajakfahrer durch.«

Wie gebannt starrte Jost ans andere Ufer. »Gleich verschwinden sie unter der Brücke.« Jost sah zutiefst unglücklich aus.

»Komm«, sagte ich und legte meine Hand neben mich, damit er sich wieder zu mir setzte. »Du bist ja völlig fertig.«

»Magda, dieses dumme, arrogante Biest«, stieß Jost hervor, »soll sie doch machen, was sie will. Sie hatte schon mal einen Lover. Aber diesmal hat sie ein Geheimnis draus gemacht, und … aber … Birk ist ihr doch überhaupt nicht gewachsen. Er kann doch das Spiel, das eine Frau wie Magda spielen will, überhaupt nicht mitgehen. Sie ist tausendmal kühler als er.« Jost schaute mich an. »Ist sie auch kühler als ich?«

»Ja«, sagte ich, »sie ist kühler als du. Und auch nicht. Kommt drauf an. So gut kenne ich euch nicht.«

»Ich bin vor allem reicher als sie. Entschuldigung. Das wollte ich nicht sagen. Sorry. Aber es ist so. Sie kommt im Gegensatz zu mir aus einer wohlhabenden Familie, die aber im Krieg alles verloren hat. Rio, wie dankbar ich dir bin, dass wir dich hier kennengelernt haben. Und das mit dem Geld, was ich eben gesagt hab, vergiss das bitte wieder. Alles ist komplizierter. Ich hatte auch mal eine Affäre.« Jetzt schaute er mich mit großen Augen an. »Auch Magdas neue Frisur hat mich wahnsinnig geärgert. Sie sieht gut aus mit kurzen Haaren, sehr gut. Aber in einer Nacht-und-Nebel-Aktion zum Ku'damm zu fahren, um sich die Haare abschneiden zu lassen, das war unfair. *Sie* hat immerzu davon geredet, die Ponceau den ganzen Sommer über nicht ein einziges Mal verlassen zu wollen.« Er atmete einmal tief durch, bevor er fortfuhr. »Ich werde vielleicht ein Sabbatical machen. Ich überlege hin und her, will die Geschäfte für Honduras vorübergehend in andere Hände legen, es gibt wieder zu viele schlechte Nachrichten von der Plantage.«

»Was für Nachrichten?«, fragte ich.

»Die Maras, die Mara Salvatrucha, das sind die lokalen Banden. Sie entführen und foltern oder ermorden Arbeiterinnen und Arbeiter, um Geld zu erpressen. Einer unserer Vorarbeiter wurde in der letzten Woche umgebracht. Dabei hatte ich überlegt, noch mal für ein Jahr dorthinzugehen. Aber das ist ... so furchtbar. Ich kannte ihn.« Er senkte seinen Blick. »Ich habe Angst. Ich kann auch hier in dieser Gegend leben, vielleicht ein

Haus kaufen und dann eine Kaffeerösterei oder eine Brennerei etablieren, aber«, er sah mich an, »vielleicht mache ich es wie du, ein halbes Jahr auf einem Floß, auf der faulen Haut, oder hier auf dem Kahn. Nichts machen, frei sein, allein sein. So wie du. Keine Mails, keine Flüge, keine Termine, vielleicht hin und wieder mal mit dem Motorrad nach Berlin.« Er schwieg lange, bewegte seine Füße im Wasser, bis er sich aufraffte und laut sagte: »Wir machen die Party, nicht mehr und nicht weniger. Trinken, tanzen, sich gegenseitig vollquatschen, baden gehen, fertig. Die, die eingeladen sind, sollen kommen, denen kann ich nicht mehr absagen, will ich auch nicht. Das ganze Essen von Ludger ist schon bezahlt, die Köchin gebucht.« Dann lief er unter Deck und kam kurz darauf mit einem kleinen Tablett zurück, auf dem zwei Shots standen.

»Das ist Reposado«, sagte Jost und atmete tief durch, wir stießen die Gläser gegeneinander. »So, Rio. ¡Viva el Frente Popular! ¡Los fascistas no pasarán!«

BERLIN

56

»Ich brauche einen Job.«

Die beiden schauten mich ungläubig an, bis Ludger sagte: »Brot kann schimmeln. Was kannst du?«

»Alles und nichts«, antwortete ich. »Vielleicht irgendwas in den Gewächshäusern oder mit den Ziegen? Einen neuen Unterstand bauen?«

Ludger grinste und drehte sich zu Johanna.

»Was steht an? Alles oder nichts?«

»Gurken, Zucchini, Möhren«, antwortete sie.

Ludger drehte sich wieder zu mir. »Gurken, Zucchini, Möhren. Warum nicht, Rio. Aber ich hab oft nur stundenweise was, und nicht jeden Tag. In Ordnung? Und ich zahl Bio-Landhof-Mindestlohn.«

»Wie viel ist das?«

»Wenig«, sagte er, »10 Euro. Mehr geht nicht. Aber bis Birk zurückkommt, bringen wir dich schon durch. Verhungern wird bei uns niemand. Nimm du ihn unter deine Fittiche«, sagte Ludger zu Johanna. »Ein paar Ziegen müssen noch geimpft werden, die Mauer repariert.«

Die beiden schauten mich an, Ludger amüsiert, Johanna ernst. Dann wich sie meinem Blick aus.

»Du kannst direkt loslegen.«

»Ich bin gerade auf dem Weg nach Berlin«, sagte ich. »Muss noch ein paar Sachen erledigen. Morgen früh kann ich anfangen.«

»Ist in Ordnung«, sagte Ludger.

»Wann geht es bei euch los?«

»Im Sommer um fünf. Im Winter um sechs«, antwortete er.

»Ich komme mit«, sagte Johanna.

»Wohin? Wolltest du nicht zum Bauwagen?«, fragte Ludger.

»Nein, ich muss auch nach Berlin.«

Während ich Johanna ansah, rief Ludger, der schon fast in der Werfthalle war: »Bei der Gelegenheit kannst du gleich in Berlin ein Gesundheitszeugnis beantragen. Wäre wichtig, dass du das direkt erledigst. Musst du dort machen, wo du polizeilich gemeldet bist.«

Johanna fuhr schnell. Ich kam mit Birks klapprigem Rad nur schlecht hinterher. Als wir am Bahnhof in Dammwalde angekommen waren, stellten wir uns hinter das ehemalige Gleiswärterhäuschen. Sie drehte mir eine Zigarette und mir fiel auf, wie perfekt sie das konnte. Dann nahm sie ein Elektro-Feuerzeug und entzündete unsere Zigaretten mit fauchender Stichflamme.

Ich war seit über sieben Wochen auf dem Floß, es war das erste Mal, dass ich den See wirklich verließ, und es war merkwürdig, dort mit Johanna zu stehen. Ich versuchte, die meisten Eindrücke und die meisten Gesichter auf dieser Fahrt in die Stadt zu ignorieren. Es war mir alles zu viel. Als Johanna und ich in die S-Bahn nach Berlin stiegen, hätte ich am liebsten die Augen permanent geschlossen gehalten. Ich schaute dann aber doch aus dem Fenster. Die konfusen Vororte und schwer definierbaren Randbereiche, wo Berlin ausfranste, hatte ich immer geliebt. Den anarchischen Mischmasch aus Brachen, auf denen Birken und Gräser wucherten, und den Gebäuden aus Kaiserzeit und DDR, die sich in allen erdenklichen Stadien des Verfalls befanden. Vor allem der ehemalige Todesstreifen hatte etwas Wildes, Freies und Offenes. Es war ein gutes Gefühl gewesen, sich in diesen Gebieten herumzutreiben. Vor allem die Trampelpfade liebte ich, sie erinnerten mich an Richard Longs *A line made by walking*, von dem ein Poster in unserer Küche hing. Aber es gab diese Zone nur noch in meiner Erinnerung.

Die S-Bahn war erstaunlich schnell unterwegs. Johanna saß mir gegenüber, unsere Blicke trafen sich in der Scheibe, die unsere Gesichter spiegelte. Sie trug einen kurzen, karierten Rock und sah damit zugleich spießig und attraktiv aus. Ihr rosaroter Rucksack war hingegen ein schlechter Scherz, ein albernes Teil mit integriertem Kuscheltier. Es war mir peinlich, mit einem Menschen unterwegs zu sein, der so etwas dabeihatte. Aber als mir Ludger eine Stunde zuvor robuste Arbeitsklamotten für den nächsten Tag rausgesucht hatte, war mir aufgefallen, wie seltsam sie mit diesem Rucksack umging.

Ab Wildow fing sie an, mir von Gesundheitszeugnissen und anderen Schikanen der Bürokratie zu berichten, die einen Biohof betrafen und die genauso komplex und undurchdringlich wie langweilig zu sein schienen. Als sie merkte, dass mich das Thema nicht interessierte und ich mich nicht darüber aufregen würde, erzählte sie vom Klettern. Obwohl ich an Baumhäuser von Klimaaktivisten wie das von Birk denken musste, erzählte sie mir von einem Boulder-Trip nach Graubünden. Und dann wechselte sie erneut das Thema und wollte etwas über Magda wissen. Sie war zurückhaltend und nicht spöttisch, sie wirkte angespannt. Das, was ich für ihre Maske hielt, war nicht so fest und undurchdringlich wie sonst.

Dann berührten sich unsere Knie. Ich war zuerst nicht sicher, ob das ihre Absicht war oder nicht, aber als sie sich in Adlershof neben mich setzte, weil ein älteres Ehepaar zugestiegen war und die Plätze neben uns einnehmen wollte, berührten sich unsere Oberschenkel.

Unsere Haut klebte etwas aneinander, und es floss ein warmer Strom zwischen uns. Ich hatte so etwas lange nicht in der Intensität empfunden und schaute aus dem Fenster. So saßen wir ein paar Minuten schweigend nebeneinander. Nach wie vor stand ihr Rucksack auf dem Boden zwischen ihren Beinen.

57

Vier Dinge waren in Berlin zu erledigen, und ich glaubte, dass ich alles an einem Tag schaffen konnte. Alissa hatte mich in mehreren Textnachrichten instruiert. Ich sollte zuerst einen Blumenstrauß bei *Fleur Wüst* abholen, den sie von Frankfurt aus bestellt hatte. Außerdem sollte ich bei Rewe eine Flasche Champagner besorgen, danach eine Klappkarte bei Modulor. *Etwas von Katharina Sieverding oder zur Not was von Banksy, auf keinen Fall Klassische Moderne*, so hatte sie es formuliert. Zuletzt sollte ich den Text, den sie mir ebenfalls per Textnachricht geschickt hatte, wortwörtlich in meiner schönsten Handschrift in die Karte schreiben und schließlich alles in Frau Matuseks Büro abliefern, allerdings ohne in Erscheinung zu treten.

Ohne in Erscheinung zu treten? Das war nicht leicht, wenn man einen 80-Euro-Blumenstrauß und Schampus dabeihatte. Abgesehen davon hielt ich das für zu verhuscht und defensiv. Ich wusste, dass Frau Matusek mich mochte, zumindest auf ihre speziell egozentrische Art. Es wäre wichtig gewesen, sie zumindest kurz zu sprechen, aber ich konnte mich auf keine Diskussion mit Alissa einlassen.

Im Büro in der Reichenberger Straße saß ein junger Mann, der ungefähr so alt war wie Birk. Er trug mittellange, sorgfältig gekämmte Haare, ein mintfarbenes 90er-Jahre-Sakko mit Schulterpolstern und eine kurze, hellblaue Stoffhose, dazu knallrote Socken. Er wirkte eher wie die Assistenz einer Galeristin, nicht wie der Vorzimmermann einer fränkischen Immobilienbesitzerin mit Ambitionen und Attitüden. Alles wird gut, dachte ich, alles wird gut, es ist immer alles gutgegangen. Ja, bei dieser Fahrt nach Berlin bekam ich langsam, aber sicher wieder Oberwasser.

Ich stellte mich vor und bat ihn, die Dinge an Frau Matusek weiterzuleiten, und es fiel mir sehr schwer, nicht zu sagen: Diese Dinge muss ich Frau Matusek persönlich geben, ich würde gerne mit ihr reden.

Er lächelte mich an, notierte meinen Namen, und als ich mich umgedreht hatte und fast aus der Tür war, rief er mir hinterher: »Ich hab von Ihrem Fall gehört, wir haben darüber gesprochen.«

»Gibt's noch Hoffnung?«, fragte ich und blieb stehen, woraufhin er den traurigsten Satz dieses Sommers aussprach: »Die Hoffnung stirbt zuletzt.«

Als ich das Büro verlassen hatte, blickte ich die Straße hinunter und stand eine Weile einfach nur da. Schließlich ging ich zu unserer Wohnung in der Weserstraße, um in den Briefkasten zu schauen. Das war Teil zwei von Alissas Auftrag. Ich tat das mechanisch, wie ein Automat. Der Briefkasten war bis oben hin voll. Xavi und Eduard leerten ihn offensichtlich nicht mehr. Ich stopfte alle Briefe in meine Jackentasche, stieg die Treppen hoch und klingelte, aber nichts tat sich. Als ich den Schlüssel herausholte, um die Tür aufzuschließen, öffnete ein junger Mann mit freiem Oberkörper. Über seine Haut verteilt waren viele kleine, teils winzige, für sich stehende, ironische oder meta-ironische Tätowierungen.

»Hallo.«

»Hi, what's up?«

Mein Blick fiel auf ein kleines Plastikflaschen-Tattoo auf der Rückseite seines Mittelfingers, auf dem Ringfinger war ein Jesusbild.

»Sind Xavi oder Eduard da? Ich würde gern mit ihnen –«

»English, please.«

»I would like to talk to Xavi or Eduard.«

»They are gone«, sagte er mit italienischem Akzent.

»Who are you?«, fragte ich.

»Who are *you?*«, erwiderte er nicht sehr amüsiert.

»I'm Rio, the tenant of this flat.«

»Oh. Sorry. I didn't know. I am Mazzi.« Er streckte mir die Hand hin. »I'm an old friend of Eduard. He and Xavi split up a few weeks ago and both left. Xavi was in very bad condition. You didn't know?«

Ich schüttelte den Kopf.

»Eduard told me we can stay until you are back.«

Ich nickte und er schaute mich an, dann fragte er langsam: »Now you are back?«

Ich sagte nichts.

»Wanna coffee?« Er öffnete die Tür ganz weit, doch ich blieb stehen. Mein Blick fiel in die Wohnung. Es sah nicht chaotisch oder dreckig aus, es sah ganz normal aus, nur dass einige Möbel verrückt worden waren. Ich starrte in den Flur, ohne etwas zu sagen, sah Alissa, sah unser gemeinsames Leben. Dann fielen mir zwei Beine auf. Da war also noch jemand, der offensichtlich auf dem Bauch lag und seine Beine entspannt in der Luft hin und her, vor und zurück bewegte. Die Couch hatte ich vor Jahren von meiner Tante bekommen.

58

Es wäre jetzt notwendig gewesen, mich auf eine Bank oder auf eine Wiese im Görli zu setzen und innezuhalten. Mir war fast alles in meinem Leben spätestens in letzter Minute geglückt. Aber als ich durch die Weserstraße lief, machte sich ein Gefühl in mir breit, als hätte jemand ein Fass Säure in mich gekippt.

In einem Hauseingang saß ein Teenager mit weißem Kapuzenpullover. Ich kannte ihn vom Sehen, er hielt zwei Handys in den Händen und schaute auf das eine, dann auf das andere. Ich schlug den Weg in Richtung U-Bahn ein. Und begann zu rennen. Für das Schifffahrtsamt hatte ich um 14:02 Uhr einen Termin gebucht. Online. Aber mir wurde klar, dass der Termin im Gesundheitsamt eigentlich der wichtigere war. Aber das Schifffahrtsamt hatte nur bis 15:00 Uhr geöffnet und das Gesundheitsamt, das für mich zuständig war, befand sich eine Dreiviertelstunde entfernt im wunderschönen Britz.

Frau Schneider schaute mich an. Sie wartete. Es war 14:03 Uhr. Sie saß zwischen zwei wuchernden, meterhohen Monsterae. An den Wänden hingen von kleinen Kindern gemalte Bilder und vor ihr stand ein blauer Schlumpf auf einem Surfbrett. Dazu ein großes Modell eines Klepper-Faltboots. Mein erster Eindruck war, dass Frau Schneider eine Amtsperson war, mit der man reden konnte.

»Das ist ja toll«, sagte ich, während ich mein Hemd aus der Hose zog, weil es durchgeschwitzt war.

»Ja, Maßstab eins zu zehn.«

»Und sind das alles Original-Materialien? Ist das von Klepper?«

»Ja! Ist ein Original, nur in klein.« Sie nahm es in die Hand.

»Aber Sie versuchen nicht, damit zu fahren.«

Sie musste lachen. »Was kann ich für Sie tun?« Sie blickte auf ihren Bildschirm. »Antrag auf Erteilung eines Kennzeichens für Sportboote haben Sie gewählt.«

»Das ist nicht ganz richtig. Ich habe eine *Schwimmende Anlage*, also ein Floß gebaut und möchte es zu einem Hausboot erweitern und damit auf den Brandenburger Gewässern unterwegs sein und an einem Grundstück von Freunden festmachen. Und jetzt brauche ich ein Kennzeichen, richtig?«

»Also ganz langsam. Es besteht bereits eine Anlage?«, fragte sie.

»Kann man so sagen.«

»Und an dieser Anlage ist schon ein Kennzeichen?«

»Nein.«

»Sie haben sie aber nicht schon ins Gewässer verbracht.«

Ich zögerte. »Nein, das plane ich.«

»Sonst müsste ich Sie aus dem Verkehr ziehen und eine Strafe verhängen. Ohne Kennzeichen haben Sie keine Betriebserlaubnis. Sie dürfen da nicht raus auf die Binnenwasserstraßen. Weder in Brandenburg noch in Berlin.«

»Also, ich möchte ein Floß in ein Hausboot umwandeln. Und brauche ein Kennzeichen, oder?«

Sie schüttelte den Kopf. »Was genau meinen Sie mit Hausboot?«

»So einen Kasten, wie sie überall herumschwimmen.«

»Zuerst müssen wir mal klären, ob Sie das in Ihrer Freizeit nutzen oder dauerhaft darauf wohnen wollen. Und ob Sie regelmäßig damit herumfahren möchten oder einen festen Liegeplatz einnehmen.«

»Ich möchte auf der schwimmenden Anlage, die ich mir selbst baue, dauerhaft wohnen. Manchmal auch damit herumfahren.«

»Für einen festen Standort gibt es keine Zulassungen mehr. Theoretisch gibt es noch Zulassungen, aber dann müssen Sie zuerst einen Bauantrag stellen. Ein Hausboot lassen Sie von einem richtigen Handwerksbetrieb oder einer Werft bauen. Das können Sie nicht selbst machen. Sie bekommen nie ein positives Gutachten für ein selbstgezimmertes Ding. Selbst wenn man das bekommt, gibt es praktisch keine Liegeplätze mehr. Kein einziges Hausboot wird mehr in Berlin oder Brandenburg zugelassen. Selbst an Privatgrundstücken mit Wasserzugang darf man seine schwimmende Anlage Schrägstrich Hausboot nicht mehr legal festmachen. Es sei denn, es bestand eine ordnungsgemäße Betriebserlaubnis vor dem 1.Juni 2019. Dann ist das Bestand. Der einzige gangbare Weg, und das geht in der Regel nur über Vitamin B, ist, wenn man ein bestehendes Hausboot inklusive bestehendem Liegeplatz kauft oder erbt oder sonst wie erhält.« Sie schaute mich an. »Ich weiß jetzt nicht, wie viel Geld Ihnen zur Verfügung steht. Neulich hat ein Hausboot bei Schmäckitz inklusive Liegeplatz für dreihunderttausend Euro den Besitzer gewechselt. Das ist natürlich außergewöhnlich viel. Fünfzig- bis hunderttausend waren in den letzten Jahren die Regel. Seit einiger Zeit wollen alle aufs Wasser. Das geht natürlich nicht. Dafür gibt es nicht die entsprechende Infrastruktur.«

Ich schaute auf die Uhr hinter Frau Schneider. Es kam mir so vor, als dehnte sich der Raum und auch die Zeit. Ihre Stimme erschien mir unglaublich leise. Es war 14:22 Uhr. Ich musste los, wenn ich pünktlich im Gesundheitsamt sein wollte.

»Entschuldigung, wenn ich Sie unterbreche.« Ich schaute Frau Schneider an und räusperte mich. »Ich muss los, habe noch einen wichtigen Termin. Ich hätte aber noch einige Fragen an Sie.«

»Na dann. Lassen Sie sich einen neuen Termin geben. Aber ich bin ab morgen für drei Wochen im Urlaub.«

»Urlaub? Auf einem der Seen?«

Sie wirkte misstrauisch, dann sagte sie: »Ja.«

»Nicht zufällig auf der Lahne? Auf dem Soliner See oder dem Fernower See? Dort in der Gegend?«

An ihrer Reaktion sah ich, dass ich nicht völlig falschlag, und fragte: »Und was machen Sie am dreizehnten August? Abends?«

Sie starrte mich an und wurde rot. »Am Tag des Mauerbaus?«

59

Der Teenager saß immer noch im Hauseingang. Mittlerweile knallte die Nachmittagssonne direkt auf die Stufe, auf der er saß. Es musste verdammt heiß sein unter seinem Kapuzenpullover. Erst jetzt sah ich seine Hände, die von Schmutz und Licht fast schwarz gegerbt waren. Um sein Handgelenk war eine Mullbinde gewickelt, die braun vor Dreck war. Das war mir vorher nicht aufgefallen. Seine Augen waren locker geschlossen, er murmelte vor sich hin, getrockneter Speichel hing auf seinen Lippen. Hatte er etwas genommen? In seine Bauchtasche hatte er eine Zwei-Liter-Eistee-Packung gequetscht. Mein Blick fiel auf seine weißen Sneaker, bei denen die Klettverschlüsse offen standen. Die beiden Handys lagen vor ihm auf dem Bürgersteig. Es war schwer zu sagen, ob er schon obdachlos war. Sein weißer Hoodie sprach dagegen. Oder hatte er den ganzen Sommer über gefeiert und war auf einem Trip hängengeblieben?

Eine große Gruppe Teenager kam mir entgegen. Einer hatte einen Basketball dabei, ein anderer eine Boombox. Ich blickte in das Gesicht eines Mädchens, das mich erschrocken ansah. Alle anderen beachteten mich nicht. Und mir kam der abwegige Gedanke, dass all die Leben dieser Basketball-Teenager in das eine Leben des Kapuzenpullover-Teenagers hineinpassen würden. Ich blieb eine Weile wie angewurzelt stehen, fühlte das Schwanken, das mich den ganzen Sommer über begleitete. Aber da war noch ein anderes Gefühl, ein seltenes, ein leichtes Gefühl. So als würde ich fallen. So als hätte ich nichts mehr zu verlieren. War ich jetzt frei?

60

Ich setzte mich auf die Bierbank vor unserem Späti in der Weserstraße und lehnte mich an die Hauswand. Zum Gesundheitsamt war ich nicht mehr gefahren, weil die U-Bahn wegen eines Polizeieinsatzes nicht fuhr. Ich beobachtete die Menschen und ihre Autos, Räder und Hunde. Es war erstaunlich, wie unaufgeregt und gleichgültig Berlin mich an diesem Abend in seine kräftigen, behaarten Arme schloss. Berlin war ein Bär, dachte ich, ein Bär, der auf einer großen Ebene seine Runden gedreht hatte und in von Birken und Gestrüpp überwucherten Ruinen großmäulig und gutmütig hin und her gestromert war. Aber die Stadt hatte sich grundlegend verändert. Die Zeiten, in denen man zwei, drei Tage pro Woche jobbte und sich damit eine Wohnung und ein sehr okayes Leben in Berlin leisten konnte, waren vorbei. Alissa und ich würden niemals wieder eine vergleichbare Wohnung finden.

Das erste Bier trank ich in einer Minute aus. Dann nahm ich mein Handy und schrieb nicht nur Matthias, sondern auch Jasper kurze Textnachrichten, zuletzt schickte ich auch Xavi ein paar Zeilen. Danach ging ich in den Späti und tauschte die leere Flasche gegen eine volle. Drehte mir Zigaretten. Rauchte. Einmal klingelte mein Telefon. Ich war ganz sicher, es müsse Alissa sein, aber es war der Assistent von Frau Matusek, der mir mit knappen, irgendwie konspirativen Worten mitteilte, dass sie ihre Häuser in Kreuzberg und Neukölln an einen Investor aus Katar verkauft habe. Es sei ausgeschlossen, dass wir unsere

Wohnung zurückbekämen. Selbst für Frau Matusek sei es unmöglich, mit dem Investor zu kommunizieren. Die gesamte Korrespondenz liefe nur noch über eine Kanzlei in Dublin, seitdem der Verkauf notariell beglaubigt sei. Und diese antwortete niemals auf Mails, Anrufe oder was auch immer.

Als wir aufgelegt hatten, trank ich weiter. Nach dem zweiten Bier holte ich mir ein drittes, dazu eine Flasche Wodka, und lief in Richtung Dreiländereck und Weichselplatz und weiter in den Park hinter dem Spielplatz. Ich ließ mich treiben. Überall saßen Menschen auf der Wiese oder am Kanalufer, sie saßen in kleinen Gruppen zusammen. Es war nicht laut, auch nicht leise. Oft, das fiel mir auf, saß auch jemand alleine da.

Ich wankte zurück zur Weserstraße. Ging über den Rütli-Campus, dort, wo die schönen Schrebergärten gewesen waren. Ich war betrunken und fühlte eine dunkle, tierhafte Lust und Energie. Wieder auf der Lohmühlenbrücke angekommen – mittlerweile war es dunkel geworden – kaufte ich Koks von einem Mann, der mich breit angegrinst hatte. Als der Deal über die Bühne war, klatschten wir ab wie alte Kumpels, wie uralte Seelen, die sich seit Jahrhunderten kannten. Das war ein schönes Gefühl. Dann lief ich zurück in Richtung Park und formte die Line mithilfe meiner Kreditkarte auf einer abgelegenen Parkbank hinter einem Lkw. Ganz sorgfältig rollte ich einen Fünfziger zu einem Röhrchen, und genau in dem Moment, als ich das Koks zog, hörte ich eine ungeheure Explosion. Es musste nur ein paar Straßen weiter gewesen sein. Für einen Moment war es absolut still. Dann aufgeregte Stimmen, Schreie von Kindern, schnelle Bewegungen. Aber ich war sicher: Da war auch ein helles Licht und eine irrationale Begeisterung, der sich keiner entziehen konnte.

61

Als ich am S-Bahnhof Dammwalde ankam, sah ich Johanna auf dem Bahnsteig. Ich wollte zu ihr gehen, zögerte aber. Sie saß auf einer Bank, anstatt zu ihrem Rad zu gehen, und etwas kam mir merkwürdig vor. Sie presste ihre Hände so komisch zusammen. Die Finger ihrer rechten und linken Hand überkreuzten sich und waren ineinander verschränkt wie die Zähne eines Haifischs. Im nächsten Moment löste sie sich aus dieser starren Haltung und legte ihre Handflächen zusammen, als würde sie beten. Ihr Kopf war gesenkt, ihr Rücken gebeugt wie nach einer übergroßen Anstrengung. Das war das einzige Mal in diesem Sommer, dass ich so etwas wie Mitleid mit ihr empfand. Aber ich wusste, dass sie in dem Augenblick, in dem sie mich bemerken würde, wieder ihr normales Gesicht, ihr normales Verhalten an den Tag legen würde. Und endlich fiel es mir auf: Sie hatte sich umgezogen. Trug einen sehr weiten rosaroten Pullover und eine schwarze FFP2-Maske. Ihren Rucksack hatte sie nicht mehr dabei. Wenn ich nüchtern gewesen wäre, hätte ich es sofort bemerkt. Ich war sturzbetrunken.

62

Als ich erwachte, lag ich in ihrem Gartenhaus, das am Ende des Grundstücks, noch hinter den Gewächshäusern stand. Das Bett war nass von meinem oder Johannas Schweiß. Das war das Erste, was mir auffiel. Dann, dass es viel zu hell war in ihrem Bungalow, viel heller, als ich vermutet hätte. Höllische Kopfschmerzen zwangen mich liegen zu bleiben.

Ich blinzelte aus dem Fenster, sah ein Stück vom Himmel und die Krone einer Pappel. Das satte grelle Blau und das silbrig flirrende Grün hatten etwas erregend Lebendiges. Aber in meinem Zustand war es kaum auszuhalten, ich drehte mich auf die Seite.

Für eine gefühlte Ewigkeit betrachtete ich einfach nur meine Hand. Drehte sie dicht vor meinen Augen hin und her wie einen Fremdkörper, wie ein nicht zu mir gehörendes Objekt. Die feinen Rillen in der Haut erinnerten an kleine, ruhige Wellen auf dem Wasser. Oder an die Maserung in Holz. Aber es war erschreckend, wie zerstörerisch die Falten wirkten, wenn man sie aus nächster Nähe betrachtete. Krude, scharfe, ganz tiefe Einschnitte, wie mit einer Axt geschlagen. Sie zerschnitten die feinen Rillen wie primitive Gräben. Ich stellte mir ein winziges Tier vor, einen Wasserläufer oder eine Fruchtfliege, das über diese Falten und Rillen lief und eine neue Spur, eine neue Welle hinterließ. Oder einen Tonabnehmer, der den Sound dieser Handzeichnungen, den Sound meines Schicksals zum Klingen brachte. Aber ich war nicht sicher, ob ich es hören wollte.

Ich schloss die Augen. Der Schmerz in meinem Kopf drohte mich zu zerreißen.

Eine Weile lag ich unbeweglich dort, fühlte das nasse Laken. Bei der Vorstellung, wie meine Hände auf Johannas Haut lagen, auf ihrem Rücken, in ihren Haaren, auf ihrem Po, wie sie sich über mir bewegte und sich auf und um mich bewegte, bekam ich eine Erektion. Neben dem Bett lag das Kondom. Ich starrte es an – oder starrte es mich an? Ich wünschte, Alissa wäre da. Ich wünschte, ich lebte in einer Welt, in der nicht alles möglich wäre. Doch die Wellen meines schlechten Gewissens waren flach und kamen langsam.

Als ich auf mein Handy schaute, war es 8:31 Uhr. Arbeitsbeginn bei Ludger wäre um 5 Uhr gewesen. Glücklicherweise hatte ich ihm einen Zettel geschrieben. So etwas konnte ich. Für so etwas fand ich immer die richtige Formulierung. Ganz egal, in welchem Zustand ich war.

Da hörte ich ein leises, aber deutlich vernehmbares Rascheln in der Wand. Ein Knuspern? Ein Knabbern? Ich musste an das Buch von Edward Abbey denken, der beschrieben hatte, dass er die Mäuse in seinem Wohnwagen, in dem er als Ranger im Arches-Nationalpark gelebt hatte, gemocht und sogar gefüttert hatte, bis er begriff, dass diese Tierchen Klapperschlangen anlockten, und er sie alle töten musste.

Draußen pfiff jemand. Und als ich die Tür mit dem Fuß einen Spalt weit öffnete, sah ich Ludger, der in ein paar Metern Entfernung vor dem Bungalow entlanglief. Er ging vorgebeugt, trug ein schwarz-rotes Holzfällerhemd und hatte das Schreckschussgewehr in der Hand, das sonst am Fenster vor dem Büro in der Halle lehnte. Mit seinen Beinen hieb er beim Gehen genauso auf die Bodenplatten, wie er die Riemen beim Rudern ins

Wasser stach. Instinktiv wich ich zurück und schloss die Tür. Er hatte mich nicht gesehen.

»Mein Gott, wirktest du in der Bahn thirsty«, hatte Johanna zu mir gesagt.

»Thirsty? *Du* hast dich doch neben mich gesetzt.«

»Sehe ich so aus, als würde ich anfangen, mit Huckleberry Finn zu flirten?« Sie lachte.

Ich hatte auf Birks Boot pennen wollen, weil ich mir nicht vorstellen konnte, den Weg zum Floß unbeschadet zu überstehen, so betrunken war ich. Aber dann war ich wieder in Johanna gestolpert, von der ich mich schon verabschiedet hatte, und wir waren so aufgekratzt, dass wir beschlossen, noch einen Absacker zu trinken. Wir liefen zur Lahne, setzten uns ans Ufer und schlugen die Bierflaschen gegeneinander.

»Prost«, sagte ich.

»Zum Wohl, Kollege«, sagte sie.

»Stimmt, ich bin jetzt dein Kollege.«

»Ja, du arbeitest für mich.«

»Und die Berufsbezeichnung?«

»Sachte, sachte, zuerst brauchen wir das Gesundheitszeugnis. Darf ich mal sehen?«

Sie lächelte mich an. Ich fühlte genau dasselbe wie in der S-Bahn nach Berlin. Zwischen uns floss dieser warme, heiße Strom. Und dann drehte ich meinen Kopf zu ihr und sie drehte ihren Kopf und wir küssten uns. Sie küsste schlecht, so als sei sie gehemmt oder hätte überhaupt keine Erfahrung. Ihre Zunge fuhr irgendwie mechanisch vor und zurück. Trotzdem klopfte mein Herz. Und wenn ich die Augen öffnete, sah ich ihre braungebrannte, makellose Haut in der ersten Morgendämmerung.

Der Fluss, die Bäume, die Stege, alles um uns herum schien uns zu beobachten. Wir saßen an einer offenen Stelle direkt am Ufer, aber das war egal. Ich berührte ihre Brüste und sie sagte leise »Ja« und schmiegte sich an mich, bevor sie sich wieder aus der Umarmung löste und aufstand.

»Lass uns einfach so tun, als wäre nichts«, sagte sie auf dem Weg zu ihrem Bungalow, »wäre mir am liebsten. Das ist so der Moment, von dem ich mich mitreißen lasse. Ich bin nicht in dich verliebt oder so was.« Kurz darauf saßen wir nebeneinander auf ihrem Bett und zogen uns aus.

Als von Ludger nichts mehr zu sehen und zu hören war, kochte ich einen Kaffee auf Johannas Gaskocher, und als die Sonne hinter den Erlen hervorkam und es schlagartig heiß im Bungalow wurde, verließ ich ihn. Ich verdrückte mich nach draußen in den Schatten und lehnte mich an einen Baum. Auch hier wehte dieser arkadische Wind, wie neulich auf der Ponceau. Nichts war schöner, weicher, lieblicher. Die Luft liebkoste meine Haut. Ich wollte nicht, dass sich die Welt noch weiterdrehte. Ich wollte nicht zurück nach Berlin. Ich lebte im luftleeren Raum.

63

Die nächsten Tage liefen in einer ungewohnten Gleichmäßigkeit ab. Einer Gleichmäßigkeit, die ich genoss. Und die ich nicht aushalten konnte.

Per Textnachricht machten Alissa und ich aus, wie sie zum See kommen sollte. Sie würde mit dem ICE nach Berlin fahren und von dort weiter nach Dammwalde, dann mit dem Bus nach Ranitz. Jost hatte ein Shuttle organisiert, mit dem die Gäste vom Steg auf die Ponceau gebracht werden sollten. Das Fest würde am späten Nachmittag beginnen, aber Alissa wollte mich vorher noch allein sehen.

In dieser Zeit vor Josts Geburtstag tendierten meine Gedanken und Gefühle manchmal zur Panik, manchmal hinterließen die Erinnerungen eine Leuchtspur aus Hoffnung, und manchmal war es so eine Art Zwischending.

Ab frühmorgens arbeitete ich bei Ludger und Johanna. Das Aufstehen um 4 Uhr war für mich nichts Ungewohntes. Jeder Mensch, der sich in der Natur aufhielt, zumal im Sommer, wachte sehr früh auf. Langes Schlafen erschien abwegig. Die Arbeit war hart und erschien mir irgendwie auch absurd: eine eingestürzte Mauer wieder aufbauen, nachdem ich wochenlang auf einem schwankenden Floß verbracht hatte. Aber ich mochte sie. Dazu die Hitze. Das alles machte mich müde, machte Körper und Geist müde, aber zugleich tat es gut. Es hatte etwas Beruhigendes. Ludger fasste es so zusammen: »Nur Arbeit erdet.«

Tagsüber schaute ich oft auf mein Handy. Ich wartete auf neue Nachrichten von Alissa. Wenn ich ihre Nachrichten, über die ich mich tagsüber freute, nachts erneut las, begann das schlechte Gewissen mich zu quälen und wach zu halten. All die Pläne, die ich auf dem Fernower See geschmiedet hatte, bedrängten mich. Doch ich verglich Alissa kein einziges Mal mit Johanna.

Die Arbeit war klar umgrenzt und gab den Tagen Struktur. Ich sammelte die Ziegel der umgestürzten Mauer auf, klopfte den Putz mit einem Hammer ab, fegte dann jeden einzelnen mit einem Handfeger sauber und stapelte sie auf einer Palette. Zwischendurch kam Ludger und zeigte mir, wie ich sie aufmauern sollte. Am Anfang kam ständig der Gedanke, wie wenig ich bei dieser Arbeit verdiente. Zugleich tröstete ich mich damit, dass ich mit einem Tageslohn von achtzig Euro mindestens eine Woche lang ein Floß-Leben führen konnte.

Wenn Ludger manchmal für eine halbe Stunde dabei war, hatte ich den Eindruck, dass er das Aufrichten der Mauer am liebsten selbst erledigt hätte, dass er ein Arbeitstier war, dass er die körperliche Tätigkeit brauchte wie die Luft zum Atmen. Er war bei allem schnell und akkurat, schien die ganze Zeit vor sich hin zu lächeln.

»Was wäre Berlin ohne Brandenburg?«, sagte er einmal ohne jeden Zusammenhang. »Und was wäre Brandenburg ohne Berlin? Die beiden ergänzen sich perfekt. Wie Arsch auf Eimer. Stimmt's oder hab ich recht?«

Oft unterbrach ich die Arbeit und setzte mich in den Schatten, trank Wasser, aß einen Apfel oder ein Ei. Ludger und Johanna, die mich versorgten und mir Kaffee brachten, gaben mir niemals das Gefühl, dass ich mich beeilen sollte oder ihren Anforderungen nicht genügte. Im Gegenteil, sie waren zufrieden mit mir und erwähnten Birk, der diese Arbeit nur mit größtem Widerwillen erledigt hätte. Zum Feierabend gegen halb drei war ich wie gerädert. Alle Muskeln taten mir weh, ich war harte körperliche Arbeit überhaupt nicht gewohnt.

In den Toilettenräumen hinter der alten Werkstatt gab es ein Bad, wo ich mich täglich nach der Arbeit duschte. Weder an

Johanna noch an unsere Nacht, meine widersprüchlichen Gefühle, nicht mal an ihr düsteres Treiben verschwendete ich viele Gedanken. Es war eher so, dass sich in mir ein gleichbleibendes Gefühl der Zuneigung, der Anziehung für sie einstellte. Ob ich in sie verliebt war oder nicht, konnte ich nicht sagen. Ich fragte es mich nicht. Gegen halb vier machte ich mich dann auf den Weg zurück zum Floß, das nach wie vor in der Mückenbucht lag. Jedes Mal machte ich auf diesem Heimweg einen Abstecher zu Jost, der dann immer an der Reling stand und meine Ankunft beobachtete. Zuerst tranken wir Kaffee und aßen Éclats de Nougat. Nach dem langen Arbeitstag wäre es mir lieber gewesen, das schweigend zu tun, doch Jost hatte ein großes Mitteilungsbedürfnis. Um die Organisation für sein Fest – Shuttle, Getränke, Playlist – ging es nur nebenbei. Über Kostüme redeten wir nie wieder.

Nach dem Kaffee spielten wir immer eine Runde *Moby Dick*, ein australisches Kartenspiel, das Jost liebte. Später aßen wir belegte Brote und tranken Bier. Ich spürte, dass er Magda vermisste, aber wir sprachen kein einziges Mal über sie. Auch nicht über Birk. Alissa erwähnten wir ebenso wenig.

Ein Problem war, dass Jost zu viel trank. Ich hörte nach zwei oder drei kleinen Bieren auf, denn die körperliche Arbeit forderte eine gewisse Disziplin, Jost trank unverdrossen weiter. Wenn ich nachmittags bei ihm ankam, schien es mir, als habe er den ganzen Tag meine Ankunft herbeigesehnt, um einen Grund zu haben, zu neuem Leben zu erwachen und die ganze Nacht trinken zu können.

Ich lebte in diesen Tagen wie in einer Zwischenwelt. Ich hatte Angst vor dem Wiedersehen mit Alissa. Ich hatte Angst vor Entscheidungen, die nicht rückgängig gemacht werden konnten, echten Entscheidungen. Wir hatten uns seit acht Wochen nicht gesehen und ich wusste nicht, was ich ihr gegenüber fühlen würde.

Währenddessen deuteten erste Anzeichen auf den Herbst. Die Tage waren warm, manchmal heiß, der Hochsommer wollte gar kein Ende nehmen, die Nächte dagegen wurden frisch. Die Temperaturen sanken dann manchmal auf zehn Grad ab. Das war warm genug, um auf dem Floß zu schlafen, zeigte mir aber unmissverständlich, dass es nicht mehr lange so weitergehen würde.

Von Birk hörte ich nichts. Jeden Abend, wenn ich von Jost kam, schrieb ich ihm eine Nachricht, doch er antwortete nie. Normalerweise würde ich eine, allerhöchstens zwei Nachrichten schreiben und warten, bis etwas zurückkam. Aber ich fühlte mich Birk so nah, dass ich ihm einfach weiterhin ein paar Zeilen schickte. Komischerweise schrieb mir auch Jost jede Nacht oder schickte Fotos und schwenkte manchmal so wild wie ein Ertrinkender mit der Taschenlampe, wenn er sie abgeschickt hatte. Es waren schöne und originelle Botschaften, auf die wiederum ich nicht antwortete.

Auch in dieser Zwischenwelt stieg ich spätabends in den Schlumpf, drehte mir eine Zigarette und nahm ein bisschen Wein mit. Es näherte sich der Scheitelpunkt der Perseiden. Ich wollte den Himmel sehen und wie der See zur Ruhe kam, wollte die Sterne bewundern und die absolute Stille. Spätabends, nachts, wenn ich alleine war, wenn ich nichts zu tun hatte, kamen jedoch die unguten Gedanken, kamen die Gefühle, die Erinnerungen und Vorstellungen, die Pläne und Träume, die nach vorne und nach hinten gerichtet waren, kam das Driften in meinem Kopf, kam auch die Angst. Kam manchmal auch das

Zittern wieder, wenn auch weniger heftig. In jeder dieser Nächte sehnte ich den nächsten Tag herbei, das Tageslicht, den Apfel und das Ei, die Arbeit an der Mauer.

DELTA

64

Am dreizehnten August standen Johanna und ich hinter der Halle. Sie hielt ein Klemmbrett in der Hand und sah die Liste der Dinge durch, die für die Party auf der Ponceau bestimmt waren. Ich wartete neben einem Stapel grüner Plastikstiegen. Sie drückte auf dem Kugelschreiber herum, klickte die Mine rein und raus. Eine halbe Stunde später, um kurz vor elf, würden wir alles in den Kastenwagen laden und zum Steg bringen.

»Holst du noch den Knoblauch und bringst bei der Gelegenheit zusätzlich, sagen wir, zwanzig Tomaten mit? Suchst du schöne raus? Ich hole das Fleisch aus dem Tiefkühler. Dann können wir los.«

Ich lief zum hinteren Gewächshaus, wo die Tomaten, Gurken und Paprikas wuchsen und Knoblauch getrocknet wurde. Es war ein freundlicher und sonniger Tag, das Wetter war ideal für ein Fest auf dem See, mir war jedoch die ganze Zeit übel und ständig schaute ich auf das Handy. Um zwei wollte Alissa am See eintreffen, und ich versuchte, mich auf das zu konzentrieren, was unmittelbar vor mir lag. Als ich ein Auto kommen hörte, ging ich davon aus, dass es Ludger war, der oft mit hohem Tempo auf den Hof gefahren kam und abrupt bremste. Kurz, wie so oft in dieser Zeit, hoffte ich, dass es Birk war.

Im Gewächshaus war es heiß und es duftete intensiv nach

den Tomaten. Sie bauten eine Sorte an, die *Altajskaya Zarya* hieß. Große, sehr aromatische und interessant geformte Früchte.

Als ich zurück war und die Stiege auf die anderen stellte, war Johanna nicht zu sehen. Ich wartete einen Moment, schaute auf die Uhr und aß eine Tomate, dann hörte ich Stimmen aus der Halle und lief zum Tor. Johanna stand mit dem Rücken zu mir, andere Personen sah ich nicht. Ich rief ihren Namen, aber in diesem Moment lief die Ratte mit ohrenbetäubendem Lärm an. Wollte sie etwas sägen? Ich erinnere mich genau an meinen ersten Gedanken: Vielleicht hatte sie Lust, die ganze Welt einfach in der Mitte durchzusägen, mit einem glatten Schnitt. Krasser als jede Explosion.

Die Stimmen waren wegen des Lärms nicht mehr zu hören, und ich ging auf sie zu, wir mussten losfahren. Plötzlich drehte sich Johanna ruckartig um und wollte wegrennen. Erst in diesem Moment sah ich die beiden Polizisten, die auf sie zusprangen und sie am Oberarm greifen wollten. Johanna wich aus, dann fasste der männliche Polizist zu, aber sie schlug um sich und wischte ihm die Mütze vom Kopf. Die Polizistin versuchte jetzt, Johannas Unterarm zu greifen, aber die spuckte ihr ins Gesicht, woraufhin sie zurückwich. Johanna rannte davon, nach vorne raus, in diesem Augenblick kamen jedoch zwei weitere Männer. Sie waren in Zivil und stürzten sich förmlich auf sie, wollten sie auf den Boden drücken, brüllten los, oder beschimpften sie ihre Kollegen wegen deren stümperhaftem Vorgehen?

Das Kreischen der Ratte war unerträglich. Alle vier wollten Johanna festhalten.

Ein Polizist in Zivil, der bestimmt zwei Meter groß war und braune Lederhandschuhe trug, drückte irgendeinen Schmerzpunkt an ihrer Schulter, und Johanna schrie auf. Jetzt konnte ich Wortfetzen hören: »Fotze«, schrie einer der Zivilpolizisten, »dir zeigen wir es. Warte ab«, und holte zum Schlag aus.

»Reißen Sie sich zusammen!«, brüllte der Polizist in Uniform und zog ihn zurück. Es kam zu einem Tumult. Wie im Bauerntheater behinderten sich die Polizisten aus Dammwalde und die Zivilfahnder gegenseitig, und Johanna konnte einen Karton mit Sägespänen in ihre Richtung schleudern. Die Wolke aus Spänen und Staub, die jetzt in der Luft stand, verschaffte ihr einen minimalen Vorsprung, und sie rannte aus der Halle in Richtung Straße. Drei Polizisten stürzten ihr hinterher, der vierte blieb im Tor der Halle stehen und ging danach mit schnellen Schritten zum Einsatzwagen.

Ich war wie gelähmt. Aber dann setzte ich mich endlich in Bewegung. Ich dachte nicht darüber nach, was ich tat. Sekunden später war ich im alten Büro, riss den Karton unter dem Tisch hervor und schmiss ihn zur Seite, öffnete die Holzkiste, raffte den gesamten Inhalt auf einer der grauen Decken zusammen und verschwand.

Ich hörte noch, dass ein oder sogar zwei weitere Autos auf den Hof fuhren, da schlug ich mich bereits durch die Holunderbüsche, rannte, so schnell ich konnte, zum Ufer. *Wahnsinn, Wahnsinn, Wahnsinn*, schrie es in meinem Kopf, während ich lospaddelte.

Zwanzig Minuten später erreichte ich das Grundstück am Hellzigsee. Ich zog den Schlumpf aufs Ufer, sodass ihn niemand sehen konnte, und hastete zum Bauwagen, wo ich die graue Decke vorsichtig ablegte. Ich war total außer Atem, trotzdem war ich endlich fähig, etwas klarer zu denken. Zuerst nahm ich Birks verbeulte Box und lief damit ans Ufer, schöpfte ein paar Hände voll Wasser hinein, sodass das Gras verklumpte, und schüttete es in den See. Anschließend rannte ich zurück zum

Bauwagen. Ich war fest entschlossen, alles, was gegen Birk oder Johanna verwendet werden konnte, zu vernichten. Ich war mit Johannas Sachen schon auf dem Weg zu der Stelle, wo ich Birks Gras versenkt hatte – und ich begreife bis jetzt nicht, warum ich nicht das tat, was ich mir vorgenommen hatte. Ich schüttete den Inhalt aller Behälter ins Wasser und warf auch alles andere hinterher. Die Dinge, die nicht versanken, versteckte ich in einem Gebüsch. Dann hielt ich inne. In meiner Hand lag die präparierte Bierflasche. Ich verstehe es nicht. Und ich begreife genauso wenig, warum ich auch die zweite Gelegenheit, diesen Sprengsatz loszuwerden, verstreichen ließ. Nämlich als ich eine halbe Stunde später mein Floß erreichte und mir klar wurde, dass ich ihn auf keinen Fall dort aufbewahren durfte.

65

In das Fach, das unter dem Barometer in der Wand eingebaut war, würde ich die Flasche erst einmal legen, dort würde sie niemand vermuten, sagte ich mir. Aber der Stapel Champagner-Kartons, der vor dem Fach stand und es versperrte, war schwer und er stand immer noch schräg. Also begann ich, die Kartons einzeln zu nehmen und auf den Boden zu stellen, aber ich merkte sofort, dass das viel zu umständlich war und zu lange dauerte und auch zu auffällig war. Meine Hände waren schweißnass. Als ich Stimmen hörte, wurde ich noch hektischer. Wer war das? Paddler, die Jost in Smalltalk verwickelten? Mir trat Schweiß auf die Stirn und mir wurde klar, dass das Teil viel besser in der Küche beim Mülleimer versteckt war, neben den Pfandflaschen. Auch das war kein perfektes Versteck, aber mir fiel kein besseres ein, und die Frauen vom Catering, die dort zugange waren, beachteten mich nicht, als ich die Flasche neben die anderen stellte.

»Rio! Was machst du da?«

Ich schloss den Schrank und drehte mich abrupt um. »Magda?«

»Willst du jetzt die Pfandflaschen wegbringen?«

»Hab dich gar nicht kommen hören.« Ich konnte es nicht glauben. »Magda! Schön, dich zu sehen.« Wir umarmten uns. Es war eine sehr feste Umarmung, aus der sie sich sofort wieder löste. Dann lehnte sie sich zurück und blickte an mir herab. Ich war barfuß, was ihr genau wie mein Kramen im Schrank nicht zu gefallen schien.

»Wie geht es deinen Füßen?«, fragte sie.

»Wo ist Birk?«, erwiderte ich.

Sie schaute mich durchdringend und misstrauisch an, obwohl sie ihren Kopf schon zur Seite gedreht hatte.

»In der Pampa. Wo sonst. Und du, du musst mal zum Friseur. Hat Alissa dich verlassen?«

»Wie kommst du darauf?«

»Deine Frisur, dein Gesichtsausdruck.« Sie schaute mich mit hochgezogenen Augenbrauen an. »So zwischen gerupftem Vogel und Ernest Hemingway. Okay, ein bisschen was Dandyhaftes ist auch dabei. Oscar Wilde für Arme. Nicht gerade die Mischung, die man hat, wenn man in einer gut laufenden Beziehung ist. Jetzt guck nicht so blöd. Du hast mich gefragt.«

»Danke für die Blumen. Hemingway ist vermutlich noch die größte Beleidigung, dabei ist das ein wirklich guter Autor.«

Ich sah, wie Magda erstarrte. Wir hatten Jost nicht kommen hören. Auch er sah gequält aus.

»Rio, stimmt es wirklich, dass ihr Illmer eingeladen habt?«, fragte mich Magda, als Jost neben uns stand.

»Ja, nein, ich –«

Sie unterbrach mich: »Pfff. Das ist ein Fehler, kapiert ihr das nicht!«

»Das sagst du *jetzt?*«, platzte es aus Jost heraus. »*Du!*«

»*Du*«, stieß Magda mit einer tiefen, kehligen Stimme hervor und starrte ihn an, »du hast doch gar keine Ahnung.« Tränen schossen ihr in die Augen.

Jost verwies mit bohrendem Blick und ausgestrecktem Arm in Richtung Küche, wo die Frauen vom Catering arbeiteten.

»Mir doch egal, wenn die das alles mitkriegen«, zischte Magda.

»Los, Rio«, forderte Jost, »schildre Magda, wie das lief mit der Einladung.«

Magda schaute Jost hasserfüllt an. »Das interessiert mich nicht! Wisst ihr, welche Verschwörungsmythen über uns und über die Ponceau zirkulieren?«

»In etwa«, sagte Jost, »wen wundert's.«

»Es ist einfach zu langweilig«, sagte Magda. »Nichts von der Qualität des Last Thursdayism oder Diskordianism.« Sie hatte ihren Tonfall von einem Moment auf den anderen verändert. Für einen Augenblick schien sie die Alte zu sein, aber dann schüttelte sie den Kopf. »Ach, vergiss es«, sagte sie und ging in die Küche. Die beiden jungen Frauen – sie trugen lange schwarze Röcke und schwarze Langarm-Shirts mit dem Aufdruck *Markthalle Neun* – polierten Gläser. Die Köchin stellte einen Edelstahlbehälter in den Herd.

»Zumindest ist das Essen pünktlich da. Hätte ich Ludger

und Johanna gar nicht zugetraut«, sagte Magda wie zu sich selbst.

Erst jetzt fielen mir die grünen Stiegen auf, die auf dem Boden standen. Wie war das Zeug denn hierhergekommen?

»Wer hat das gebracht?«, fragte ich, aber Magda hatte sich schon weggedreht, und mit sich überschlagender Stimme sagte sie zu den Damen in der Küche: »Großartig, dass wir so tolle Helferinnen haben. Schön, dass ihr da seid! Merci!«, woraufhin die Frauen lächelten.

In mir zog sich alles zusammen. Hatte Ludger die Lebensmittel zum Steg gebracht? Die Polizei musste längst dabei sein, das ganze Grundstück zu durchkämmen. Es war auch nur eine Frage der Zeit, bis sie beim Bauwagen waren und beim Floß auftauchten und alles durchsuchten. Unweigerlich fiel mein Blick auf den Schrank mit dem Altglas. Mir war schlecht. Meine Beine wurden weich. Es war dreizehn Uhr. In einer Stunde wollte Alissa da sein.

Magda nahm ihr Handy und stellte Musik an. Drehte sie auf volle Lautstärke. Jost verzog das Gesicht und schaute zu Boden. Die drei Frauen schauten uns irritiert an, dann arbeiteten sie einfach weiter. Und obwohl es eigentlich unmöglich war, gegen den extrem lauten Techno anzusprechen, kam Magda zu Jost und sagte: »Was ziehst du an? Aber kein blaues Polohemd. Du hast einen Bauch gekriegt, den will wirklich niemand sehen.«

Jost ging nicht darauf ein, was Magda fast rasend zu machen schien. Sie schob ihren Unterkiefer nach vorne, ihre Augen weiteten sich.

Ich dachte an Birk. Es fiel mir schwer, ihr nicht hundert Fragen entgegenzuschleudern. Wo war er? Was war passiert?

Aber ich sagte nichts. Wer weiß, wie oft Magda überhaupt in ihrem Leben verloren hatte oder verlassen worden war. Vielleicht hatte sie nicht nur etwas verloren, vielleicht war etwas in ihr zerbrochen. Und in diesem Moment konnte ich mir vorstellen, wie sie sich in Birks Leben gegen alle Mutmaßungen wohlgefühlt hatte, wie sie sich in ihn verliebt hatte, ihn vielleicht sogar geliebt hatte.

Als Magda verschwunden war, schaute ich Jost fragend an.

»Sie ist wieder da«, sagte er nur.

»Und Birk?«, fragte ich.

»Keine Ahnung. Ist mir so was von egal.« Und er ging, um die Musik auszuschalten.

In diesem Moment hörten wir Stimmen und das Weinen eines Babys. Ich erstarrte, dachte an die Polizei, aber das konnte nicht sein. Jost und ich schauten durch das Bullauge bei der Küche. Wir sahen einen Mann und eine Frau mit einem Säugling. Hinter ihnen stand der Mann, der das Bootsshuttle steuerte. Es war der Mann mit dem Zopf, was mich ganz und gar verwirrte. Er hielt sich mit einer Hand an der Ponceau fest und konzentrierte sich darauf, dass seine Fahrgäste unversehrt an Bord kamen.

»Heiko mit seiner Frau und dem Kind«, sagte Jost, »der Sohn von Lutz, meinem Cousin aus Dammwalde.«

Auch Magda starrte jetzt durch das Bullauge und griff sich in ihre kurzen Haare, als würde sie sie büschelweise ausreißen wollen.

»Das ist nicht wahr! Drei Stunden zu früh? Zum Kotzen!«

»Sie haben ein Kind, also müssen sie auch früh wieder weg«, sagte Jost.

»Drei Stunden!« Magda tippte sich gegen die Stirn.

Aber Jost war schon losgelaufen. »Rio, komm bitte, die Gäste begrüßen.«

66

Das Baby brüllte wie am Spieß. Es ging uns allen durch Mark und Bein. Lisa, die Mutter, begab sich, ohne überhaupt guten Tag sagen zu können, direkt nach unten, um es zu stillen.

»Du kümmerst dich um Heiko«, sagte Jost zu mir, »damit er sich nicht alleine fühlt, zeigst ihm vielleicht das Oberdeck. Ich mache Kaffee. – Heiko! Schön, dass du da bist, Junge. Verrückt! Du siehst genauso aus wie dein Vater vor dreißig Jahren.« Und jetzt umarmte Jost ihn, griff ihn dann an den Schultern. »Kaffee mit Milch? Schwarz? Einen Americano mache ich auch gerne.«

»Americano?«, fragte Heiko.

»Wie ein Lungo, also ein Espresso, dann kochendes Wasser dazu. Schmeckt toll an so einem Tag wie heute.«

»Ganz normaler Kaffee wäre gut.« Heiko nickte, zugleich zuckte er mit den Schultern.

Ich fühlte eine permanente Übelkeit. Dazu das Schreien des Babys, das durch alle Wände drang. Ich musste den Sprengsatz so schnell wie möglich vom Boot bringen.

»Darf man hier rauchen?« Heiko hatte eine raue Stimme, hielt eine Schachtel Pall Mall in der Hand und klappte sie auf.

»Vielleicht eher nicht«, sagte ich leise und hielt mich an der Reling fest.

Er betätigte sein Feuerzeug, während ich zur Insel schaute.

»Du bist der Sohn von Josts Cousin?«, fragte ich.

Wie unter Zwang holte ich mein Handy heraus und sah auf die Textnachricht von Alissa. Sie schrieb, dass ihr ICE auf offener Strecke halten musste, weil eine Herde Rinder auf den Gleisen hinter Braunschweig war. Ich spürte, wie diese Nachricht vor mir hängen blieb und die Information sich nicht entfalten konnte. Mich gar nicht richtig erreichte. Da nickte Heiko. Was hatte ich ihn überhaupt gefragt?

»Kennst du Jost noch von früher, als er ein junger Mann war?«

Er schaute mich skeptisch an, zog an seiner Pall Mall.

»Nein. Nur mein Vater war eng mit ihm. In den Neunzigern hat er zeitweilig in einer von Josts Druckereien gearbeitet. Ich bin Jost noch nie begegnet. Ehrlich gesagt, keine Ahnung, warum er mich überhaupt eingeladen hat. Er ist ja schon ganz früh rüber in den Westen.« Dann senkte er den Kopf und starrte auf das Wasser unter uns. Das Weinen des Babys war wieder zu hören. Noch lauter als zuvor. Heikos Stirn kräuselte sich.

»Komme gleich wieder«, sagte ich, worauf er sich halb zu mir drehte.

Jost stand an der Kaffeemaschine und drehte den Siebträger in die Aufhängung. Die Frauen vom Catering nahmen die Tomaten, die ich keine drei Stunden zuvor gepflückt hatte, wuschen sie ab und schnitten sie in einem Wahnsinnstempo. Die Köchin rührte mit kritischem Blick in den Töpfen. Ohne dass mir irgendjemand die geringste Beachtung schenkte, öffnete ich den Schrank und nahm die Flasche heraus. Tonnenschwer lag sie in meiner Hand.

»Nimm dir doch ein kaltes«, sagte Jost und wollte mir das vermeintliche Bier aus der Hand nehmen.

»Nein! Was? Ich muss noch mal kurz weg. Paddeln gehen. Ich bin zu angespannt. Muss Dampf ablassen. Ich hatte doch gesagt, dass ich noch Alissa treffen muss. Jetzt hat sie gesagt, sie kommt später.«

»Mann, Rio. Was redest du da! Paddeln? Du kannst unsere Gäste jetzt nicht alleine herumstehen lassen. Der Salon hat doch begonnen.«

Jost schaute mich ärgerlich an. Aber ich lief schon mit dem Sprengsatz nach oben zum Badedeck, an Heiko vorbei, der auf sein Handy starrte und seinen Bauch gegen die Reling drückte.

Jost hatte die Ponceau umgesetzt. Zum ersten Mal in diesem Sommer. Sie lag jetzt auf halbem Weg zwischen nördlichem Ufer und Insel. Dort, wo mich das Gewitter hingepeitscht hatte. Die dicken Pfähle waren keine fünfzig Meter entfernt.

Ich kniete mich auf das Badedeck neben mein Kajak und nahm die Leine, um es loszubinden. Ich hatte Angst, sagte mir aber, dass, wenn das Teil bis jetzt nicht hochgegangen war, das jetzt auch nicht passieren würde. Ich hatte den Schlumpf losgebunden und wollte einsteigen, als ich das Boot der Wasserschutzpolizei sah. Es kam von Ranitz und war dabei, hinter der Insel zu verschwinden. Alle drei Beamten sahen zu mir herüber, die Deutschlandfahne wehte im Wind. Aber ohne mich oder die Vorgänge auf der Ponceau genauer zu beachten, drehten sie sich nach vorne und fuhren weiter in Richtung Brücke und in Richtung meines Floßes.

Mein Hemd klebte auf meiner Haut. Schweiß strömte aus allen Poren. Ich zitterte, zugleich fror ich. So vorsichtig, wie ich konnte, legte ich die Flasche in das vordere Fach des Kajaks, wickelte sie noch in das Handtuch, das dort lag. Mir wurde so heiß, dass ich glaubte, ich hätte einen Fieberschub. Ich konnte das Teil auch nicht aufbrechen und den Sprengsatz vernichten. Wenn Johanna es mit Ammoniumnitrat gebaut hatte, durfte es auf keinen Fall mit Wasser in Berührung kommen. Oder etwa doch? Mir wurde schwindelig, alles begann sich zu drehen.

Es würde nur drei Minuten dauern, zur Insel zu paddeln und die vermeintliche Bierflasche dort am Ufer zu deponieren. Das war doch so einfach. In den Schlumpf steigen, sich abstoßen … Ich hockte neben meinem Kajak. Nahm das Ruder. Rechts, links, rechts, links. Ich kannte das Ufer der Insel genau. Für einen Augenblick verlor sich mein Blick in den Wellen neben der Ponceau, ich hatte die Fäuste geschlossen, hielt das Paddel in der Hand, ich war erschöpft. Dann wurde mir schwarz vor Augen. Wo war Heiko? Hatte er nicht eben noch neben mir gestanden?

»Und du?«

»Was?« Ich schreckte hoch.

»Woher kennst du Jost?«

»Ich?«

Während ich antwortete, beobachtete ich das dunkelblaue Boot mit dem großen Schriftzug POLIZEI, das nun wieder hinter der Insel sichtbar wurde. Es war auf halbem Weg zur Brücke. Würden sie mein Floß untersuchen? Ich hatte keine Ahnung, was sie machen würden, wenn sie es sahen. Es war auffällig, wie langsam sie fuhren.

»Du bist Lehrer, meinte Jost? Stimmt das? Habe gehört«, sagte ich, ich hockte immer noch neben meinem Kajak, »dass an einer Grundschule, das war eine freie Schule in Dresden, den

Kindern gesagt wurde, dass sie so viel mit dem Handy herumspielen dürfen, wie sie wollen. Und das Erstaunliche war, nach drei Wochen haben die Kinder es freiwillig gelassen. Das Handy hatte seinen Reiz verloren.«

Ich sah, dass die Polizei nicht von ihrem Kurs zur Brücke abwich. Mein Floß schien sie nicht zu interessieren.

»So ein Quatsch.« Heiko schüttelte den Kopf und hielt die Hand unter die Zigarette. Ich dachte in diesem Moment, dass er mir sympathisch war.

»Das ist wirklich ein schöner Abend. Nicht zu heiß und nicht zu kalt. Perfekt, um auf dem See zu sein«, sagte ich, und er schaute mich befremdet an.

»Ich hole mir noch einen Kaffee«, meinte ich dann, blieb aber hocken, »obwohl, bei der Hitze ist das sicher gar nicht so gut, so viel Kaffee. Nicht gut fürs Herz. Naja. Trotzdem –«. Ich driftete halb in ein Selbstgespräch ab, dann kam ein lautes und unfreundliches, irgendwie schrilles Rufen von unten: »Heiko!« Hektisch lief er zur Treppe. Ich sah ihn davongehen wie eine Gestalt am Ende eines Tunnels. Dann riss ich die Augen auf, starrte auf den Schlumpf, legte das Paddel zurück. War ich etwa schon zur Insel gefahren und hatte Johannas Bombe am Ufer abgelegt? Oder befand sie sich immer noch in meinem Kajak? Nein! Was dachte ich da für einen Blödsinn. Ich fühlte mich fiebrig, griff in den See, wusch mir das Gesicht.

67

»Hast du irgendetwas da? Ich muss mal runterkommen. Mir geht es nicht so gut.«

»Hier.« Ohne mich anzusehen, warf Magda mir einen kleinen goldenen Kulturbeutel hin. Ich öffnete den Reißverschluss. Die Tasche quoll über vor Tablettenstreifen. Ich kramte darin herum und fand eine Tavor, drückte sie aus dem Blister und schluckte sie. Auf dem Tisch stand Wasser. Ich trank einen Schluck, setzte mich dann aufs Bett. War nicht sicher, ob Magda irgendetwas mitbekommen hatte.

»Wie gefällt dir das?«, fragte sie.

»Vielleicht etwas zu sehr wie das Outfit der Damen vom Catering«, sagte ich und legte den goldenen Beutel neben mich.

»Vielleicht.« Sie schaute an sich hinunter. »Okay. Die drei sehen gut aus, ja.«

Magda trug einen schwarzen, engen, langen Rock und ein schwarzes, enganliegendes Langarm-Shirt. Ich wunderte mich, wie lange sie für diese Aufmachung gebraucht hatte, doch dann bemerkte ich, dass sie anders als sonst geschminkt war. Normalerweise trug sie Lidschatten auf, aber heute hatte sie auch einen breiten schwarzen Kajalstrich gezogen. Und auf diesem Strich kleinere farbige und weiße Spuren gezeichnet. Es war schwierig, ihr in die Augen zu schauen, man sah immer nur diesen kalligraphierten Strich. Plötzlich grinste sie über das ganze Gesicht, es war ein gespieltes, ein absichtlich verzerrtes Grinsen. »Das ist das Catering-Lächeln.« Dann hängte sie mir eine Kamera mit einem breiten roten Riemen über die Schulter, während ich langsam und tief ein- und ausatmete und auf die Wirkung der Tavor wartete.

»Ich hab dich gerufen, weil ich dich retten wollte. Wie hältst du es da oben aus mit diesem Heikooo?« Sie zog seinen Namen in die Länge. »Ich muss schon gähnen, wenn ich nur daran denke, mich mit ihm zu unterhalten.«

Sie drehte sich abrupt zu mir um. »Und dann seine Frau, die hier ihr Monster gestillt hat! Da hat sie gelegen.« Magda zeigte auf den runden Abdruck auf dem Bett. Ich sah die große Kuhle in den Decken. »Kein vernünftiges Wort kann man mit der wechseln. Endlich ist das Zimmer frei. Komm mal.«

Ich dachte an das weinende Kind.

»Was ist los, Magda? Was ist überhaupt passiert, als du weg warst?«

Sie fummelte an einem flachen silbernen Döschen herum und sagte: »Komm mal her!«

»Wieso?«

»Los, komm.« Mit einem Ausfallschritt trat sie zur Seite, schloss die Tür ab, und dann sah ich, was sie vorhatte.

»Nein«, sagte ich.

»Doch. Du begleitest mich heute, sonst kriege ich einen Schreikrampf. Das bist du mir schuldig.«

»Nein, ich will nicht koksen. Hab grad eine Tavor …«

Sie wedelte mit einer Kreditkarte und formte zwei Lines neben dem Waschbecken, dann richtete sie sich auf und rieb sich das Pulver, das am Rand der Karte kleben geblieben war, mit dem Ringfinger aufs Zahnfleisch. Schließlich bückte sie sich und zog den Stoff mit einem silbernen Röhrchen in die Nase.

»Jetzt …«, sie hielt die Luft an, »… DU!«, stieß sie laut hervor und drückte mir das Röhrchen gegen die Brust, ohne sich nach mir umzudrehen.

»Nein.«

»Versager!«, sagte sie, beugte sich erneut hinunter und zog die zweite Line.

»Hallo? Hör mir zu, Rio! Ja-ja. Du musst dich jetzt kontrollieren«, sagte sie und starrte mich wieder an, »es geht um KONTROLLE. Denn: Alissa kommt. Oder?!«

Ich schwieg.

»Und, was sagst du ihr? Vielleicht der wichtigste Moment in deinem Leben.« Sie lachte, ließ sich aufs Bett fallen, richtete sich aber sofort wieder auf und kratzte sich am Hals. Dann rotierte sie mit dem Kiefer. Hatte sie vorher auch schon etwas genommen? MDMA? Ich kannte mich nicht sonderlich gut mit Drogen aus.

»Du kannst dich doch eh nicht entscheiden.« Wieder hörten wir das Baby weinen. »Du wirst dich nie entscheiden. Das ist dein Trick. Wie so ein ätzender Taschenspieler. Du weißt, dass Frauen nichts unattraktiver finden als einen Mann, der sich festlegt. Aber klar, nur am Anfang. Und nur, was sie betrifft, was alles andere betrifft, müssen sie sich festgelegt haben. Sonst sind sie raus.« Sie steckte sich eine Zigarette an.

Ich musste an Birk denken, an das, was Jost über ihn gesagt hatte, dass er ihr nicht gewachsen sei. Währenddessen prallten ihre Vorwürfe an mir ab. Sie konnte mir nicht wehtun. Alles prallte an mir ab. Lag es an der Tavor? Begann sie zu wirken? Ich dachte, dass ich sie auf keinen Fall hätte nehmen dürfen, dass ich auf andere Weise hätte versuchen sollen, mich zu beruhigen. Doch dafür war es zu spät.

Als wir ein paar Augenblicke dagesessen und laut und dröhnend von Birk geschwiegen hatten – Magda fummelte hektisch auf ihrem Handy herum –, sah ich ihn plötzlich vor mir, sah ich Birk an irgendeinem Ufer sitzen, zwischen Bäumen und Schilf. Ich legte die Kamera neben mich auf das Bett. Hatte nicht das geringste Bedürfnis, auch nur ein einziges Bild aufzunehmen.

»Und deine Plääääne?« Sie zog das Wort in die Länge und sprang auf. »Jetzt mauerst du also irgendeine idiotische Mauer bei Ludger.« Sie ließ ihr Handy sinken und schaute mich an. »Da staunst du, was? Woher ich das weiß. Ich weiß es halt. Hat mir der Fährmann vorhin erzählt. Und was für ein peinlicher Blödsinn: eine Mauer bauen«, sagte sie mit einer kehligen, tiefen Stimme. »Wolltest du nicht einen Film machen? Und fotografieren? Und jetzt wartest du auf Alissa. Alissa muss dir scheißegal sein. Das ist doch ein Riesenhaufen Schwachsinn alles! Vergiss diese Frau. Sie wird dich verlassen. Und du hast sie ja faktisch schon verlassen. Aber du kannst dich eh nicht entscheiden. Deshalb muss *sie* dich verlassen. Und auch das lässt du sie, lässt du die anderen für dich erledigen. Du kleiner, mieser Gauner.«

»Das Mauern war gut. Ist mir egal, was du darüber denkst.« Ich richtete mich auf, um meiner Stimme die nötige Kraft zu geben.

Sie starrte mich einen ewig langen Moment an. Dann grinste sie wieder. »Willst du gar nicht wissen, was mit mir und Birk ist? Willst du es nicht wissen?« Sie boxte mir gegen den Oberarm.

»Ja, doch, aber ich muss es nicht wissen. Mich interessiert, wo er ist und wie es ihm geht. Wie es dir geht, das sehe ich ja ungefähr. Was zwischen euch war … Erzähl es mir irgendwann, wenn dir danach ist. Du wirkst verletzt und gedemütigt. Du weißt, dass ich euch beide mag. Dass ihr mir beide nicht egal seid.«

»Bist du fertig mit deinem beschissenen Monolog? Gar nichts tut dir leid.« Sie richtete sich auf und begann, mich mit aller Kraft von sich wegzuschubsen. Dann schlug sie mir mit der Faust auf den Rücken.

Ich sprang auf. »Hey! Reiß dich zusammen!«

»Geh raus. Hau ab. Mauer deine Mauer weiter, mauer dich ein, löffel die Jauchegrube bei Ludger, pflück Tomaten, wichs dir einen.« Und sie griff mich am Hals und sagte dann harsch: »Du bleibst hier!«

Da hörten wir Applaus.

»Was ist das?« Sie drehte ihren Kopf, ich sah Tränen in ihren Augen. »Ach so, Jost labert zu den Massen. Er hat seine Rede gehalten. Nett von ihm, dass er mich nicht hinbeordert hat. Sehr rücksichtsvoll. Aber ich hätte mir den Kram eh nicht gegeben. Wie konnte er nur so dumm und ignorant sein und nicht alles absagen.« Magda hielt meinen Kragen die ganze Zeit in ihrer Faust, dann ließ sie los. »Ja, ich bin verletzt. Klar, was denn sonst? Aber erwarte nicht, dass ich mich bei dir entschuldige. Umarm mich, bitte. Rio.«

68

Auf der Tanzfläche, oben auf der Dachterrasse, unten in der Wohnküche. Überall standen Menschen herum, die ich noch nie zuvor gesehen hatte. Überall waren Grüppchen, und soweit ich das beurteilen konnte, begannen die Leute, sich zu mischen. Wer weiß, wie viel Alkohol sie mittlerweile getrunken hatten.

Der irrige Gedanke, dass ich die Bombe schon zur Insel gebracht haben könnte, hatte sich aufgelöst. Natürlich hatte ich sie nicht weggebracht. Zu hundert Prozent sicher war ich jedoch nicht. Lag das an der Tavor? An Magda? Der Moment in der prallen Sonne mit Heiko auf dem Badedeck hatte sich so merkwürdig ausgedehnt, mir war schwarz vor Augen gewesen, ich hatte das Paddel doch noch in der Hand gehalten.

Als ich neben der Tanzfläche stand, beruhigte ich mich mit einem anderen Gedanken. Johanna kam mir in den Sinn, und ihre absolut perfekt gedrehte Zigarette auf dem Bahnsteig in Dammwalde. Ich war nun sicher, dass der Sprengsatz, da er bis jetzt nicht hochgegangen war, auch nicht mehr hochgehen würde. Wenn ich nicht grob fahrlässig handelte, dann war alles gut. Bloß nichts Unüberlegtes tun.

Es waren tatsächlich nicht nur Freunde und Bekannte von Jost und Magda anwesend, sondern auch Leute aus der Gegend. Der Leiter des Getränkemarktes aus Frieditz – Spitzname Schnitzel – war kurz zuvor gekommen.

»Es funktioniert«, raunte Jost mir zu, »manche wissen gar nicht, dass ich Geburtstag habe. Sehr gut, nicht?« Als er zwinkerte, erinnerte er mich an Ecki.

Ich stand gerade an der Reling, als sich das Shuttle erneut näherte. Wieder waren da Menschen, neue Menschen, Unbekannte. Diesmal waren es zwei Frauen und ein Mann. Aus ihrer Körpersprache konnte man schließen, dass sie sich untereinander nicht kannten. Sie saßen sich schweigend im Shuttle gegenüber und alle schienen angespannt zu sein und leicht überwältigt angesichts der Ponceau. Die beiden Frauen waren ungefähr in meinem Alter. Die mit den langen blonden Haaren sah so aus, als würde sie gleich anfangen zu applaudieren, und als sie dann tatsächlich in die Hände klatschte, drehte sich die andere mit den kurzen roten Haaren peinlich berührt zur Seite. Der Mann – älter, ungefähr in Josts Alter, mit schwarzen, strubbeligen Haaren – staunte mit weit geöffnetem Mund.

»Maria! Judith! Yücel!«, rief Jost, und jetzt freuten sich alle. »Wie schön, dass ihr da seid.«

»Ha!«, rief Yücel. »Das ist ja der Waaaahnsinn, euer Schiff. Wie von so 'nem Oligarchen von Bündnis 90 / Die Grünen«, und alle lachten.

Jost lief zum Bug, um den dreien zu helfen, trockenen Fußes an Bord zu kommen. Ich schaute zu, wie sie nacheinander auf die Ponceau stiegen. Der Fährmann blickte schweigend über den See, so als sei da eine ganz tiefe Ruhe in ihm. Sein 100-PS-Mercury-Außenborder schnurrte. Direkt neben seinem langen Kahn aus matt silbrigem Aluminium lag der Schlumpf. Gleich würde es an mir sein, den drei Neuen guten Tag zu sagen. Ich hörte Jost schon, wie er mich auffordern würde, sie willkommen zu heißen. Das erwartete er von mir. Aber ich drehte mich weg und lief an der Tanzfläche vorbei, auf der ein paar erste, eher selbstironische Tanzversuche unternommen wurden. Viele Gäste waren mittlerweile angetrunken. Das leichte Schwanken der Ponceau tat sein Übriges. Von Alissa hatte ich keine Nachricht mehr bekommen, sie hätte längst da sein müssen.

Als Heiko mir zuprostete, lief ich wortlos an ihm vorbei. An seinem Blick sah ich, dass er sich noch nicht verabschieden wollte, aber seine erschöpfte Frau stand neben ihm und redete auf ihn ein. Das Baby hatte sie fest mit beiden Armen umschlungen. Über ihrer Schulter hing eine große, schwere Tasche.

Kurz darauf stellte ich mich mit einer Flasche Bier neben die Tanzfläche, weil ich überhaupt nicht wusste, wohin mit mir. Ich beobachtete Magda, die hinter ihrem iBook klemmte und einen Track nach dem anderen laufen ließ. Björk, Sonic Youth, Aphex Twin. Ihre Playlist sagte nur wenigen zu, das war offensichtlich, aber es war ihr egal. Ich hatte sie bis dahin mit niemandem reden sehen.

Endlich ging Magda selbst auf die Tanzfläche, tanzte in Trippelschritten auf Judith zu, die Frau mit den kurzen roten Haaren, die verspielt und ironisch-exaltiert reagierte, indem sie ihren Kopf nach oben und zur Seite warf, während sie Magda weiter ansah. Dann sagte Judith etwas zu Magda und legte ihre Hände auf ihre Schultern, woraufhin diese zu ihrem Laptop zurücklief. Dann der Bruch. Aphex Twin verstummte, Guns N' Roses kamen, »Sweet Child o' Mine«. Doppelt so laut. Sofort stürmten zehn Personen die Tanzfläche, auch Schnitzel.

Magda blieb nicht im blassen Licht ihres iBooks hängen, sondern ergriff Judiths Hände und die beiden begannen sich zu drehen, immer schneller und schneller, bis Judith plötzlich absprang und um Magda herumwirbelte wie ein Kind. Das sah nicht wie eine spontane Einlage aus. Eher wie etwas, das sie schon mehrmals aufgeführt hatten. Alle jubelten und applaudierten, und als Judith auf dem Boden der Tanzfläche landete, stand Schnitzel barfuß neben ihr und versuchte zu breakdancen, brachte alle Umstehenden damit zum Lachen und machte zum Abschluss noch ein paar Liegestütze. Schließlich tänzelte Yücel mit weit ausgebreiteten Armen auf den Dancefloor, woraufhin alle rhythmisch zu klatschen begannen, bis er nach vorne auf seine Hände sprang und einen Handstandüberschlag machte!

Ich wollte mir noch ein Bier holen, als Magda ihn mir vorstellte. Yücel begann sofort zu erzählen, dass er schon immer von einer Party auf einem See in Brandenburg geträumt hatte. Aber für einen Türkeistämmigen sei es schwierig, nach Brandenburg zu fahren und einen entspannten Tag zu verbringen. Yücel war außer Atem und hielt sich an meiner Schulter fest. Die allermeisten Brandenburger seien freundlich, sagte er, aber es hatte immer jemanden gegeben, der ihn feindselig ansah oder sogar rassistisch beleidigte, vor allem in der Regionalbahn. Weshalb er es nach fünf Versuchen in den Neunzigern aufgegeben hatte. So viele redeten ständig von den Seen, sagte er und griff mich am Oberarm. Er könne es nicht mehr hören, was die Leute erzählten. Er meinte, dass die märkischen Seen auf den Magazinfotos besser aussahen als die Seychellen, dass es für ihn und seine Frau allerdings realistischer und entspannter gewesen wäre, zum Indischen Ozean zu fliegen, als zu einem See in Brandenburg zu fahren. Er lachte düster, bevor er sagte, dass seine Frau vor einem Jahr gestorben war. Wie auf einer Insel lebe er in Berlin. Umgeben von Meer, einem Meer aus Kiefern und Sand und Trockenheit.

Was er sagte, ließ mich Scham fühlen. Ich wollte weg. Als er sich nach mir erkundigte und ich von meinem Sommer hätte erzählen können, entschuldigte ich mich und ging nach unten, schaute wieder auf mein Handy, schrieb Alissa eine kurze Nachricht. Ging nicht wieder nach oben.

69

Ich legte mich in die Kuhle. Ich kannte das von der Frau meines Bruders. Manche Mütter schienen sich aus Kissen und Decken gerne eine Art Nest zu formen, um ihr Kind bequem halten und stillen zu können, mit ihm verschmelzen zu können, sich aufzulösen und zu verschwinden, ohne zu verschwinden.

Es war mir egal, ob Magda oder Jost mich hier im Dunkeln zusammengekauert liegen sahen. Oder ob Magda wieder einen ihrer narzisstischen Anfälle bekam und ihren Kübel, der bis oben hin gefüllt war mit Gekränktsein und Verzweiflung, über mir ausleerte. Ich starrte auf mein Handy und las zum x-ten Mal die Nachricht von Alissa und der Rinderherde. Versuchte noch mal, sie anzurufen. Dann öffnete ich die Nachrichten, die ich Birk in den letzten Tagen geschickt hatte, und schrieb ihm ein paar Zeilen, so wie an all den anderen Abenden. Ich dachte an Johanna und ihre Verhaftung, die nur ein paar Stunden her war, die mir aber wie Jahre vorkamen.

Dann sprang die Tür auf. Magda sah mich nur kurz an und lief ins Bad, um ihren Kajal nachzuziehen. »Kommst du wieder hoch? Ist richtig lustig jetzt. Aber ohne dich ist es langweilig«, sagte sie, als wäre nichts zwischen uns vorgefallen. Ihre Musik jubelte, glitzerte und stampfte derweil durch das Boot, begleitet von lautem Stimmengewirr. Mir ging auf, dass das genau diese seltsam erregende Mischung war, die, als ich mich der Ponceau zum ersten Mal genähert hatte, über den See geflossen war.

Als sie das Licht gelöscht und die Tür wortlos hinter sich geschlossen hatte, war ich wieder allein, lag wieder im Dunkeln in diesem Nest. Nur durch das Bullauge drang etwas Licht. Ich erkannte die Insel schemenhaft – sie sah in diesem Moment aus wie die Toteninsel – und fühlte das langsame, schwere Schwanken der Ponceau. Es musste auf Mitternacht zugehen. Etwas in mir zog sich zusammen, das spürte ich genau. Etwas in mir wurde hart und fest, und dann dehnte es sich wieder aus und wurde weich, hell, flüssig.

Ich atmete langsam und tief ein und aus, ein und aus, ein und aus.

Ich dachte an mein Floß,
an Alissa,
an Birk,
an Johanna,
an die Nacht mit ihr,
die Telefonate mit Alissa,
das Tauchen im Fernower See.
War in diesem Moment alles entschieden?

Die Gedanken und Erinnerungsbilder kamen langsam. Ich konnte ruhig – wie von einer erhöhten Position – auf sie hinabblicken. Ich fühlte, dass ich Magda dankbar war. Ich fühlte ihre Hand mit den spitzen Fingernägeln noch an meinem Hals, ihre Faust auf meinem Rücken. Und jetzt brach etwas auf, das die ganze Zeit hatte zerreißen wollen. Plötzlich rann Blut über meine Stirn. Vorsichtig berührte ich meinen Scheitel. Die Wunde war verheilt. Und doch, genau so fühlte es sich an, frisches Blut lief über meine Haut. Ohne Schmerz, ohne Wunde. Magda hatte recht, nicht mit allem, was sie gesagt hatte, aber sie hatte doch recht. Ich würde mich entscheiden müssen. Ich konnte nicht alles haben, aber etwas in mir würde das wählen, was dem *Alles* am nächsten kam.

Kurz dachte ich an Yücel und an das Meer um Berlin. Schlief ich dann ein? Es kamen Träume, oder waren es nur Erinnerungen? Da war ein breiter Fluss. Vielleicht die Donau. Birk auf einer Wiese irgendwo am Ufer. Er fuhr dann weiter mit seinem Kajak. Wie schön das war. Ein Bild, das sich ganz fest in mir verankerte, das so viel Ruhe in sich gespeichert hatte. Und Licht.

Ein Freund, ein Fluss, auf dem er sich abwärtstreiben ließ, ein breiter Strom in einem weiten Land. Da war Magdas Hotel in der Südsee, der Autohändler, Eva aus Peru, der einäugige Koch, zwei Fragen und zwei Antworten. Was. Wer.

Plötzlich schreckte ich hoch. Feueralarm? Alissa? Ich griff nach dem Telefon und wischte den runden Punkt auf die grüne Fläche.

»Hallo? Birk?«

»Ja, hey, Rio. Wie geht's?«

»Hallo! Das ist ja schön, dass du anrufst. Wo bist du?«

»In Tulcea.«

»Tulcea? Wo ist das?«

»In Rumänien. Am Schwarzen Meer. Naja, nicht direkt am Schwarzen Meer. Aber am äußersten Punkt der Donau, direkt vor dem Delta.«

»So weit weg.« Ich wusste nicht, was ich sagen sollte.

»Hier sind Freunde von mir, Leute, die ich unterwegs kennengelernt habe, eine Türkin, zwei Franzosen, ein Brasilianer und ein paar Deutsche und Schweizer. Andere Aktivist*innen, die sich an der Blockade und den Aktionen beteiligen wollten, aber das Ganze verzögert sich um drei Wochen oder so. Dann sind wir hierhergefahren. – Rio? Bist du noch da?«

»Ja.«

»Du hast unsere Mauer wieder aufgebaut. Stimmt das?« Er lachte. »Und danke für deine Nachrichten. Hab sie alle gekriegt.«

»Wieso? Wer hat dir das erzählt mit der Mauer?«

»Johanna.«

»Johanna? Hast du was von ihr gehört?«

»Ewig nicht, aber vor einer Stunde haben wir telefoniert. Deshalb rufe ich an. Soll dich grüßen. Sie meinte zu mir, ich soll dem Typen vom Floß Bescheid geben. Kennt sie deinen Namen nicht? Aber eins habe ich nicht verstanden: Ich soll dir ausrichten, wegen des Jobs oder so, dass sie sich bedankt, dass du dich um den Dünger gekümmert hast. Und dass alles gut ist bei ihr.«

»Dünger? Wo ist sie jetzt?«

»Keine Ahnung. In Berlin?« Er schwieg für einen Augenblick, dann sagte er: »Rio, das ist unglaublich, dieses Delta. Unglaublich. Die Tierwelt, die Flora und Fauna.«

»Bist du die ganze Strecke mit dem Kajak gefahren?«

»Nein. Den größten Teil bin ich getrampt.«

»Hatte überlegt«, sagte ich, »bei euch zu jobben und vielleicht sogar den Winter irgendwie auf Floß oder Hausboot zu verbringen. Heute ist übrigens Josts Geburtstag, jetzt gerade. Erinnerst du dich? Der Salon. Magda macht die Musik.«

»Hm. Ja, klar.«

Es war ein Moment, in dem wir über Magda hätten sprechen können.

»Und deine Freundin?«, sagte er.

»Alissa? Ich warte auf sie, sie meldet sich nicht. Ist alles schwierig zurzeit.«

»Komm doch für 'ne Zeit lang her!«

»Zu dir ins Donaudelta?«

Birk erzählte von den Wasserwegen, den Wäldern, den freundlichen Menschen. Und dann wollte er auflegen, weil sein Akku leer war, aber ich sagte: »Warte! Noch nicht.«

»Wieso?«

»Ich will dich noch etwas fragen. Erinnerst du dich daran, als Magda von ihrer Reise erzählt hat? Und von dem Sturm und der Séance, als dieser Einäugige ihr die beiden Fragen gestellt hat?«

»Ja, ich erinnere mich.«

Ich zögerte, dann fragte ich: »Was waren deine Antworten? Ich meine, du hast dich das doch auch gefragt, oder nicht?«

»Ja, klar, ich erinnere mich genau. Aber ich hab da nicht mitgemacht. Das war mir zu sehr globales, uferloses Blabla von Magda. Ich weiß seitdem ich vierzehn bin, was ich will.«

Ich ließ mich zurück auf das Bett fallen, musste daran denken, wie wir uns das letzte Mal gesehen hatten. Beim spontanen Besuch von ihm und Magda. Beim Ringkampf. Es war genau wie damals. Ich konnte nicht alles haben, das begriff ich jetzt. Es gab keinen Mittelweg. Dann nahm ich einen Lichtschein wahr, der durch das Bullauge drang.

70

Während ich zum Bullauge ging, um zu sehen, was das für ein Licht war, hörte ich laute Stimmen. Eine davon war Magdas, es war unverkennbar. Sie schrie etwas und natürlich dachte ich, dass sie ausgerastet war und Streit mit Jost angezettelt hatte.

Ich lief aus dem Zimmer in Richtung Treppe und an der Küche vorbei. Die Frauen vom Catering schauten mich erschrocken an. Als ich auf das Deck kam, stand Magda an der Reling, Jost befand sich schräg hinter ihr. Sie starrten in die Dunkelheit. Alle Gäste drängten sich rechts und links neben den beiden, und dann erkannte ich keine zwanzig Meter entfernt Illmer in seinem Motorboot. Ich konnte ihn nur undeutlich sehen, aber sein weißes Polohemd schimmerte matt.

»Und?«, schrie Magda in die Nacht hinaus. »War das schon alles?!« Doch eine Antwort bekam sie nicht. Dann drehte sie sich zu Jost. »Wann sollte das Feuerwerk beginnen?«

»In einer Stunde.«

»Los. Schieß jetzt mal eine Rakete ab!«

»Jetzt?«

Unmittelbar darauf startete Jost eine Rakete. Der laute Knall ließ uns zusammenzucken. Die glitzernden, leuchtenden Farbpartikel regneten über dem Motorboot nieder. Wir vernahmen laute, erregte Stimmen. Auf Illmers Boot wurde gebrüllt und geflucht.

»Los! Noch eine.« Magdas Stimme überschlug sich.

Jost zögerte, feuerte dann eine zweite Rakete ab, die allerdings nach dem Starten nicht nach oben flog, sondern ihre Flugbahn jäh änderte, unkontrolliert auf Illmers Boot zuschoss und direkt daneben explodierte. Im Lichtblitz sah ich, dass sich vier Männer in dem Boot befanden. Illmer stand am Steuer und duckte sich weg. Die anderen drei saßen hinten. Einige der Gäste um Magda und Jost stießen Schreie aus.

Jost fluchte und riss Magda die Raketen, die sie an sich nehmen wollte, aus der Hand. Da gab Illmer ruckartig Gas, sein Boot baute sich vor der Ponceau auf, wie ein wildes, mühsam zurückgehaltenes Tier. Eine dicke Welle schob sich drohend gegen die Ponceau. Ich fühlte, dass unser Schiff schwankte. Illmers Boot wippte zurück ins Wasser. Trotz der Dunkelheit konnte man erkennen, wie er manövrierte. Langsam fuhr er um die Ponceau herum. Die Menschen, die an der Reling standen, schauten ihm hinterher. Nur Magda lief auf die andere Seite und brüllte: »Hau endlich ab, du Vollidiot.«

»Lass gut sein«, zischte Jost, doch da vernahmen wir Illmers Stimme: »Wer sind denn hier die Idioten! Wer schießt denn mit Raketen auf Menschen! Das wird Konsequenzen haben. Dafür werdet ihr bezahlen.« Er gab Gas und verschwand, das Dröhnen seines Motors entfernte sich. Doch nach einem Augenblick hörten wir, dass er umgedreht sein musste, das Dröhnen wurde wieder lauter, immer lauter, er hielt genau auf uns zu! Alle Gäste erstarrten, und dann war er da. Kurz bevor er die Ponceau mit voller Geschwindigkeit rammte, lenkte er etwas zur Seite. Es gab einen lauten Schlag. Wir fühlten und hörten, wie sein Boot die Ponceau streifte. Ganz kurz sah ich Illmers Gesicht dicht neben der Reling aufblitzen.

Die Ponceau neigte sich ruckartig. Ich hörte Magda lachen, sie lachte aus vollem Hals, quer über den See. Von überall her kamen aufgeregte und laute Stimmen. Nur Yücel klatschte in die Hände, lief auf die Tanzfläche, breitete seine Arme aus, und auf dieses Zeichen hin kam Magda und stellte die Musik wieder an. *Baila, baila, baila, baila. Baila, baila, báilame.* Die beiden wirbelten über die Tanzfläche. Ich ging zu ihnen, ich wollte auch tanzen. Aber als mir jemand auf die Schulter tippte und ich mich umdrehte, war wieder alles anders. Es war Jost, der auf das Shuttle deutete. Ich verstand zuerst nicht. Der Fährmann saß, ohne sich zu rühren, neben seinem Außenborder. So als würde es schweben, schob sich sein Shuttle seitwärts neben die Ponceau. Er beförderte nur eine einzige Person, eine kleine, zierliche Person. Kerzengerade saß sie auf der mittleren Bank. Ich erkannte sie sofort.

71

»Rio?« Jost hatte sich nur kurz zu mir gedreht, jetzt reichte er ihr die Hand. »Du bist Alissa! Wie schön. Ich hab mich schon gewundert, wer kommt denn da zu so später Stunde.«

»Ja, ist spät geworden. Ich war schon vor einer Weile am Steg«, sagte sie, während sie das Badedeck betrat, »aber der freundliche Chauffeur meinte«, sie deutete auf den Fährmann, der reglos neben dem Außenborder saß, »wir müssten warten, weil da irgendwelche Irren auf dem See unterwegs seien.«

Jost nickte. »Und ob! Die haben einen totalen Dachschaden. Haben mein Schiff gerammt. Aber die Ponceau ist unkaputtbar.« Er schaute Alissa an. Ich sah, dass er aufgewühlt war, zugleich funkelten seine Augen.

»Hier ist ja was los«, sagte Alissa.

Jost winkte ab. »Halb so wild, jetzt wird weitergefeiert. Jetzt erst recht. Aber erzähl du mal. Wieso ist es so spät geworden?«

»Mein ICE hatte Verspätung und dann war Schienenersatzverkehr. Alles zusammen. Und solange wir nicht übersetzen konnten, ist der Chauffeur mit mir am Ufer entlanggefahren, hat mir den Fluss gezeigt. Das ist ja so unglaublich schön hier. Die ist wirklich zauberhaft, diese Stimmung spätabends.«

Doch von einem auf den anderen Augenblick hatte sich ihr Tonfall verändert. Die anfängliche Leichtigkeit war verflogen. Sie starrte mich an und blickte dann vor sich auf den Boden.

»Warum hast du dich nicht gemeldet?«, fragte ich sie.

»Hallo, Rio«, sagte sie ernst. »Im ICE gab es keinen Strom. Das ist mir noch nie passiert. Heute war alles gegen mich.« Und dann umarmten wir uns kurz. Auch Magda war jetzt dazugekommen.

»Alissa?«, fragte sie lächelnd.

»Ja.« Alissa lächelte zurück. »Magda?« Die beiden gaben sich die Hand, dann küsste Magda Alissa auf beide Wangen.

»Rio hat mir von euch erzählt. Danke für die Einladung.« Alissa schaute sich um und sah Yücel, der ekstatisch tanzte. »Ich bin richtig beeindruckt! Wie schön der Fluss und der See sind, wie ruhig es ist und still, und dann hier diese Party. Das Boot und die bunten Lichter mitten in dieser traumhaften Stille. Ich habe euer Schiff schon vom Steg aus gesehen. Was für Irre waren denn da unterwegs?« Alissa fixierte mich. Wir hatten uns seit acht Wochen nicht gesehen. Sie trug einen Rock und eine schwarze Bluse mit großen weißen Blumen. Sie sah sehr gut aus und sehr müde.

Während Magda ihr schilderte, was vorgefallen war, trafen sich Alissas und mein Blick erneut. Magda war genauso aufgewühlt wie Jost. Alissa nickte halb anerkennend, halb befremdet. Ich sah, dass sie sich nicht wohlfühlte.

In diesem Moment wurde Jost von einer Frau gefragt, ob er das Shuttle informieren könne, sie wolle nach Hause.

»Toll, dass du den Weg auf dich genommen hast«, sagte Magda währenddessen zu Alissa und legte ihren Arm um meine Schulter. »Rio war unser Held in diesem Sommer. Ja, Rio, das stimmt. Du warst unser Mensch des Sommers.« Und sie drückte mir einen Kuss auf die Wange, während ich ihren Arm sanft von meiner Schulter nahm.

Alissa kräuselte die Stirn. »Ja?«

Magda schaute mich an, drehte sich dann wieder zu Alissa. »Und du bist in Frankfurt? Rio hat viel von dir erzählt. Ich hab mit Steph in Düsseldorf studiert. Ich liebe Steph und ich liebe ihre Arbeit, ich habe sie immer geliebt, und ich glaube, dass sie eine wunderbare Professorin ist. Ist sie doch, oder?« Magda lachte laut.

Alissa lachte auch. »Ja, das sage ich gerne, es stimmt: Sie ist eine tolle Professorin. Und eine beeindruckende Künstlerin. Absolut.«

Die Frau vom Catering kam mit Champagner. Wir nahmen uns Gläser und stießen an, aber ich sah, dass Alissa nur vorsichtig an ihrem nippte, wohingegen Magda, Jost und ich unsere in einem Zug leerten. Wieder wurde Jost von einem Gast angesprochen und wieder ging es um das Shuttle und die Rückfahrt zum Steg.

»Wie gefällt dir Frankfurt?«, fragte Magda.

»Ich mochte die Stadt nicht, aber jetzt hat sich mein Blick verändert. Die Bedingungen an der Uni sind sehr gut.«

Magda hatte den Kopf zur Seite gedreht. Die Vorgänge auf der Tanzfläche beschäftigten sie. Yücel war über einen Stuhl gestolpert. Sie lief zu ihm, half ihm hoch und rief: »Ich lass euch mal in Ruhe. Ihr habt euch ja ewig nicht gesehen. Wir sprechen uns später, versprochen?«

Plötzlich griff Alissa mich an der Hand. »Rio, du lallst, du bist blass. Ist dir das klar? Hast du was genommen?«

»Wirklich? Nein. Nur Tavor. Mir geht es auch schon wieder etwas besser. Ich habe überhaupt nicht mehr mit dir gerechnet«, sagte ich, »jetzt habe ich zu viel getrunken. Hab nicht verstanden, warum du dich nicht meldest.«

Woraufhin Alissa sagte: »Gibt es einen Ort, wo wir endlich alleine sein können, wo wir in Ruhe sprechen können?«

72

Ich schaltete das Licht an und setzte mich aufs Bett, wo ich an diesem Abend schon so viel Zeit verbracht hatte. Alissa blieb stehen.

»Verrückt, was für Leute du kennengelernt hast, und –«, aber sie brach mitten im Satz ab und drehte sich in Richtung Tür. Der Bass wummerte und das Stimmengewirr wurde lauter. »Ich glaub, tut mir leid, ich halt das hier nicht aus. Können wir bitte woanders hingehen?«

»Wir könnten auf das Floß.«

»Aufs Floß? Wie weit ist das denn weg? Und wie kommen wir da hin?« Sie schüttelte ärgerlich den Kopf.

»Wir könnten den Mann vom Shuttle fragen«, sagte ich. »Ich habe nur ein Kajak hier.«

»Nur eins? So hattest du dir das überlegt?«

»Wir könnten Magda und Jost fragen, ob wir eins ihrer Kajaks bekommen. Das ist kein Problem. Oder halt das Shuttle. Das geht schon klar.«

»So hattest du dir das echt überlegt?«

»Der Fährmann macht das gern. Das weiß ich«, sagte ich.

»Aber kannst du überhaupt weg? Musst du nicht als *Held des Sommers* bis zum Ende bleiben und beim Aufräumen helfen?«

»Haha«, sagte ich und verzog das Gesicht. Plötzlich griff sie meine Schulter, wie um sich zu entschuldigen, aber wir wussten beide, dass es jetzt nicht mehr um Stolz oder Empfindlichkeiten ging.

Als wir in den Kajaks saßen – ich im Schlumpf, Alissa in Magdas Kajak –, tauchten wir die Paddel ins Wasser. Ganz leise fuhren wir zu meinem Floß. Ich hatte den Eindruck, dass sich die Wellen, die MotorMän einige Zeit zuvor aufgeworfen hatte, immer noch über den See bewegten. Alissa und ich sagten kein Wort. Ich stellte mir vor, dass irgendetwas Außergewöhnliches geschehen würde, dass ein Reh quer durch den See schwamm oder dass wir einen Wolf am Ufer sahen. Dass noch mal eine Rakete explodierte. Doch nichts dergleichen geschah.

73

»Willst du einen Schluck Rotwein oder eine Zigarette?« Wir saßen nebeneinander auf den Planken. Ich hatte nichts sagen, nicht als Erster das Wort ergreifen wollen, aber ich hatte ihr Schweigen nicht mehr ausgehalten. »Ich bin jeden Abend mit dem Kajak raus auf den See, habe eine geraucht und Rotwein getrunken und den Himmel beobachtet, die Wolken, das Wasser und die Wellen.«

»Und heute nicht?«, fragte sie, nachdem sie wieder eine Weile geschwiegen hatte.

»Nein, heute nicht«, sagte ich.

»Diese Stille ist krass. Ich glaube nicht, dass ich das lange aushalten könnte. Und das schwankt ja auch so stark, dein Floß, immer wenn man sich bewegt.« Sie schaute auf die Planken und legte ihre linke Hand auf ihren Bauch.

»Ich hab das immer geliebt. Ich war immer …«. Ich wollte weitersprechen, noch mehr sagen, aber etwas schnürte mir den Hals zu. In diesem Moment flog eine Fledermaus dicht an unseren Köpfen vorbei. Wir hörten auch ein lautes, wildes Rascheln im Schilf. Das Geräusch von Leben und Tod, das mich den ganzen Sommer über begleitet hatte.

Als es wieder ganz still war, sagte Alissa: »Ich ziehe bei Svenja ein. Ich kann dort sechs Monate bleiben, so habe ich Zeit, eine neue Wohnung zu suchen.«

Ich nickte, dann hörten wir einen Fisch auf die Wasseroberfläche klatschen. Die Musik auf der Ponceau war aus. Ja, die Stille konnte wie ein Abgrund sein, wie eine tiefe Schlucht, in die alles hineinfällt. Sie konnte aber auch wie eine gute, starke Kraft sein, die einen auffordert, an sich selbst zu denken. Alissas Augen funkelten in der Dunkelheit.

»Du glaubst nicht, wie sauer ich auf dich war. Aber dann habe ich gemerkt, dass das nicht das eigentliche Problem ist. Ich habe immer gefühlt, dass ich dir nicht geben kann, was du brauchst. Dass es aber nicht an mir liegt, sondern dass es deine Sache ist. Dein Streben hinaus, von mir weg, und dass du in diesem Sommer … Dass du selbst nicht weißt, was du willst und wie du es willst. Da sind zu viele Sachen. Du bist wie ein Ball, der in einer Schlucht von einer zur anderen Wand springt und nie zur Ruhe kommt. Ich habe den Fehler bei mir gesucht, aber das ist es nicht. Das tue ich jetzt nicht mehr.« Sie schaute mich an und ich sah, wie sie zu weinen begann. »Ich glaube, dass es besser ist ... Ich ziehe erst mal zu Svenja. Ich will jetzt nicht weinen.« Und plötzlich brach es aus ihr heraus, ganz leise: »Wir wollten eine Familie gründen.«

Ich starrte in den Himmel, in die Sterne. Alle Sternzeichen hatte ich im Laufe dieses Sommers umbenannt. Aus Herkules hatte ich die fliegende Katze gemacht. Den Drachen zum zerknickten Joghurtbecher. Aus dem Luchs wurde das Ladekabel. Ich hatte mich gefragt, warum man sie nicht längst alle restlos umbenannt und an die Gegenwart angepasst hatte. Die alten Namen waren doch nur Relikte. Erinnerungen an eine Zeit, in der es noch Unbekanntes gab.

In diesem Moment zog eine Sternschnuppe über uns hinweg. Alissa hatte sie auch gesehen.

»Immer in den Nächten um den zwölften, dreizehnten August herum kommen die Perseiden«, sagte ich leise. »Nie gibt es mehr Sternschnuppen als jetzt. Jedes Jahr.«

»Wie passend. Und was wünschst du dir?« Sie klang bitter.

Ich schwieg und atmete langsam ein und aus.

»Was machst du jetzt? Ich meine das ganz ernst. Was ist dein Plan? Was ist mit deinen Entscheidungen?«

Ich starrte vor mich auf die Planken und auf das Wasser. Fühlte abgrundtiefe Leere. »Die Zeit auf dem Floß ist um. Ich besuche Birk, in Rumänien.«

»In Rumänien? War er gar nicht auf der Party?«

»Nein.«

»Ich hätte ihn gern kennengelernt«, sagte sie. »Er war doch *dein* Held des Sommers, oder? Das meine ich nicht ironisch.«

»Ja. Kann man so sagen.« Ich nickte. »Der Sommer, eine einzige Heldengeschichte.«

Wir hörten ein leises Surren, das Shuttle entfernte sich von der Ponceau. Vielleicht mit dem letzten Gast an Bord. Dann nahmen wir uns an den Händen, hielten uns lange fest. Ihre Hand war warm. Und mir fiel in diesem Moment auf, dass das Floß nicht mehr schwankte, es lag ganz und gar still da.

»Woran denkst du?«, fragte sie.

»Vielleicht ist es doch möglich, die Fragen eines Lebens zu beantworten, nicht nur für den Moment. Das wollte ich. Aber mein Plan ist nicht aufgegangen.«

»Wie kommst du da hin?«

»Wohin? Nach Rumänien?«

»Ja.«

»Ich trampe nach Süddeutschland und an der Donau werde ich mir ein Kajak kaufen. Mit dem Schlumpf kommt man nicht weit.« Ich berührte mein Kajak, das direkt neben mir lag und mir den ganzen Sommer über treue Dienste geleistet hatte.

Sie schaute vor sich auf das Wasser. »Und jetzt siehst du dich als Klimaaktivist?«

»Nein.«

»Das hätte mich auch überrascht.«

»Und das alles habe ich mir genau überlegt.«

Alissa lachte, doch dann ging ihr Lachen in ein Weinen über. Wir hielten uns immer noch an den Händen.

»Ich bin froh, dass du mich gehen lässt.«

»Was soll das denn jetzt?« Sie riss ihre Hand aus meiner und starrte mich an.

»So habe ich das nicht gemeint«, sagte ich. »Ich hoffe, vielleicht … ist es auch nur für eine Zeit, dass wir verschiedene Wege gehen.«

»Das sind wir schon eine ganze Weile«, sagte sie. »Ich habe nie verstanden, warum du auf dieses Floß wolltest, wie du das aushältst. Aber darum geht es nicht. Warum kannst du nicht zufrieden sein?« Plötzlich schaute sie mich verzweifelt an.

Ich blickte in den Himmel, zu den Sternen. Die Perseiden – die Tränen des heiligen Laurentius. Verglühende, tanzende Sterne. Da war dieser Abgrund in mir, da war auch Trauer, und zugleich ein Gefühl der Leichtigkeit. Die Widersprüche, die mich diesen Sommer begleitet hatten, die mein Leben begleiteten und beherrschten.

»Was machst du?«, fragte ich sie.

Alissa war aufgestanden und an das andere Ende des Floßes gegangen, wo ihre Tasche lag.

»Ich gehe schwimmen.«

Kurz darauf ließ sie sich ins Wasser gleiten und ich sah, wie sie ganz ruhig vom Floß wegschwamm. In diesem Moment sah ich mich selbst in ihr. Wie oft hatte ich das Floß in diesem Sommer verlassen und war davongeschwommen. Ich hörte das leise Plätschern, das das Wasser verursachte, wenn es über Alissas Arme und Schultern floss. Dieses Geräusch erfüllte mich, ich sah, wie ihr Kopf in der Dunkelheit immer kleiner wurde.

Und dann war da der Blitz. Direkt neben mir. Ganz nah. Es gab einen kurzen Moment, in dem ich mich fragte, was da blitzte, vorne an meinem Kajak. Und genau gleichzeitig kam dieser unglaublich starke, unfassbar laute Knall. Ich wusste, dass Alissa weit genug weg war, draußen auf dem See. Diese Wahrnehmungen und Gedanken kamen nacheinander. Blitz, Knall und

Alissa. Ganz fein voneinander getrennt. *Nein*, schrie es für einen Moment in mir, und meine innere Stimme wurde noch lauter. *NEIN!*

Mein Oberkörper kippte auf die Seite, mein Kopf schlug auf die Planken. Auf einmal sah ich Alissas Kopf, und ihre weit aufgerissenen Augen, sie waren wie Spiegel. Ich wusste, dass sie nichts abbekommen hatte, dass ich alles abbekommen hatte, der Blitz war genau neben mir gewesen.

Dann wurde es vollkommen ruhig in mir. Ich konnte meine linke Hand nicht mehr bewegen, obwohl ich es unbedingt wollte, und ich versuchte, mit meiner rechten etwas zu ertasten, mich, meine Haut, mein Gesicht. Doch meine rechte Hand und mein rechter Arm waren genau wie mein Oberkörper und der Kopf zur Seite auf die Planken gesackt. Ich fühlte mich leicht. Ich wollte etwas zu Alissa sagen. Ich wollte sie etwas fragen. *Alles gut bei dir?* Aber ich wusste, dass Alissa zu schreien begonnen hatte, auch wenn ich sie nicht hörte.

Der fürchterliche Schmerz war nur für kurze Zeit übermächtig und grell in und an mir zu spüren gewesen. Zuerst auf meiner linken Seite. Dann überall, am Kopf, am Oberkörper. Ich begriff, dass eine grausame, unermessliche Ruhe eingekehrt war. Ich lag auf den Planken, meine Perspektive war allerdings noch die desjenigen, der auf den Planken saß, die Beine im Wasser hatte und über den See schaute. Mein Kajak sank. Luftblasen blubberten an die Oberfläche. Der vordere Teil war nicht mehr zu sehen. Das war unerheblich, beanspruchte jedoch den größten Teil meines Denkens. Ich schaute nach vorne und nach oben und zugleich auf mich herab. Ich hoffte, dass dieser Zustand so schnell wie möglich enden würde. Da war mein Floß, da war das Wasser, der See, da war ich, aber wo waren die wesentlichen Unterschiede? Alissa war unverletzt und konnte nach Hause gehen, dachte ich und wurde so sonderbar klar und aufgeräumt auf einmal. Im Gegensatz zu ihr ging es mir nicht gut. Ich musste dringend ins Krankenhaus. Da kamen jetzt pragmatische Überlegungen. Meine Verletzungen mussten behandelt werden. Mir kam der Geruch von Alkohol und Desinfektionsmitteln in den Sinn. Ob man am besten nach Dammwalde ging? Oder gab es noch ein anderes Krankenhaus in der Nähe?

Dann kehrte Stille ein.

Die Wellen, die den See berührten und die auf seiner Oberfläche flirrten, die Wellen vor mir und um mich herum wirkten stark verzerrt. So als lösten sie sich vom See ab. So als stiegen sie auf. Und es war, als würde ich alle Wellen, die ich in diesem Sommer, nein, die ich in meinem gesamten Leben gesehen hatte oder die alle Menschen zu allen Zeiten erblickt hatten, zusammenfügen und übereinanderlegen. Ein flirrendes, wolkiges Etwas hing über dem Wasser. Eine wilde, zarte, versponnene Struktur. Auch dort, wo Alissa sein musste. Auch Alissa war davon verschluckt, aufgelöst. Darin aufgegangen. Diese Wellen waren schön. Sie bedeuteten alles. So als seien alle Menschen unerheblich, als seien die Menschen gar nicht da.

Für Katharina, Karolina und Max.

Dank an

Katharina Wagner, Tom Müller, Frank Willmann, Lena Stöneberg, Christoph Bach, Christian Försch, Andreas Merkel, Ariane von Graffenried, Benedict Wells, Konstantin Richter, Jürgen Knopfnatel, Helmut Kraus, Karen Winzer, Heidi und Rolf Kröchert.